后浪·陕西省第二期"百优"作家丛书

日久天长

王闷闷 - 著

陕西新华出版
陕西人民出版社

图书在版编目（CIP）数据

日久天长 / 王闷闷著 . —西安：陕西人民出版社，2024.1
ISBN 978-7-224-14935-7

Ⅰ.①日… Ⅱ.①王… Ⅲ.①长篇小说 – 中国 – 当代 Ⅳ.① I247.5

中国国家版本馆 CIP 数据核字（2023）第 083990 号

出 品 人：	赵小峰
出版统筹：	王亚嘉　党静媛
责任编辑：	党静媛
责任校对：	张　敏
装帧设计：	白明娟
版式设计：	蒲梦雅

日久天长
RIJIU TIANCHANG

作　　者	王闷闷
出版发行	陕西人民出版社
	（西安市北大街 147 号　邮编：710003）
印　　刷	中煤地西安地图制印有限公司
开　　本	880 毫米 ×1230 毫米　1/32
印　　张	10.5
字　　数	235 千字
版　　次	2024 年 1 月第 1 版
印　　次	2024 年 1 月第 1 次印刷
书　　号	ISBN 978-7-224-14935-7
定　　价	68.00 元

如有印装质量问题，请与本社联系调换。电话：029-87205094

代序

时代向前，后浪奔涌

陕西省作家协会主席、陕西文学院院长　贾平凹

纵观中国当代文学的发展格局，陕西文学创作底蕴深厚，果实丰硕。一代又一代作家的继承与接续，使陕西文学在众声喧哗的多元文化轰鸣中，有着振聋发聩的独特力量。

时代的呼唤，激起层层后浪。对中青年作家的扶持和培养，是加强陕西文学人才队伍建设、特别是做大做强"文学陕军"品牌的必行之路，也是陕西省作家协会响应陕西文化强省建设的重要之举。2021年底，陕西省第二期"百优"作家遴选完成，集结了一批有担当、有作为、有学识、有激情的中青年作家。这些年轻一代作家在汲取优秀传统文化的基础上，不断打破写作土壤板结，在创作视野、题材和手法上寻求新的突破，展现出新时代的精神气象。

为了加大精品扶持和宣传推介力度，集中展示并扩大

"百优"作家优秀作品的传播力和影响力，激发作家的创作活力，由陕西省作家协会指导、陕西文学院具体组织编选了这套"后浪·陕西省第二期'百优'作家丛书"。丛书从第二期"百优"作家近三年创作的作品中遴选出 10 部具有代表性的优秀作品，涵盖了长篇小说、中短篇小说、报告文学、诗歌等体裁，充分展示了第二期"百优"作家对文学艺术的坚守与追求，展现了年轻一代"文学陕军"蓬勃的创作活力与丰厚的文化情怀。

  时代向前，后浪奔涌。第二期"百优"作家虽还年轻，但在文学追求和写作技法上，已经积蓄了强大厚实的力量。愿我们的年轻作家承前浪之力，扬后浪之花，秉承崇高的文学理想，赓续陕西文学荣光，勇挑陕西文学事业由高原向高峰攀登的重担，让源远流长的陕西文学之河浩浩汤汤、蔚然奔流！

2023 年 7 月

一章 人家

　　入秋后的雨就没有了心性，随心所欲地飘洒。半后晌就开始下，到这会快要点灯了还没有住的迹象，院墙上包裹的胶泥这样下去必然要被起面样泡发，里面的插花墙绷不住就会哗啦坍塌，茂平老汉披着烂布衫站在门前抽着旱烟，心里盘算着许多事情，烟锅里的火星随着胡子拉碴遮掩下嘴巴的抽吸闪闪烁烁，抽吸不出烟就在门槛上磕掉烟锅里的残烟渣，伸进绳子拴在烟锅腰身的烟袋里挖烟丝，挖满，用粗糙的大拇指慢慢沿圈压瓷实，擦根火柴点燃。

　　站久了，门槛下的烟渣子就黑乎乎地堆成小堆。

　　做饭的人在窑里跑来跑去地忙活着，这阵要去边窑拿粉条，看老汉在门上木桩样站着，就狠推一把，说，那阵就想说你，把外面的一点明亮堵得什么都没有，快闪开，锅里水滚沸得等着呢。老汉嘴里噙着的烟锅在这猛推中抖颤几下，铜烟嘴碰到牙齿，硌得牙痒，拔出嘴里的烟锅拿在手里，龇牙咧嘴地活动牙齿缓解痛痒。

　　老汉让开些路，留出空隙让妻子过去，自言自语着说，这老天是憨了，要雨时吝啬得一滴不下，不要了咋给你盆满瓮满地下，快不敢下了，再下那点没收成的庄稼都要烂地里了。妻子取好粉条关上边窑的门，小跑着过来，进门时由于拿着粉条，左右不好进去，责怪着说，哎呀，你老人家就不能挪站到边上，留这么点空我怎么进去。老汉没好气地退在脚地后面放瓮的地方，说，知道的你是做饭，不知道的还以为你干什么惊天动地的事哩。妻子进去后，说，谁家的死猪，硬要针锥子戳刺上才挪了。

　　往常这会天上还有亮光，今天却完全黑下来，老汉收起烟锅束紧烟袋口，别在腰带上，站在门道抬头看天，阴云结了苲子，厚得一时半会化不开，对面山黑苍苍，整个院子都浸湿了。靠大门处猪圈里的猪在拱圈，老汉三步并作两步跑过去，呵斥几声，说，人还没吃就先给你喂上，吃饱喝好胡闹腾个啥，老实待着，把这圈拱塌在雨地里把你狗日的淋死。

　　看见不老实的牲畜就想起前几年受的窝囊气，当时村上分地、分牲畜、农具及剩余粮食，为公平起见抓阄，人们集合在村上学校外头，支个桌子，桌子上摆两个红纸裱面的纸箱，里面放着给众人展示过的写好的纸蛋蛋。一个是选择土地，一个是选择牛羊。农具每家每户基本都能分到差不多样的，不用抓阄。前面人抓得都不错，有猪有羊，其实最紧张的就是那三头驴和两头老黄牛，只要这两样还没被抓走，就有反超的机会。谁要是抓到那可就了不得，大家都知道对于种地人来说驴和牛意味着什么，这么简单的道理三岁孩娃都能想得清楚。他手颤抖着伸进装有土地纸蛋蛋的箱子，听天由命地抓一个拿出，展开看是块下等地，偏远不算还在水沟边，几次山水过去弄不好边沿地要被冲带走好多。选牛羊这次干脆眼睛闭上，暗自祈祷神灵保佑，手在那纸蛋蛋堆里胡摸索几把，又筛糠样猛抖几下，选定两个纸蛋蛋，深呼吸几下手从纸箱里退出，慢慢展开纸蛋蛋，第一个是两只羊，不算好也不算坏，还有第二次机会，剩下的纸蛋蛋放在桌子上，他搓揉几把双手，放到嘴上哈几口气再搓搓，祭拜样双手合十地晃动几下，拿起纸蛋蛋往开展，褶皱的纸痕里漫水样出现了想要的那几个字眼，对的，就是一头驴。他正准备释放满心欢喜，谁的手在暗暗地扯自己的布衫角。侧转头看到村上经常内外跑动的能人杨人意，示意他把纸蛋蛋给过来，他犹豫作难，表情上显露着为什么，杨人意脸上的表情让他相信确定以及肯定对他是好事的表情，他是老实人，既然村上能人都这么意思了，再不给就有些伤情面，一个村里，抬头不见低头见，和气最好。

杨人意接过纸蛋蛋，看都没看就大声宣布说，哎呀，茂平这好手气，翻盘了，最多数量羊的纸蛋蛋都抓到了。围聚的众人皆全神贯注地竖起耳朵，生怕错过接下来的话语，杨人意简单卖下关子，说，娘的，我都眼红了，连上前面的两只羊，总共七只羊。众人听到后纷纷祝贺他，话里话外带着羡慕嫉妒之情。他顾不上这些，凑到杨能人的耳朵说，你怎么这么做事，快把驴还给我。杨人意说，知足吧，村里领导商量过，驴有其他大用处。他紧追不放，说，什么大用处？杨人意说，机密，别什么都打听，牵着你的羊回家。他气愤地说，你们就是准备留给自个儿，或者怎么想办法暗地分换其他的。杨人意用手紧紧搭搂住他的肩膀，咬着牙恶狠狠地说，驴屎，别在这里惹是生非，让你回去你就赶紧回去。他这才彻底反应过来，眼前的人把他戏耍了，现在说什么都迟了，即使把此事说出去，也没有证据，纸蛋蛋大概早就被调换或销毁了。他生硬地扒开杨人意搭搂自己肩膀的手，说，这哑巴亏我吃了，但占这便宜好处的人……他没有说后面的话，后来想，包括这时想，越发觉得没说出的话威力惊人。

雨就着黑夜的浓郁稠密起来，有人从碎石头插垒的大门口进来，没等他先说什么，窑里做饭的妻子就说，是明忠、明义回来了？他听脚步声是轻的，说，是明月。妻子说，明月娃回来得正好。家里油灯估计是没油了，忽闪闪忽闪闪地一口一口送气。轻巧的脚步声渐渐有了重量，经过他时，说，爸，站雨地里做什么，赶紧回，别淋生病了。他说，没事，我去看看鸡和兔子。明月往窑里边走边说，爸，鸡、兔子我后晌那会儿就喂了，窝里也拾掇过。就着摇曳不止的灯光做饭的妻子说，明月娃，别和你爸说那么多，他爱怎么样怎么样，雨这么下着也不说操心下明忠、明义，就那些牲畜，将来老死了，你们谁都别管，让牲畜把他抬埋了。明月进到窑里，说，妈。窑里忽闪的亮光忽然不见了，院子村落全部沉寂在下着稠密秋雨的黑色里，对面庙峁上人们常年供奉保佑村庄的神灵在深沟里秋风吹枯枝落叶的声响中神秘起来。

亮光由米粒大小洇染开，映在窗户纸上，现出稳稳的明亮，妻子说，还是要年轻娃娃，人一上岁数就不顶事，不光手哆哆嗦嗦心也哆哆嗦嗦。油加进去，灯芯喝饱油，火苗旺盛平稳。饭在锅里咕嘟嘟咕嘟嘟响，早上吃罢的炒土豆条剩些，和块玉米面兑黑面，擀开切成条，地里正有大白菜，这就是晚饭，烩面，担心受苦的人儿吃不饱，后锅里搁了蒸盘，温上前两天蒸好的玉米面馍馍。想起边窑里刚腌上的韭菜，按理说还没入味，但也能吃，让明月拿小碗过去舀些。

明月正凑着光亮看从朋友家借回来的鞋样，拿着书本纸琢磨着怎么复制裁剪，说，这点看完就去。明月做什么心细勤快，嘱咐、安顿再多的事情都能记得住。一会儿，明月放下鞋样拿上小碗筷子去边窑舀腌韭菜，从锅里往出舀饭的妈妈说，记住拿上干净筷子，腌韭菜忌酸咸，弄不好一坛子韭菜会变味坏掉，舀完记得打抹平，盖好盖子。明月说，知道了，我的妈妈。

明忠、明义还不见回来，饭都做熟一阵了，老汉蹲在地上吃得美滋滋，发出呼噜呼噜的吃面喝汤声，明月仍旧借着光亮瞪摸着剪鞋样。马上入冬了，大哥和妈妈没有双像样的暖鞋，她要赶在冬天来临前做好。妻子站在灶火旁，不时往进塞根劈好的木柴，老汉埋怨着说，饭都熟了，浪费那木柴做什么，木柴多得烧不完还是。

妻子说，吃上还堵不住你的嘴，天都黑成这样了，也不见两个娃娃回来，尤其明忠放那么多羊，能不能顾得过来？路又不好走，也没给明义说，洋芋刨完今天回来就不背了，放地里拿蛇皮袋子苫盖住就行，山路滑的别再摔跌倒。

老汉吃完饭碗放在地上，随手抽出腰带上别的烟锅，再次清理烟锅里的残渣准备再挖上一锅儿，享受饭后一锅烟赛过活神仙的滋味，边挖烟边说，净胡操心，他们都是二十二三岁的后生了，心里连那么个数都没有，将来还活什么人？婆姨女子家就给你成天没事胡盘烂算，想点好的，说不准这会已经到坡底了。妻子说，就你能行，心比天都宽，操心人谁不是怀那么些拐拐心，也是想娃娃们好么，谁还能害自个儿的娃娃，跟你就说不成个话。明月放下手里的活，说，我拿上手电筒出去找找。妻子说，明月娃一天也劳累的，再等等看，你先吃饭。老汉吧嗒吧嗒抽着烟，站起身出了门。

灶火里的木柴烧红，大锅的水滚沸得直响，水汽起来弥散在家里，她再添加几根柴，火不能熄灭，不然娃娃们回来就吃不上口热乎饭，盆里舀出的饭已经凉了大半，火烧着的话只要娃娃回来立马就能热上饭。外面的雨声越清亮她就想得越虚远,双手握着耷拉在腰裙前,身子依靠在灶火旁,心在火烧火燎地着急,去又去不了,自己身子自己知晓,隔三岔五病痛难活,今这天还不错,病痛轻缓些。对着黑漆漆的窗户默默祈祷,空中的神神老人家保佑两个娃娃安安全全回来,还是前面说过说好的,等来年村上庙会唱戏说书时给您老人家布施。

明月没吃饭,一心裁剪鞋样,见妈妈急躁,说,别着急,妈,再等会儿不回来我给咱去找,放心。她说,明月娃赶紧吃饭,鞋样等会儿剪,你哥他们估计等会儿就回来了,他们人善心好,不会有事。明月拿着剪子把借的鞋样放在书纸上对端正后仔细剪着,说,就剩这只了,人家也急着用,我剪好赶明一早还过去。她亲热地在女儿背上抚摸着,说,我家明月一小就懂事,好娃娃啊。

灶火里几轮火又烧过去,她仔细听着外面及坡底的动静,这时间哪怕是根针落地,她都能听清楚,等不住就去院墙外的硷畔上拿手电照,照不见人就呼喊名字,明忠,明义,明忠啊,明义啊,是不是明忠,是不是明义……声音在对面山和沟底里不住激荡回响。她出来着急没找个披的,家里就一把伞,夏上下雨那会明义出去做什么被风刮坏了,也是时间长了,伞的骨架和伞面就风化老化,经不住风吹雨打。明月拿蛇皮袋子折了两个帽帽,自己戴一个,给妈妈送来一个。她不戴明月非要给戴,戴上后说,明月你回去忙你的,妈在这里等。里外不见你爸,你爸大概出去找了。唉!这鬼老汉,走时也不说拿个手电,老胳膊老腿了,就爱逞强,一天能的,不晓得自个儿的年纪和身体。明月说,我爸心里也是着急,我哥他们机灵着呢,你就放心吧,这会说不准已经走到前沟了。她拿手电在可能出现的地方照了个遍,来来回回地照，无奈手电光亮的照射范围有限，那些照不到的地方也就成了惊喜和恐惧的煎熬。

院子里倏然间有了动静，她和明月在黑色里面面相觑，家里没人啊，院子里更不会有人，难道是鸡跑出来了？也不像啊，鸡的动静她心如明镜，明月声音颤抖着喊，是哥吗？院子里一阵躁动后，静寂了，正当她们疑惑不已，院子里有了人声回应，妈，妈。她听出来了，是明义。便让明月先回去，把盆里的饭倒锅里滚热上。明月帮二哥打理身上沾黏的泥土，找出干净的鞋和布衫裤子让换上。明义去边窑换衣裳，明月按着妈妈说的给热饭。

明义回来了，悬着的心还有一半。明忠拦的羊多，这会儿不回来是不是把羊弄丢了，憨娃啊，就算是羊丢了那也要回来啊，等明白天再找啊，到什么时候都是人要紧啊，只要人在什么没有？都是鬼老汉平时太严苛，经常说娃娃甚至还打娃娃，给说过多少次，娃娃现在这么大了，轻易不要再动手动脚，娃娃也有个面子。说也不听，鬼老汉就是这家里的王爷，谁也不敢违命。想着想着不由得脱口说出，真是急死人了，现在鬼老汉也没个音信，恨死人了，恨死人了。

沟底小河里的水流声变得粗壮，微弱细软的身子里能发出这样的声响，指定是上面沟里下来山水了，想用手电照下，手电光只能在黑色里浮动，空无一物。她突然想起，怎么不问下回来的明义，就呼喊，明义、明义。吃饭的明义回应道，妈，怎么了？她说，你有没有见你大哥和你爸？明义说，没有么，我回来时转得走了大路，小路擦滑得没敢走。她低沉地哦了声。明忠娃打小就不服软，心性强，村里有些人背地里耻笑我娃歪嘴斜眼，以为我这经常病得哼哼唧唧不太出门的老婆子不晓得，真是小看人了，我娃没你们谁家的娃娃好，心地善良为人正直，老天是能看到的，所以老汉子不时打骂明忠娃，她心疼的啊，不要这么伤害娃娃啊，娃娃有娃娃的不容易。说不听老汉就说明忠，明忠也是倔强，嘴里死活说不出一句软话，宁可挨打挨骂也绝不投降屈服。

这时有黑影从她身边跑过，她赶忙拿手电照，没赶上，不多会儿就听见熟悉的羊蹄踩踏地面声。明忠回来了，羊群走在前头，交织撕扯的说话声随之而至，她听见不对就问，又是怎么了？雨地里还不晓得安然会儿，我看你们真的是上辈子没见面的仇人。明忠刚硬的声音，说，要晓得是现在这样，宁愿投胎到猪狗圈里也不来这家里，遇上这么不开窍的人。老汉丝毫不退让，说，那你就投胎到猪狗圈里，早晓得你是这么个犟板筋，当时养下就应该拿尿盆子扣死。明忠招呼掉队的羊，喔，喔，喔，咩咩，咩咩，快跟上。不忘记回应爸爸的话语，说，那你失算了，一不小心我就长这么大了。她训斥着，让两个人消停会儿，衣裳都淋湿了，就不晓得冷，还不停地争吵。

二章　明月

明月好在前面就把鞋样剪好了，不然这会忙得肯定耽误，而且明早还人家就得连夜赶着做。自十一二岁起，家里这些零碎活计，她就开始帮衬妈妈，慢慢随着年纪增长，上学有时能去有时不能去，于是十四岁上自己提出退学，一个是不给家里增加负担，再一个也好让自己学习些针线活和家务活计。妈妈觉得可惜，爸爸沉默不语，她学习挺好，念书迟，家里条件跟不上，放学回来活计多，说实话他们做家长的每次听见老师夸奖孩子作业完成得好，他们都不知道如何言说，都不知道孩子是什么时候在什么地方写完的作业。她看爸妈为难，就大大咧咧地说，农村人嘛，哪里有那么多读书的，到头来主要还是生活，会做活计很重要，不然识字有文化在生活上也是睁眼瞎，我这代很难离开这块土地，太难了，如果硬要离开不知要付出多大的代价，把希望放在将来孩子的身上，就这样决定了。他们只能答应下来，生活的洪流一直在继续，无人逃脱，即使死去也要随着时间的流逝与黄土一起消散。

二哥回来她没有把饭全倒进锅里热，饭三番两次地热就成了煎饭，尤其烩面，面条会发软断成碎截截。现在爸爸和大哥回来，尽管爸爸说晚上吃过不吃了，她还是把剩下的全部热了。受苦人饭量大，饭又不太好，不耐饱容易饿。二哥洗漱下就蜷缩在炕上，围着被子坐着，妈妈依靠门箱柜子站着，看着感觉着完满的家，悬着的心终于踏实落地了。她嘴上不说什么，妈妈的心思她最能懂。爸爸蹲在地上摆放几口瓮的边上，吧嗒吧嗒抽旱烟，有时发出一连串的咳嗽，照这些年的经验看，爸爸心里是憋闷着气呢，大哥坐炕栏上，搓揉着手和脸颊头发，许是疲倦困乏，这样做为保持清醒。

饭热好，大哥舀碗端上吃，问二哥还吃不，二哥说饱了，让爸爸赶紧过来趁热吃，爸爸拔出嘴里噙着的烟锅握在手里，冷笑着说，让你大哥好好吃，吃饱了好欺负我、气我。大哥香喷喷地吃着，笑着说，那是，总不能你不吃我也不吃，我饿啊，每天早出晚归，中午就带那么点干粮，连口热水都喝不上。妈妈说，入秋了喝水确实是个问题，热水带出去不多会儿就凉了，提上暖壶又不方便。爸爸说，看把他娇惯的，谁家的小媳妇，还给提上个暖壶，干脆沿路挨着搭上锅灶，走哪喝哪。大哥说，可以啊，你有本事那就弄啊。爸爸说，我没那本事，你有了么，你把羊想换就换了，这家里现在你是大人物，你主事着。一直没说话的二哥惊诧不已地说，羊换什么了？爸爸说，人家能的，想换什么就换什么，随人家的心性。妈妈跟着着急，说，明忠娃啊，你拿羊换了什么？不敢让人家把咱给哄骗了。她知道，大哥做事看似不靠谱实则比谁都稳妥，一个个惊讶着急，实则没有什么大惊小怪的，随即把目光投向吃饭的大哥。

大哥不紧不慢地吃着饭，笑眯眯地看着光亮内外的他们，慢慢悠悠地说，换了，人家急用大羊，要杀掉办事，一个大羊换六个羊羔，为啥不换，包赚不赔的买卖送到眼前不做，傻子憨憨？爸爸不屑地说，就你精明，人家憨着，四个羊羔就随便挑拣着换大羊，为什么拿六个换，再说是不是羊羔有什么问题。妈妈说，你爸这话说得对着，看没看羊羔有什么问题，现在的人精明得和鬼一样。大哥胸有成竹地说，我的妈妈呀，我爸不晓得我你也不晓得我，我什么时候做过那些糨糊子事，不做就不做，一做咱就有那么个把握了。妈妈说，哦，羊羔康健着这事就好着。爸爸说，他又不是羊羔肚子里的蛔虫，更不是兽医，面面上看着好着，谁晓得内里有什么问题没。大哥说，和你就说不成，做事情永远都是前怕狼后怕虎，把人都想成坏种，世上坏种是多，但你要相信还是好人多，不然社会也不会向前发展。

她打圆场地说，只要羊羔没问题就好，事情已经做了说再多也没用。爸爸还是觉得不放心，说，明月话对着，事情已经这样了，咱先说多出的羊羔这下雨天圈在哪里，羊羔身体软弱经受不起淋雨风寒。大哥说，这你就不用操心，就算是把我冻死也不会让羊羔着雨受风寒。妈妈说，圈哪里确实是个问题，下着雨呢，原来的圈里现在的羊都圈不下。大哥说，我有我的办法，大不了就像前些年那样，我陪着，冬里都没把我冻死，现在这天更不会。窑里登时鸦雀无声，只有黑夜，只有摇曳的油灯光亮。

　　大哥说得对着，前些年冬里都没被冻死，如今的天气就是小菜，随便怎么凑合就能挺过去。后来她也无数次回想前些年亲眼见过的事情，爸爸为什么对大哥那么严苛要求，妈妈多次悄声独自念叨，明忠娃是这家里最不好活的，自小那么放羊样抚养，五六岁上因为着了风寒还是怎么着——至今说不清具体原因，只是无数猜测——一觉睡起来歪斜了眼睛和脸颊，当时条件不好，只能抱到村里赤脚医生处看，赤脚医生说不要紧，吃点药就能调端正，可是药吃完也没有调端正，反而更倾斜了些。这才让爸爸带着去镇上医院看，医生说，来迟了，只能这样一辈子。那时大哥不知事，稀里糊涂地生活，到十一二岁上，村里一般大的孩子就开始笑话并且给起外号，歪嘴斜眼将来娶疤核桃婆姨，歪嘴吹喇叭——偏偏对个端端，要不去吹吹啊，喇叭，杨喇叭，还能娶疤核桃婆姨，以后就叫疤核桃婆姨……大哥是刚强人，气得眼泪在眼眶里泡豆豆也不哭出来。就暗暗地较量报仇，说过他的孩子，有的吃饭着他就扔个石头啥的给引开，那孩子放下碗去找寻动静出处，他就很快抓上把土给放在碗里；有的孩子上厕所，他就在另一边拿大石头扔进粪坑，粪坑里溅起的粪便完美地落在上厕所孩子的身上、屁股上；有的孩子在家写作业，他就在外面不住喊叫玩耍的快乐，搅和惹逗得那孩子心神不安，依靠着想象沉醉于虚构的玩耍欢乐中……好多呢，说几天几夜都说不完，但这样也会带来很多麻烦，村里只要有孩子受欺负受委屈，第一想到的做坏者就是大哥，大哥不多言语，你爱说什么说什么，随你们的便。有次她知道一件事情不是大哥做的，在爸爸训斥打骂大哥过后，去问大哥为什么不解释，大哥笑着说，傻妹妹啊，要改变一个早已习惯早已坚信的人的想法多么难啊，何况我又被说得那么坏，说再多也无用。她当时上学，去学校问过老师大哥的做法对否，老师看她许久，说了句，你大哥是有思想有能耐的人。从那之后，所有事情不管对错她都相信大哥。

她十一岁大哥十五岁那年，村里许多人闹腾着要分资产，村里干部经受不住就顺随民意，当时她家分到七只羊，村里很多人眼红，闲言碎语地传言爸爸找了人通了关系，不到半天，村里人又觉得不对劲，像爸爸这样木讷老实只会受苦的人，村里那些领导为什么要听话，一般都是要双方有利可图，杨茂平有什么资本。最后多人想着想着无解，时间再长，也就不了了之了。她清楚记得，她那会走在村里，不时还有人问她，明月，你家羊你爸妈有没有说过什么，前几天你爸是不是夜里拿着东西偷偷出去过，你爸妈夜里睡下有没有说起羊多了怎么喂养的事？现在想来，这些人真是让人反胃，鸡毛蒜皮小肚鸡肠。她当然回答不晓得，是真的不知晓啊。羊分到，谁放羊是个问题，其实也不是问题，她读书着，再者也是女孩子。剩大哥二哥，当晚吃罢饭，爸爸叫来大哥二哥，直截了当地问，你们谁愿意放羊，大胆说，如果你们两个都愿意放羊那就把羊分开。大哥说，我喜欢胡跑，我愿意放。二哥说，大哥愿意放就大哥放，我爱在地里刨挖营务庄稼。爸爸喜悦地说，这样最好，家里有人放羊有人营务庄稼，方方面面都不落空。从此大哥就开始放羊。

放羊的营生确实最适合大哥，大哥每天一早赶上羊出门，中午不回来，带着干粮凑合一吃，夏秋两季最安逸，春冬受罪。夏秋上地里有瓜果蔬菜，摘几个西红柿几根黄瓜，边吃边放羊，渴了趴在清泉上喝几口，心旷神怡，要不就刨几个土豆、红薯，掰几个玉米棒，生堆火烧着吃烤着吃，她也没少吃，大哥回来时总是在衣服里包些，有时还是温热的，那些味道这辈子都忘不掉。春冬受罪是要吃家里带的吃食，喝水也冰凉，冻得人难受。大哥被嘲笑歪嘴斜眼，心里憋闷着气，就各种报复。人家找到家里来，爸爸不管三七二十一地承认说好话，大哥回来饭都不给吃地打骂。他们着急没用，爸爸说一不二。

最可气的是，冬天里，大哥有几次赶着羊回来早了，爸爸就拿着棍子狠抽大哥的腿。妈妈在旁边抢夺棍子制止，连带着被推倒在地。二哥躲在角落里瑟瑟发抖地吃饭，她要出去，二哥拉着不让。她挣扎不脱，就把身子挪移到能看清大哥的地方，大哥真是刚硬，自始至终都没有向爸爸低头认错，嘴里喊着，有本事你就打死我，回来早怎么了？回来早怎么了？羊已经吃饱了。妈妈身上沾着土站起身，央求爸爸不要打了，看爸爸不听就央求大哥说，明忠娃啊，说句软话好不好，听妈说，说句软话，妈难活得求你了。大哥就是不住地说，回来早怎么了？回来早怎么了？羊已经吃饱了，羊已经吃饱了，不信你摸它们的肚子，摸它们的肚子。她再往前挪移，看到羊圈里的羊，肚子都成熟稻穗样下垂着，大哥说的是实话，羊吃饱了待在外面有什么意思，想回来就回来么。还有就算是早回来些时间，那又能怎么样，为什么二哥和她都能早回来？她真是为大哥鸣不平，太吃亏了。爸爸就是个暴君。

爸爸打骂累了，大哥早就把疼痛置之度外，昂首挺胸地站在原地，说，你累了我也累了，各自做各自的吧。妈妈抹着眼泪蹲下，心疼地撩起大哥单薄的裤子查看被打的地方，一道道的淤青紧挨着，很多地方已经连成片。爸爸气冲冲地走开，叫骂着，你给老子厉害就不要吃饭，夜里也不要在家里睡。大哥大笑不止，说，也就这点本事，有没有更厉害的，就吃饭睡觉，这能难住我吗？能难住我吗？说笑死人了。大哥堵着气，在羊圈的边上和他最亲密的伙伴待着，不知道他夜里是怎么取暖的，妈妈整夜都没睡踏实，她起先是睡不着，但后来实在困倦得不行就迷迷糊糊地沉入梦乡。妈妈半夜偷偷给送去锅里温热的饭，爸爸应该也知晓，睁一只眼闭一只眼地装作没看到，大哥当了真，坚决践行着男人说话应该是一口唾沫一个钉。不久，妈妈出去看大哥，碗里的饭已经冻成坨，大哥搂抱着身边的羊蜷缩成团，妈妈当即痛哭流涕，去抚摸大哥冰凉的脸颊说，老小都这么硬这么犟，非要死个把人才能了结。大哥感受到妈妈双手的温暖，睁开眼微笑着说，大夜里的哭什么，这不好好的吗？坐起来活动身体后去上厕所。

　　大哥吃罢饭，赶着六只羊羔去几孔老旧荒废的土窑，刚走到院墙外妈妈上气不接下气地追上，手里拿着两个玉米面馍馍和几颗洋芋，慌里慌张地塞到大哥怀里，亲热地说，夜里可是要注意，老土窑怕不结实，还下着雨，不敢睡得太沉，稍有响动就往出跑。大哥想张开双手拥抱，碍于怀中的吃食和不好意思，就手足无措地抬起手，说，回吧，妈，这么多年都过来了，我福大命大，不会有事情。妈妈拖着久病的身体，哼哼中哀叹几声，说，你这娃娃的强硬心性随谁了啊，怎么就这么刚硬。大哥照着妈妈进了院墙围建留出的豁口，赶着羊羔摸着黑就着雨出发了。

三章　明忠

　　爸爸对他的这种态度和管教不是一天两天了，家里三个娃娃，对二弟三妹全是温言暖语，唯独对他，做什么都是错的、不好的，眉眼不是眉眼脸不是脸，在外面放羊歇息下来时就常想，是不是哪里招惹到了，父子间按理说没有多大的仇恨。思来想去没有答案，包括今天换羊的事情，多么好的事情，偷着乐都来不及，反倒一直责骂。六个羊羔啊，就是被换走再大的羊也是值得的嘛，人家是紧用家户家的羯子羊，杀后估计是送远处的亲戚，一时买不到遇到了我。还有，我脸、眼上不好，脑子又不坏，能睁着眼吃亏上当？看这六个白花花的羊羔，跑得多欢泼，喂养上半年多长大，六个能卖多少钱，自己心里又不是没数。

　　不想再思虑这么些烦恼事情，想来想去就是那么个老古板不可理喻的人。这会雨能小些，庄稼人在秋上不爱雨，他是什么时候都爱，下雨天窝在哪个犄角旮旯，边烧烤洋芋、红薯边吃边看着外面淅淅沥沥的雨，那个感觉真是好啊。明月听后说这是一种浪漫主义的感伤与情感。他说，浪漫主义是个什么？明月笑着说，就是你这种感觉么，我是听我们老师说的。明月念过书，人精灵，做什么都心灵手巧，所以理解、学习什么都快。那他就把这样的情感感觉叫作浪漫主义的感伤与情感。此时的他摸着黑，就着已有凉意的雨，及浓郁的黄土浇上雨水的味道，不由得脱口唱出，羊格肚子手巾哟三道道蓝。唱出一句意识到这时大部分人皆在睡梦了，站住环顾四周，少有几户人家窑的窗户纸上还闪烁着亮光。他管控不住内心的激动，必然要把后面几句唱出，哪怕声音压低些。

咱们见个面面容易，哎呀拉话话的难；一个在那山啦上哟，一个在那沟；咱们拉不上那话话，哎呀招一招手，招一招手。

就这几句肯定有人在炕上的被窝里骂娘呢，这是谁家的鬼小子，大晚上不睡觉给你胡嚎唱，也不晓得自个的声音，拦羊嗓子回牛声。他不禁失笑，还真别说，这些话形容得真是对对的。那几孔老土窑他放羊来回的路上经常见，窑口子坍塌了些，里面好着，三四孔，有一孔不知放着谁家的干草玉米秆，对他来说这是再好不过的铺垫，睡在柴草上面暖和。他问羊羔，你们是不是也爱睡在柴草上？几只羊羔咩咩地叫。他就把这当作是对他的回应。

快要到了，谁想经常走的那条小路，雨这么下，黄胶泥泡开了，他脚往上一踩，跐溜，顺着路就往下滑，整个人失了控，要知道路的边沿是石崖畔啊，掉下去哪里还有个人。好在胡乱摸索抓住了路上的石头，小心翼翼地扶持着地面和旁边的土崖站起来，出身冷汗。羊羔没胡乱跑，紧紧围绕在他身边，等着他。这几个羊羔确实有灵性，和他有缘分，自从换来跟上就乖巧。这里上不去得转绕地走大路，他心里计划盘算新的路线，要绕到秀英家那边，哎呀，你看这，另外要绕走多少路。怪怨自己起初没有思想好，小路擦滑这是傻子都能想到的事情，也是被家里吵乱了，没想到这些。裤子布衫上肯定都是泥，手上凉丝丝的也有，等会到了土窑里烧柴火烤干。

本来不走秀英家院墙外，这下好了，必须要走，刚才不由得唱那歌也是想那美丽的人儿，大概是明月说的浪漫主义的感伤与情感，好看的秀英比这所有的都美妙浪漫，控制不住地想念也是正常，尤其在这漫漫长夜里。去年想得最厉害，每天看不够想不够，那段时间什么都不爱，吃不爱喝不爱，和家里爸妈不想多说话，村上好朋友叫出去耍牌或集市上闲逛，都不爱，一心想秀英在做什么，半天不见心上就难受，好像天塌地陷了，所有的事情都没了意思。出去放羊，羊把人家庄稼吃了都没发现，直到庄稼主人看见或找上门要赔偿讨说法。爸爸说，老大这人是跟上什么毛鬼神了，失魂的一样。妈妈过来摸他额头，自己嘀咕嘟嚷，也不烧啊，这是害了什么病？转身问他，明忠娃，哪里不舒服要说，可不敢硬扛，有病早去医院看。他说，咱最应该去医院把你这几十年的难活病痛看了。妈妈摆手，说，我是黄土埋了多半截子的人，花那钱没必要，就这么摇摇晃晃地凑合着。爸爸说，有什么病自己去看，老大不小的人了。他说，没病，别胡乱操心。

夜里躺下回想秀英的俊俏模样和交往的事情，秀英家地多，家境殷实是出了名的，上头有两个哥哥，下头有个妹妹，四个娃娃也算不上多。他串山遍野地放羊，周边村里就没有他没去过的地方，秀英勤劳，春种秋收包括夏上锄地，都跟着家里人一同劳动。好几回夏上锄地，他坐在秀英家地对面的树荫下，看着顶着大太阳锄地的俊俏人儿，心里就不知名地难受害气，这么好的人，白生生的皮肤在这烈这大的太阳地晒，真是糟践了，握锄头把子的手就更是，肯定磨出血泡了，她爸妈也是心大，女子娃娃让这么出来劳作，能心安理得了？什么家里大人嘛，纯粹憨憨。

他盘算得起劲，回过神再看秀英，不见了人影，他站起身赶紧左右寻找，是不是绕到另一边峁子的地里了，这里看不到就跑到远处高处看，一个大人在这么短的工夫就能不见？锄的也是糜子地啊，长的一拃高些，庄稼根本不会挡住人。跑高处、远处也没看见人，折转回来独自寻思琢磨，眼睛朝沟底下的青草地看，沿着青草地往两边山坡上看，秀英手里提着米汤罐子，肯定是下山提水喝。他真是胡折腾，羊就在沟底不远处的青草地里吃草，他还往高处、远处跑，再迟些就错过和俊俏人说话的机会了。他背开秀英的视线三跨五跳到沟底，装作一直在那里放羊，偶然遇上了。

　　机会真是好，羊也助攻，有只羊正好要跑到离泛水泉不远处的小溪喝水，他怕羊跑到泛水泉里喝，就跑过去催赶，秀英这时也到了沟底青草地，两个人看到了，自小就常见，只是少说话，他比人家大四五岁，玩耍交往得就少，加上自己这么个模样，经常被同伴嘲笑和家长分别对待，她爸妈肯定也给家里几个孩子安顿过，一定要少和明忠交往，这娃是个坏种。如今秀英十八九，出落成了大姑娘，看着就水灵，像是剥了皮皮的白萝卜。秀英先是愣怔下，然后镇定心身，笑着说，明忠哥在这放羊啊。他说，你下来打水啊，泛水泉的水甜呢，好水，清凉凉的。秀英说，是了，每次来地里回去时我都提一罐子回去，这水熬稀饭也好喝。他说，你女娃娃，提不了多少，我经常到这里放羊，下次我带个大桶来，给你提上一桶。秀英赶忙摇头说，不，不敢，明忠哥，我就那么一说，其实家里喝不了多少，就那么一说。他看着秀英弯下身子舀水，想说的话一句也说不出，把人急躁的，再不说人家可就要走了。秀英舀好水站起身，他慌里慌张地上前几步，拦挡住秀英的去路，秀英顿时慌了神，说，明忠哥，你这是做什么？他连忙摆手说，不做什么、不做什么、不做什么，然后用手摸下头憨笑，就是想看看你的手，你把手伸展开，就看一眼，不碰。秀英似信非信地放下手里提的罐子，说，手有什么好看的，本来是个随意的事情，让你这么一说还真的不好意思了。他说，就看一眼，看一眼，保证不碰。

至今都记得那个烈日炎炎却溢满凉爽的日子，秀英伸展开白生生精致致的手，哎呀，就那么一眼，那不是手，是他的命啊，手掌红润又白皙的纹路里沾有尘土，指头蛋上有几处磨出了血，印染在指头蛋上的细纹里，手背的柔软眼睛都能感受得到，似乎已经在抚摸揉弄着眼睫毛，不长的指甲缝缝里有泥土，手往上些，手腕上戴只细细的银手镯，俊美的人儿啊，怎么就这么好看，这么好看。秀英看发了愣怔的他，说，明忠哥，你怎么了？他说，没事，没事。秀英重新提起罐子，说，那我走了啊。他说，嗯。秀英走出几米，他想起什么，说，你们的地还得锄几天？秀英说，两三天，这块糜子地大。他点点头。

第二天天不亮他就出门，借朋友家的自行车没借着，就步行，镇上说远不远说近不近，步行的话得一个多小时。他不管那些，走快些赶上百货商店刚开门，东西买好就往回走，担心赶不及就跑，人家说脚底板生长毛发就有飞毛腿，他脚底板没有但也能走得飞快，不管怎么，回去赶上放羊时间就行，家里谁也说不成个啥，尤其爸爸。回去路上根据太阳升起的高度估摸着时间，快走会儿、跑会儿、跑会儿、快走会儿，有出山的庄稼人和出来倒尿盆的婆姨女子，投来异样的眼光，估计大部分人皆猜想这人是有天大的急事，是的，这件事对他来说就是天大的急事。到坡底，爸爸刚起来不久，从院墙外的厕所出来看到他，说，清早就不见人，去哪里了？他说，没去哪里，就在坡底转转看看。爸爸说，哄骗鬼去，看那满脑门子的汗，汗珠子都流到脸颊脖子耳根子处了，赶紧回去洗把，出去放羊，一晚上羊也饿了。他说，知道了，耽误不下事。

赶着羊出门时，裤子兜一面装着晌午的干粮一面装着到镇上买来的东西。走着走着他哼唱起心中喜爱的民歌，六月那日头腊月的风，老祖宗留下个人爱人，三月的桃花满山山红，世上的男人就爱女人……不晓得秀英这阵到了没，说不准她就是送个饭，顺便帮忙做些农活。反正只要来就行，他要把风风火火买回来的东西送给心爱的人儿，从而能减少些心爱的人儿的苦痛。他到得早，羊依旧在沟底的青草地拦放，他坐在山上的树荫下瞭望。到晌午还不见秀英的身影，心中有些急躁，站起身到山顶上瞭照，看是不是在来的路上。秀英爸这会也坐下吃带的吃食，难道秀英因为什么事不来了，也是怪他，昨日没直截了当地问。站会儿还不见人，灰头土脸回到树荫下，沟底有羊跑到泛水泉旁边去了，他捡起土疙瘩就打，骂骂咧咧道，狗日的，那是你能喝的吗？小溪水不甜还是怎么？秀英爸听见对面有人喊叫，手搭凉棚往这里看，看到是他就摇摇头继续吃饭。他低声说，摇啥头，半斤八两的，装什么大尾巴狼。顺势倚靠着土崖躺下，一条腿露在太阳地，阳光通过轻薄劣质的裤子渗进挨着皮肤，暖意不断向身体四周扩散。侧转身子的瞬间好像看到了心爱的人，他以为是幻觉，搓揉几把眼睛，忙乱中不小心把尘土带进了眼睛，眼睛涩得睁不开，坐起身使劲用手背、胳膊搓揉，不涩的那只眼睛清楚看到，就是心爱的人儿，提着昨日的米汤罐子，顺着那逼仄的山路走来了。

在这晴空万里、阳光爽朗、沟壑丛生的黄土高原上，俊美的秀英好似仙女下凡，轻手轻脚、文文雅雅地走着，绵软细腻的黄土堆积的路上没有带起丁点黄尘，不像他们这些粗人走过，周围尽是黄尘飞扬。这样的人儿，谁都会不住感叹，真是好人儿。他看着秀英把米汤罐子放在正吃饭的爸爸身边，坐下不知说着什么，他的心猛提起来，万一秀英不到沟底打水怎么办？不，不会的，昨天不是说了，每回来地里都要提这里水回去熬稀饭。会的，秀英一定会来沟底打水，一定会来。他时刻注意着秀英的动向，只要秀英有到沟底打水的迹象，他就准备动身往下跑，像昨日那样装作就在沟底放羊偶然碰上的。坐一阵，看到秀英提着罐子起身，他跟着悄悄起身观察，看到秀英向沟底的路上走，他就疯跑开，中间跳台塬地时不小心摔了跤，快速站起继续跑跳。其实就算是快些走也能赶在秀英之前到达沟底，但不知怎么，就是这么不要命地飞跑。

秀英到青草地看到他，这次便很自然地互相微笑，他装作是管理边上吃草的羊，随意地走过去，秀英弯腰打水，起身后看到有些不太自在的他说，明忠哥。他说，又来送米汤啊。秀英说，天热，不喝些米汤容易中暑。他说，对着了，要常喝米汤。秀英说，那我先走了，我去帮着锄会地。他长出两口气，说，秀英，等下。秀英转过身说，怎么了，明忠哥？他从裤子兜里掏出已经揣大半天的手套，说，昨天看你手因为锄地受苦有些磨破了，我就想如果戴上手套会好些，百货商店没有卖专门的女式手套，就买了这种普通的，你先凑合戴着，怎么都要比不戴强。秀英说，不用、不用、不用，明忠哥，都是农村娃，没有那么娇生惯养，戴手套干活让人笑话，那是城里人的做法。他走过去硬是塞给秀英，说，不管农村还是城里，对于女子娃娃来说都需要，你们女子娃娃的皮肤细腻软嫩，不像我们男的皮糙肉厚。说话中他已经跑到半坡上，这样秀英无论如何得收下了，要追撵也追撵不上。

秀英在原地站会儿，手套捏在手里，提着罐子向自家地里走去，快到自家地里时，将手里捏着的手套揣进裤子兜，受苦的她爸不知道和她说什么，她回答着，拿起土崖上立着的锄头开始劳作。秀英劳作有没有戴他送的手套他不知道，总是送了，表达了自己的心意。后来逐渐有了较多的接触，听说秀英口琴吹得好，他就想方设法问到秀英喜欢的口琴的型号样式，跑到镇上买，没有卖的，专门找时间去县上百货大楼里面买，也是没有卖的，最后人托人找到百货大楼里面进货的人，安顿在进货时捎带买支回来。拿给秀英时，秀英那个开心啊，他不时偷偷去秀英家院墙外面听，秀英吹《纤夫的爱》，一遍一遍，也吹民歌《走西口》《兰花花》，爱是什么啊，让他神魂颠倒，那么冷的天在秀英家院墙外的坡底拐角一听就是好半天，冻都感觉不到。

经过秀英家院墙，看到秀英和妹妹住的那孔窑洞油灯还亮着，他就心痒难耐，大概是在做针线活，人家说女子对男子表达相思相爱，在咱们这块土地上就是送做好的针线活，比如鞋垫和鞋，不晓得秀英这会还不睡是不是给他做着了，仔细算下，相处已有一年多时光了，他想掏出火柴点根烟抽，摸索裤子，裤兜布衫兜都没有，出门时千记万记，就带了一盒，估计是那会摔倒时不小心掉了。没火柴是不行的，去了土窑连火也生不起，几孔土窑没门窗和遮挡的土墙，那么个敞风口子，一夜就冻死了。要不想办法叫唤下秀英，借她家一盒先用着，这会回去拿已经走出这么远，太折腾了，路又不好走。秀英爸妈和两个哥哥的两孔窑都黑沉沉，定是睡下了，如果明目张胆地叫，惊动了她爸妈哥哥，这黑天半夜的，会招惹来许多没必要的误解。他详细回想只有他们之间说的用的话语，有次她说有种鸟叫特别好听，他问是哪种，她描述。他根据描述的声音尝试着发音叫唤，她都说不像，笑得直捂肚子。他就叫唤这些不像的音声，秀英肯定能听出来。

他把记得清楚和几个比较清晰完整的音声叫唤出，两三遍后也不见秀英所在的窑里有什么动静，他就再叫唤，就不信听不出来，这很明显是人叫的么，秀英肯定听出来了，为什么不出来呢？有妹妹在不好意思还是其他原因？思想越多他就越生气，是不是有些嫌弃他，不管怎么，这么些时间交往，他什么意思就是旁人也能看出，何况她是当事人。他叫唤到七八遍上，亮灯的窑里有黑影投射到窗子上，随即门吱呀开了。秀英披着衣裳在院子左右寻找声音的出处，他这时可以低声说明了，秀英，秀英，这边，这边。秀英找到声音，寻着声音来到院墙外，看到他似乎情绪很是低落。他说，怎么？不高兴啊？秀英说，黑天半夜，这会了，你有什么事不能等到明天天亮说啊，这要是惊动了我爸妈就麻烦了。他说，我本不准备打搅你，我到你家这里摸衣裳兜发现没带火柴，看你还没睡，就想着和你借一盒。秀英听后情绪有些上升，说，雨下的，你这是要去哪里？他说，白天换了几只羊羔，家里圈不下，我赶着到前面几孔废旧的土窑洞里圈，借火是为了去了生火取暖。秀英嗯嗯几声转身回去取火柴。再次出来时，爸妈那孔窑洞里传出她妈的声音，秀英啊，黑天半夜的在外面做什么？有谁了？秀英说，没有谁，晚上吃的有些不舒服，跑厕所。她妈说，哦，多喝点热水，需要吃药门箱柜子里第二个格子的纸斗子里有，看得吃些。秀英说，知道了，没事的，你们安心睡觉。火柴递过来，他接火柴时借着机会大着胆子摸了下秀英的手，秀英触电样收缩回去，惊恐生气地说，明忠哥，你这是做什么？急匆匆跑回窑里关上门。他手里捏着火柴，站了很久，在刚才摸秀英手的那只手上狠狠抽打几下，真是无可救药啊，抽什么风，那么长时间那么多机会都没有，今天是哪根筋不对了。

羊羔咩咩叫起，这里不能久留，再待会秀英爸妈必然会起疑心，火柴已借到，继续向目的地进发。上道坡，再往下走些就到了。几孔老旧荒废的土窑夜色里黑乎乎地黏腻着，仿佛他进去就会陷进沼泽地样不能自拔，他打量会儿，几只羊羔不知什么时候已经进去，咩咩叫唤着，他说，别叫唤了，等下生堆火就好了。他找准窑掌里放着干草玉米秸秆的那孔，搂抱出些玉米秆点燃，火柴划着之际他伤了心，就是这滚热的火苗，惹恼了秀英，真是不该啊。火苗随着玉米秸秆柔软的叶子旺盛起来，六个白绒毛的生命围聚过来，站着卧着看着火苗，他环视着火苗光所及之处，都还如意，抬头看窑顶，不看不知道，一看吓一跳，窑顶处裂出道小拳头宽长长的口子，顺延到窑掌，这孔窑在中间，如果这孔一坍塌，边上的两孔和已经坍塌的都会连带着受到不同程度的震动。

为保险，还是换个地方，火彻底熄灭后赶着羊群去其他地方。这会了还能去哪里啊，这一晚不找个遮风挡雨的地方冷不死也能冷个半死。从土窑里出来，向前滩走，边走边思谋具体地方。行乞之人最常去什么地方，除了烂柴草窑外，那就是那就是……对了，去那里凑合一夜，不敢再倒腾了，再倒腾天都要亮了。

四章　老仙

早知几孔荒废的土窑洞是这个情况，不如一开始就赶着羊从家里坡底顺着小路到沟底，过了小河绕转到去庙峁子的那条路，现在得往回折返，村里已没有人家存有亮光，全然与黑夜融为一体，秋雨淅淅沥沥，润湿着干枯且凉意浓浓的黄土高原。这次思考去庙峁的路线有了经验，那条不宽的路应该可以走，上面多少撒有石子，不完全是胶泥地。羊羔也被这不靠谱的主人折腾得够呛，路上不好好走，咩咩咩叫唤着以示抗议不满。他就给解释，说，诸位啊，这也不是我愿意的，我也想早点找到个休息的地方，少走些路，相信我，这次的地方指定可以，不会有错。羊羔不听，直管咩咩咩叫唤。他说，别不识好歹啊。好说歹说不听，呵斥也不行，便继续安抚，你们要相信我嘛，跟着我肯定亏待不了你们，等会有好吃的。

他说的好吃的不是别的，是马上要路过的一处大白菜地和玉米地，大白菜有没收回去的，拔上几颗，地里成熟、皮皮干枯的玉米棒子，掰些带回去，夜里搓下玉米粒拿斧子捣碎给羊羔拌着大白菜吃。大白菜老仙也可以吃，他们夜里饿，煮上一锅大白菜熬土豆粉条，放上盐倒上醋，热气腾腾的，想想就流口水，不晓得老仙那里有没有辣椒粉末，如果有，哪怕是一点点，只要拿筷子头蘸点搅拌下，就又是别个香味。他三下五除二地掰玉米刨挖大白菜，羊羔们估计没反应过来他就把事情做完了。好在这里离庙峁子不远，不然抱着大白菜和玉米棒子怪冷怪累的。

庙峁子是村里人的叫法，其实是峁子上有个庙，大家就叫庙峁子，老仙是这里长年居住的人，记得他十三岁还是十二岁那年，总是在十二三四岁里的一年，冬上没烧的煤炭，大家就到地里拾乱柴草，整理好一背一背往回背，那些年包括现在往回背庄稼秸秆和风刮下的干枯树枝子都很兴盛，老仙生病了还是怎么，不能受苦动弹，成天坐在庙门前的台子上晒太阳。他这人胆子大也爱说笑戏耍，路过看到蔫头耷脑的老仙，顺嘴便说，哎，哎，老汉，这么好的天气愁眉苦脸给谁看呢，还在庙门前，让神神看到多不好。老仙抬起头看这般戏弄自己的人是谁，瞬间眼珠子瞪得老大，是个猴（小）娃娃，又气又好笑地说，哎呀！你个猴娃娃就敢戏逗我老汉，了不得，来这里几十年了，也没见这村里有哪个这般年纪就敢和我戏耍，你是头一个。他跟着笑，越发得意，说，那是他们太精怪，怕得罪你，我不怕，你要说我就说我，我是不怕挨骂挨打那号。老仙点着头，由衷地感叹道，这猴娃了不得，厉害呢，起码比我老汉厉害。就从这起，他们交往密切起来，老仙得来吃食经常给他，他也经常拿着自己烧烤的野味或家里分给自己的吃食给老仙，闲暇时也去听老仙讲古朝讲怪话。老仙那年的柴火都是他给拾的，老仙捡拾柴火不捡拾庄稼秸秆，不耐烧不算还棉花样，看着气势恢宏，实则就能做那么几顿饭。他带上家里的劈柴斧子或不用的旧刀子，到少有人去的后山，找到容易上手杂乱丛生的树砍劈，背回来一捆就是一捆，货真价实，每顿饭有那么几根柴就够了。那年他给老仙拾的木柴至少烧了三年。

老仙是村里和方圆几十里的奇人、神人，一般能在庙上住的人，不是村里德高望重的人就是懂风水能掐会算、精通着很多学问东西的。老仙是所有都占着。这也是他崇拜佩服老仙的地方。老仙住在与庙相通的两间老旧的小窑洞里，这两孔小窑洞造型奇特，严格意义上说是三孔，第三孔是紧挨相通着的再小一点的。三孔小窑洞皆相通，呈现出"之"字形模样，一孔窑洞有一半在庙的院墙外，有个很窄小的门，能容纳一个人过去，有种一夫当关万夫莫开的感觉；另一孔充当着院墙的作用；那孔小的在庙的里面，也有个门。古朴结实厚重的庙门，墙外的门更是结实，不像纯铁但也说不清，总之看着就沉甸甸。窑洞上没有窗户，透气采光的地方是窑顶上开的三个方方正正烟囱样的洞，上面他上到垴畔上看过，设计得真是精巧，他担心的所有问题皆不存在，为防止雨雪进来，上面立着两块小石块，却不影响阳光照进来，好像专门计算好的，这么深都能照进阳光，奇怪得厉害。老仙说他初到这里就是这样，当时逃荒到这里，住下就再没挪窝，村里人逐渐习惯下来，把他当作村里的一员。

老仙如今六十多岁的样子，等会见了要问下具体的年纪，一直这么模糊着也不是个事情。羊羔前面走，他后面气喘吁吁地跟着，嘴里念叨着，你们可是要给咱选择条安全的路，不要觉得你们能走我就能走，你们小巧，有点路就能走，我不行，现在还抱着这么多我们都有份的美食，可是不敢顽皮啊。越走越累，为把仅有的体力发挥到极致，不管不顾地撒腿跑开。到老仙门上，他敲院墙外面那扇依然厚重沉沉结满锈迹的门，许久没有回应，老仙估计睡下了，天凉起就睡在最里面那个小的窑洞里，上年纪听力也不好，不是特别大的动静都不在可听的范围。他加大了呼喊力度，老仙哦老仙，贵客来了，快开门啊快开门。这边听不见就转绕到离更小那孔窑的近的院墙外面喊叫。果然有用，老仙在里面应承着，猴娃娃，别叫唤了，大晚上的胡乱叫，别搅扰了神灵，这就来。厚重的门随着鞋底拖拉摩擦地面的声响打开，他先不进门，老仙说，开了门怎么又不进来？他指着边上已经往进探头的羊羔，说，它们也得有个住处。老仙这才看到，说，庙对面的戏台后面有个专门供戏子睡觉梳洗化装的地方，那里可以圈，正好前段时间村上给入口处安上了不知从哪里拆下来的门，严丝合缝。老仙端着家里的油灯，微弱的灯光在雨中江中小舟样忽闪摇曳，他说，给我，你手哆嗦的端会儿就灭了。老仙把油灯给了他，吃力地爬上戏台，与他一起安顿好羊，回到小窑里。

一时半会儿睡不着，晚上那会顾着和爸爸生气，饭没吃好，这会肚子叫唤，老仙说，这家里，各样东西在什么地方你都晓得，自己看着弄去。他说，先给羊羔煮些吃食，抠三四个玉米棒子的玉米粒，放在石槽里快速捣碎，和大白菜在锅里熬煮会儿，稍微晾下，端出去喂上。他们吃的要讲究些，老仙说，门箱柜子里还有几个干掉的玉米面馍，可以泡在白菜熬洋芋粉条里吃。他笑着说，是你想这么吃了吧。老仙说，我就想吃了，怎么？他说，我敢怎么，就算我吃不成也要给你老仙吃。老仙坐在旁边的小凳子上，就着油灯光抠玉米棒子上的玉米粒，一粒粒黄灿灿的玉米落在老瓷碗里，说，这是你顺手掰来的吧。他说，晓得还问。老仙说，自认识你猴娃啊，我就成了你偷鸡摸狗的从犯。他故作严肃地说，你老仙本来就是，可不敢说是我把你带的，就问你这些年吃得美不美？摸着良心说。老仙说，美呢。他说，那就不言不传地吃，继续美一直美，真的，你今年多少岁了？老仙说，我也不晓得具体的，六十六七是有了。他说，你也不晓得啊？老仙说，逃荒啊，家里人都走散了，原先记着的也被抓心抓肺的饥饿冲散消失了。

灶火里烧着的是枣木，不管干湿都能烧得咯叭叭响，年代久远的铁锅里的水滚沸，削了皮的洋芋在水里洗净，刀案拿出切成不大的块，太大不容易熟，肚子里的馋虫等不了那么久，白菜一片一片剥下撕碎放在盆里，要粉条，老仙起身到锅台上，跪上去打开墙上精致小土窑的门，取出半把粉条递给他。他用勺子搅动锅里熬煮的洋芋块，窑里已经水汽大罩，不觉温暖许多，增添了太多家的感觉，不过这些都是短暂的，水汽散尽后会出现变本加厉的凄凉。老仙回到原处，继续抠玉米棒。白菜粉条下进去，火要旺盛，人不敢离开，要不时搅动，要是粘锅焦煳就不好了，闲着无事，他说，老仙，那个地窨里是不是有什么宝贝了？老仙脸上的皱纹因笑挤成堆，说，你猴娃那么厉害倒是猜啊，问我做什么？他说，你别不说，我哪天没耐心了直接打开看。老仙说，你猴娃不会，要是想打开看早看了。他说，算了，即使有再大的宝贝我也不爱，你能掐会算，给我好好算算我将来的运势和婚姻怎么样？老仙说，你猴娃将来不错，婚姻就是娶女人么，两个女人，不过你将来风生水起的福气我是享受不了，要是万幸，能沾染点。他说，你老仙是好人善人，能长命百岁，两个女人你是胡说八道，但风生水起我信，从出生那刻我就不服气生活，人常说，人的命天注定，注定就注定，好好坏坏要过一辈子，走着看。老仙说，你欠缺的是没文化，要是多念几天书会更了不得。揭开锅盖，饭香随着热气扑面而来，他说，吃饱都是问题还念书学文化，想多了，老仙，拿碗，咱开吃。老仙站起身去另一孔窨洞的板箱盖上拿碗，走路一只脚拖拉着，他那会儿就看到了没来得及问。

先给老仙舀，老仙这辈子没吃几顿可口的饭，每年最有机会吃到美味就是庙上说书唱戏那几天，村上准备好食材请来村上红白喜事的厨子给戏子和说书人做饭，老仙是照看庙的人，自然这几日的饭也安排在其中。老仙是读过书的人，行事举止都有度，吃饭更不会狼吞虎咽。满满舀好一碗，老仙推让让他先吃，他死活不肯，吼喊孩子样说，让你端着就端着，到什么时候我都不会亏待我自己。老仙乐呵呵地说，你啊，猴娃娃，没办法说你。端上饭坐在已经被磨平磨光滑的石床上，细嚼慢咽地吃。他给自己舀上一碗,依托在灶火边锅台的边沿,说,这次把你好容易攒下的粉条吃完了,后面加倍还你,你那只脚是怎么弄的?老仙的脸颊被饭碗里冒出的热气笼罩,夹起块洋芋和几根粉条说,还啥,说那些话,我也不爱吃粉条,今天你来了说起,不然我都不记得有粉条,脚是那天担水上来时不小心踩进路上的小坑洼里崴了,这些日子抹了赤脚医生那里开的药,再抹几天就好了。他吃得津津有味,说,就说水瓮里的水剩瓮底了,你不言传,我不来你给其他人捎话啊,我担一回就够你用好几天。老仙说,这不你今天就来了。他说,今天来是机缘巧合,要是不来你就把水瓮吃喝了。老仙说,说一千道一万你来了,咱有缘有心,你没念多少书,但你心好,这是活人的底色,我给你成天讲的古朝和念叨的那些乱七八糟的东西后面会慢慢起作用,你将来的成就需要这些支撑,尽管我说的这些还远远不够,也总比完全没有强,能补救多少是多少。

他在学校真是没学到东西,学校的老师是村里唯一识字的老人,头昏眼花是常有的事,身体好的时间很少。他现在明晓的道理和识的字都是老仙教授的,老仙古书多,他不知道具体储藏的位置,就是见老仙时不时就拿本看,看完就给他讲授,他十三四岁还在学习简单的汉字,就这些还久久学不会,急躁的老仙直爆粗口,说,哎呀呀哎呀呀!你这猴娃,孺子不可教也孺子不可教,老师本事再大也不能把你脑子掰开灌输学问知识啊,孺子不可教也孺子不可教。他不明白老仙口中那句重三复四的孺子不可教孺子不可教,就满脸困惑不解地问,老仙,孺子不可教是什么意思?老仙抬起手中的戒尺又放下,气得直跺脚,说,哎呀哎呀!怪不得人家说这是块不毛之地不毛之地,我也是饿疯了,跑到这么个连开化都达不到的地方，孺子都不是教个屁啊。他看到老仙着急，心软下来，极力思考准备补过，说，老仙，褥子肯定不能浇水啊，浇湿了怎么睡？老仙气得无言无语，黑青着脸，坐在土台子上陷入沉思。

老仙有句口头禅，他记忆最深刻，现在就用这句回应，说，已经很不错了，对我这样的家庭以及身体来说。圣人布道此处偏遗漏，大环境就不行。看似高深的话，他只能凭借记忆转转，再要往开阐述他就蔫了。老仙干瘪的嘴巴里嚼动着白菜粉条，说，你能说出这些话就很不错，不要看村里及周围有人富裕，口了殷实，其实并不如此，精神上什么都没有，你已经有了种子且发了芽，长大是迟早的事情。他不懂但还是点头称是，就当听古朝怪话了。老仙吃完他问再吃不，老仙摸着干枯身体凸出的圆滚滚的肚子说，再吃就撑破了，你以后就见不到我了。他把剩下的舀在碗里，放在另一孔窑的板箱盖上，剥几片菜叶盖上，不然窑顶上碎土沫掉进去就吃不成了。洗刷完，老仙从门箱里抱出床崭新的被子，说，今晚你盖这个，这是上次村里庙会一个外地的好心人看到我的生活状况第二天给带来的。他说，那你平时就拿出来盖啊，留着做什么，都这把年纪了。老仙说，我盖的有呢。他指着炕上单薄轻巧的被褥说，就这？快些换掉，那轻薄的能御个什么寒？真不晓得这些年的寒冬你是怎么过来的。老仙说，猴娃呀，你忘记我是这村里的神人了，神是不需要被子这些外在之物的，再个书读得多也就什么都不爱，身体里有些看不见的东西满满的，足够支撑所有。他说，你说这些我不知晓，很多都是囫囵拿着，明天我先给你担几回水，水总要喝吧。老仙说，水是要喝的。

他执拗不过老仙，盖着新被子躺下，底下铺的褥子也好。老仙查看门关好没，确定关好，问他喝口热水不，他说，不喝。老仙从老旧的暖壶里倒了半碗，先端倒好的热水，然后端油灯到锅窝处的灯台上，脱掉已经踩踏得不像样子的鞋，上炕钻进最为熟悉安详的被窝。他担心油灯费油，说，没事咱就把油灯熄了。老仙说，没事，你瞌睡就睡，我看会书。他侧转身子看到被窝里的老仙像个孩子，捧着书借着微弱的油灯光，一页一页认真阅读。他心疼地说，是不是家里没油了，油灯燃烧得这么昏暗。老仙说，家里有呢，上次庙会村上买了些让我给神神老家前面放的油灯里添加，庙会结束还剩不少，交给村上专管此项的人，这人顺手给了我，说，你平时照看庙门也要点灯了，留着你慢慢用吧。现在昏暗是我故意弄的，这样能省些油，我每天夜里都要看到二半夜，如果放开点儿用太铺费了。他裹紧被子观赏风景样看着老仙，说，你有什么也不言传，像这些事你就应该给我说，我尽管没什么大本事，但就你这样的问题解决起来丝毫不费力，今儿开始把灯拨弄亮，放开点用，能用多少么。我明天，不，明天顾不上，后天或大后天就给你买两大瓶子提过来。

老仙手指在舌头上轻沾下翻动泛黄的书纸，边看边说，你猴娃也不容易，人家不晓得我还能不晓得，能不用你就不用你，再说用了我老汉拿什么来偿还。他说，老仙啊老仙，读书读傻了，偿还啥么，一家人说两家话，以后可别再讲究这么些没用的，有啥需要的就说，只要我能办到的，你看吧，我睡了。老仙说，睡吧，你明要出去劳动。他看着老仙，眼睛里慢慢生长出睡意的纱帐，迷离迷糊中看到老仙笑着点头像是在赞赏感叹什么，书的名字忘记看了，想说凑近看但怎么也凑不前，腿脚被看不见的绳索绑住，随即看到老仙飘起来，满脸堆着笑容，迎着阳光冉冉上升，他想老仙真是成仙了。不，这应该是在做梦，黑夜里哪里来的阳光？他在睡觉，老仙也在睡觉，梦里的物事全是假的，全是假的。知晓这个了，他安心地随着疲惫睡过去。

五章　明忠（一）

　　晃眼临近过年，换得的六个羊羔皆茁壮成长，爸爸这下服服帖帖，成天美滋滋。受苦人受整年苦，就临年腊月和过完年正月这段时间放松娱乐了，村里像往年一样张罗秧歌，气氛一天比一天浓，谁家娃娃按捺不住心中的激动，从家里准备过年放的鞭炮中悄悄抽出一串拆开，找到引线头，解开绑缚的细白线绳绳，哗啦啦解七八个甚至十几二十个偷偷揣进衣裳兜里，再找两根香点着，飞跑到离家较远的地方，约上三五个伙伴，手握解下的零碎鞭炮，一个一个放，不是炸空气就是炸塑料瓶或者土崖冰面，几个小脑瓜想到什么炸什么。昨天村上的大喇叭里喊，明天起排练秧歌，家里孩子想加入，清早来村前头学校处报名，过了时间再不增加人数。明月是肯定要去的，她在村里所有女娃娃里面扭得是数一数二，明义这些年只有一年没去，其他都去着，扭得也好，运气好的话还能扭闹个小场子，这可是在村里露脸的不多机会。秧歌里经常要有的表演性节目就是扳水船、踢场子、跑驴等，踢场子有二人场子、四人场子、八人场子，二人场子是轮不上明义，但四人、八人的小场子概率很大，近两年明义不知从哪里学习的，扭秧歌技艺突飞猛进，脚下的十字步和身子、手上、头上动作配合得书展大方，确实好。家里就剩他，他去年、前年报了，可扭得实在不怎么样，不要说扭小场子，就是跟大队伍也是垫底的。

前年最尴尬，报完名，村里闹秧歌好的人是排练秧歌的教练、指挥，由于人数太多或是为站队排顺序，教练们开始面试选择，报了名的挨个去教练跟前扭几下，几个教练坐着边看边商议，在纸上写画。他看着就来气，还真他娘的把架势立起来了，拿着鸡毛当令箭，猪鼻子插大葱，装什么象，谁还不晓得谁怎么个。就最中间坐着的教练杨应和，谁不晓得和村里那个谁家的婆姨不清不楚，两人厮混都被人现场捉住过，现在人模狗样地坐在那里，还真把自己当盘菜了，对前面面试胆小的女娃娃指手画脚，日你八辈先人，其他人他不好插手，要是敢在他这里胡乱放屁，看他怎么收拾。他是最后一个，轮到他时，几个面试的老坏种就伸胳膊展腰打哈欠，摆出副不屑一顾心不在焉的样子，他不管这些，自顾自地扭几下，边上的人说，好了。另一边上的人不知在本子上写了个什么。中间的杨应和怎么会放过这么好的机会，开始摆谱，说，明忠啊，你这个扭得就差些，不过也还行，你年纪也不小了，过了。他就不爱听这些，好就是好，不好就是不好，再还有，扭得好坏和年纪有什么关系。当即不客气地质问，说，到底能不能过，别在那里充好人，还好像你给我走关系了，用得着吗？就这么点事情，不能过我就不扭，谁要你这么阴阳怪气地骚情。杨应和想到了眼前的人不是善茬，但万万想不到会是这样激烈烧灼烫手，气急败坏的话都说不成，结巴着说，你你你……你怎么是……是这样的娃娃，我就……我就……我就随便说几句，一个村里的，抬头不见低头见，你这么……这么呛我……呛我，有意思吗？有没有点尊老爱幼的规矩……规矩，什么语气……什么语气，你们说对不对，对不对？身子左转右转地让两边的人给评理助威长势。身边人还算懂事，劝着说，哎呀，应和啊，这么点事情不至于，年轻人火气大，咱也年轻过么。这不算完，他直逼着问，到底是过还是不过，我这人说一不二。劝说应和的两个人说，明忠啊，过了过了，你先回家吃饭。他才离开。

只要是村里明白事理的人都知晓他的脾气性情，你就是再厉害，要拿不讲理的糊弄，在他这里根本没门儿，不要说伤人一千自损八百那种话，就算是伤人八百自损一千也要奉陪较量到底。所以和杨坏人一起的那两个人不敢为虎作伥胡乱言语，如果事情真扩展开，谁都没好果子吃。

明月做好了他和妈妈的暖鞋，这会又拆剪别人不要自己捡拾回来的旧衣裳，借吃罢饭的灶火还有火星，在前锅里倒上些水和面粉搅拌成面糊糊，将拆剪好的旧衣裳拾掇干净整洁，一块一块铺展在锅台上，铺展一层刷抹一层面糊糊，一般就是三四层的样子，然后把刷抹好的一块揭起来，妈妈帮着开门搭起门帘，明月提溜着粘贴到外面平展的石床上、碾子上、磨盘上。到时候干了剥扯下来就着鞋样剪出来，一层一层用针线缝纳在一起，就是千层底布鞋，做单鞋暖鞋都需要用到这样的鞋底子。

做完这项活计已是晌午，明月问妈妈还有没有麻，妈妈说有呢，明月去板箱里翻出来，趁着现在闲着搓上些纳鞋底的麻绳，前面搓好的几双鞋做下来用得差不多了。他们都没出去转，妈妈从边窑取东西过来，惊讶地说，今天还奇怪了，这会儿了谁都不出去串。靠着门箱柜子坐着的爸爸站起身走到炕栏前脱鞋上炕，说，冷得去哪里串，都忙着准备年茶饭。上炕后躺在靠灶火边的炕头，从边上的纸篓子里拿出常耍的纸牌，自己玩起来。明义刚洗完头发准备出去倒水被妈妈叫住，说，正过年害怕感冒不了是不是？我来倒。他心疼妈妈，从炕上溜下来端着脸盆到硷畔上倒掉。

明义洗完头发，用干毛巾擦干，家里站会儿头发稍微干些就要出门。妈妈说，再等会。明义说，有人等着他练习秧歌。话音没落人已经跑出去了，留下一阵风和闭门的咣当声。明月挑拣着断掉的麻絮，接续上放在腿上的皮桶子上搓，搓累了就坐着看前天新糊过的窗子，说，大哥，你学习花哨动作不，学的话我给你教。他坐在明月身边手里把玩着搓好的麻绳，笑着说，傻妹妹，大哥学那些做什么，今年都不想跟着大队伍扭打了。明月说，这是为什么？要扭，凭什么不扭，不敢胡思乱想，哥。他看下美丽的妹妹，心中涌上说不出的美好与幸福，明月说得对，要去扭，为什么不去凭什么不去？千万不要陷入婆姨女子那种粘黏软弱的作态里，自己刚才太危险了，人有时候就是这样，明晓自己最看不起的是什么，但又很容易无知觉地深陷进去。

第二天清早，他本想着与明义明月一起，谁想明义跟昨天一样提前走了，他就跟明月同走，路上明月碰见相识的朋友同学，他主动避开，说自己得折回到小卖部买盒烟，你们先走。拖拉着等待明月他们走远，自己再放匀称步子走，后来也遇见不少人，真诚的朋友没几个，多是嬉皮笑脸地戏耍说笑，他不愿轻易发脾气，随他们而去吧。到了学校，聚集的人已经黑压压一片，三五成群地说笑闲聊，他找准将要排队的位置。村里干部们到来，和负责此事的人耳语几句，那人便拿着喇叭样纸卷的扩音器喊着，别吵了，按个子高低由低到高排列。聚集的人不听，村主任觉得脸上无光，直接责骂道，能不能听人安排，你们厉害你们能说站出来，站到这上边来说。别说，这样的嘶喊还真有效，漫无边际的喧闹声登时收住，换上静悄，只剩下学校边上住家户的鸡叫狗吠羊咩。

之所以村上有大型活动到学校这里集合，是因为学校所在地宽敞，又在大路边上，交通便利，汽车、三轮车、板车都能上去，不过汽车很少来，就是修建这学校时，县上、镇上的汽车来给运输过水泥沙子。这些年，来车的次数都能掰着指头数过来。村里干部们站在一线十八九孔窑洞前一米多高的台子上，台子下面是平展展的操场，说是操场其实就是所有人的活动场所。靠近大路边修建了一排十几个蹲坑的厕所，十几孔窑洞靠左边是几孔小些的窑洞，其中最边上的那孔是小卖部，其他的老师占用着办公。队伍很快排起来，两队太长就男女各排两队，呈四队排列，他依然在最后面，在黑压压的人头攒动中找寻着心爱的人儿，那队没找见就在另一队里找，奇怪的是另一队里也没有，心里正纳闷犯嘀咕时，心爱的人儿从那几孔小窑洞出来向这边跑来，手里抱着扭秧歌的扇子、红色绸带，旁边还有一人，那就是最熟悉不过的弟弟明义。这是什么情况，为什么明义和自己心爱的人儿在一起？自上次夜里借火柴摸了手，心爱的人儿也没有过于计较，见面了还如往常。明义手里抱着镰刀斧头和扭跳场子用的花伞。安静中有了骚动，男女皆捂着嘴嬉笑议论，议论的内容是他最不愿想到听到的。

秀英不是这样的人，不会三心二意，如果喜欢明义为什么还要拉扯他？难道她不知道这样脚踏两只船的伤害？不会的，秀英那么精明，不会连这个道理都不懂。肯定是他想多了，也许明义和她就是偶然地被安排着去取这些要用到的东西，肯定是这样。队排好就开始面试，这次的面试多是形式，因为多是老人手，只有个别新来的孩子加入进来，面试时会着重看下，能不能跟上乐器所敲打吹奏出的节奏。还有就是站队，安排好每个人的位置。前几排众所周知是门面，能站那些位置的不仅长得好看而且扭得也要好，个子更是要匀称，他这种斜眼歪脸的指定不在考虑范围内。他静静看着教练们挑选摆放，教练纠结明义和秀英放在第一排好还是第二排好，让站来站去地观察思考，旁边的村主任看不下去了，说两个娃娃长得这么搭配就放第一排，明义和秀英相视而笑，虽然没有言语，但他看得出他们无言对笑中说了所有的甜言蜜语。秀英啊秀英，为什么要伤害一个这样疼爱你的人？他给你送那些东西以及默默的关注，难道你就真的没知晓吗？爸爸这次脸上有光了，明月也被选拔在第一排，第一排就四个位置，两男两女，他家就占了两个，就是村干部家里也没有这样的气势。

　　边上站着观看的人们有的就言说，茂平家这两个娃娃确实优秀，长得好看不说还机灵，将来指不定有什么样的出息；谁说不是，说不准人家因为扭得好被选拔到县上扭，县上再选拔到市上，市上再选拔到省上，一路上去谁能知晓前途命运是怎么样？将来生活肯定是不惆怅；有可能了，听说咱县东川的那个村里有个娃娃就是秧歌扭得好唱得好就被选拔走了，后来直接到县文化馆工作了，专门就是扭秧歌唱秧歌……言外之意是什么，他不想听，不想听这么些区别对待的话，话里话外意思都是他多余，对啊，既然这么多余为什么要生养下？他抬头看蓝瓦瓦的天，暗自悲苦，老天啊老天，你明晓得是这样为什么还要让可怜的人儿来此世上，难道就是为遭受这种歧视不公的苦难吗？这样矛盾麻缠的思想导致排站位置结束他都不知，稀里糊涂被排到最后一个，边上有个女子不愿与他站一起组成一组，让他气愤至极，这是什么意思？他又不是有臭味，站一起就把你玷污了？他凶恶地盯着和自己隔两人远的女子。他不甘心被这样无声息地欺辱，视线转移到秀英、明义所站的最前排，两双眼睛相撞，原来妹妹明月一直看着他，肯定是理解他现在的处境和感受，担心心疼。他给予微笑，示意没什么，挺好的。折转回视线，再看边上那女子往他这边挪移填补了一个人的空当，他们之间剩下一个人的空当，女子低着头满脸通红抠着手指憋屈地站着。他这时有些歉疚，自己的不快何必发泄漫染到人家乖女娃娃身上，人家是招谁惹谁了，说句道歉的话吧又觉得没必要，事情已经这样了，别再越说越乱，就此打住罢了。

晌午排队结束，明天开始正式排练，先练习队形转变，然后练习动作，中间会给符合条件扭得好的队员组合二人、四人、八人的小场子，冷静想来也是合情合理，各方面条件好扭得活泼，小场子的复杂动作和变换位置理解学习起来就快。时间不等人，年一过，正月初六过了就要开始排门逐户演，全村演过去再到镇上和县上几个企业拜演，中间一刻不歇也得六七天，到正月十二三，所有人歇息两天，正月十五又得上阵，晚上转灯扳水船，要把一年欢愉的气氛推到最高点。回去的路上他故意走得很慢，等待后面走着的明义、秀英赶上来，但走了大半路程也没见他们的身影，转头看他们间依然保持着起初走时的距离，原来他们两个也在刻意放慢脚步，与他保持安全合适的距离。反过来说，他如此慢走反而给人家创造了更加漫长黏腻的时间机会，想想就来气，便迈大步子。就算等到他们经过又能怎么样？明摆着的事情，怎么还不死心？脑子进水了还是被门夹了？明月气喘吁吁地追上来，与他并排走上，说，哥，走这么快我跑着都撵不上。他看妹妹跑得脸红扑扑，大口大口往出呼白气，说，你怎么不叫我，我站住等等你，或者撵不上就不撵了么。明月说，我叫了，你听不见。他哦了声，说，那应该就是我没听见。明月从袄子兜里掏出一把搅混着花生豆的瓜子递给他，说，哥，你吃，香得很。他不要，明月非要给，推让不下就接住，放嘴里吃颗花生豆，除去花生豆的香味还有一股浓郁的护手霜的味道。

　　回到家里妈妈已经把饭做好，等着他们回来吃，爸爸与他们脚前脚后到，他刚端上饭碗，明义从门里进来，喜滋滋地说，你们都回来了啊。爸爸异常亲切地说，冷的，赶紧吃饭，明义。妈妈不知道其中的纠葛，接住爸爸的话尾，说，锅台上有舀好的，你把那深疙窑碗的端上，一直锅窝子里放着，肯定还热着。爸爸心情大好，喝醉酒样地酣畅肆意，欢笑着说，老婆子啊，你不晓得今上咱家在村上的威力气势啊。妈妈揩擦着锅台上舀水淋下的水珠，说，什么威力气势，进门就看你得意扬扬。爸爸说，扭秧歌所有人分站四排，两男两女，你知道第一排都站些谁不？不等妈妈回答爸爸就说，咱家明义、明月啊，村长家的孩子都没站在第一排，更不要说能站两个位置，这是何等的威武啊，你不晓得我站在人群中众人看我的眼神，满是羡慕眼红，我就想你们再眼红也没用，那孩子是我茂平家的，有本事你们也生养啊。四个位置咱就占了两个啊，老婆子，四个位置，咱占两个，知道这是什么概念吗？就相当于村上只有四个村干部，咱家占两个，看他们谁家还敢小看咱，他娘的痛快啊，痛快。妈妈和明月同时看吃饭的他，同时要说话，明月让妈妈先说，妈妈说，能行了，再厉害那也是娃娃们厉害，跟你有什么关系，把你嚣张激动的，再个，人还是要拿得住拿得稳，心里再欢喜表面也要平平静静。爸爸说，有什么关系，那是我茂平的孩子，姓杨呢，我茂平养育大的，关系大着，在外面我肯定拿得稳，暗喜欢。明月绞尽脑汁地想怎么错开这个话题，灵机一动，说，大哥，我给你做的新暖鞋怎么不穿啊，赶紧穿，再不穿春天夏天就来了，春夏有春夏的鞋，我正做着。他再刚硬再心宽也禁不住亲人家人这般有意无意的比较伤害，整个脸恨不得埋进碗里，大口大口扒拉着饭，每次扒拉又只扒拉那么小口，因为扒拉太多两口扒拉完，端着空碗让看见，会是种不打自招的屈服，要坚持着，保持最后的尊严，说，哦，现在脚上这双还能穿，新的完了出门见人穿，家里穿没歪好。明月没法再往下接续话语，只能嗯一声。

　　明义依靠着门箱柜子端着碗吃着饭，嘴角不时就有上扬的趋势，好在始终没有完全展露出来，控制在可见不可见的范围，爸爸这阵蹲在水瓮旁边抽烟，磕烟锅里的残渣时，看到穿着有些张口暖鞋的明义，焦急地对明月说，你二哥的暖鞋做没？现在穿得都张口了，春寒也厉害，狗暖嘴人暖腿，人的腿脚应该要保护好。明月说，鞋底做好了，等外面晾晒的新袼褙好了，很快做鞋帮，鞋面布上回遇集买回来放着，到时候粘上，鞋帮鞋底两个缝合，很快了，二哥，稍微等等。明义放下手中的碗筷，忽然不好意思起来，说，明月，我的鞋你不管，有人给我做好了。明月最不愿意听到的话终究来了，大哥还在埋头吃饭。爸爸手撑下地往起抬下身子，抽口烟一本正经地说，你小子是越说越厉害了，老实说，是谁家女子给你做的？明义低着头小闺女样地说，前街老虎家的女子。妈妈停住手中的活，端直腰身说，老四还是老三？明义说，老三么，秀英。爸爸愈发欣喜，声音瞬间提高，说，从开始我就没愁过老二娶媳妇，你看看，根本不用人说，自己就出去交往，明月是女子，那就更不用愁，十个压住八个抢了，就老大是个问题，是个问题也要想办法解决啊，不然能怎么办。明忠着实忍耐不住，一溜从炕上下来，拖拉上鞋，碗筷在锅台上重重地放下，说，我是个问题，对，我的婚姻是个问题，那也不用你老人家愁急，从进门到现在看把你牛的能的，还晓得自个是谁不？杨茂平，这么厉害你怎么不上天啊，扭个秧歌站头排怎么了，你就成皇上了、太上皇了？人家不想说你，一忍再忍，你说你老是带挂我干什么，我自小到大大小事情要你操心没，现在你厉害了，今儿我还是那句话，我的事不用你操心，没事不要在那里自作多情地胡骚情。为避免更多的冲突和不必要的打闹，他说完摔门出去，出了院墙才听见从震惊愣怔中反应过来气愤不已的爸爸委屈痛骂回击他的声音。

　　他径直来到秀英家，刚好遇上秀英的四妹出来倒泔水，就叫住说，你姐在不？四妹说，在呢，有事？他说，没什么事，你给叫下，就说明忠在外面等着，说几句话。四妹嗯了声，提着泔水桶进去，小娃到底是小娃，刚进院子就喊叫，三姐三姐，明忠找你了，在外面等着。这会说什么都晚了，秀英家里人听见就听见，爱怎么想怎么想，现在还有什么在乎的，来就是为把事情问个清楚。秀英手里提着个布包出来，穿着脱掉外套的新红袄子，腿上是棱展有形的黑裤子，脚上是黑红条绒面的暖鞋，低着头说，明忠哥，你知道了？他说，再蒙在鼓里就是傻子憨憨，可惜我明忠不是。秀英说，我不愿意伤害你，觉得有些话说了太伤面子，几次想说没说出口，你给我送的这些我都没用，全部在这里面。提着的布包给他递过来，他手足无措，说，东西是小事情，你留着，我来不是为要东西，你晓得我不是那号人，就是说，就是说，唉！你没用我给你买的这些，那我看见你戴的手套、听见你吹的口琴还有穿的帆布鞋等都是哪里来的？秀英瞬间漫溢脸颊脖子耳朵的红晕让他彻底明白，和明义那会在家里的状态一模一样。他说，我真是傻子憨憨啊，连这都没看出来，明义每日还就在我身边啊，我竟然没看出来，真是傻憨到家了。秀英把布包猛地塞到他手里，说，明义肯定和我相同，不想伤害你，他给我买了和你一模一样的东西，我用的都是他给我的。他的双腿似灌满铅块，或像在老仙家睡梦中，他想快速跑开，却被看不见摸不着的绳索磁铁捆绑吸附着，无法挣脱无法逃离。好在这几分钟里没有人经过，他平静心情，自我融解消耗心中的不甘与屈辱，腿脚有了反应，重新回到自己的思维身体，听命于自己，艰难地走开。

走到大路上，来往的人多起来，见到他，有的给他微笑，有的问话，有的玩笑，他统统不搭理，也听不见，只见熟悉又陌生的面孔无声无息地蠕动嘴巴眨巴眨眼睛甚至吃惊怪异地看他，那又怎么样，他杨明忠就是这样，失败了，爱情里失败了。信步而走，来到后沟的小河边，这里人少，荒草被火烧燎过，留下团团黑灰烬，河上的冰结得并不厚，能听见冰下的流水声，对面土崖什么时候塌下来这么大块，根底处被水渗透得湿浸浸。他从裤兜里摸出烟点着，没燃尽的火柴丢进荒草。手里提着秀英给的布包子，看见就来气，想着想着一把摔在冰面上，口里骂道，什么龟孙子，明义啊明义，这种事情不提前说，还和他买的一模一样的东西，你狗日的还是不是兄弟，害得他丢人败兴。布包没有被摔开，原封不动地躺在冰面上，他扔掉烟头走过去捡起，打开挑拣出几样，剩下的甩开膀子扔进半山腰的黑洞子里。

六章　明忠（二）

　　喂羊时间他回到家，最不能亏待的还是他挚爱的这群羊，至少你每天善待它们，它们也会茁壮成长，到了可以售卖的时候就售卖换钱。还没走到羊圈就听见一声赶一声的叫唤声，别人听不出他能听出，这是对他归来见面的亲热欢迎。他怀里揣着那几样东西直接来到羊圈前，看着有着忠厚善良眉眼的脑袋和身体朝这边急速涌来，他腾出只手抚摸跟前的羊脑袋，激动亲密之情难以言表，用自己的额头和搂抱住的几只羊的额头相互摩挚，他流淌出滚烫的泪水，亲爱的人儿啊，为什么要这么折磨人，现今的结果他应该早就想到，怎么还会在心里产生这么大的撞击，这是为什么？老仙给他说的那么多文化知识怪话古朝里没有这么些啊，也听过那些化作蝴蝶的爱情，就觉得神奇，神话故事么……

　　家里门开了，有人出来，听见妈妈说，明忠啊，冻得不回家站在那里做什么？他慌忙起身装作给羊食槽里摊放草料，生怕妈妈过来，那他的谎言就再也无法掩饰，眼角有泪痕没来得及擦干，怀里揣裹着那些东西全靠一只胳膊挟着，一只手摊放草料必然会被问起是怎么了……好在妈妈没有过来，出来做完该做的就回去了，进门时说，赶紧进家里来，有熬好的稀饭喝上口。他心虚地应承。

　　正暗自庆幸，又听见有人出来，这次的脚步是直奔他这边来，来的不是别人是明月，走到跟前推把他胳膊说，哥，你别太多想，没缘分就不强求，好女子多着呢，我上次给你吃的那夹兑着花生的瓜子，还记得不？他点点头。明月说，那是我们一块的朵朵给的，专门安顿定要记得给你吃。他哭笑不得，说，就是世宏家那胖女子？明月也笑起来，说，我不要人家死活追着给，弄得我还不好意思了，是不是吃着还有护手霜的味道？他说，你也吃出来了？明月转头看他说，哎呀呀，大哥啊，了不得，我就知道你没那么简单，心思不是一般的细腻，厉害啊厉害啊。他要伸手打明月，明月敏捷地躲闪开，只能言语还击，说，死女子原来在这里憋着坏呢，还套你哥的话，看把你能的。他想跑出去追又不敢，怀里揣着的东西别掉地上摔坏，招手示意让站在石磨后头随时准备逃脱的明月过来，明月不敢过来，说，别想骗我过去。他着急严肃地说，快过来，大哥有话说。明月这才半信半疑地蹑着脚过去，依然保持着可脱身的距离，说，做什么？他说，朵朵长得真的是有些不入眼，你就不要拿哥开玩笑了。明月当即训斥道，大哥，这就是你不对了，人家向你示好你不接受就行了还说人家干吗？其实要我看，要不就接受了，夹兑花生的瓜子吃着真不是一般的香，你说你们要是成了，以后这些好吃的还能少吗？没说完就大笑不止。他说，那你嫁给朵朵，每天你们吃炒花生、炒瓜子。认真说点事，你过来些，我有东西给你，离那么远，哥又不是狼。明月一点一点靠近，配合着悄声说，什么啊？他掏出怀里揣着的东西，说，这些给你，全是适合你的，新格崭崭。明月接过去欣喜不已，左看右看，突然停住对他坏笑着说，难道这些是给那个……那个秀啊秀秀秀……他把明月一把拉过来低声说，得了便宜就安安然然，当作什么事情都没发生。明月乖巧地点点头，手指指向家里说，那我先回了。他放开明月，明月走到门口对着她张着口无声地说，谢谢了，大哥。他挥挥手示意赶紧回去吧。

　　生活继续，羊喂完闲着，出门到前村小卖部买瓶酒喝。进到小卖部碰见爸爸，爸爸在那里买烟，说，你也来买烟？他说，不抽烟，喝酒。爸爸装好烟对卖货的四平说，别卖他。四平作难，玩笑着说，你们父子怎么样我不管，我要卖货挣钱，只要明忠买，我就卖。明忠说，拿瓶烧酒。四平指指货架上的烧酒说，这个？他说，对着，就这个。付过钱，他出来准备找个僻静的地方喝掉，身后有人喊，跟谁喝去？老仙？他不看都晓得是他爸，说，你管得着吗？我愿意和谁喝就和谁喝。爸爸说，翅膀硬了，能挣几个钱更是了不得，成天孝敬老仙，老仙是你大还是我是你大。他冷笑着说，随便。头也不回快步往前走，不说起老仙还真不晓得去哪里，那就去老仙那里，一块儿喝酒闲聊。

　　后面有人撵上来，旱烟味随着风使劲地往前飞，他闻着呛得直咳嗽，说，别跟了，你跟着我做什么？爸爸说，明义给我说了，你和秀英怎么可能么，你不要记恨明义和秀英。他急刹住脚步，后面跟上来的人差点撞上，说，你说的什么话，明义爱秀英那是明义的事，和我有半毛钱关系？爸爸说，你比秀英少说大四五岁，主要是你的脸和眼，人家看不上正常，再者你这些年也没明义下苦，明义营务庄稼营务得好是远近人看得见的，谁不愿意把自己女子嫁给这样的好受苦人，你看看你，散漫地拦羊，是也能挣来钱，但那毕竟不是个长久的事，最数个土地稳妥，只要你精心营务下苦，土地是不会亏待人的。他害气地说，别再说这些碎嘴话，你是男人，不是婆姨女子，和我说这么些，我将来怎么样我有考虑，并不是所有人都要去种地，总有做其他事情的人。走出十几步心里觉得话有些重，后面人碎叨这么些多少也有为他好的意思，折转身子走回去把酒塞进站着抽烟人的口袋里，重新回到去老仙住处的路上。后面人喊，你不是要和老仙去喝么，给我做什么？我家里有酒。他头也不回地喊，给你你就喝了，啰嗦唆死了。这几天爸爸抽的旱烟真是劲大，刚那么会，新换上的布衫就沾染上不少旱烟味，抬起袖子放鼻子上闻，袖子上还不太浓郁，手上却不轻，就刚才塞酒在衣裳兜上触碰了几下。

老仙坐庙门道晒太阳，前面荒草地上放着锄头，所以他刚露头就被看到，笑嘻嘻地说，猴娃来了，心里盘算着就快来了，你看看。他说，就你算得准，老仙老仙，名副其实的老仙。老仙说，算人家算不准的有，算你猴娃，准着呢。他说，那你说我今儿为什么来？老仙说，你有想不通的事情。他坐到老仙旁边的石头上，看见老仙腿上放着的书，说，这又是本什么书？老仙说，人生哲理之书，几辈子都看不完。他拿过来翻看下，薄薄的，里面字竖着排列，残破的书皮皮上写着"老子"，他不敢确定，试探着说，这书叫《老子》？老仙说，对的，《老子》。他说，你老仙，这书《老子》，你们之间是不是有什么亲戚关系？薄薄这么本书还几辈子都看不完。老仙说，我都看大半辈子了，马上就是一辈子，仍然没有看完，而且时不时就翻出看，里面的道理深刻着呢，需要慢慢品味。他看着老仙思索着，说，就好像抽烟，几辈子都抽不完，抽一辈子也不晓得抽了个啥？老仙扑哧笑开，说，你现在这比方打得好，粗笨是粗笨但在理。他记起出门前从家里柜子偷偷拿出揣进衣裳兜里的五六个鸡蛋，这是本来要他吃他没吃悄悄攒下的，掏出来给老仙，老仙不要，说，好容易节省下来的，我这老骨头吃了有啥用，你年轻吃了有力气。他说，想给你才给你，其他人想要都没有的。老仙知晓他的性格，便不再推辞，说，猴娃娃给的就接下。

太阳晒得人真舒服，阳光通过衣裳进到皮肤，细雪润土样渗透到肉里骨头里，除了亲人的温暖再没有比这暖心的。老仙靠在后面的石头墙上，眯着眼睛享受着阳光的滋养，褶皱的双手不忘护着腿上搁置的书，说，人活一世虚幻不已，怎么能想到我不仅活下来而且还活到了这个岁数。十几岁之前的记忆神奇地消失，只有来到这里以后的记忆，活脱脱地成了这里土生土长的人，喝这里的水吃这里的粮吸这里的空气，真是奇妙至极。他说，老仙有思想有文化，说的话都不太听得懂，我将来不知是个什么样子，能不能娶到媳妇。老仙不动声色地说，那天都给你说了，将来不错，媳妇自然有，一两个，不要听世人胡说，他们哪里知道你猴娃的本事。他也享受一把，学着老仙的样式，身体靠在墙上，说，还是老仙会享受，感谢老仙每次的安慰，虽然每次都是相同的话，但每次都中听中用，借老仙的福口，希望有天能如愿。老仙慢吞吞却话语里充满坚定，说，猴娃娃会如愿，会如愿。他本想说秀英、明义和他的事情，但这么一享受阳光的润泽，觉得那些根本不算事情，不说最好，就那样过去吧。

七章　明义

听到村里传言就这几天开始排练秧歌，明义心里激动不已，一个这是每年最红火的时间，再个就是秀英，原先碍于忙碌和脸面，没时间也不好意思经常见面，那个谁家的女子，和邻村的个后生交往，家里大人管不住，随着性子见面，见着见着就闹下笑话了，周边几个村子里传得沸沸扬扬，谁人不晓谁人不知，公正客观些的人议论说，你就是再想那个也要选择地方和时间，年轻是年轻，谁都年轻过，你们是人啊，又不是牲畜，没个羞耻感，想什么时候就什么时候，想什么地方就什么地方。你看看，本来是再正常合理不过的事情，弄成这样。为避免事态继续发展，两家不情不愿别别扭扭地让两人结婚，听说结婚后矛盾也多，经常吵架闹腾。少些见面还是有好处的，他们这个年纪的激情如果不加以控制，泛滥开后果不堪设想。现在好了，可以借着扭秧歌，全村的红火热闹，他们两个名正言顺地见面说话。

大哥对秀英有那个意思时秀英就告诉了他，他当时还说秀英想多了，人有自知之明，谁想后来大哥给送手套、口琴、帆布胶鞋等，真是过分，怎么能这个样子，也不看看自个的岁数，就撩拨人家女子。秀英收到手套，从地里回来，悄悄跑到他家地边装作经过，给他暗号，跺四下半脚，装作活动脖子朝北扭动几下，他就知晓了，八点半，老地方见。想着八点半见面，他加快干活的速度，提前做完回去，洗掉身上的汗味，换上干净衣裳，哪怕什么不做傻坐在地边消磨时间，只要和秀英在一起就幸福有意思。

给家里说去朋友家串会儿，按照约定的时间，来到经常见面的第二个地方——村里学校外面厕所旁边的大石头后面，学生放学后晚上这里人少，要是有人来也就是在学校外面转悠，这里是他们经过精心挑选的三个约会地方里面最安全的，即使被人碰见也没什么，谁还不到学校这里闲转，再说这么大的操场，谁会为有几个人惊讶。秀英到得早，坐在大石头背后的台阶上，他轻手轻脚绕转到秀英身后，伸手往她右边肩膀拍下，快速坐到她左边，秀英头转向右边看没人，再转过头看到身边有个人，吓一跳，秀英当即用拳头捶打他，说，明义啊，大晚上的，人吓人吓死人。他受不住捶打赶紧求饶，说，好，我错了，你叫我来做什么？想我了还是？秀英掏出崭新还带有出厂石油味的手套。他说，给我的？秀英闷闷地说，你大哥给我的。他惊得合不拢嘴，说，我大哥？明忠？秀英看着他不可置信的表情说，不相信我还是不相信你大哥杨明忠？他忙解释说，没有，我大哥怎么这样，你就没说咱俩交往着？秀英委屈地说，怎么说，你大哥根本不给我时间说话。他说，我回去给我大哥说，让他以后别再纠缠你，什么人啊，也不看看自己年纪和身体条件，见人就释放自己的爱欲啊，疯狗啊。秀英拉他衣裳角，说，别这么说话，毕竟是你大哥。他提高嗓门说，我大哥，哪里有这样的大哥，和自己弟弟抢媳妇。秀英害羞地说，小声点，谁是你媳妇，快不要胡说，我爸妈我哥他们谁都不知道呢，再说，你大哥也是不知道咱俩的情况。他带着醋意说，哎哟！怎么你总是向着他说话，是不是真的爱上那斜眼歪脸了，你要是爱，我不阻挡你，你去就是。秀英掉转身子，双手抱着双腿，下巴放在膝盖上，说，你看你说的是些什么话。

他意识到自己说话有些过了，就劝慰加认错，让秀英原谅自己，秀英心软心善，很快恢复了好心情，说，这手套怎么办？以后肯定还会送其他的东西，还有就是遇见了怎么办？他长舒口气说，手套你先收着，但不要用，明天我也给你双手套，以后送东西你能拒绝的拒绝，实在拒绝不了就收下，然后装在个包里，反正他送你什么我给你买什么，用我的不用他的。我找寻合适机会暗示或直接给挑明。秀英点点头，说，不用买手套，以后也不用买什么。他坚持着说，必须要买，而且他以后给你送什么不能瞒着我，一句话，他给你送什么我就给你买什么，用我的。秀英沉默不语，说，你大哥送我手套的原因许是因为看到我地里干活锄头把子把手拧红擦破了。他说，那我就更得给你送了，以后争取我送在头里。秀英哦了声。

收到口琴，他们再次见面，秀英拿出时尚簇新的口琴，他火冒三丈，说不好听的，大哥真是有些不要脸，手套才送了多久，他还在找寻合适的时间暗示说明，又送这么贵重的东西，说白了这是对他的挑衅。秀英追问，怎么办啊，明义，这样下去不是个办法，你要晓得，我根本就没有拒绝的时间。他说，万事有我，给你你就收着，看他有多大的能耐，还能送什么，把他能的，成天在家就是顶撞我爸，没想到还有这细腻的心思，癞蛤蟆想吃天鹅肉，也不撒泡尿照照自个儿。秀英焦虑地走来走去，不管不顾地自言自语，说，我不想因为我的存在让你们弟兄间打闹，这样的事情传出去让人笑话，那我以后还怎么见人，不就真真成了人们口中的祸水了，你可千万不敢和你大哥闹翻闹僵，明义，我真不想看到那样的结果，到时候我家里也会训骂我甚至打我。他揽抱住秀英，抚摸着她的肩膀说，不会的，有我呢，我会把事情处理好，你只要不动声色地接纳我大哥送的东西，总有一天我会让他为自己的所作所为而感到羞耻难过，等着吧，迟早的事情，我们什么都不用做。

这支口琴是真不好买，他托人托关系花了多出四块钱的价格才买到，拿到口琴时，心在流血啊，怪怨自己那张嘴，为什么要较量这个，如果大哥真的买个电视啥的，那他是不是也要买？对，要怨怪就得怨怪大哥骚情，说一千道一万，就是自不量力，你有什么资格追求人家完美无瑕的秀英，凭什么？凭借懒懒散散的拦羊还是不端正的长相，现在害得他跟着受牵累，这些钱买成其他或者攒下来不好吗？他还要给爸爸捣鬼说粮食卖不上价。是啊，大哥哪里来的这么多钱，卖羊的钱基本都是爸爸拿走了，而且羊价也不会有多大浮动，要从中间抠掐也不容易啊，如果抠掐得厉害不就露馅了？精明的爸爸能不晓得？

无数次告诉自己要忍耐，软刀子扎人还击的那天总会到来。临年腊月村上张罗着闹秧歌就是最佳时机，报名那天，他故意和秀英约好去得早些，引起村上负责人和干部们的注意，肯定会安排些比较显眼要紧的活计。他们到了装作站在门前闲聊，秧歌排练的负责人一来就对他们说，正好你们在，你们给咱到库房把扇子、花伞、红绸、镰刀、斧头等这些东西拿出来，报完名点过人数，你们再找几个人分别理清这些的数量，然后发放到每个人手里。本来他们早就拾掇清点完了这些物件，秀英要抱着扇子出去，他给拉住，秀英满脸迷惑地看他，他说，今天起，我们要让众人和大哥隐约感觉到我们的关系。秀英红了脸颊，羞涩地说，这样好吗？会不会闹腾得太大？他说，一切看我眼色行事，放心。秀英重新坐下，放下扇子，等待他发号施令。外面操场上人越来越多，大家聚拢着说着各自的事情，丝毫没有发现在意最边上那几孔稍微小些的窑洞中有孔开着，更不会发现其中有两个正在等待他们站成有序队形后再出来的人。教练吹哨声和村领导的大喇叭训斥喊话，成为他们出发的前兆。看队形显露，他推搡下秀英，说，是时候了。秀英重新抱起扇子走出门，向着正在忙碌着数数和整理什么纸张的教练领导跑去，他抱着花伞、镰刀、斧头跟在后面小跑。

他们最终被确定站在第一排，连带上前面所有发展过程，其他人他都可以不关注，唯独要关注大哥的神态举止。为什么能在那么多人中一眼找到大哥，因为他在稍小窑洞里等待出去的时机时就寻找到了大哥的位置。大哥显然对他们的走近不满意，心中定是困惑不已，然后一连串的分析思索，很快就会猜想到他们的关系，几次偷瞄大哥的状态差点儿被看到，好在大哥多观看秀英。越是这样他就越是要加把火，燃烧起来不算，红红火火最好。他不时就凑到秀英身边说话，几次后秀英主动凑过来，说，明义，这样不好吧，有什么话等这里结束后再说。他凑得更近，几乎贴在耳朵处，说，挺好的，就得这样，不管有没有说的，这样频繁说话很关键的。秀英毕竟是女的，心里装不下事情，担心惹出麻烦，加上村里谁都知晓明忠的性格脾气，谁要是敢平白无故地欺负他，就是天王老子来了也不顶用，非要把这口窝囊气出了才罢休。所以在转头侧身子说话时偷偷用余光瞥明忠。

老实说，他也害怕大哥发脾气，嘴上给秀英说应该怎么样怎么样，自己做起来却很是拿捏分寸，加上这件事情的表露就是要春雨洒地样，慢慢慢慢渗浸，整个过程宁可小或者没有，也不能大，更不能猛灌。大哥觉察他们的关系，如果很快知晓了也没意思，那他这一年多来的憋闷忍耐就太不值当，无论如何要让他也尝尝有话不能说的憋屈滋味。他们被安排到第一排，围观人群那羡慕的眼神，爸爸在人群中成了焦点，众人都夸说生下两个好娃娃，有人就说不止两个，是三个，二小子还要带回去一个，这些话他都听得真真，秀英装作没听见。话语会流水样很快从人群头里流到后头，大哥又那么聚精会神地关注，这些话听得指定比他更清楚。就是要多方表露，多方出击，忽然想到个绝妙的比方，大哥经常在家里打比方，他今天也要打个，就像结实的大坝，但再结实也经不住水的浸泡侵蚀，潮湿会从根底一直蔓延到顶端，等发现时就已经来不及了。有爸爸在众人中，他就可以加大与秀英有意无意的亲密度，大哥的似信非信也会更加摇摇欲坠，等摇晃到一定速度，拴挂的绳索再也支撑不住，就会掉在地上摔个粉碎，让所有人看个清楚，看个真相大白。

回家的路上，他和秀英走在后面，经过的同伴们都投来戏耍的笑容，包括村上的干部们也会发出，哎哟哟哎哟哟哎哟哟，他们表现出很是不好意思的样子，其实早已接受了众人口中话里话外的内容意思，只是还不能直白表现出，毕竟还是要符合世俗间所有的流程进度。大哥在前面走得很慢，秀英没看到，步子迈得挺大，他拉住秀英，低声说，步子迈小些，大哥在前面等我们，有可能要当面质问。秀英这才看到前面慢悠悠行走的大哥，惊恐地说，怎么办啊？当面质问不会吧？这么多人呢，再说你们是亲兄弟，争执开让众人笑话呀。他看清大哥步子的大小，走出更小更慢的步子，说，我大哥什么事情做不出来，人在气头上就更是，今天估计被气得够呛，咱不触这个霉头。秀英跟随他的脚步走着。前晌天还清亮着，这会就换了颜色，灰雾雾阴沉沉，下雪是极有可能的，临年腊月下雪是好兆头，让年过得踏实厚重，人们可以彻底放松下来，想忙活天也不给机会，冰天雪地窝在家里耍牌说笑最好。

这么僵持许久，离家还有一半多路，他正惆怅按这个速度回到家怎么也得到天黑，路上人在稀疏，就他们三个这么走着被人看到也觉得奇怪，好在明月出现，打破僵局，大哥不知和明月说了些什么，然后迈大步子走开。秀英用手指碰下他的手，说，明义，你是真的爱我还是？他停住脚步，说，秀英啊，你怎么问这样的话，我不爱你冒着惹恼我大哥挨打挨骂的风险和你交往？还隆重地向他表露我和你好着，让他靠边站？秀英有些烦躁，说，哎呀，我也说不清自己是怎么了，我不是怀疑你对我的爱，就是觉得今儿这天过得晕晕乎乎，脚下没吸力，走上轻飘飘，整个人气球样不知所以然，像是在做梦，心里乱七八糟，说不上好也说不上不好。他说，你还是面子嫩，前怕狼后怕虎，如今我们必须要做抉择，不然再这么隐瞒遮掩下去，以后会更麻烦，谁都会厘不清。秀英无助地点点头。要分开了，秀英家走这条路，他家还得顺着大路走一截，秀英心事重重，他说，要不要我把你送回去？秀英说，不要，我在想，要是你大哥来找我我怎么办？我收的东西怎么还回去？他说，我大哥是精明人，你意思下他就能明白，收的东西给他塞过去转身回去，他对你不能怎么样。秀英情绪低落地嗯了声，顺着回家的路走去。他站着看秀英的身影，这么好的人儿谁不爱啊，大哥啊大哥，可惜了，你是无法和我较量的，谁让你生下就那么个眉脸。

爸爸的欢喜在家里完全释放，大哥沉闷地吃着饭，看来已经是知晓了，他坐着安静吃饭看着事情发展，正好爸爸说起暖鞋，明月也问及，他干脆说出秀英给自己做了暖鞋，不用明月再做。这话就是给大哥说来听的，意思说在秀英这里就彻底断了念想，他和秀英那是板上钉钉的事情，没有谁可以破坏搅扰。家里气氛怪兮兮，时不时就冷清下来，大哥和爸爸争执几句出去，他想都不用想就知道去向什么地方，本想自己偷摸跟着，要是敢伤害秀英，他站出来护着。随即转念想，他还是不去了，去了说不准顶不上事还起反作用，秀英是女子，大哥不会怎么样，如果大哥是那种胡来的人，前面一年多来那么多可胡来的机会，也不至于等到现在。他在家惴惴不安地等待着大哥回来。

天黑尽家里灯点上还不见大哥踪影，他等待不住，借口出去与朋友商量秧歌动作，来到秀英家院墙外面，按往常的暗号呼唤，刚呼唤声秀英就听见，家里人影有了移动，似乎秀英妈妈在窑里舀什么，回应声有，但不见秀英出来，他再呼唤暗号，秀英的人影覆盖住妈妈的人影，不一会儿两个人影交织，像是在推搡，妈妈从窑里被推搡出来，说，后晌那阵茂平家老大来做什么，你们在院墙外的硷畔上悄声说了些什么，你爸还看见你提个布包包塞给了人家，你这么大了可不敢犯糊涂啊，不敢把咱家的东西给人家，也不要让那残缺人哄骗，咱是什么人家他们家是什么人家，前些年日子过得烂包得筛也端不住，如今是好些，那也跟咱没法比，更不要说歪脸斜眼的儿子，咱不择那样的亲，主要是丢不起那样的人。妈妈在外面站着说不住，秀英着急地出来，说，你能说就说，生怕人家不知道，本来没什么事让你说的全是事。随即爸爸出来生拖硬拽把妈妈拉走，让秀英忙自己的，不用管她妈。秀英等一阵才轻轻推开门，从里面出来，院子里走得还正常，快出院子时便飞跑起来，准确地找寻到他所在的位置，投在他怀里哭泣起来。他抚摸着心爱人儿的头发安抚着，秀英逐渐止住哭泣，缓缓抬起头，一双泪汪汪的眼睛，楚楚可怜地看着他，说，明义，我们结婚吧。他想过结婚，但秀英真这么一说，内心还是惊颤不已，说，我大哥找过你了，对吧？秀英孩子样点点头，说，后晌那阵，你大哥来过，我就按你说的，含糊其词地表达了意思，所有东西包在布包了，给过去我就转身离开了。他说，那就好，我大哥没再纠缠吧。秀英静静地依偎在他怀里，看着不知何时月朗星稀的天，清朗的夜晚啊，似乎都能听见潺潺的流水声，他们是缠绵的两条鱼。

秀英平复了跌宕起伏的情绪，从他怀里挣脱，整理衣裳头发，说，明义，我看你做事踏实、为人诚恳，营务庄稼更是把好手，我秀英没什么大的渴求，就是想结婚后好好过日子，你种地我做饭抚养娃娃。明义望着远处的山峦，秀英描述的美好生活仿佛在那里实实在在地展现出，说不尽的美好和幸福，他痴迷陶醉地说，我们会过上你说的日子，等开春农忙过后我会给我家里说，让到你家里提亲，尽管你爸妈有些看不上我家的日月，但只要我们坚定，谁也不能不同意我们的婚事。秀英满足地笑着，重新钻到他的怀抱里，两人就着无风的夜，畅想着婚后的甜蜜日子。

八章　明月

正月十五一过，年就过劲松散了，再有个正月十六、二十三兜底，表面看是为圆满，其实是画蛇添足，反倒增添了凄凉悲苦。从过年到正月大哥最煎熬，一日一日强颜欢笑，别人看不出、不明白，她这当妹妹的能看得出想得明白。从另一个方面看，二哥和秀英时刻都在欢乐，全村人的欢舞在这年全归于他俩，天时地利人和村里再没有比他俩占据完满的，大哥起先不时偷看二哥和秀英，后来就视而不见了，不管是极力控制下的不看还是伤心欲绝后的大彻大悟，总是不再留恋怀念。年前排练了四天，临近过年前两天就无法排练了，家里忙活需要人手，准备年夜饭及贴对联垒砌火塔塔等零碎活计多如牛毛，如若有哪个漏掉就不是完整美满的年，所以集思广益绞尽脑汁地想，尽量不要错过任何细节。

过年那晚，大哥在家里吃罢饭就出去串门了，赌钱喝酒，半夜有人来告知说，你家明忠喝多了，差点儿和杨三家的小子打起来，好在旁边的人给拉开了。爸爸也出去串门了，二哥十二点之后出去的，家里就她和妈妈，妈妈这几日忙碌过度，病痛加剧，没去医院检查就靠村上赤脚医生的止疼药，再就是用哼哼唱唱来缓解。大哥喝酒那地方挺远，妈妈哪里有力气去，外面冷的，别再出去趟感冒受风寒，那整个正月就冷寂了。只有她去，她按着捎话人说的地方，到了那里不见大哥，里面人告诉她，你大哥那会就走了，估计是去四包家耍去了。她不停脚转身去四包家，走到坡上就听见大哥的高声说话声，再往近走说话声变成了唱歌。村里好多人说大哥陕北民歌唱得好，她却从来没有听到过。大哥在拦羊无人时唱得多，排解心中苦闷是一说，也真是爱，有次他们不经意间谈论起陕北歌好听，大哥说了很多，她边听边震惊，眼前的人根本就变了个人，怎么会知晓这么多深层次的内容，有些话语她真是首次听说。大哥看到她目瞪口呆的表情，这才意识到自己说多了，赶忙说，我也就是瞎琢磨，今天说多了。她已没有语言来回应，只有回味捕捉刚才语言的身影然后亡羊补牢地细品。

在外面站着听会儿，几次听见有人给灌酒她都没进去，实在太好听了，不由得想就凭这点大哥也没什么好自卑失落的。二哥会扭个秧歌算什么，能唱歌才是本事，唱出了那种宽阔天地只有自己的孤独苦楚却又很享受的情感，谁人能比啊。又有人给灌酒了，她不能再等了，推门进去，四包他们看到是她，话语表情姿态收敛起来，拍下正豪迈痛饮的大哥说，明忠，明月来寻你了。大哥转过头对她笑，说，明月啊，大哥没事，你先回去。她说，妈叫你回去有事，完了再喝。大哥说，大哥真没事，你先回去，给妈说等会儿就回来，脚前脚后的事。其他人起先还劝说让跟着她回去，后面就起哄继续喝，不醉不归，一年难得这么欢快，不喝保准谁都不能走。她看劝说不下就到隔壁四包妈妈家里坐着等，家里有村上婆姨们打麻将玩牌，进去简单打招呼后，谁也顾不上谁的存在。四包他们喝到天快亮时才散场，大哥酒量好，其他人都昏迷不省人事，勉强能走路的也七扭八歪地打战，身体软得像被抽掉了骨头。大哥身体刚直，只是走路有些倾斜，她在边上照顾扶持，大哥不要，说，明月啊，你怎么还没回去，一晚上瞌睡死了。到这会儿了大哥还心疼她，她说，不瞌睡的，往里面走些。大哥一口一口地深长呼吸，呼出的白气在模糊的夜色里溶解消散，走累了就停下来站会儿，然后继续走，浓郁的酒味萦绕在他们身边。大哥说，痛快啊，明月，大哥活得不易，活得不易啊，但能有什么办法，不活也解决不了办法，老仙的话说得是真好，一说就说进人的心坎，这些年有烦恼苦痛就去找他聊，他有时就坐在家门前的土台子上，神像样儿，我就看着，真是好啊，明月，太好了。她时刻准备扶住大哥扭动的身体，说，你和老仙有缘分，你们相处得好，你们互相爱惜，有个词语叫惺惺相惜。大哥说，惺惺相惜好啊，惺惺相惜好啊，虽然不太懂得是什么意思，但听着好啊。

路上大哥又零碎唱了几首陕北民歌，大哥的歌声陶醉了这个普通至极的村子，谁家的狗都没吠叫，歌声在村子里穿梭，遇到石头墙壁树木窑洞就弹跳回来，一般不到半个来回声音就没了力气，在空气里放任自流。回到家，二哥已经回来，躺在炕上睡觉，大哥酒劲上来，浇灌了身体里的所有神经，上炕上了几次，妈妈和她要扶持帮助，他看着熟睡的二哥，甩手说，不用，老二睡得美，别惊动老二。她相信二哥是在装睡，说，没事的，你上你的。妈妈看着被酒精控制的大哥，急躁心疼地说，一出去就没人管，喝得不行就不喝了，逞那二百五做什么，现在喝得难受的，只有你狗日的自己知晓。她上炕把被子放下，盖在大哥身上，酒精麻醉的神志和黏稠的唾液，嘴里的言语糨糊样铺展在空气中。过一阵便安静下来，留下重重的呼吸声和呼噜声。

　　往年她扭的是二人场子，今年不同，二人场子二哥和秀英扭，两人配合得真是默契，她扭了四人场子，大哥拖拖拉拉敷敷衍衍地跟着大队伍，勉强支撑完。到正月十五晚上转灯，秧歌跟着吹手乐队先进灯场，大哥依然在后面，走进蜡烛插在事先刮好的小土梁上的九曲八卦结合的阵形里，吹手中由对此阵形熟悉的人打头，不然引头要是引不对就只能在里面转圈圈，难以走出去。二哥秀英走在她前面，两人快乐得真让人羡慕。秧歌队伍后面是村里村外的人，跟着这么走趟来年运气好。转灯结束进行抢灯，谁家过门的媳妇不会生养或不生男娃就去抢，得抢得头灯，带回家点完才灵验。转完灯娱乐活动就开始，扳水船、跑驴、踢场子挨个上演，还是在学校操场，中间那巨大木头棒子垒的火塔塔，燃着可烧好几个小时，第二天一早还有余火火星在。大哥转完灯就走了，家里拿了花生豆，小卖部去了趟，然后向庙峁子处走去。去找他的老仙。

打春后，春回大地，村里的受苦人从自家牲畜圈里挖出粪便，一板车一板车推到地里扬撒，最好来场春雨，润湿了土壤就可下种。在种地的事情上，二哥的魅力当即散发出，成天天不亮就起来，就着油灯穿好衣裳，去边窑取出农具，到地里翻地，家里没有大牲畜，到人家家里又不好借，谁家也没有空余时间，忙碌着给其他人家犁地的，多少要给人家意思意思，不管是东西还是钱。每年春上翻地爸爸就说起抓阄的往事骂杨人意，真他娘的仁义，羞先人了，把名字都糟践了。

村里现在有大牲畜的人家多了，刚抓阄分完土地、牲畜那会儿，有大牲畜的就那几家，每次春上就是人家挣钱的好时节，光是犁地就能得不少好处，杨人意巧取爸爸本来应得的那头驴，年岁小，发力的日子还在后头，就是多给十只羊也值当，可当时只多给了两三只，真是日他先人哩。爸爸骂骂咧咧久了妈妈嫌烦，泼冷水地回击，说，现在说这么些有什么用，有本事当着人家的面骂，就在家里自个过嘴瘾，把我们快烦死了。爸爸说，杨人意迟早会遭报应。二哥这时就说，大牲畜以后遇见合适的咱也买头，何必求人家，先这么凑合着。家里的地主要是二哥管控，爸爸撑死就是辅助，不过最后的经济大权在爸爸手里，经济基础决定上层建筑嘛，所以爸爸和二哥相比较而言还是爸爸说话硬气。

这些年翻地二哥几乎没用过大牲畜，全是自己早早行动，一镢头一镢头翻，村上人都夸赞二哥能吃苦。川地不多，土地刚解冻，其他家户还沉醉于休息中，二哥就扛上镢头翻地，其他人家要翻川地了，二哥已经翻完，开始拾掇山地，山地最不方便，路逼仄不说陡坡路还多。二哥为多种多收成，租种开垦特别偏远的地，村里上年纪的人都没去过那么远，她有次跟着去帮忙，半夜出发，天大亮才到，山的四周没有一人，有些不知名的动物叫唤，她害怕地说，二哥，人家常说山上有狼，咱可别碰见了。二哥笑她傻，说，就是有狼，也让狼先吃二哥。地种上还要施肥锄草，入秋了要收割，收割了要搬运回来，搬运回来再捶打晾晒干，拾掇好装进蛇皮袋子，才算完结。爸爸那么爱种地的人都劝说二哥别种那么偏远的，钱挣不完，到什么时候人要紧，二哥不听，总是说没事的，不要担心。爸爸就慨叹自己的两个儿子，老大是在地上纯粹不沾，就爱拦羊，老二是就爱种地，恨不得把全世界的地都种上，看见好的土地就走不动。大哥在外面喂羊听见，说，我不光不爱种地，也不爱拦羊，别胡乱说，羊将来也不拦了，没尿意思。爸爸怒火中烧地说，就你一天蹦跳得厉害，这也不行那也不行，还将来羊也不拦了，看你将来做什么，钱又不是风里逮的，挣不来钱吃风屙屁啊。大哥犟着说，那我也愿意，碍不着你什么事。爸爸气得没办法就一锅一锅地抽烟。

　　地里忙活得差不多，不觉间到了盛夏，川地能浇灌上，每家每户轮流着放水，天旱谁家地里的庄稼都撑不住，山地就要靠天了，天要是不下雨神仙来了也没办法。二哥忙完川地里的去山地里锄草，回来说，山上的地其实还好，不太要紧，毕竟风头高，庄稼都能凉快些，阳坬地里的庄稼受影响大，背坬地里的庄稼轻微些。听见二哥这么说，爸爸心里就轻松些，一年吃喝基本都在地里了。

　　六月下旬，二哥向家里说了和秀英要好的事情，爸爸当然开心，连说那就活捉个媒人去秀英家说，看秀英家里是什么意思，之所以说活捉个媒人就是这种情况下的媒人只是象征性的，情感牵线这些都是现成的，媒人只要在两家之间传个话。妈妈也说，成就一个是一个，明忠的媳妇难娶放后面。爸爸脑袋一拍，大叫起来，说，老婆子不说我还忘记了，明忠还没娶呢，按乡里村里的规矩，老大应该先娶么，得挨着年龄来。妈妈说，咱家不行，明忠的媳妇谁也看得出不好娶，不能等待明忠，以前想，如果明义之前明忠能瞅准个，自然好，如果瞅不下那就让明义先娶，不能耽误明义。爸爸说，话是这么个话，但这也得问明忠，他们现在大了，别以后怨怪起，那我们做老人的担待不起。妈妈说，说过来说过去你老汉子就是怕明忠怨怪你了，精明死了。二哥着急又不好说什么，嘟囔着说，大哥是要问了，最后如果实在等不了大哥那就不等了。妈妈说，不等，明义，放心，你娶你的，明忠往后他自个儿慢慢寻。爸爸说，还是尽量让你哥先娶，哪怕我多掏些彩礼，总就你哥这些年挣下的，娶媳妇花完了也应该，不然你先娶了，你哥就更不好娶了，早是脸上眼上这么个，再叫人家说老大肯定是哪里还有问题了。她虽然觉得荒唐，但是谁也挡不住农村几千年形成的思想规矩，大家要这么想，那就是真理，谁也别想试图用自身的特殊情况来打破甚至扭转改正此思想规矩。

　　二哥这里焦急地等待着，爸爸赌胆大，敢让几件事情同时进行，一边让活捉的媒人去秀英家传话，一边找另外的媒人给明忠在村里村外寻婆姨。二哥这边的媒人先带回来话，说，秀英家不太愿意，话里话外不想择你们这门亲。爸爸眼睁得老大，说，这是什么话，择我们这亲戚怎么了，把他们能的，又不是家里有什么当官的。媒人说，主要意思是你家日月也是这几年好转的，家底不太殷实，再者你们家窑少，新人结婚了住哪里？还有就是你家明忠的情况，尽管不拖累家里但怎么都不太好看。妈妈很是温和的人都对这些莫名的话生气，尤其是后面说明忠的话，说，谁也不愿意长成那样，谁愿意了，那是我家明忠娃故意的还是。媒人看话语不对，就转了话头说，要不你们约着见个面，坐一起好说话，我这么在中间传话再好也是隔着层层。爸爸说，能行，你给咱调和个时间，到时候这些问题都可以见面说。

媒人也是想尽早有个结果，好腾出手撮合另外的男女，不过三四日就有了回声，秀英家碍于自家女儿的央告决定见面，具体见面时间地点为明天晌午吃罢饭在媒人家。她爸妈就开始商量，设想见面后说的话语和情景，万一秀英家提出不好解决的问题怎么办，提前想出应对办法到时候不用慌乱。思来想去最后两人乱了套，爸爸说，到时候随机应变，我就不相信他们能提出多么高的条件，不光他们挑咱们家，咱们家也挑他们家哩。按照时间，爸妈换上出门见人的衣裳，她陪伴着来到媒人家，秀英爸妈晚到些，是家里哥哥陪伴着。媒人提前准备好瓜子糖茶水，置办这些的钱是爸爸出的，人家办事跑腿费算在说成后的答谢东西里，起初这些见面需要的得男方家掏钱。她和爸妈坐在门前窗头炕的炕栏上，秀英爸妈和哥哥坐在靠里大炕的炕栏上，媒人坐在锅台跟前放的板凳上。

媒人说，今上咱们坐一搭是说两个娃娃的事情，两个娃娃你情我愿，没有问题，接下来就是两家大人商量，咱不绕转，前面我在中间也传递过你们互相的条件话语，但毕竟还没这么坐下说得通透，现在好了，坐一块有什么就说什么。秀英爸妈和哥哥不说话，爸爸一直是天不怕地不怕之人，说，那就我先说，我表个态，都是为了娃娃们好，一切好商量，只要我们能办到的一定办。秀英爸给爸爸扔支烟过来，说，茂平和我是从小耍大的娃娃，一庄一院的抬头不见低头见，两家关系挺好的，我是最近才知晓两个娃娃好着，原先还不知道，娃娃们的事按理说只要娃娃们愿意，家里大人掌握个大的方向就行。秀英妈接住话尾巴说，秀英爸说得对着，不过话说回来，该说的咱还是要说清楚，两个娃娃要过一辈子，不是说三两天，现在说清楚了以后就不用麻烦。爸爸说，今上来就是为说清楚。

秀英妈妈说，首先住处，你家现在住的那地方只有你们的两孔窑，一孔你们现在一大家子住着，另一孔当作寒窑放零七碎八的东西，我知道你们在村子后头那有两孔新箍好的石窑，但你们两个儿子，一人一孔对人一辈子来说是不是太少了；还有就是两个娃娃结婚后手里得有些防身也好体己也罢的积蓄，不然遇到个什么事情当即断了顿儿，不是说你们不管，是结婚后就是户人家，你家老大也得成家，你们的管顾得均匀些，我家也是有两个儿子，能理解其中的矛盾纠葛，不敢说一碗水端得平平但起码要差不离；再就是你家明忠的婚事，不管将来怎么样，兄弟间还是说清的好，如果将来，说是万一啊，我说的是万一。爸爸说，秀英妈妈，没事的，你就放开说。秀英妈妈咽口唾沫，说，我是说明忠将来万一娶不到媳妇，你们将来老了他也得管顾，分家产时明义有孩子就肯定要多分些，虽然明忠是长子。妈妈忍了几次的话语还是没忍住，说，秀英妈妈，你说这些都不是问题，尤其是明忠娶媳妇，我在这里也把话说下，明忠肯定能娶到媳妇，就是再难我家也会想办法给娶到的，俊俏的娶不到有可能，但差些的还是有的。秀英妈妈说，明月妈妈你看你说这话，我前面说的是万一。万一么，将来的事情谁也说不好，明忠能娶到媳妇肯定好么。妈妈还要说，她用手偷偷拽下妈妈的衣裳，眼睛暗示不说了，说再多也没用。

秀英爸爸看气氛将要不好,及时做补救地说,都是为娃娃,事情就是商商量量,话说开就好了。爸爸笑着说,不要紧,你们再看有什么没,没有我可就说了。秀英妈妈说,暂时没有了,大事情就这么几样,这几样能解决了基本也就没什么了。爸爸说,那好,咱一样一样说,你们觉得哪里不可心就及时说,万事好商量,第一样是窑洞,明义结婚肯定不用我们现在住的老窑,用村子后头的窑,村子后头箍的窑就是为娃娃们结婚箍的,你们是觉得分到手后一孔太少了,是不?秀英妈妈说,肯定么,一孔窑逼仄的,你们现在肯定都有体会,两个大人将来再有两个娃娃,根本就挪转不开。爸爸思虑下,说,那两孔怎么样?妈妈听不下去,说,老汉子,当时说好给两个娃娃一人一孔的。爸爸呵斥妈妈,说,婆姨女子家,男人说事别胡乱插嘴。看到秀英妈妈脸色不好看,爸爸嬉笑着补充说,不是说你们,是说我婆姨了。秀英妈妈机警起来,说,没事,你说的两孔是怎么个意思?爸爸说,现在村子后头有两孔现成的,后面还有地盘,完了再箍。秀英妈妈说,如果真成了,今说的话可要算话,到时候可要立个字据,不然空口无凭。

爸爸说,这些都是小事情,我们接着说,还有积蓄,积蓄有了,明义这些年种地打的粮食卖的钱都给攒着,不多也不少,到时候会如数交给明义,最后明忠娶媳妇的问题,万一娶不到,长子也是长子,到时候我们死下或者其他事情上,要给后代娃娃们分割,明义的娃娃肯定算一份,这些都是自然而然的事情,看你们再还有什么。秀英妈妈说,你说的积蓄不多不少,能说个大概不?爸爸说,能么,有什么不能说的,大概有九百块钱,这些钱原封不动交给明义,结婚时的花销全部由我们家里出。秀英爸妈对视下，说，基本上差不多，有合适的日子咱就可以商量着定下来。爸爸满心欢喜地说，好事情，好事情。

回去的路上，爸爸走得欢快，妈妈难活得走不动，她扶持着妈妈，路上来往的人说，茂平啊，有什么好事情了，偷着乐呢。爸爸说，哪有什么好事情，平常也这样。妈妈扯着嗓子说，老汉子，走慢点，你今天答应人家的事情，将来明忠娃结婚窑洞怎么办？爸爸装作听不见，直是往前走。妈妈要走快走不快，她说，妈，我来背你。妈妈推让着，说，不，不，明月，咱就这么走，他老汉子还能一直不回家？爸爸越走越快，脚底生了风。妈妈追撵不上，喊叫着说，鬼老汉子，你个偏心锤子，明忠娃自小到大没好活，就一孔窑你还给抹了，亲一个不亲一个也不能这么杀砍么，哪里有你这么当老子的。她心疼地扶持着妈妈，停站时给拍拍背，好让气息在身体里游走得顺畅些。她心里很明白，大哥从生下来几年后眼睛、脸上出现问题，在家里就占不到公平，也成了众人口中的不是全乎人，这次的窑洞更是，无缘无故地被抹去，说再多再好也难再有立足之地。

天黑尽大哥赶着羊回来，如数关在羊圈，跺跺鞋上粘黏上的泥土，拍拍衣裳上落的黄尘，从门里进来，妈妈早把饭舀好，亲热地让大哥端上吃，说话声中带着委屈，二哥大概是去见秀英了，到这个情状，两人早已按捺不住内心的激动。爸爸蹲在地上抽烟，她坐在炕上凑着油灯的光亮做鞋垫，夏上天热，脚上容易出汗，大哥拦羊经常上山下洼，脚汗出多脚在鞋里就打了擦擦，衬上双鞋垫就会好些，本来也要给二哥做两双，可二哥马上结婚，秀英肯定早就给做上了，那她先紧着给大哥做。

大哥吃罢饭要去外面串，爸爸说，等会儿有人来，等人见过了再走。大哥说，谁来？我有什么可见的？爸爸说，让你见你就见，说那么多。妈妈在光亮里收拾锅台上的盆碗，说，你爸让你见就见下，稍微等下，明忠娃。大哥听妈妈这么说，迈出门槛的脚收缩回来，无聊地坐在炕栏边看她做鞋垫，说，明月，一针一线做得把人麻烦死了，眼睛都瞅坏了，等白日做。她说，没事的，哥，眼睛看个大概就行，主要是手上有感觉。大哥说，深奥了。静默中只有油灯偶尔因为灯油降落产生的摇曳和扑哧哧的烧灼声，院子里有咩咩的羊叫，谁家狗叫引逗的左邻右舍的狗跟着叫，猪又在拱猪圈的木架子门，门道立着的铁锨忽然倒掉，咣当声中夹杂着鸡叫声，妈妈说，鸡又从鸡窝里跑出来了。说话中出了门，去赶鸡回窝。

等待一阵不见来人，大哥烦躁起来，说，到底来个谁，是不是不来了，不来我就串去了。爸爸身子倚靠在黑瓷瓮上抽烟，家里弥漫着厚厚的旱烟味，说，成天串不够，天大的事情也不管，串能给你串得媳妇还是串得金钱了？大哥听出话语里的意思，猜测着说，你让人给我说媒了？是不是？爸爸说，把你的声音放低些，是了，怎么了？大哥说，谁让你给我说的，我娶婆姨是我自己的事情，不用你骚情，该管谁去管谁，别管我。爸爸猛地站起来，半个身子进入油灯光亮里，说，把你狗日的能的，老子不管你谁管你，走路的管你？别不识好歹，老子还怕个你？狼娃喂成虎娃了。大哥执意要走，就是要触碰爸爸的坚硬，妈妈怕惹事情，央告着说，明忠娃，再等等，等会儿就是见下，看不上咱就不要，这又不是强逼着。爸爸说，别央告，今天是看也得看，不看也得看，就是强逼着，能怎么个。争吵中门外传来脚步声和说话声，家里当即住了话语，是那么祥和静谧。

门里有人进来,一个干瘦一个宽大,两个相差甚远的黑影照射在炕上,走近了她才看出,媒人带来的不是别人,就是塞给她夹兑着花生瓜子的朵朵,看着宽胖的人儿给自己傻笑,她是好笑又好气,这都是怎么弄的,难道是朵朵主动提出来的?大哥躲在挨着前炕放置的门箱角落,妈妈似乎也被眼前的人震惊,不知所措地呆站着,爸爸说,你们上炕坐,老婆子给倒水啊。妈妈反应过来,从柜子里找出瓷杯子,端起锅台上的暖壶倒两杯热水,挨着递过去,朵朵接住时还亲和地说句,谢谢婶婶。这些话语在哥哥那里肯定是五雷轰顶,说实话,这个娇嫩声音和庞大体形形成的对比,她都受不了。媒人说,人我已经带来了,女方家不要求什么,说只要两个娃娃愿意就行。爸爸说,明忠,你看怎么样?大哥说,我现在不着急结婚,太匆忙了,完了再说。媒人喝口水,说,婚姻事情,只要缘分到了,迟早都可以。爸爸说,朵朵是愿意着了,对不?离妈妈不远的庞大人儿,反倒腼腆起来,低着头不好意思地说,我听明忠哥的。明月硬是忍住不住泛涌的笑意,放下手里的活,慢慢挪移到大哥身边,借着油灯光亮外的昏黑用手戳戳大哥的胳膊,大哥可劲儿往开扒拉,这么玩耍会,咳嗽几声缓解失笑的外溢,换上严肃的语气说,明忠哥,朵朵等着呢,怎么样倒是给个话啊。大哥伸胳膊暗暗扭掐她,转过头皱着眉头故作凶恶地说,女孩子家别胡乱起哄。媒人说,其实人这辈子也就那么回事,好好坏坏到头来就是普普通通平平淡淡,世宏家娃娃不多,对女子也是宠爱,只要能嫁个好人家一切好说,咱们又一个村的,都能了解上,知根知底的。爸爸不耐烦地说,老大啊,怎么样你痛快说句话。大哥活动下身子,仿佛准备起跑的运动员,说,我不急着结婚,有什么你们说吧,反正我不结。然后跑出门。

媒人尴尬地说，你看这，你看这……唉……本以为朵朵会因为大哥的拒绝而发脾气，谁想却说，明忠哥估计是没想好，今天我来得太突然，本来我家里也不让我来，但我实在是想来，那次给明月瓜子花生那回就想来，路上见了明忠哥，明忠哥好像也不好意思，总是躲避开。媒人是经历过千万种场面的人，也估摸过今日事情的结果，说，明月爸妈，我们也先走了，等后面有进展了再来。爸爸妈妈送他们离开，明月身子靠在炕围子上，看着漆黑的窑顶，模仿着朵朵离开时说的那娇弱的话，叔叔婶婶再见，不忙了来我家串。爸爸妈妈不住地说，好好好好，朵朵不忙了多来家里串。爸爸妈妈回来，她知晓来人已走远，就放声大笑起来，妈妈也跟着笑，说，明忠这辈子就是打光棍也千万不敢把这号人娶下，娶下这辈子就完了，给你四处丢人，人身体怎么样不要紧，头脑不清楚是大问题。爸爸沉闷着说，就你们好，我看配明忠就蛮能行。她收住笑，说，爸呀，这可真不行，不说其他的，来了光是吃就把咱家吃穷了，朵朵的饭量村里谁不知道，不管吃什么，一顿没两大老碗下不来，后面歇缓下还得喝一大老碗稀饭。

妈妈说，你老汉子也太能给明忠娃凑合了，一个给寻得那么好，一个给寻得这样头脑不清楚，还不如不寻，怪不得明忠说你胡操心。爸爸说，什么话都让你们说尽，不管，你们说不管，管，你们又说不好，咱自个的条件就那么个，哪里能寻得好的么，只要能过日月能传宗接代就行么。她听不惯这样的话语，看不上这样的思想，认真地说，爸爸，说实话，在明忠哥的事情上，其他的不说，今上这真的太敷衍了事。爸爸说，憨娃娃呀，不敷衍了事就要付出额外的代价啊，算了，跟你们说不明白，本想着在明义结婚前把明忠的婚事定下来，看来是定不下来了，以后明忠娶不到婆姨不要怨怪我这老子，我是尽力了。妈妈想说什么话到嘴边又没说，她能理解妈妈的无奈与悲苦，去收拾锅台上来人喝过水的瓷杯子，倒掉里面的水在锅里洗刷净擦干，重新放入搁置摆放着整齐物件的门箱柜子里。

朵朵后来来过家里几次，大哥能躲开就躲开，实在躲不及敷衍几句借口忙着离开，妈妈故意问朵朵，你觉得明忠看得上你不？朵朵说，说不清，有时感觉看得上有时感觉看不上。妈妈失笑不已，说，怎么说？朵朵说，我来这几回他那么忙还留出时间和我说几句，但每次都是这样，感觉又好像是不太想和我说话。妈妈说，那你准备后面怎么办？朵朵移动着宽阔的身体，说，慢慢来么，老话说日久生情么，就算明忠哥现在不太看得上我，但只要和我相处久了慢慢就看上了。自此之后，她见到朵朵都要绕着走，不然被看到会不停地问大哥近来的情况和有没有提起他们的婚事，再不就是被生拖硬拽到家里吃饭闲聊。为此，大哥和爸爸之间的关系愈加紧张，三句话说不到就争吵，大哥表露的态度是宁死也不会娶朵朵，以后不要操心，永远不用管他。爸爸说自己也不想管啊，可不管能行吗？你娶不下媳妇，众人在背地里戳谁的脊梁骨？是戳老子的脊梁骨，这辈子话柄就落下了。

二哥和秀英的婚期如约而至，家里准备充足，村子后头的两孔窑洞提前请木匠做了两架门窗，里面装修请泥水匠、粉刷匠很快做完，家具买了几件，柜子秀英家会以陪嫁陪送过来，暖壶被子脸盆这些秀英家皆会准备。窑洞上的事情爸爸问过大哥，大哥无所谓地说，随便，只要你觉得良心上过得去，或者一句话，只要你觉得行我就行。话语中多少还是带有情绪，不过也是正常，要是换作她，她也会心里觉得别扭，成一家就要拆一家吗？虽然自己极其可能娶不到媳妇成不了家，但人活世上，起码要有个遮风挡雨的地方，如此做法无疑就是表明态度，这个家里没你的份。

爸爸说，后面给你在边上重新箍两孔，要么就折换成钱，按市面上箍窑的造价，给你折合两孔的。大哥说，随便。谁都知晓，在旁边再箍两孔是很有难度的，其一，那块儿地盘到下雨天山上下来的水流淌不止，尽管当时修建现有的两孔窑洞时已经和邻居家说好，而且付了做水路的钱，水走邻居家旁边的空地，但邻居久久没有履行承诺修建，反而在下雨天上到垴畔上的路上拦挡水，以致水全部聚涌到他家这边；其二，即使水顺利走到邻居家的空地上，要修建还得经过土地管理局批准，如果没有审批手续，修建起来的就是违建，要拆除；其三，那块地盘上到处都是坚硬的石头泥土渣子，要铲出修建窑洞的地基谈何容易啊。莫说三点，其中随便一点就够麻烦的。折合钱可以，但不知怎么就被秀英家知道，临近结婚了，秀英爸妈来家里说此事，要是真的给明忠折合两孔窑洞的钱，那他们就不要那两孔，按原来的规划占据一孔，另一孔折合成钱。爸爸作了难，当初给大哥说折合两孔窑洞的钱不过就是自家人之间的缓兵之计，没想到对象会有变化，两孔窑洞折合成钱可不是小数目，家里哪里有那么多钱，再者就算有，有部分是大哥这些年拦羊挣的，不给窑洞就算了，再搭上人家挣的钱着实说不过去，于是爸爸坚决地说没有这样的事，说出似真似假的理由，这只不过是家里人间的缓和之说，家里根本没有那么多钱，就按前面说好的，两孔窑洞就是两孔窑洞，全部由明义占有。秀英爸妈不放心，拿出已经写好的两孔窑洞归明义秀英所有的凭据，硬是让爸爸加上今天所说的一切，保证不会给明忠折合两孔窑洞的钱，除非真正意义上的修建，若有反悔加倍偿付于明义秀英。

　　一边是虚妄的约定，一边是儿子迫在眉睫的婚姻大事，没有理由不签，明忠可以全然不顾，爸爸乖巧地签下。她为大哥抱不平，整个事情二哥就装不知装哑巴，连只言片语都没有，她真是寒心，怎么都想不来在自己利益面前，二哥竟然会这般淡漠冷酷无情，她多么希望二哥能慷慨地说几句话，哪怕只是违心的话语那心里也会舒畅些，再说，按大哥的性格，就是再有情绪再不愿意也会大方地成全兄弟的终身大事。可是二哥只字没提。

　　她家在村上算不上富裕也算不上贫寒，二哥的婚事办得超出了现有的经济水平，酒席是传统可口的八碗，家里的猪提前杀掉，鸡也杀了三只，大哥主动提出杀两只羊，村上的婚事大多杀一只。大哥说，人一辈子就这么一时，要办就办得红红火火，这也算是我这没本事的大哥给的贺礼。二哥忙活着迎娶秀英，潦草地接纳了这份礼物，大哥不计较，跑前跑后地帮忙。离秀英家距离近，用自行车迎娶不够热闹，就使用了人抬轿，这样距离就不会短，时间可以随心所欲地拉长，抬轿子的人边扭十字步边唱，新郎戴着大红花骑在骡子上。

　　出了秀英家院墙就开始热闹戏耍，一直到她家院子里，吹手吹上就没停，《抬花轿》《大摆对》《百鸟朝凤》等喜庆曲子挨个往过吹，整个村子都沉浸在欢乐的乐器声中。吃席间，新郎新娘挨着敬酒，她担心大哥喝醉情绪失控，就时刻注意观察着，等二哥、秀英敬到大哥这里，大哥全是一饮而尽，村里有人起哄说，做哥哥的就不给弟妹安顿几句话？看得出大哥也是开心，她心却提到嗓子眼，厌恶起哄的人，本来安稳地就过去了。大哥在帮忙时就喝了不少，加上朋友到来又是看客的，你一杯我一杯的，人数多了，几番过去，不知喝下去多少。大哥在正式场合说话如何她从没有见过，祈祷不要有什么差错意外。要走过去的二哥、秀英只得重新回来，站在大哥身边，大哥端着酒杯，二哥自觉倒上，两双眼睛，几十成百双眼睛看着大哥，大哥喝下二哥倒的酒，把杯子转向秀英，秀英愣怔下也给倒上，大哥喝下，说，他们的酒我喝了两遍，作为大哥，希望他们将来的日子过得红红火火，秀英好好帮衬二弟，二弟也认真对待秀英，相亲相爱、和和气气、美美满满、幸幸福福，世间的所有祝福全部给你们。她带头拍手鼓掌，眼眶不由自主地湿润，大哥说得真好，心胸宽阔，有格局有气魄，是他们的好大哥。她感觉到另一双和她一样湿润的眼睛在不起眼的角落里，转头看去，那双粗糙干瘪的双手正捂着嘴流泪哭泣，对，她们一样，她为有这样的大哥骄傲，角落里的她为有这样的儿子骄傲荣耀，是喜极而泣。二哥、秀英满脸幸福地看着大哥，真诚地感谢鼓掌。

　　喜庆过后院子里重新换上平静，基本没有什么变化，唯一的变化就是家里即将少个人也多个人。由于老窑洞这边没住处，二哥新婚当晚就住进了村子后头的新窑洞里，结婚的欢喜气氛顺便给新窑暖了窑，新婚这段时间吃饭还在老窑洞这边，离开旧居扎根新居得有个过渡。她照常帮衬着妈妈做饭、做家里的零碎事情，爸爸营务着自己的庄稼，大哥依着自己的节奏拦羊。二哥自此之后和这个家的交集会逐渐减少，最后只剩下真正意义上的父母兄弟姊妹的情义。完整搅和在一起的生活大概就是在孩子们各自成家开始分割，分割后又会形成更多完整搅和在一起的生活，如此循环，一代一代繁衍延续。对他们家来说，将会有三个完整搅和在一起的生活出现，她相信大哥定会娶妻生子。好人会有好报。

九章　明忠（一）

今年庄稼长势普遍好，尽管初伏受了旱，但二伏过半就开始频繁下雨，眼看枯死的庄稼得到了拯救，以前所未有的长势一气长起，入秋也好，没有下没完没了的烂雨。阳光雨水搭配得刚刚好，地里不时就听见庄稼人对老天和庄稼的赞赏，手放在庄稼枝干叶蔓上抚摸掠过，脸上挂满美滋滋甜蜜蜜的笑容，见人就互夸对方地里庄稼长得美。为确认地下结果实的庄稼好到什么程度，选定看起来叶蔓最差的和最好的刨挖，叶蔓最差的刨挖出的吓一跳，叶蔓最好的刨挖出的更吓一跳，拳头大的红薯、洋芋匀称称地沾着泥土躺在地里，花生颗粒胖乎乎，里面的花生仁似小鸡样要破壳而出。人们说的全是庄稼，多少年没遇上这么好的年头，村里上年岁的人记得，上个这样的年头还是二十多年之前。

他拦羊没事就刨挖几个洋芋，燃烧上堆柴火，等柴火烧红，把洋芋丢进去，再就不管了，只不时往上拢拢燃烧尽掉下来的柴火。看柴火烧得无法再烧，便捡拾两根硬朗结实的棍子，扒拉开灰烬，洋芋露出来，放在地里晾下，随后再烫手也要拿起，左手倒右手的间隙趁势掰开，白花花、热腾腾、香喷喷、沙酥酥的洋芋内里展现出来，急不可耐地张嘴去吃，鲜香的洋芋在口里翻动降温，到可以咀嚼的温度再咀嚼咽下。洋芋吃多了觉得寡淡，换上烧红薯，同样的手法烧熟，红薯的内里黏腻香甜，尤其那种红皮皮红薯，里面是水灵灵的黏腻和绵软软的香甜，皮皮颜色淡的红薯，吃起来硬不算还不太甜，水分也少，吃多吃快了容易噎着。

爸爸那个开心，地里回来坐在门道就自言自语，庆幸自己种对了，几乎所有的地里都种了洋芋，这个丰收年啊，所有庄稼是都长得好，要说最好的还是洋芋，对于这块土地上的人来说，没有什么吃食比洋芋更重要，他们几乎顿顿饭离不开洋芋，如果没有洋芋就不会做饭，更不知道吃什么，即使是吃面也要做盆洋芋疙瘩臊子汤。

爸爸的高兴中忽略了个问题，自家庄稼长得好，也就是说全村人乃至方圆几十里的庄稼都好，自古以来就是物以稀为贵，反之，东西一多就卖不上价钱。村里家家户户一板车一板车往家里搬运洋芋，有些搬运不回来，就找个硬实的土崖，用䦆头、铁锨削砍个横截面出来，勤劳手巧的庄稼人拿䦆头尖在平整的土崖面上画出窑洞样的圆形，然后拿䦆头刨挖，土落下多了拿铁锨铲掉，就这样边刨挖边铲出，挖到合适的深度后要在里面做扩张，扩展高度和宽度、深度。人在里面站不起来，至少要可以蹲着。常年种地的庄稼人一天就可以完工。爸爸搬运不回来的洋芋就放在临时打好的土窑里，明义的更多，自己的地加上开垦出和租种的地，估计是爸爸所种的六倍，要全部搬运回来谈何容易，并且有不少在偏远地方，板车到不了，只能依靠大牲口托运和人力背。村里人都为此犯愁，商量盘算着有什么办法能把洋芋容易搬运回来，洋芋窖子、地窖都放满也放不下，放家里怕太暖发芽，放寒窑又怕冻坏，冻了就不好吃了，吃起来没有洋芋味还辣哄哄的，很不舒服。

他串山遍野地拦羊，看到庄稼人为洋芋的丰收而犯愁，也开始思考如何才能更好地搬运储存。

不多久，村上就来了收洋芋的人，挨家挨户打问，收够几车就派车来拉走，看很多人围在前村的小卖部，他过去看热闹，听到收购洋芋的价钱，连往年的三分之一都不到，这么算下来，看着丰收了，其实连平常年份都不如。收洋芋的人料定庄稼人没办法，不管村里人怎么说，就一套路话，我这收洋芋是统一的价，不能给你们杨家洼村多出，要是这样，那我后面就没办法收了，其他村知道你们是这么个价肯定也要这么个价，互相理解理解，今年好年份，普遍丰收了，丰收年就有滞销的问题。他等围聚的人少了，上前给收洋芋的人递根烟，一块儿蹲下抽烟闲聊，说，我们这带的洋芋估计都让你们收走了。收洋芋的人笑着摆手说，哪里，手稠密呢，你根本不知道有多少人在收。他表现出对此不在意和一无所知的样子，说，这么多人啊，我就说么，谁家一家能收购得了这么多洋芋，拉回去也没办法处理啊，洋芋能储存但也最多就是四五个月，庄户人家在地窖、土窑里储存的洋芋也不过就是这个时间，入秋放进去，到开春就有了生长芽子的迹象，入夏再看，洋芋芽子长得老长，洋芋开始失去弹性，表皮皱巴起来。收洋芋的人说，种地你们是好手，说得头头是道，销售要看我们，每个人都有自己的生存之道。他说，你们厉害，种地人能赚几个劳苦钱？收洋芋的人说，大钱是人家厂子赚走了，那些厂子啊，只要生产出……说到关键处立马提高警惕，一笑带过转向其他话题，看来套话是套不来，烟抽完他站起身回家，转头看那些乐此不疲忙活着的收洋芋人，琢磨着刚才没说的话语究竟是什么，他们收购这么多洋芋卖到了什么厂子？到底什么厂子能用得了这么多洋芋？

转悠到庙峁子上找老仙，老仙见多识广肯定知道其中的奥秘，可惜门上吊着铁疙瘩，大概是出去给人看风水或行安土神禳治择选红白事的日子等事去了。等待许久不见回来，有可能夜里留下吃饭，一时半会儿回不来。胡乱绕转着下到大路上，天擦黑回到家里，进到院子，爸爸妈妈借着模糊的天光，挑拣倒在地上的大堆洋芋，装袋，门道边已经立满装好的洋芋袋子，依次往墙根碾盘边石磨边上立。看他回来，妈妈说，饭在锅里温热着，自己端出来吃。爸爸跪在地上头也不抬地挑拣，一颗颗洋芋就像自己的命，庄稼人爱庄稼跟爱心爱的人一模样。他端着饭坐在门道的石床上吃，说，你们也别太心急，咱家里种得不多，我很快吃完饭来帮忙。爸爸说，羊安顿好了？他说，早安顿好了，圈里食槽子里吃食放得满满。他三下五除二把饭解决完，加入挑拣洋芋的行列，妈妈吃惊地看眼他，说，吃完了？他说，完了啊。妈妈说，我就低了下头你就吃完了，吃那么快对胃不好，现在还年轻没感觉，等上些年纪就感觉到了。他笑着说，顾不得那么多，活一天算一天。妈妈责怪着说，快不要胡说，日子正长着呢，活人才刚刚开始。

洋芋按个头大小分类挑拣，最好的放在一个筐子，次好的放在另一个筐子，再次的就直接扔在边上的空地上，剩下的就是些劣等的，最后再挑拣番，好些的他们做饭吃，不好的喂猪喂羊。忽地想起家里没有明月，问及妈妈，妈妈说，帮明义他们做饭去了，他们种的洋芋多，夫妻两个成天趴在地里刨挖，连口饭也顾不上做。他说，收成是好了，价钱却低了，也没什么用。埋头苦干没怎么说话的爸爸伸展腰身，停顿歇息下，说，就你一天最能，给你说过多少遍，拦羊不能拦一辈子，受苦人种地才是本分才是长久。他说，又来了又来了，种地种一年能挣几个钱，要想改变生活，脑筋要灵活，土疙瘩里刨挖才没出息。爸爸想抽锅旱烟，伸手去拿烟袋烟锅，摸到腰带上却没往出抽，说，算了，等拾掇完再抽。然后自言自语，说，卖不上价钱是普遍卖不上价钱，又不是咱们一家，那能有什么办法。他说，当然有办法了，你们就不愿意动脑筋，主要是不想打破原有的方式，觉得受苦人么，只要种好庄稼就能行，买卖是做生意人的事，这么想就大错特错了。爸爸说，帮忙做就好好做，在那说个没完没了，嘴上说起雄兵百万，手上做起屁也不会。妈妈被爸爸说的话逗笑，说，老汉子整天就教训人的怪话多，说的是一套一套，自己不就是那样，如果能行怎么就给娃娃连几孔宽裕窑洞都没箍下。爸爸立即反驳，说，说什么都能扯到窑洞上，到时候明忠娶到媳妇了我再给想办法，也不想想，能成就一个是一个，都光棍打上能把人肠子愁急断。他说，你们不要成天为这么个争吵，到时候想不想办法都无所谓，好过一个是一个。妈妈生气地说，就你大度，全世界就数你无私奉献。他过去亲热地拍拍妈妈的肩膀，嬉笑着说，对着了，全世界就你儿子最大度。妈妈无奈地抚摸下他的肩膀，哀叹两声。

　　天黑尽月亮从对面山头露出来，很快就露出圆盘样的全脸，起先还昏暗，随着高度上升蜕变为水洗过似的，清朗亮晶晶，周边的星星不觉黯然失色，对面山上的树木，猛看过去像是长在月亮上，山上仿佛有人在走动，都这么晚了，还有人在地里忙活，受苦人啊，一年到头没完没了的活计，诠释着生活的本身。妈妈常说，生活生活就是不断地生养活计，从早到晚地做，几辈子都做不完。看着爸妈借着月亮受死受活地挑拣地里搬运回来的洋芋，他越发坚定信心，人不能这样穷一辈子，为什么自己辛苦种的庄稼挣不到钱，偏要让那些做生意的赚大头，凭什么？他们脑瓜子长得别致还是自己身上缺了什么？思来想去，既然什么都相同，别人做的事情自己怎么就不能做。他把话题拉回到正题，掏出纸烟点着根递给爸爸，爸爸示意自己腾不开手，他抽吸两口燃旺盛放到爸爸嘴里，爸爸噙着烟说，抽惯旱烟纸烟清淡得几乎没有味道。他说，那也总比不抽强，多少能缓解下烟瘾。爸爸说，你说洋芋价钱不行，你晓得现在是什么价？他说，零售价不到往年的三分之一，你想想是什么价钱。爸爸嘴里噙的烟烟灰攒得老长，在说话移动中断掉，落在袖子上，抬手抖索几下，说，那真是低啊，不能涨点了？他说，问过了，人家说这是大众价，一涨生意就没法做了。爸爸说，狗屁，就是黑心商人，恨不得白从受苦人手里把洋芋收走。他故意撂出心中思想的疑惑，说，也不晓得他们收走做什么了？那么多。爸爸说，还能做什么，多数加工成粉条和芡面，还有其他吃的，咱没吃过。他站起身，欣喜若狂地说，对啊，加工粉条啊，这么简单转化后就是大把的钱啊，怪不得人家挣大钱，人家脑了比咱灵光得多。爸爸说，再灵光也有风险，假若粉条卖不出去呢？快不要在那里胡盘烂算了，惊惊乍乍，一看就不是踏实受苦人，看明义和秀英，两个人趴在地里瓷实受苦。

他无心再挑拣洋芋，坐在地上算起账，洋芋现在一斤多少钱，加工成粉条，一斤是多少钱，之间天大的差价啊，抓住今年洋芋大丰收的机会，不用两年就发达了。现在最要紧的是需要本钱，筹到本钱就可开干，后响那收洋芋的人说了，好多人在收，下手要是慢了肠子能悔青，多好的时机啊。他压制住心中的兴奋激动，说，爸，你把我这些年挣的钱给我，我只要我的。爸爸说，做什么？他说，现在好多人惆怅洋芋卖不上价，但又不得不卖，洋芋放久了就更没价，那么这时我们来个反其道而行，也收洋芋。爸爸说，收了加工粉条和苂面？他说，对啊，多好的机会，这把经营好，一把就翻身了。爸爸说，明忠啊明忠，成天胡思乱想这么些有用吗？受苦人就踏踏实实种地，你不想种地先就稳稳价拦羊，至于什么时候说拦不成，到时候我再给你想办法。他高估了自己的说服力和爸爸思想的开放度，尽量心平气和地说，好，爸，我不和你争辩什么，你的钱我不用，就我前面说的，把这些年我拦羊挣的钱给我，这个总可以吧。爸爸找到近处的土墙，身子靠上，掏出烟袋烟锅，烟锅在烟袋里挖满烟叶，用大拇指马虎地按压下，划根火柴点着满足地抽起来，说，你的钱也不可以，我不能让你这样胡乱冒险，我们挣起赔不起，万一赔了，那么多钱，到时候你就是哭皇天也没用。他深呼吸下，说，那是我的钱，我要我的钱，请你不要阻挡我，我挣的钱我爱怎么样安排就怎么样安排，就算真赔了我也甘心情愿，到时候我就是乞讨也与你无关。爸爸抽完一锅烟磕掉再续一锅，执着地说，你要是乞讨了怎么能与我无关，人家都晓得你是我杨茂平的儿子，我不管你众人背地里咒骂得不知怎么难听，我是你爸，我要做的就是在这种大是大非面前给你把关，生意没有那么好做，如果好做大家都去做了，这不是笔小钱，咱就安安然然把钱拿在手里，将来你有合适的对象，用这钱结婚。他急躁似热锅上的蚂蚁团团转，说，我要我的钱，那是我挣的。爸爸摇摇头，磕掉烟锅里的残烟渣，重新投入劳动。

　　老脑筋害死人啊，他不甘心，看来只有他做些让步。当初就不该说要去做生意，说符合爸爸心意的事情，不管怎么先把钱拿过来，只要投进去生意做起来，便生米做成熟饭……如此惯常的伎俩他怎么就想不到。唉！仔细想，他所做的事情根本就瞒不住，收洋芋村里收肯定最省工省力，节省下长途运输费，但如果村里收，人多了嘴也就杂，哪有不漏风的墙，爸爸很快就会晓得，晓得后就现在这样死板倔强的态度，也是弄不成事情。既然不能直接收洋芋，那就中间多道工序，以物换物。于是说，爸，咱这样，我先收小米绿豆这些五谷杂粮，今年这些也丰收了，再用它们换洋芋。爸爸一语道破，说，这样折腾和直接收洋芋有什么区别，脑子都不清楚还做什么生意。对啊，这个让步有什么用，反而更加麻烦了，真不晓得自己怎么能想出这种办法，被气晕了。他说，你就让我去做吧，不要阻拦了，求你了，我以后不管怎么样都不要你管，说话算数了，不行咱也立个字据，好不好？妈妈意识到事情的严重性，说，明忠，别胡闹了，还立个字据，好好拦羊，以后机会多得是。他知道妈妈担心什么，但这次的担心真是多余的，抓住这次的机会，对他来说就能改天换地，以后还愁娶不到媳妇？十里八村的女子抢着来呢。可是眼前两位老人根本就无法接纳现有的商机，觉得钱就是不能乱动，小动大动都有可能给动没了，像是白岁老人，只能在炕上躺着坐着，稍微有个大的移动就会散架没命，这些都是什么思想啊，多么好的事情，眼睁睁地看着流逝，多么残忍多么可悲，多少年的穷苦看来是有原因的，并且很大的原因在于自身。

他不想轻易放弃，尽其所能地在不可能里争取可能，调整平复下心情，开始苦口婆心地劝说，爸，妈，我知道你们所担心顾虑的，尤其我爸，但我们要做成事情，就得有胆量魄力，世上就没有百分之百保险确定的事情，就拿种地来说，也有好收成不好收成，有自身的因素也有天气的因素，做生意更是。还有，谁也不是生下来就会做生意，谁也不是生下来就有钱、就富裕、就过上好日子，都是要打拼，纵然家里老先人给挣下的人家也有，但老先人也是要去像我现在这样的冒险拼搏，你就相信我，把钱给我，我有百分之九十七八的把握能挣钱。算了，虽然是我的钱，就当我借你的，后面挣了钱我把钱还给你，好不好？妈妈这会儿又难过得厉害，哼哼着说，明忠娃啊，事情是好事情，妈现在想支持你也没有钱，你晓得这家里妈也就是个干活的，不掌权啊。爸爸油盐不进地说，我就直接说了，门儿都没有，该做什么做什么去，不用你帮忙，少在我眼前晃悠，扰乱得人心上烦。他再也掩饰不住心中的愤怒与不平，吼喊着说，爸，你就是这样不讲理，我要我的钱怎么了，这是我靠自己力气挣的，你凭什么扣着不给？还有，我退让到把钱给你，算我现在借你的，你还是不行，你想怎么样？你给明义窑洞我有半句怨言没，我就算不住窑洞，你是不是把我自己的钱给我，是不是？爸爸说，别给老子在这里嘶喊，哪个是你挣的钱？羊一开始是不是村里队上分给我的，不分给我你这些年拦空气去，空气能翻番能换钱还是怎么？还有，我给明义窑洞，明义结婚我说过，能成就一个是一个，中间有没有给你说过亲，世宏家女子朵朵多么看得上你，你硬是不要，能怨谁？你做生意，要是偏偏端端就遇上百分之二三的赔掉概率呢？怎么办？做父母的难处你知道吗？做生意，你以为我不晓得怎么挣钱啊，就你精明，村里多少精明人都不做，就把你威武能行的，我吃过的盐比你走过的路都多，快不要在我面前晃荡了，有多远滚多远。他听着这些蛮不讲理又带有无数针刺的话语，对说话人恨之入骨，双手握成拳头恨不得把空气捏碎挤成粉末，说，你要是别人，我这会儿早把你弄死了，说的是些屁话，偏心就偏心，还说得那么有理有据，别再说什么为我好，用不着，今天你说的，有多远滚多远，这些年我早就受够了，拦羊，你的羊，你的老脸怎么就那么厚，从几只羊到今天几十只羊，加上中间出栏卖掉的，起码有上百只，我花费了多少时间受了多少罪，你数钱喜笑颜开时眼瞎了吗？收起你的虚情假意，我不需要，从今以后再也不需要，我的包容忍让只会让你更加地得寸进尺恬不知耻。他说完站起身准备离开，一颗洋芋飞过来重重撞击在他的胸脯上，火辣辣的疼痛，让他反倒平静了许多，说，你这些年也就这点儿本事，打骂我打骂我妈，在外面你多少次装孙子，谁不知道。他的话语彻底激怒了父亲，老迈的身体夹带着充足的怒气，顺手抄起边上用来抬洋芋袋子的木棍子，对着他的腿就是一顿狠敲狠打，他没有还手，强硬支撑着抖颤不止的腿，说，够不够，不够再来啊！再来啊，啊！他忘却了自己，完全变成了疼痛麻木下的野兽，对着瘫坐在石床上气喘吁吁的人风卷云涌地狂吼狂叫。

　　出院子碰见从明义家做饭回来的明月，妈妈惊吓得说不出话来，好容易挤压出几个字还不清晰，看见明月就使劲呜呜呀呀。他坚挺着的破碎的心瞬间在眼睛里坍塌，眼泪洪水样涌出，沾满脸颊脖子，明月发觉事情不对，快速拉住他的手，说，大哥，怎么了？他掰开明月的手，快步走出院门，明月追上来，到坡底他听见妈妈撕心裂肺的哭声，嘶喊出来，明忠娃，回来，回来啊！明月，把你哥追回来，给妈妈追回来……他边走边流泪，本想到没人的地方放声痛哭，后面有妹妹跟着硬是忍住。明月是好心，他不能拿自己的不快来折磨惩罚妹妹。走出人多的地方，逐渐放缓脚步停下，明月跑得上气不接下气，站住，双手撑在膝盖上干呕，大概也是从二哥家做好饭快速扒拉了几口就往回走，想着回来帮家里挑拣洋芋，谁想回来是这样，没来得及喘口气就跟上他跑，吃下去的饭没来得及消化就剧烈运动。他能理解，很多时候他就是这样，压住气了，难受得要命。

他走过去帮明月拍脊背顺顺气，明月缓过来，说，大哥，你们怎么了？坡底我就听见你们在院子里震天喊叫地争吵。他说，没什么。明月说，事情需要说出来，憋闷在心里不好，有什么还不能给我说的。他就一五一十地把要钱收购洋芋，洋芋加工成粉条，粉条便于储存，年底是粉条需求量最大的时间，转手倒卖的计划和跟爸爸说要自己的钱用的事情说出。明月说，他们挨过饿受过穷，咱们小时也穷饿过，他们如今年纪大了，不想不敢也不愿再折腾，思想保守很正常，莫说你现在说不动，就是再过几十年甚至百年也可能难以彻底改变。他说，这是机遇，抓住就可能翻身，从此过上完全不同的生活。明月若有所思地一手抱住另一只托着下巴的手，一会眼睛一亮但又黯淡下来，说，不知该说不该说，也是病急乱投医。他说，没事，放心大胆地说。明月说，要不我们去找二哥试试，他家肯定有这个钱。他犹豫不决，说，你二哥现在成了家，不是个人能做决定的。明月说，那也得试试，他家洋芋那么多，我回来时还听见他们因收购价钱低而犯愁，如果不成就算了。

他顺从了明月的意思，两人走上大路，朝着明义家的方向走去。后村头这块的窑洞普遍比较新，修建的时间较晚，自明义结婚住进去他还没来过，记得原先就是两孔敞口子的空窑，现在大为不同，有了家户人家的气息，明义手勤，敲打了些边上地盘的石头，垒砌起不高不低的院墙，大门还没来得及做，院子里用黄胶土重新垫过，再用石杵子挨着杵瓷实平整。两人也像刚拾掇完院子里的洋芋，这会家里亮着煤油灯，人影在窗子上晃来晃去，他内心涌上说不出的本以为不会产生的羡慕之情，暗自问起自己，这就是家，对不？原先自己一厢情愿思想的结婚成家是那样的单调乏味，真实看到后却是那样的丰富、厚实、多彩。门道立着装好的整袋整袋的洋芋，明月先揭起门帘进去，秀英说，明月啊，有什么东西落下了还是？随后他跟着进去，明义看到，说，大哥也来了，赶紧炕上坐，吃过没？没吃这里吃上些。他说，吃过了，你们先忙活你们的。原来秀英在烧火打些面糊，拆解了些旧衣裳做袼褙，明义帮忙给递剪好的布。他在油灯的光亮里环看着窑洞，炕上铺着崭新的单子，摸上去绵软舒适，下面定是铺了厚的褥子，被子整齐叠着放在靠近窑掌的中间位置，外面蒙着白色带花边绣着花的精致被子单子，枕头放在间隔合适的两边，笤帚躺在前炕边，锅台上收拾得齐整利索干净，三件柜子靠墙整齐摆放着，锅台边上有黑瓷明亮的水瓮和酸菜瓮，紧挨着摆放的是沙发，和窗台之间的空隙里放着扫帚和铲土的铝制小簸箕，柜子边停放着结婚时买的缝纫机，再边上靠近窗台的空间里斜放着自行车，折转回视线看，窑掌墙上贴着大眼睛抱鱼娃娃。秀英掂着两只沾了面糊的手笑着说，你们先坐下，我这里马上就完，这两张抿好就完了。明义腾出手给倒水，分别放在他们身边，说，大哥是我们结婚后第一次来这边。他说，对的，挺好的。明月说，浓浓的人家气息。明义不抽烟，但家里备着烟，从柜子里拿出盒拆开的烟放在他身边，说，大哥，你抽烟。他拍拍衣裳兜，说，有呢，带着了。明义说，来我这就抽我的。他为不辜负明义的盛情，从里面抽出一支点上。

明义帮衬着秀英把最后一张袼褙晾出去，回来两人洗过手，秀英说，还有瓜子，你看我这脑子，光顾忙活抿袼褙了。随即拿碗到柜子里舀碗出来，放在炕栏上。他说，不用麻烦的，我们坐会儿就走。明义说,大哥,你来是有什么事吧?他不知如何开口,尝试几次没说出,明月看此情状就代替说出。明义和秀英听后皆陷入沉思,说,这个风险太大了,洋芋收购是便宜,但加工粉条需要机器技术,下来费用也少不了,而且最后还要能卖上价,你这个想法肯定很多人都有,到时候粉条也降价怎么办?在明忠这里,只要明义有不愿意的意思明忠就不会多言语,说,嗯,也是,我完了再想想。明义说,大哥,你别见怪我说的这些话,我想还是种地保险,人在做天在看,天公疼爱受苦人,老话说,人皮哄地皮,地皮哄肚皮,只要我们在土地上用心下功夫,土地是永远不会亏待人的,人活到什么时候,粮食是最不能缺少的。他点点头,不愿再多说此事,为避免不必要的作难,站起说,那我们先走了,明义、秀英。出了门,在回去的路上他的内心五味杂陈,原来结婚是这样啊,日子是这么个过法啊,他原先想得真是浅薄不堪啊。明月以为他是为刚才没借到钱而苦恼,装作随意地说些宽心的话语。到家里院子,他让明月到家里把他的被褥抱出来,从今天起他要睡在边窑的门头炕上。明月知晓说再多都无用,就乖巧地回家去抱。

妈妈跟着来到边窑,手摸下炕底,说,冰死人了,这个炕就没法烧火,里面可能连个炕洞子都没有,当时垒砌忙于完工,当作个看样摆设,随便垒砌了这么个炕样的台子。他说,没事的,妈,盖上被子不冷。妈妈说,明忠啊,别和你爸计较,跟我回去,咱就睡在正窑里。他说,妈,你就别担心了,我这么大了,放心。明月把炕上搁置的零碎东西搬开,用笤帚扫干净,最底下铺展上烂纸箱片子,然后铺上褥子,被子提前铺下温暖。妈妈回正窑里取来破旧不用的羊皮袄,搭盖在被子上面,说,这个家就这么散开了，慢慢都会去过自己的生活。夜里躺下睡不着，听见爸妈在说话，像是妈妈在责怪爸爸，爸爸也在驳斥。他想，尽管他不能像明义他们以结婚为由搬走，但这样搬出来也好，不能总是这么受制于人，要有自己的积蓄和本事，白天经历的所有就是最好的经验教训，你明忠是无所依靠的，全要靠自己去挣得，再说，使用自己挣得的钱财东西最舒心，不用心里觉得别扭和脸面上难堪。妈妈拿过来的煤油灯他没有点，明月皎洁如水地透过窗户纸照在地上，外面肯定比白天还明亮，翻来覆去地睡不着，坐起些身子倚靠在窗台上，抽出支烟点上，边抽边看着立在炕栏前的件件农具家什，暗暗下定决心，种地也许适合明义和爸爸，但不适合他明忠，将来要让所有人看看，尤其是明义、爸爸，知晓他们执着的坚持的想法是多么可笑可悲。

一〇章　明忠（二）

搬到边窑住最大的好处就是自由。拦羊回来吃罢饭，回到窑里坐会躺会，胡盘烂算会。冬天日子短夜长，夜里睡不着出去胡串，有时觉得村里玩耍得不过瘾，约上三五朋友到邻村逛荡。冬里地里没活，受苦人多数歇息下，外面揽工的也回来了，冻得没有工程，这么多人集聚起来就要想方设法地快乐，自然就是麻将、扑克、摇骰子等样样铺排，只要有需求就有人设场子。

打麻将的四个人，两个是本村的两个是外村的，外村年龄大些的这把胡了,其余人分别给钱,本村的有个人边拿钱边羡慕地说,看看人家张师这,财大气粗,要赢就美美地赢,一把顶咱几把。原来他边上坐着的人就是张师,双手摸洗着牌,从桌角放的烟盒里抽出支烟,找火柴找不见,他掏出自己的,划着根火柴递过去给点上,张师抬头看眼他说,好火候,感谢啊。他撤回火柴后甩两下甩灭,说,顺手的事。张师接上前面的话,说,就看我赢得多,你们怎么不说我输的时候也多啊,很公平的,下得多赢得多,下得少赢得也少。外村的另一个说,张师一个买卖就能挣四五千五六千,我们受苦人满年四季忙活死也挣不下这么个钱,心里就尿着。张师噙着烟,说,屎,你们爱面子怕风险,活该挣不来钱,就靠种地挣钱,想都不要想,种地最多能让你饿不死,想要富裕就得动脑筋做别的。他看大家不接话,便插了话,说,我和你的想法一样,但我不晓得做什么。张师鬼笑着说,你真想做?他说,那还有假,挣钱谁不愿意。张师指着其他人,说,你看,他们就不愿意,不,是不敢,太尿。他玩笑着说,我不怕。张师忙于打牌没再接话,当然,他最后说的话也没有给出接话的余地,他心有所思地观看着,脑子里天马行空地想着那次到明义家借钱所看到的,他到时候弄住处定要超过村里修建的最好的人家,人还真是奇怪啊,一年和一年的想法有好大变化,前两年他无论如何是不会想这些,现在他时不时就想起,包括前几天去小卖部买烟,那个谁家的小孩要吃糖,爷爷不给买,他顺手给拿了两个,孩子高兴地让他蹲下,上来抱住就在脸上亲一口,哎呀!那个美气啊,回想了好几天,柔柔软软的皮肤,小嘴小手,晶莹莹的眼睛,眼珠滴溜溜地转动。要搁在原先,见了孩子恨不得立即躲开,生怕跟上来说话亲热。这些美好都要建立在有钱的基础上，如果就是一穷二白，想得再好也只是空想。

中间张师去上了次厕所，他不好跟着去，那样太刻意，会被村里人觉察。熬到半夜，他瞌睡得上眼皮直打下眼皮，用手搓揉几把，边上有人说，明忠啊，瞌睡成那样就回去睡，眼睛红钻钻的，你也看得没那么上劲，熬什么啊。他摇晃几下头，说，回去躺下也睡不着，还不如在这里。边上另一人说，赶紧娶媳妇，有了媳妇夜里就睡得踏实，就算是睡不着也有事情可做啊。其他人哄笑，有人说，一看你就没少和你媳妇在炕上做游戏。那人说，有媳妇在炕上做游戏很正常，谁不做谁傻。他继续熬，天快亮时，赌局渐渐解散，他故意跟着张师走，坡里下来，张师站在路的边畔上撒尿，提裤子的间隙说，你小子不错，机灵着呢，真想做那事？他真诚地说，肯定想做，不怕你笑话，我猜想一晚上，到现在还没想到你具体是做什么营生，怎么就那么挣钱。张师走近些，低声说，带个女人回来，你敢不敢？身体里的血轰地全部涌上来，眼前满是耀眼的光斑，脚步有些乱阵。他装作踩脚，趁机快速让自己平静镇定，意识重新占据身体。

走到两岔路口，张师看他魂不守舍，站住推搡下他，说，怕了吧，要是那么简单大家都去做了。他说，也倒不是怕，就是，唉！也说不清。张师鞋里有什么，脱下鞋，穿袜子的脚踩在另只鞋上，手里拿着脱下的鞋翻转过来磕倒，落下两颗玉米粒，说，怪不得一路上脚硌的，原来是这么两颗玩意，我要回去了，前面说那些都是开玩笑，我能挣钱是能吃苦，而且吃的不是一般的苦，满世界跑尤其是去农村收东西。他说，什么东西？张师说，这还用问吗？当然是古器老玩意这些，还有就是路上存在很大的风险，容易被贼和邪恶的人盯上，到时候真遇上了可能连命都保不住，所以你要想好，想好给我说。他愣怔会，追上张师，说，我敢做，你说怎么做？张师边走边打量他，说，这么快就想好了？这事开弓没有回头箭，要做就得做好不顾一切的心理准备，万事开头难，头两次出去会很难，人生地不熟，也没有门道。他说，这个肯定需要本钱吧？张师说，需要，但不用带太多，初次出去，带个千八百块钱就行，收物件也要看你的本事，口才好很低的价格就能收到很好的东西，口才不好很差的东西也要花很多钱，所以拿多少钱你自己看。他说，我有些清楚又有些不清楚，那我先去哪里？张师说，初次就去西北，那边说话、生活习俗和我们差不多，容易接触上手。他点点头，说，这个真的这么赚钱？张师说，你信我就去，不信我就不要去，这个事情我没有必要骗你，他们都调侃我盗墓，其实不是，他们只是胡乱猜想，我就是走东串西地收物件，你想，收到一件真货，那就了不得啊。他说，假如收到了我们转手到哪里啊？张师说，你还想得多，这些物件的真假识别是要眼力见儿的，别反被别人骗了。他哦一声。随后一路闲聊，到张师家，张师要他到家里坐会，他没去，回去小睡会，十点起来吃点东西去拦羊。

随后几天里他利用空闲时间做着全面的出行准备，预计出去四五天，每次回来背两包地里割的草料，酝酿五六天，觉得可以出发，借口出去学习外面成规模的喂养经验，不在这几天让明月帮忙喂羊。夜里等所有人睡熟，他起来端着煤油灯，到靠近鸡窝的那堵院墙的石头缝隙里取出自和爸爸激烈争吵后攒下的钱，加上自己身上揣有的小三百，足够支撑这次出行。天亮后就去县城的车站，先买到西川的车票，那里已经属于西北偏远地区，问车站工作人员要坐多久到达，工作人员说，路途中行驶正常的话需要八个多小时。

到西川车站是后晌，太阳开始式微衰弱，朝西面下降，光热跟着缩减，车上下来的人径直地往出走，都有自己的目的地，他尽量拖延时间好思考接下来的规划，不管怎么先得出站，来时真是低估了事情的难度，不然张师也不会说那话。出了站，满目缭乱，全新的世界，头晕目眩地站在来往行人的路上，直至有人怒气冲冲地喊叫，傻子聋子啊，挡住路了听不见，快点让开。愤怒之人就差动手，他稍微适应些，赶忙道歉让开。要不要继续往北走？谁也没说再往北走就有要找的东西，张师就说西北深处，要说深处的话这里似乎就已经是了，不禁内心责骂起自己，怎么就不多问问，冒冒失失出来漫无目的地胡乱走，到头来一无所获，只是竹篮打水一场空。张师说得对啊，初次出来能摸摸门道就很不错，要想带回去东西，白日做梦、异想天开。

肚子又稀里哗啦叫唤起，那股涌流愈发不羁，似脱缰的野马，难以控制。现在还不如车上的处境，车停下可以跑进庄稼地方便，这里到处是人，非要找厕所不可。人生地不熟，举步维艰，根本没时间来错误地胡冲乱撞，在来往的人中挡住看起来憨厚之人问哪里有厕所，那人听半天没听出他说什么，真是急死人啊，额头上渗出细密的汗，又拦住个人问，这次的人倒是听出来了，随手一指说，车站就有啊。人火急火燎时就容易犯低级错误，骑着毛驴找毛驴，跑到进站口，看门的人见他慌慌张张，拦挡住问询，他没多少时间解释，说话都成为压力负担，示意着要忙着上厕所，刻不容缓。看门的人这才给放进去，进厕所时又遇到麻烦，冒出个人收钱，明码标价，大的五毛，小的二毛。他极力坚持着说，这不是抢钱么，上个厕所这么贵。那人噙着烟，流里流气地说，嫌贵不要上。他实在没办法坚持，给了钱进去。

准备起身，又发现没纸，这可把人为难死了，现在连不成形状的沙子都没有，地面全是湿漉漉脏兮兮的尿水，脚踩在上面吧唧吧唧直响，这可怎么办啊？正左顾右盼愁闷时，看到身后拐角堆着些别人用过的卫生纸，他瞅看上面沾屎少的，或已经干掉的纸，快速捡起抹擦干净，提起裤子出去。走出车站没多久肚子又开始叫唤，这可不行，在家还可以吃点硬朗东西弥补制止，现在要趁着还有回转的时间，找家卖面食或蒸馍饼子的摊子，只要大口吞咽垫吧上些，就算再拉也撑死拉一回，第二回的时间就会延长，大便也会黏稠起来。顺着主街道走，车站两边倒是有卖馍馍饼子的摊子，问了价钱有些贵，想起自己县城车站边上的东西就贵，因此没有买，继续往前走，就当闲逛开眼界了。实惠些的应该在不起眼的犄角旮旯，少有人能看到，再看摆摊人的面相，憨厚笨拙的多数老实，不要冒价，边走边看边盘算，这条街走完还没看到满意合适的，心里犯起嘀咕，都这个时候了，一会肚子再稀里哗啦忍耐不住，找不到厕所更是麻烦，折转回到前面走过的印象较好的那家，老汉面前放着个新编织的大簸箕，簸箕里放着不同食材制作的面饼，他问过价格，白面的太贵，为止住跑肚拉稀没必要吃这个，玉米面糠糜子都可以，只要硬实，在肚子里能粘黏出成形的疙瘩。妈妈常说，肚子是泔水瓮，吃什么都一个样。他平时就遵循这个道理。

他正犹豫要买哪种食材制作的，买几个，两个高大的黑影遮挡住光亮，蹲着的他抬头看，见两个装束不错却风尘仆仆的男人，驾轻就熟地问老汉总共有多少个饼，老汉揭开半遮半盖的笼布，眼睛快速扫视遍，说，前面卖了些，现在还有白面的四个、玉米面的十个、黑面的十个。其中一个男人略作思索，说，差不多，等会咱再去其他地方买几个就够了，十个黑十个白她们几个人够吃了，如果不够，到时候再说，随时买随时吃，拿在身上也是负担。老汉笑着指着他说，这还有个人在买呢，先看他买多少，他来得早。他不好意思地说，我就是垫吧垫吧，等会儿去吃饭，买个白面的。老汉给拿个白面的。他闲着没事也不知接下来的去向，看着老汉给来的两个人把饼装上，他跟在后面边吃边走，那两个人是外地口音，说话细声细气，应该是南面过来的，南面过来到这里做什么？买这么多饼，少说够五六个人吃，就算是打工做生意，难道南面的发展还不如这西川？这些都不是，那就是来做和他一样的营生，真是幸运啊，他暗喜起来。快要出街道了，两个人鬼鬼祟祟起来，前后左右张望，他来不及躲闪就硬着头皮往前走，从他们身边过去像是当地人回家，看他们转向要走的路，他三步改两步从离他们不远能看得到他们的地里猫着腰走。走一阵，他们即将要进到边上村子里，天边的太阳完全落下，他要跟紧，不然马上的天黑会让他迷失跟丢。从地里跑出来，保持着安全距离，撑过这可见人样的光亮时段，天擦黑时便只剩下黑影，对他是考验，对对方同样是，万一被发现有人跟踪那也不敢轻易过来。

进到村子里，街道边上住的人多，七拐八拐的，他缩短了安全距离，不然如果突然有个闪失就会跟丢，岂不白忙活一场。绕转几个圈，他怀疑是对方故意为之，最终来到这条路走到头的那户人家门前，那两人确定无人，推门进去。他等一阵子才走近那户人家，大门是铁皮包裹的，根本看不清里面，绕到院墙后面，想要爬上去，院墙上扎着玻璃圪针，趸摸过来趸摸过去，找到了唯一的突破口——墙最边沿处有块儿玻璃圪针很少。没人时他找来几块大石头垫脚，站上去正好可以观察到院里。

这回不敢冒失行动，仔细倾听观察里面的动静，听到有推门声，他就偷偷扒墙头看，多次看都是这里主家进出取东西，十一点多，听到有熟悉的声音和开门声。他摸索着站在石头上，低矮着身子看，门里出来几个人，看不清，有女人声音说，上厕所也要看，不嫌臭就进来。男人声音说，别废话，快点。几个黑影围在厕所周围，出来一个进去一个，出来一个进去一个。回去时，有个女人，个子高高，好像扎着头发，临进门时朝他这边看，他说不好被看见没，就是感觉，感觉好像被看到了，但那女的没有说出来。他从墙上轻手轻脚下来，窝在墙根拐角推理琢磨，收旧东西带这么多女的做什么？为更好低价地收购？装作是拖家带口四处行走？这难道是？不会的，不会这么凑巧，真是不该跟来，好奇心害死人啊，现在这么黑去哪里啊，路也不知道，别胡乱走到哪里，受个伤啥的不值当，安心在这里等待天亮，只要天一亮就离开。

他想着想着窝在墙角睡着了，不多会儿听到院里传来骂骂咧咧的声音，有男的有女的，不过这次从脚步声上判断，只有两三个人，男人声迷迷糊糊不情不愿，叽里呱啦说着什么。不一会儿脚步声重新密集起来，进到家里门关上。他裹紧衣裳，想不到夜深了这么冷，想生堆火又不敢，犯困想抽烟提神，刚点着抽两口就灭掉，弄不好会暴露自己，一个是烟味会飘散进院子，再一个是可能被村里夜归的人看到火星。老仙说的那句话，千里之堤什么的，就是再坚实的大坝，蚂蚁洞也能摧毁。

过阵子院里又有了声响，似乎还是上次那样，等会儿就是关门声。恢复静寂不久,又是同样的声响流程。有人敲主家的门,问有没有什么来着,里面人回答,没有,坚持坚持,明天去街上买。他掐着时间,到了院里应该有声响的时间,院里却悄无声息,心想,是自己想多了。正怀疑自己,有了响动,男人深深地叹气,女人也打哈欠,有气无力地说,快要死了呢。这句他听懂了,为多次确定自己的想法,矮着身子扒在院墙头上看,女人临进门时转头看向这边,黑乎乎的面容好像在笑。他暗自嘲笑自己傻里傻气,黑漆麻乎脸面都看不见竟然就敢说女人在对他笑。到半夜,他也不知道到目前为止来来去去的响动总共多少次,总之没有十次也有八次,最近的两次中间间隔时间变长,他预感到接下来要有事情发生。院子里再有动静,他打起十二分的精神倾听观察。这次果然间隔的时间延长不少,他听到脚步声,扒在院墙头上看,男人迷迷瞪瞪地站在房子门口,女人急匆匆跑着进了厕所,发出响亮的扑哧声,不一会儿出来捂着肚子弓着身子拖拉着鞋进去屋里。天边的漆黑在褪淡,他心里莫名慌乱起来,天快要亮了,等再亮点就离开,希望在天亮起来之前这段时间别再发生什么意外。

  院子里的动静如约而至,脚步声稀疏很多,他大胆地扒上墙头看,这次男人不在,只有女人独自拖拉着鞋病恹恹地走着,依然向着厕所走去,不一会儿出来,进了房子,房门关上。不一会儿,关上的房门在静谧中开出能走出人的空当,女人蹑手蹑脚出来,轻轻闭合上门,直奔他这边而来,他不知为什么,身子自如地上墙,伸出双手拉住女人的手,女人踮着脚使出全身力气往上扒,翻过院墙,两个人顺着后面的庄稼地快走,走出些距离可以跑了,他拉着女人的手疯狂奔跑,只听见耳边有呼呼的风声。他依着白日跟踪那两人的路线记忆,左边右边地走,这会儿车站肯定没车，就算有也不敢去坐，对方发现少了人肯定要到车站这些地方找。

他感觉那两人一时半会儿追不上来，女人也累得上气不接下气，天边开始泛起白光，天即将亮起来，他大口大口喘息着说，你，你，你们接下来要去哪里知道不？女人试探着说，好像是要去更北边。他拍着胸脯来加快平息急促的呼吸，说，我们赶在天亮之前进其他村子，这样他们就不好找了，要想在村子里找人无异于大海捞针。女人点点头。他继续说，等我们进到村子里你和我配合，你尽量少说话，你口音太明显，我花钱给咱在村里置办两身简朴的衣裳换上，最好能买到两个帽子。女人的呼吸渐渐平稳下来，满脸迷惑地看着他，用普通话说，你说的这些我听不懂，前面时间急促没机会说这个，能不能尽量说普通话。他知道普通话但不知道怎么说，暂且依着自己的决定去做，女人跟着就行。

他看了眼走过的庄稼地，鞋印很清晰，为迷惑可能追上来的人，拔下几棵庄稼秸秆边走边清扫。天大亮来到一个村子，他们找了户已经起来的人家，要走上前时他突然站住，到女人跟前不由分说地撕扯她身上的衣裳，布衫裤子全部撕扯烂，女人被吓得脸色惨白。看女人衣服撕扯得差不多了，他开始撕扯自己的，女人呆若木鸡地看着眼前这个奇怪的人。他随即拉上女人的手，走进那户人家的院子。这里住着一大家子人，先是出来老婆婆问做什么，他心里着急，生怕这会儿已经发现或更早发现女人逃跑的那两个人追上来，便快速说叨着，老婆婆耳朵有些背，嚷着让重新说，他焦急地说，有没有年轻些的人啊。中间房子出来一位和他年纪一般大的男人，拉过站在他们跟前的妈妈，紧张地说，你们是什么人？要做什么？他说，我们到这里走亲戚，谁想坐的汽车路上坏了，走了一路，在穿过片树林子时，衣裳被撕挂成这样，你们家里有没有适合穿的衣裳，能穿就行。男人摸着头说，有倒是有，可是……他赶紧补充说，我们给钱，拿钱买。男人说，那好，回房间和媳妇找来两身衣裳。他付了钱，拿上衣裳就走。

穿着破破烂烂的衣裳走不远，极容易引起人们注意，他找到可以换衣裳的无人角落，把衣裳交给女人，女人去换，他在边上放哨，女人换好后女人放哨，他再去换。这样倒替着换上与农村人别无二致的衣裳。他们继续沿着村子走，这样走三四天才能彻底摆脱那两人的追踪，为解决路上吃食问题，晌午走到新的村子，找到看着院落宽大的家户，买些饼馍苹果等吃食，只要便于携带的都可以考虑着买，能带多少带多少。简单休息下便继续赶路，又走过三四个村子，后晌临近傍晚时，女人走路慢下来，他以为太累了，说，再坚持下，等天黑了咱找个地方住下。女人嘴上应承着脚步却越来越碎小缓慢，手捂着肚子，走近细看才发现女人脸红扑扑，用手摸女人额头，滚烫滚烫的，说，这可怎么办啊？女人强挣扎着要继续走，他扶持着女人的胳膊说，不要命了，先找户人家，吃碗热乎饭，实在不行喝碗热水也好啊。两个像老去的人，迎着远去的夕阳踽踽独行着，这条路应该是连接着下个村落的小路，他们不敢走大路，看女人实在疲倦乏力，他就背上走。

来到最近的村子里时，村里人家已点上灯，这次他挑选的是普通人家，选定后进去，这户人家院落很小，坐落着两间不大的土坯房。扶持着女人推开门，里面住着两个老人，老婆婆看到门口的黑影，没有常人的惊慌，平淡地说，你们找谁？他说，我们路过这里，我妻子生病了，想在你们这里歇息下。往灶火添柴的老汉站起身，端着油灯过来看他们的模样，看清楚后，说，先进来。老婆婆正把锅里滚沸的水往暖壶里灌，看眼女人说，哎呀！这是着凉发烧了，看脸红成啥了，先扶到炕上躺会儿。他帮衬着把鞋脱掉，抱抬着上了炕，炕上硬得厉害，他摸一把，席子上铺着轻薄的单子，不好意思用人家被子铺，就上炕把被子放下给盖严实。不大的房间锅里水汽起来顿时温馨起来，此时人也多，灶火里的柴火噗哄噗哄燃烧着，房间墙壁是泥土抹平的，几处贴着报纸，锅台上放着简单朴素的盆碗，对面的菜瓮上搭着木板，木板上搁置着放有油、盐、酱、醋、辣椒面等调料的木盘子，两扇陈旧木头的门闭合着，锅台下面的炭仓里放着整齐的炭和劈好的木柴，老婆婆拿出碗放在锅台上，在门前土台子上的大盆里取出塑料袋装着的东西，倒进碗里些，凑着锅里的热水舀些倒进去，拿筷子搅拌几下，端给他，说，慢慢给她喝下去。他说，是药？老婆婆笑着说，红糖，她现在需要这个。他不懂也不好再问，碗在手里轻微摇晃，慢慢扶住她的背不时给喂口。喝完后她的精神气色有所好转，一路忙着没顾得上看，这时安稳下来，静静躺着的她，脸上纵然有泥土也遮挡不住本有的白皙细腻，乌黑的头发盘扎着，此时已乱掉，皮筋掉在枕头上，他捡起放在枕头边，为此她微侧头看下皮筋看下他，温柔一笑。高挑的身材被子无法盖住，那时只顾着往上拉，没发现脚却露在外面，他把旁边放着的一床被子拉过来放下盖住脚。老婆婆做了疙瘩汤，打了三个鸡蛋，端给他们，两人各一碗，他说一碗就够了。老汉硬是让他把另一碗吃下，他找来勺子先给她喂，舀一勺吹拂下喂过去，就这样一勺一勺喂着，昏暗的光亮中她的眼角流淌出眼泪，他用手给擦掉，说，别哭啊，吃了美美睡上一觉，明天再走。她乖巧地点点头，咽下喂过来的疙瘩汤。

本来不敢住在这里，担心那两人找过来不好逃脱，但看她睡得香甜，身体又不舒服，刚出了汗，只能住下。老婆婆从另一间房子抱来两床被子、两个枕头给他们，九点多老汉出门关上院子的木栅栏门，回到房间关上房间的门，上炕后吹掉油灯，黑夜占据所有。油灯亮着时他瞅准菜刀所在的位置，只要那两人敢来，他就敢玩命。转念想，漆黑寂静的村庄，谁能知晓他俩的存在，他们所在之处就住老两口，在村子的中间，周边住着村上其他人，那两人真就那么神通广大，偏偏能找到这里？再者，一天过去了，寻找得过来吗？除非还有其他同伙在这里，不然就那两人怎么找得过来，剩下那几个女的不管不顾了？即使这般细密推理，也不敢掉以轻心放松警惕，整夜他迷迷糊糊，睡着又没睡着，提心吊胆，看着旁边睡着的她，这么美的人儿，怎么就被人拐来贩卖？不觉动了怜悯恻隐之心，她睡半夜说起胡话，好像是叫妈妈爸爸救她，他越听越难受，伸手拉住她的手，一股股热流不住蹿入身体。她慢慢安静下来，重新沉入安然的睡梦。

　　太阳照进窗户她才醒来，脸色红润起来，老汉已经把灶火燃着，前锅煮着小米稀饭，后锅温热着馍馍，她起来去上厕所，他跟在后面，她吓一跳，说，你也要跟着，也是怕我跑了？他急忙解释，说，不是，我是担心那些人找来，再把你带回去。她看他没有恶意，说，你语速放慢点我还能听八九成。他一字一句重复了刚才的话，她说，哦，这样啊。上完厕所他让她先回去吃点东西，他走出院门察看四周有没有异常。

　　临走时，他给老婆婆老汉硬塞了二十块钱，带走床被子、褥子，好这几天晚上她盖，还有些吃食。路上他们说话多起来。看着她走路扭动的身姿像是在跳舞，尤其在路过块野花丛生之地时，阳光铺洒着，她走在其中虽然衣着素淡，但丁点不影响她的动人。他看得呆住了，她转过身，笑着，让他跟上。他问她，你叫什么名字？她拢下快要滑落的头发，说，我叫赵清丽，你呢？他说，我叫杨明忠。他说，你是怎么到这里的？她说，我很小就被卖出来，来这里的路上我就在寻找逃跑机会，可惜看得太严。他说，那晚你是怎么发现我的？她说，或许是上天给我们的缘分，注定在这个时间这个地方相遇，我也不知怎么，胡乱看，恰巧发现你在那里偷看，于是就萌生了夜里出逃的计划，赶上那晚真是闹肚子，一会儿上一次厕所，等把看管的人折磨得不耐烦放松警惕，便延长中间的间隔时间，直至看管的人累得睡着。他说，你怎么就确定我没有走，而且会在那里等着接应你？她说，尽管我看不清你的面容但我能感觉得到，你能救我离开这里。他说，好吧，确实挺神奇的。交流的障碍在慢慢消解，随着深入的了解，两人之间默契度在不断提高。他微小的动作及眼神她都能接收理解得八九不离十。

这天走得很顺利，经过五六个村子。夜里他们在周边的山上找到废弃的山洞落脚，他说，这个山洞深长，纵然在里面生火外面也看不到，村上人夜里通常也不会上来，看管你的那两个人更不会想到。为更隐蔽，他在地上挖出坑，上面垒砌上土疙瘩，找来木柴生上火，打扫块儿干净地方，捡拾些柴草铺开，上面铺展背着的褥子被子。见她口干不已，找出苹果让她吃，又问饿不饿，她羞怯地说，有点。他从布包里拿出两个馍馍，凑着烧得旺盛的柴火，柴薪泛着通红的光，他找根坚硬的柴枝条，插在馍馍上，放在通红的木柴上烤。不管是烤洋芋、红薯还是玉米馍馍，他的技术都是超一流，火候拿捏得好不说，而且能把玉米馍馍离柴火的距离高度把控得特别好，烧烤出的所有食物不会发焦发黑，皆外表金黄内里酥软，香味扑鼻。馍馍烤好，掰成两半，边给她递过去边说，人家这馍馍是用自家新麦子磨出的面粉蒸的，买来面粉蒸出的馍馍没有这么纯正的麦香。她坐在被子上不紧不慢地吃着，冷不防地说，你救我也是为把我卖掉吧？忙活着加柴准备再展身手烤馍的他登时僵住，说，不是啊，怎么会，我是来这边收物件的，没想到刚到就遇上你这个事，就稀里糊涂地带着你逃跑。她美丽的花眼睛盯着他说，是你傻还是我傻，我又不是三岁小孩子，世上真有这么巧合的事情？他说，我真不是你想的那样，我是不会做那事情的，打死我也不会。火光照耀中的她点点头，挪动身体揭起铺展好的被子钻进去，说，我暂且相信你说的是真话。他说，肯定是真话。她说，对了，你晚上怎么睡啊？他说，我靠着土墙就行，我要注意周边的动静，稍不对劲我们就跑。她说，谢谢你啊，误打误撞把我救出来，其实你就是把我卖掉我也毫无怨言，好歹你让我过了这么几天自由快乐的生活，感受到许久没有的温暖和关爱。他对她微笑，摇摇头说，别胡思乱想。她笑笑，安静下来。他看着黑夜不禁失笑，这趟跑的，包括现在带着她逃跑，像是在做一场梦。

　　他睁眼就看到一双眼睛正近距离地瞅着他，吓得蹦起来，她被撞倒在地，捂着嘴巴，说，就是看看你，害怕什么啊，我又不吃人。他看清楚，过去扶她起来，说，人吓人吓死人啊，你看我做什么，鼻子没撞出血吧？她说，看你不住说胡话，念叨我的名字，你梦见什么了？他脸一红，转身去收拾被褥，没想到她已经捆绑好，去用土埋燃烧的柴火，没想到早已熄灭，走到洞口看外面，村里已经有人出来干活，一派祥和静美的景象，不时有狗吠鸡鸣萦绕于村子上空，谁家婆姨在喊叫自家娃娃，不一会儿就有娃娃回应，烟囱里冒出浓淡不一的烟，说明烧的柴火不同。说，我们今天晌午路上如果能遇到顺路或接近我家乡的车就坐上。她说，迫不及待地要把我卖掉，换得你心爱的钱？他说，我再说一遍，我不是那样的人，我就是出来收物件，而且是第一次，你怎么就不信我啊，怎么说你才能信。她说，万一呢？他说，没有万一，我这里没有这样的万一。她整理着散落下来的碎头发，说，相信你的，能把我救出来，要是搁在古代，那可就是大英雄啊，不晓得你会不会武功啊，说不准你是深藏不露内力深厚的高手。他说，别欺负人了，我是长得怪异，斜眼歪脸的，但那不代表就会武功，和电影里播放的两码事。她说，不错啊，连电影都看过。他背起捆绑好的被褥和装有吃食的布包，说，看过那么一两次，武打片。他前面走，她跟在后面。

绕转许久，好容易找到个冷清的早市，多是卖蔬菜、杂粮，少有摆摊卖吃食的，将要走到尽头才发现一家，摊主的衣裳黑黝黝，三只铁桶坐在炉子上，一只里面是小米稀饭，一只里面是蒸煮好的玉米、红薯，一只里面是温热的馍饼，边上摆放着一摞马虎洗刷过的碗筷，几个小凳子围着张不大的矮桌子。摊主搓搓着笨拙短小油腻腻的双手，指甲缝里堵满黑乎乎的东西。她看着稀饭、玉米、红薯、馍饼咽口水，但又有些在此种卫生条件下难以下咽的为难，他要果断抉择，说，仅此一家，吃不吃？摊主说，吃吧，过了这村就没这店了，再往前走你只能到三十多里外的镇上。她找地方坐下，说，吃，一碗稀饭一个玉米一个红薯。他坐下看着她说，不要馍和饼，光吃稀的能行吗？她手拢成半圆状，凑近他的耳朵悄声说，这几样相对来说卫生些。他说，馍饼不也一样？她摇着头说，区别大了，馍饼的面是手和的，伸展开手掌抖动着手指给他看，觉得不够明显，就把手指头弯曲下来。他说，指甲缝里的都凝结瓷实了，怎么可能和面时带进去，老话说得好，不干不净吃了没病。她说，这都是些什么老话，那是你们的老话，病从口入晓得不？反正我是不吃。摊主端着稀饭和玉米、红薯过来放下，她喝口稀饭吃口玉米，他看着别扭，说，我给你想个吃法，保证你满意。他在衣裳上擦下手，把玉米掰成小段，红薯皮慢慢剥掉直接放进稀饭里。她满脸的嫌弃，表达着不悦。他说，吃吧，试试，是不是稀饭很甜很甜了，红薯吃差不多也可以把小段玉米放进去。她不情不愿地舀稀饭喝，眼睛瞬间亮起，开心地说，确实很好啊，你厉害啊。他说，在生活技能方面，没几个人能比得过我，我经常外出拦羊，想要吃到什么，只能利用身边的庄稼枝叶和土疙瘩等东西。她边吃边啧啧称赞，说，艰苦环境真的能锻炼人，小伙子有前途。他得吃馍饼，不然饿得走不动，回去的路还长着，随时可能有意想不到的事情发生，皆需要他来应对。

　　付钱时他才意识到出来带的钱经过这么几天的折腾花销已经所剩不多，就算今天不决定坐车也得坐车，否则花过了车费，就只能走着回去了，路途遥远啊，走回去都什么时候了，恐怕又是一个春夏，到时候真的是黄花菜都凉了。起初觉得客车不能坐，现在觉得其实也没什么不可以，遇到什么车坐什么车，只要钱给得充足没有办不成的事情。从早市出来，走不远遇到个铁匠铺，当即决定买把刀带在身上，假如那些人追来遇见，那就拼命保住她，一人一颗脑袋，横的怕愣的，愣的怕不要命的，只要他们敢往上冲他就敢砍劈。打铁师傅把刀包好给他，说，我这刀切菜做饭一流。他回以微笑，说，回去用得好下次来多买几把。她疑惑地说，你们那连刀都买不到吗？他说，买得到啊，怎么了？她说，那你在这里买，带着也不嫌麻烦。他说，这你就不懂了，带着可以防身啊，我们现在处境多么危险。

刀子放在铺盖卷里，心里底气十足，到马路上，边走边看来往的车，先拦挡辆载着羊的车，司机压根就没搭理，呼啸而过，他感觉在她面前失了面子，指着过去的车骂，就你有个车啊，厉害得怎么不上天啊。她在边上不声不响地走着，大概是口渴了，他掏出个梨给她，她摇头说，不想吃。他说，那是累的？她说，没有。他说，那是怎么了，无精打采？她说，奇怪得很，来到马路上就感觉回到了冰冷坚硬的现实，前几天经历的所有像是梦幻，很虚渺。他说，别胡思乱想，等到了我家那里心就落地了。她说，那是噩梦的重新开始，祈祷下个买家人能好些。他说，我不会，放一千二百个心。连续拦挡几辆都不停，他多少有些泄气，看着长长的马路，前不着村后不着店的，现在的他们算是完全暴露在阳光下，只要那些人坐着车追来就可看到，到时候他所想到的生死战斗在所难免。与其和那些人做生死决斗，不如在拦挡车上多付出，便走到公路中间去拦挡。她被惊吓着，说，你疯了啊，遇上马虎大意的司机怎么办？快回来，人的命天注定，上天要我能逃脱就肯定能逃脱，上天不让我逃脱怎么都逃脱不掉，即使现在很快坐上车，说不准刚好赶上遇到他们，快回来。他执拗地说，老天注定是一个方面，还有一方面是事在人为。果不其然，过来的车辆不得不减缓速度和他说话，功夫不负有心人，七八辆车过去后终于拦挡住一辆载着沙子水泥的板车车，驾驶室坐不下，他们坐在车兜里，车兜里有篷布，可以躲避在里面，加上增高的车挡板，更是隐蔽至极。这辆车他们可以坐到距离他家六七十里路的地方，到时候再倒车，只要有顺车直接就能到镇上，到了镇上就好说，不管是走还是坐驴拉车都可以，最慢也就花费两个小时。

车子停住，他俩被司机的喊叫声惊醒，原来他们坐着坐着就睡着了，她小鸟样依偎在他怀里，他胳膊紧紧搂抱着她。下车后看四周，已是半后晌，太阳挪移到西边。这里像个镇子，她拍过自己身上的尘土然后给他拍，从上到下地毯搜寻式地挨着拍一遍，不知这会儿还有没有到镇上或县上的车，到这里基本就安全了，坐客车货车都可以，最好是客车，有坐的位置，她不用窝坐在地上。拦住过路人问这是哪里，有没有车站，路人回答的话语与他猜想的差不离。汽车站在县城，要坐只能先到县城。问她要不要吃点东西，她说，饿倒是不饿，就是口干舌燥得很。他环视一圈周围，眼睛里有闪过稀饭包子的字眼，带着她过去，她看到招牌后说，包子稀饭我不想吃，喝口水就行。他说，早上吃喝那么点稀饭、玉米、红薯，这会儿还不饿？她说，不饿，就是发渴。他让她跟紧自己，前面或许就有小卖部，到时候买瓶水或饮料。她嘴巴干得起了皮，声音微弱地说，都可以。

水买好，安顿她坐在小卖部门前的台阶上歇息会儿，他到路边拦挡去县城或直接到他家那边镇上的顺车，后者的可能性微乎其微，最大可能是坐到县城，找旅店住晚，明天早上出发，赶后晌就能回去。在没车过来时，他转头看坐着歇息的她，整个人昏昏沉沉萎靡不振，被抛弃的孩子样坐在那里，等待家人父母来认领找寻。好容易等到辆去县城的车，傍晚却即将来临，他给她招手，她却全然看不到，他跑过去推搡几下才反应过来，跟着上了车。挨到县城，天已经麻黑，先找个落脚地，这几天跑动折腾的，今夜不能再凑合了，找个安全干净的旅店住，她无比顺从，像是丢了魂的人，骨头也在被根根抽掉，只剩下皮肉在走一步看一步地拖延时间。

看到旅店想起她这么一路漂泊跌宕起伏不知身上还有没有证件，于是就问她，她也是几次没反应，茫茫然地看着他，说，什么？他说，你身上有没有证件？她说，有呢。他说，那就好，你啊，真的不要胡思乱想，我百分之百是好人。她双眼无神地看下他，说，随便吧，怎么都行。他拉起她的手走进不宽的巷道，旅店牌子在房顶挂着，巷道尽头就是旅店的门，房子里亮着昏暗的灯，服务员在柜台后面吃饭，见他们过来马上站起身，说，两位是住店？他说，嗯。服务员看下他们，说，登记几间？他说，标准间一间。服务员说，证件拿过来。他把证件递过去，服务员在本子上誊写了会儿，证件递还他们，给了钥匙，说，二楼东头那间。他说，好的。拉着她上了楼梯。房间不错，她把自己的身体扔在床上，烂泥样流淌开，眼睛盯着房顶看，仿佛房顶上有看不完的玄机，牢牢地吸引着她。

他放下背的被褥，找到水壶热水，水热好倒在杯子里，放在她床边的柜子上，说，热热滚滚喝了，精神头就能苏醒恢复过来。她没动弹没说话，闭上眼睛，两道眼泪顺着眼角流下，他当即慌了神，说，别哭啊，千万别哭，清丽，这是做什么？有什么你就说出来，只要我能做的能帮的，统统没问题。她眼角窄细的眼泪变得粗壮，有了啜泣声，抬起手说，俯下身子来俯下身子来。他没太听清楚，尝试着弯下身子耳朵凑过去，温和地问，你要说什么，清丽？她双手闪电样把他搂抱住，他身体失控躺落在床上，好像压住了她的胳膊，他往开挣，她的嘴唇已经吻上了他的脸颊，很快就会到嘴唇，他从没有过这样的体验感受，浑身僵硬绷直，身体里有股气息在愣生生地胡冲乱撞，撞击到心上着实受不住，使出浑身力气唰地坐起、站起，身子倚靠在墙上。她放声大哭起来，他吓得半死，用苍白的语言劝说不要哭了。她哭着说，你是不是嫌弃我？他说，我嫌弃你什么啊？她说，你嫌弃我不干净。他着急地说，我的娘啊，这都是哪跟哪啊，我有什么资格嫌弃的，你看看我，看看我这眼看看我这脸，丑陋啊。她说，那我们今晚就睡觉，我没什么好报答你的，在你卖掉我之前就用这个报答你，这是我心甘情愿的。他向后退两步，说，报答什么啊，我们有缘才能遇上，我也没想到能救出你，真是机缘巧合。她哭得更伤心，说，你还是嫌弃，要不就是害怕，不用害怕的，我是心甘情愿，有钱难买愿意啊，我就是愿意。他看温软的话无法制止就用刚硬的话，训斥地喊道，别哭了，哭哭啼啼解决问题吗？我给你说过，我不是那样的人。哭声戛然而止，她委屈巴巴地看着他，他告诫自己要绷住，继续说，要相信我，一定要相信我，你要我给你怎么说你才信啊。桌子上的水凉了，他给重新倒上。

夜里他没睡着，她虽然少有翻身，但肯定也睁着眼睛看着黑夜。鸡叫三遍，接下来就是天大亮。她起来洗漱，他收拾行囊，安慰自己想再多也没用，只能硬着头皮往前走，埋头整理中听到，你不洗漱下吗？他说，等会儿洗把脸。抬头看她，她和她的名字那般，清丽漂亮，水嫩嫩的脸颊，明亮亮的眼睛，搓揉着双手，说，我想了整夜，顺其自然吧。等她走开他才站起身，去洗手间洗把脸。

退掉旅店的房子出来，附近找了个吃食摊吃了东西，直奔汽车站坐回镇上的车，她看起来比昨天好些。车子开动，一米米地开始逼近他的所有为难,不知她在想什么,靠着车窗玻璃坐着,看着窗外不断后移的景色。下车后,到村子里这段路才是最大的危险,他当机立断,走小路回去,小路上人少,而且有很大段路只有很少几个人走过,她要是走不动了他就背,纵然这样也总比被熟人看到好,尤其村上附近的婆姨们,想象力丰富到不可思议,你最怕什么她们偏就能想到什么。她不说话,就是依从。到几处陡峭难走的路,他要帮扶她,她执意自己走,他只好作罢,由着她的性子。这条小路不能直接通到家里,得走截村里的路,他给她说,我先走,我们隔开一段,你后面跟上。她冷笑,说,还说不是嫌弃,怕人家说你找了个放荡的女人。他说,放荡个屁,你是纯洁的,没有人比你更纯洁。她眼睛里闪着泪珠,说,那你倒是先走啊。他走出去,到合适的距离转头看她有没有跟上,她迈着和他相同的步伐走着,他在家里院子拐角处躲藏好,边等待她过来,边观察家里院子的动静,与她会合后,瞅准院子里没人,带着她冲向边窑,最让他窝火的是谁还在边窑的门上挂着锁子,幸运的是没有锁住,他手忙脚乱地打开,忘记了边窑的门是走了扇的,推开就会发出刺耳的声响。清丽刚进去妈妈就出来,欣喜地说,明忠娃回来了,我就说谁啊,好端端地开咱家里的门。他说,刚回来,这几天家里都好吧。妈妈说,都好,我们刚吃完,还剩些,给你热上。他说,不饿,我饿了吃,先忙你的。他想着妈妈尽快走开,妈妈看到窗台底下放着的捆绑的被褥,说,这是你买的还是捡拾的?他说,花了很少几个钱买的,夜里睡觉铺盖。妈妈说,吃苦受罪了,走时也不说,说的话从家里拿上,家里的绵软舒服暖和。他说,没事,这不都回来了。妈妈说,今儿上太阳好,我给你把被子拿出来晒晒。他没其他办法,直接用身子挡在门上，说，我等会晾晒，我，我一阵还得睡会。妈妈怀疑地看着他说，到咱正窑里睡，还暖和，是不是窑里有什么了？他说，没有，我去咱那边睡，不想见我爸。妈妈说，你爸不在，清早就去镇上了。他说，那也不想，后晌些回来就遇上了。妈妈想起什么，转身离开，说，你看我这记性，锅里还炒着花生。他说，赶紧去看，被子我等会自己晒。进到窑里赶紧把门关上，却不见她的身影，他低声叫，清丽，赵清丽。她回应道，这呢。从床头炕旁边的炭仓里慢慢挪移出来，他说，你在家里稍微坐会，我出去办点事，马上就回来，要是在这段时间遇到情况你随机应变。他走出院门，想起她早上从旅店出来在摊位上没怎么吃东西，折转回家里，和妈妈要了早上剩下的吃食，端到边窑给她。

一一章　清丽

明月端盆衣裳回来，看到边窑门上挂着的锁子不见，脸盆放在门道石床上，边晾晒衣裳边问，妈妈，我哥是不是回来了？窑里回应说，回来了，那会端着饭过边窑吃，这会大概是睡着了。她说，回来有没有问我？妈妈笑着说，傻女子，问你做什么？她说，这几天羊是谁喂的，没良心的。妈妈说，他慌慌张张不晓得有什么事。她衣裳搭一半放下，气冲冲地推开边窑的门，喊叫着，大哥，你这没良心的，我替你喂……发现炕上没人，嘀咕着，刚回来就跑哪里去了，真是不厚道。转身准备出去，看到个艳丽的颜色，就在炕旁边的炭仓口，她顺手拿起门后放着的扫帚，举着扫帚一步步靠近，大声喊着，你是哪个，快点出来，不然我就不客气了。就在快要走近时，一个好听的声音，说，别打我，我出来，我出来。妈妈听到她这边吼叫，也跑过来，说，死女子，惊惊咋咋的做什么，我在家里都安安静静的，你回来就炸了锅。进来看见脸色惨白唯唯诺诺低着头从炭仓里钻出来站起的人，吓了个趔趄，镇定后走到她跟前问，这是谁啊？哪里来的女子娃娃。她说，我也是刚看见。妈妈到底是经历过世事的人，温和地说，女子，抬起头，别怕。手揪着布衫角的人慢慢抬起头，她不由地说，好看啊，妈。妈妈手抓着腰上系着的围裙，跟着感叹，说，真是好看人儿，女子，你是哪里人，怎么在我家里？她说，是不是我哥带回来的？妈妈说，你哥回来我看见了，没见带谁回来啊。她说，就算带着也不能让你看见，你说他慌里慌张的，大概就是这个。她和妈妈往后退些，给女子安顿坐在炕栏上，说，是不是我哥带你回来的？别害怕，我们都是好人。坐在炕栏上的人儿低着头，说，嗯嗯。她欣喜地拍下双手，对妈妈说，你看看，我哥这人啊，还捣鬼说是出去看人家如何养羊，其实就是出去找婆姨去了。妈妈说，你哥一直就头脑灵活，好事情啊，不过你那事情，等你哥回来问清楚，如果真是这样就好了，你也能解脱。她开心地说，看来老天怜悯我啊，感谢老天爷。说话中外面有人朝这边走来，没等她说什么，进来的人推开门后迅速关上，说声清丽，转过身看到眼前的景象，愣怔住了。

几个人在窑里静止。她忍受不住，说，哥，这是你带回来的婆姨？大哥拽把她的胳膊，说，别胡说，成天嘴上没个把门的。妈妈说，我是老人家，我问你，这是不是你引回来的婆姨？大哥说，妈呀，你老人家就不要凑热闹起哄了，你先去忙你的事情，记住，千万保密，给我爸也不要说。妈妈不走，大哥推着出去，然后重新关上门。她说，到底怎么回事？哥，好好交代。大哥焦躁地说，一两句说不清楚。大哥对自始至终没说话坐在炕栏上的人说，清丽，你听懂没？你担心的事情不会发生，我们一家都是好人。坐着的人似懂非懂地看着大哥，说，你们说得太快，我有些没懂。她拍下大哥后背，说，你现在准备怎么办？大哥说，我也是不知道么，不然为什么这么烦恼，要赶在爸爸回来前做出决定。她说，你想不想和她过日子？大哥说，过啥日子么，我简短给你说，我是去外面收物件，张师给我说的发财之道，没承想，到了西川很快就遇见一群来路不对的人，跟随到他们落脚的地方，发现有四五个女的，清丽眼尖看到了我，夜里就把她救出来，一路心惊胆战地到这里。她算是彻底明白了，大哥做的是好事，救人于水火之中。

她再次问大哥，说，你有没有娶人家的意思？或者一搭过日子？大哥看着坐着任由摆布不知所以的人，从炕栏上坐起身，说，想和能做是两码事，咱家里肯定就不会同意，尤其爸爸，和爸爸较量我不怕，但他要用寻死拿命威胁这就麻烦了。她同意大哥说的，说，大哥，你心里有抉择，只是不情愿说出来，你肯定也是看上人家了，不然不会顶着风险这么老远引回来。大哥说，清丽活得艰难，你想想，从南方到西川，中间经历的咱们都想不到。她说，那就归还鸟儿自由，放她走，让她自由自在地去飞翔。大哥说，出去后要是再遇到坏人或过得不好呢？她从来没见大哥这般优柔寡断，平时行事快刀斩乱麻，今日最不该摇摆的时间却最是拖泥带水，便厉声喊道，大哥，你给不了人家就不要耽误人家，人家要是遇到比你更好的人呢？要是过得好呢？你再这么无结果地摇摆，等爸爸回来事情只能是一锅糨糊，最终对人家清丽不好，你懂不懂？大哥长舒口气，狠命搓揉几把脸，抓住木木呆呆看着他们说话的人的手，眼睛红彤彤，深情地不舍一字一句地说，清丽，现在好了，你安全了，可以去选择自己想过的生活，我是粗人但也是细人，我没上过什么学但我和老朋友老仙学到很多，老仙，你听这名字，多么好多么什么。大哥眼泪汪汪地向她求助，说，明月，还能说多么什么，多么什么来着？清丽抓着大哥的手无声地痛哭，脸被伤悲挤压扭曲成一团，眼泪不断流出，眼角到脸颊脖子满是泪水，不停地点着头。她跟着哭，说，诗意，大哥，诗意的老仙。大哥如获至宝哭着笑着说，对，清丽，诗意的老仙，明月怎么都上过学，比我有文化，现在没时间了，不然可以带你去看看诗意的老仙。我无法给你想要的生活，我也不知道为什么就害怕，不相信这一切是真的，美好怎么就突然降临在我明忠头上了，你看我这斜眼歪脸的，哪里能承受得住这样的美好，明月说得对，你一路走来不容易，我不能把你从他人的笼子救出又关在我的笼子，我的笼子无疑又是个悲苦的生活，既然无法保证比现有的生活美好，何不放走。紧握着的双手上落满眼泪，大哥转过头，对她说，明月，你给哥想办法弄上五百块钱，你有就直接拿你的，你没有现在和你朋友同学去借，一个人借不到就多借几个人凑凑，记住，要快，哥很快就还你。她说，我有，我有，大哥，你等下，我去拿。

　　妈妈看她眼泪汪汪跑过来翻箱倒柜地找东西，害怕地问，怎么了？明月，为难你了，妈也不想啊，这几天我也翻过来调过去地想。她说，妈，你就不要添乱，不是那个事。找到钱捏在手里，跑过去给大哥。大哥接过钱拿起清丽的手，清丽手握着不往开展，大哥狠命往开掰掰不开，她说，这是我大哥的心意，你必须得拿着。大哥说，你拿着，不然你出去了怎么生活，这些钱可以让你缓解过度下，拿着我也能安心些。清丽这才展开被掰红捏红的手，看着手里的钱，哭泣得说不成话。大哥搂抱住清丽，两个人默然哭泣。她退出来继续晾晒盆里剩余的衣裳。晾晒完衣裳，坐在院子里的石床上，像是在给窑里悲苦的人放哨，好让他们多说会话。妈妈出来偷着问几次清丽和大哥到底是什么情况，都让她的冷言少语挡回去，其实她不想伤害妈妈，妈妈是家里劳累操心最多的人，每日都是做在人前吃在人后，为他们三个操了无数的心，但不知怎么就是控制不住，觉得心烦意乱，为大哥和清丽可惜，也为自己将来的生活忧愁。妈妈放心不下她，多次在门帘的缝隙里偷偷看她，或借到院子里取东西倒水看她，眼里多是无奈自责。

去镇上的爸爸应该快要回来了，她担心大哥舍不得说出离开二字，就进去说，大哥，时间不早了，可以走了。大哥只顾着伤悲，听说可以走了，就在家里找到布袋子疯狂地装吃的，可是吃的多在那边窑洞，边窑里放着的多是零碎东西，她上去拉住不知如何忙乱的大哥，说，我已经给装好了，在外面石床上放着。大哥用手捏捏她的胳膊，感动地说，好妹妹，好妹妹。她说，这不算什么，大哥。她看着他们出了门，走到坡底，大哥给清丽说，稍微等下，回去取个东西。清丽点点头，眼眶脸颊脖子尽管用毛巾擦洗过，但新的泪痕又出现。她对着清丽微笑，清丽也对着她笑。大哥很快回来，从口袋里掏出那把他拦羊始终带在身上的小刀，装进清丽的衣裳兜，说，这个给你，防身用，遇到危险要懂得保护自己。清丽点点头。

她送他们出了村子，大哥说想把清丽送到县城汽车站，她掏出二百悄悄给大哥，说，这二百你给清丽，算是我给的。大哥低声说，哥后面全部还你，好妹妹。她摇着头笑着说，不用，赶紧去吧。看着大哥和清丽两人远去的身影，她打心底里觉得好，羡慕不已，这样的爱情真是难得，替大哥高兴。回去的路上，她独自走着想着，仰头望湛蓝柔和光色的天空，不去想了，太累人，还是多想想自己的事情，可是自己的事情又有什么好想的，已成定局，谁也不能更改。后面有人在叫她的名字，她转身去看没有人，走几步好像又能听到，难道是出现了幻觉，或是大哥还有什么东西忘记带了，细细寻找声音的出处，在落日夕阳的光照里看到了爸爸，朝她这边走来，她站住等待。爸爸跟上来看她脸色不好，说，有事啊？她说，没事啊，我能有什么事。爸爸提着出门经常用的蛇皮袋子，说，委屈你了。她说，怎么会，没有的事。爸爸说，你这是去哪里了？她说，去朋友家串了会。爸爸点着烟锅边抽边走，她跟在旁边。

鸡从鸡窝里跑出来，妈妈往鸡窝里赶，看他们回来像是见到了救星，欢欣地说，你们帮下忙，想着叫明忠帮忙，到边窑看人不在。爸爸放下蛇皮袋子，帮着赶鸡，说，明忠回来了？妈妈说，回来了，还带……她当即截断，说，还带回来了拦羊的新技术。爸爸说，这话说的，拦羊有什么新技术。她给妈妈暗示不能说，怎么就忘记了，妈妈动着嘴唇无声地说，忘记了。她无声地用眼神回应，不能说，千万不能说。爸爸看她俩没动静就抬头看，发现她们在对口形，说，你们娘俩是不是有什么事情没告诉我？她说，没有，能有什么事情不能给你说的。逃出来的鸡被爸爸逮住，放在鸡窝里，在能跑出来的地方用铁丝多绑了两根木棍。

吃饭时大哥还没回来，爸爸说，刚回来就不见人影，到底是要做什么，羊也不管不顾，是不是不想拦了。妈妈说，那么大的人了，不能总管着，他有他的想法。爸爸说，飞吧，看能飞到什么时候。她舀起半碗饭都没吃完，剩下的妈妈倒走，问，是不是不舒服？她说，没有，好着呢，不饿。妈妈叹气，说，你要是觉得那事实在不顺心就算了，我这几天也在盘算。爸爸说，也是，现在还来得及，不行我这几天就给人家一说。她说，挺好的，不用。家里现在不能待，动不动就说那件事情，她厌烦至极，表面看似在劝说，实则是在逼迫，或许她理解得偏激极端，但真的不想再听。

半夜她听到边窑的开门声，肯定是大哥回来了，不知道他们是怎么分别的，他心爱的人儿会去哪里。七八百块钱做不成什么大事但确实能维持一阵子，大哥说还钱，还什么啊，她现在要钱有什么用，原先还想等着去了地区买新款的衣裳，命运弄人啊，爸妈那么苦口婆心，她能说什么。奇怪的是，先前劝说开导大哥对秀英的难舍为什么那么坚定独立，这会儿到自己了，反倒委曲求全。那天就见了那男的一面，五官好着，说不上俊人也说不上丑人，就是那腿，以后也做不了什么重活，日子还长着呢，她怎么就稀里糊涂地接受了，感觉像是在做梦。她起得早，去河边走了圈，地里的庄稼已有成熟状，川地里庄稼能灌溉上水，基本上年年收成不错。手在谷子上掠过，沉甸甸的谷穗子纹丝不动，秸秆也粗壮。路过谁家的红薯地，红薯蔓子汪满地，人根本进不去，连个下脚的地方都找不见，高粱站得端直，穗子黑红黑红，饱满的颗粒组合成优美的形状。

太阳露头了，她就往回走。回到家，大哥郁郁寡欢地整理羊的草料，沉浸在清丽的世界，这得一段时间来疏离淡化，看到她说，明月，你怎么看起来闷闷不乐？她说，有吗？大哥说，怎么没有，都写在脸上了。她说，大概是胡思乱想多了，太闲了，多做事情就好。妈妈出来拿起扫帚清扫院子，她要做，妈妈没让，说自己起来腿疼的，扫院子正好活动活动。大哥看完羊圈旁边小房子里放的草料，说，今天够喂，我就不出去拦了，累得很，明天出去拦。妈妈边清扫边说，今天不累也不出去拦，有重要事情呢。大哥说，能有什么重要事情，再说，有重要的事情你们看着处理就行了。妈妈说，反正你今天也不出去，到时候帮帮忙。大哥无所谓地说，那你到时候叫我，我什么事情也不想做，就想睡觉。妈妈看眼大哥，说，看你穿的都是什么衣裳。明月，你把柜子里准备好的那身给你哥拿过去。大哥说，现在穿这就挺好。妈妈说，让你换就换，啰唆那么多，还有等会锅里水滚了，舀上些把头发洗下，胡子顺便刮了，年轻人这么邋遢像什么。大哥对妈妈安排的这些事情迷惑不已，说，到底有什么事情，家里要来谁还是我们要去哪里？妈妈含糊地说，问那么多，让你换衣裳洗头发刮胡子就要来谁或去见谁？你意思没有这些事情就永远不洗头发换衣裳刮胡子了？什么思想么。她从门道的石床上坐起身，去家里柜子取出早已准备好的衣裳，给大哥放在边窑的炕上，说，妈妈让你换你就换上，又没有什么，把头发洗了胡子刮了，整个人也轻快些，我去给你端水。

　　看着大哥无精打采地洗头发刮胡子，她明白自己不能再显露出坏情绪，既然是自己答应了，不管当时出于什么想法，都不能反悔，妈妈常说，人的命天注定，从出生哭泣那刻就注定了。勤快起来，别让人家来了以为这家人是懒汉，妈妈清扫院子有黄尘，她回家舀盆水用手扑洒，来人待客的瓜子炒熟的没有了，她生起院子里的灶火炒瓜子。人闲着就容易胡思乱想，忙起来会忘掉所有。大哥躺在炕上睡不着，出来，瓜子半生不熟就抓把嗑。她说，生着吃了闹肚子。大哥说，半生不熟的才吃着香。她抓起几颗吃，还别说，真是香呢，别有一番滋味。大哥跷着二郎腿嗑着瓜子晒着太阳，说，你说人怎么就想人，我们遇见才几天，为什么就这么抓心挠肝地想念，是不是已经预感到以后再不会遇见了？她说，大概是遇到对的人了，对的人看一眼就全然知晓，不对的人看一辈子都昏昏沉沉。大哥说，唉！这趟跑的，折磨死人。瓜子炒熟抓几把放碗里给大哥端去，大哥说，这可怎么办啊，人想人想死人啊，做什么都没劲，主要是觉得没意义，这可完蛋喽。她笑着说，恋爱了啊，而且是自由的恋爱。大哥说，想疯了。饭熟了，妈妈喊他们吃饭，爸爸去了地里，今天有重要事情，临走时妈妈悄声嘱咐过。大哥说不想吃。妈妈给舀好端出来，大哥吃几口就放下。她要多吃点，不然妈妈难过伤心，觉得就是为那件事别扭着。

　　晌午，要来的人来了，父女两人，爸爸妈妈热情地接待到家里，大哥无动于衷。妈妈进去时给她使了个眼色，她走到大哥跟前，让大哥整理好衣裳，不要再吊儿郎当。来人在家里和爸妈寒暄闲聊，妈妈借着倒掉杯子里的水，出来给大哥说，快进来啊，还坐着等什么？大哥皱着眉头说，进去做什么？难道是？妈妈说，别说那么多，好容易张罗起来的，你老大不小了。大哥不解地说，我上次不是说了，别为我胡乱操心，我自己的事情我自己解决。妈妈不容大哥多言，说，快点儿，上次给你介绍的是什么，你看看这次的女子，花眉俊眼，比朵朵强几百倍。大哥看摸着羊额头的她，说，你是不是也知道？她说，知道。大哥说，那你怎么不告诉我啊。她说，你也没问我啊，全部心思在清丽身上，哪里容我说这个。大哥气得用手直拍石床，说，明月啊明月，他们不了解我你也不了解我，帮着他们做这个事情，有意义吗？她说，有的。不再看大哥，担心看久了说多了，真会被大哥的言语消融。妈妈在家里喊道，明忠啊，回来，一直坐外面干吗，男人家有什么不好意思的。大哥不能驳妈妈的面子，硬着头皮进到窑里，她到隔壁邻居家院子里坐，家里有什么事情叫她，她也能听得到，随时回来。

三个多小时后，妈妈喊她，她赶紧跑过来，说，妈，做什么？妈妈让她靠近些，说，聊得不错，吃顿饭，多给你哥创造些时间，把外面的灶火燃着，家里坐着逼仄，在外面做饭。她说，好，聊得不错好。到硷畔上搂抱柴火，看着对面寂静的庙峁子，她心如死灰，魂不守舍。妈妈在家里和好面，连盆端出来，锅里水烧开架起饸饹床，塞进去面往下压，却怎么也压不出来，拿出面检查哪里出了问题，才发现饸饹床上出面条的小孔没有捅开，粘着上次吃罢干掉的面，妈妈问她，那会儿不是让你捅了，你怎么没捅？她说，不知忙了个什么忘记了。妈妈跑家里取来经常捅孔用的铁丝，捅开后安上重新塞进面团，压出细长的饸饹。臊子汤早就做好，端在家里锅台上，油盐酱醋等调料盘子上苫盖的笼布揭过，她把捞出的面端进去，说，面熟了，你们赶紧倒上吃，觉得咸淡不够调料盘子在瓮盖上。她几次端面进去匆匆就出来，不愿看那个场面，走到这个地步，就是再后悔也没用了，真的是所有皆成了定局。看家里都吃过，她和妈妈把剩下的面分开吃了，看着妈妈，她流了眼泪，以后她也会这样，不，要比妈妈更劳累，家里大部分活计要她手到心到，男人家里虽然对他们结婚以后的生活开销和琐事拍着胸脯打保票说全不用她操心，她只要照顾好孩子就行，可是真结婚了事情变化了她又能怎么样？之所以说变化，是因为男人家里还有个哥哥，至今没结婚。

送走来人，他们回到窑里，妈妈收拾着锅台上摆着的碗筷，说，先紧着人家吃了，咱没吃饱我再和面。爸爸蹲在地上抽旱烟，说，吃饱了。大哥坐在炕栏上，弓着腰，双手交叉着搓揉手指，说，今天这事是谁张罗的？妈妈说，这个也看不上？大哥说，先不说我看上看不上人家，就说人家为什么能看得上我？妈妈停住手中的活，手在围裙上揩擦两把，身子倚靠在锅台边，说，你就说你看得怎么样？大哥说，当然好啊，这么好的女子，问题是人家为什么能看得上我？村里那么多比我好看的，为什么就偏偏看上我这斜眼歪脸的？妈妈说，买眼镜对眼了，人家就偏偏看得上你，怎么了？她害怕妈妈和大哥会为此事闹僵，就缓和气氛地说，哪里有那么多为什么，大哥，别较真究竟了。大哥坐端正，笑着说，天下还真有这样的美事，天上掉馅饼，我真是幸运啊，就让我明忠遇上？爸爸挪动下蹲麻的腿脚，说，我一直没说话，明忠啊，不是我说你，你怎么就不知歪好，家里大人的心你是纯粹不理解，想娶媳妇就想娶媳妇么，还嘴硬不承认。

大哥说，爸，你这话是什么意思，什么叫我想娶媳妇嘴硬不承认。我想就会说想，不想就说不想，咱都是男人，有话直说，不用话里有话。爸爸笑笑，摇摇头没说话。大哥说，不用这样阴阳怪气，摆出副大人物的样子，有话就说话。她觉得大哥有些过分，纵然爸爸处理家里事情不公道，如今忙活这些也都是为了他，不该遭受大哥的冷言冷语，说，大哥，爸妈是为你好，不要那样说话。大哥看着她，说，明月，你怎么也变成这样，这是为我好吗？难道刚才爸爸的话里没有话吗？妈妈打住他们兄妹即将走向死胡同的对话，说，不管怎么样，明忠，都是你看，你要是觉得行咱就张罗着往下走，你要是觉得不行咱就给人家说不成。大哥说，妈，我知道这件事不会像看到的这么简单，肯定哪里有问题，我只是现在还说不出，我不是赌气，虽然眼斜脸歪但心没有腐烂，来的那女子脸上没多少笑容，中间有几次也是努着笑，我好像在哪里见过这样的表情状态，一时想不起。他们父女之间别扭着，有个东西拧巴着，女子知晓怎么理顺但不知什么原因没去理顺，咱家也是有女儿的，你说呢，明月？她被突如其来扔来的问题打晕，支支吾吾不知说什么好，强露笑意蒙混过去。大哥看着她，激动地说，对，对，就是这个，我就说在哪里见到过，这么熟悉，原来是这样，我好像有些明白了。妈，存在的差距是不是要明月来填补？妈妈说，胡七八糟说些什么，明月填补什么差距。她说，大哥，不要胡乱猜想，没有的事。说完后悔自己不该说这句，如此一说无异于此地无银三百两。大哥说，快不要隐瞒遮掩了，明月和来的那女子的神情一模一样，咱就摊开说，是不是那女子家里也有和我类似的哥哥或弟弟？妈妈说，你管你的，明月怎么样不要你管。大哥愤怒地说，我的亲娘啊，你怎么也这么糊涂了，你把明月嫁给那样的人我这辈子就能好过？不要给我揽罪受，我说过，我的事不用你们操心。爸爸说，不用我们操心，你出去引带女人，那是人贩子做的事，像什么？咱们老坟里都没有出过这号人，怎么到你这就坏了，不要觉得人家都是傻子，什么都不晓得，昨天回来慌眉慌眼，后晌些出去夜半才回来，是不是送那引回来的女人去了？他吃惊不已，看妈妈，妈妈一脸无奈。爸爸说，不用看，这事能瞒得了谁么，村里有人就看到了，人家都是瞎子，想娶媳妇就说，我们又不是不给你张罗。大哥说，我在做什么我知道，我要说的是这和我想娶媳妇没关系，还有不要拿明月的幸福换取我的美满婚姻，我不需要也受不住，让明月好好嫁个她如意的人家，以后不要再弄这样的事情了，赶紧给人家说不成。站起身走到她跟前，说，哥不需要这样的怜悯，以后可不敢做这些没准的事情，好在这次有回转的余地，不然哥扭曲畸形的就不是身体了，而是心，热乎乎的心。

大哥出去后，妈妈站会儿转身去洗锅台上洗没洗刷的碗筷，哀叹着说，老大咱管不住，以后不管了，他爱怎么样怎么样吧。爸爸站起身，烟锅在鞋底上磕几下，束紧烟袋口和烟锅缠绑一块，别在腰带上，说，我到前村串会，给你说这事情不好弄，你还不听，现在看到了吧。家里收拾停当，妈妈坐在门口放着的小板凳上歇息，看着院墙下羊圈里的羊，冷不丁地说，明月，昨天那女的是你哥引回来的还是拐带回来的？她听出妈妈话语里的意思，说，大哥人好心善，准确说是大哥救出来的。妈妈说，我也是老糊涂了，怎么就想到去换亲，差点弄下大乱子，亏得你大哥态度坚决，你嘴上不说，心里肯定也怨恨呢。她说，没有怨恨，就是觉得有些不甘心，其实后来我也想通了。妈妈说，不要看你大哥平时大大咧咧，为人处世详细着呢，思考问题全面，大事面前不含糊，这是像谁了？原先还不觉得，你二哥娶媳妇和这次的事情，能看得出你大哥确实有自个的想法，我这当妈的也是小看了自个的娃。她说，我一直都觉得大哥有出息，脑筋活泛，从各方面想出路，主要是心善，你不晓得记得不，妈，大哥每次拦羊回来，只要是他找到的好吃的，都会带回来，我给你们分的吃的那些可都是大哥给的。妈妈说，坏小子做什么都悄悄的，不言传。

晚饭她做了大哥爱吃的洋芋叉叉，蒸笼里还有空余位置，切几颗红薯放进去，前锅熬着稀饭，二婶家种的蔓菁、萝卜多，前几天给送过来不少，她挑选新鲜的削皮切丝调拌凉菜。妈妈看稀饭有些稀，她说，碾好的小米只剩半碗。妈妈捡拾几颗洋芋，去皮洗净切成大块，放在稀饭里熬煮，说，这样就好了，稀饭煮洋芋就萝卜菜吃也香。还是他们老辈人有办法。为吃起来更香，她跑到沟底边畔的地里拔来残剩的香菜，洗净切碎，调拌洋芋叉叉吃。喊几次大哥过来吃饭，每次都应承等会儿就来，但就是不见人来。她到边窑推开门看，黑漆的窑里凉丝丝，说，大哥，你怎么不点灯啊？大哥从炕上的被子里坐起身，摸索到边上的火柴，抽出根划着点上油灯，说，就躺着，不看什么，黑着挺好。她在油灯光亮中看到大哥躲闪遮蔽的眼泪，说，要相信清丽能照顾好自己，如果你们有缘分，以后还会相见的。大哥说，嗯，没什么，就是美好来得太激烈，退得太迅猛，来不及反应，明天就好了。她说，吃饭吧，你爱吃的洋芋叉叉，小菜调料样样数数都有，还有红薯，美美吃上碗，整个人就有了精神。大哥说，以后遇上不能做的事情千万不要迁就，尤其人终身大事，过日月不是三天两后晌，而是漫长的一辈子，如果心有隔阂不满，再怎么能忍受也无法弥补缺失掉的美好。她说，后晌妈妈也说起你想问题全面，大哥，老仙对你的影响着实大。大哥说，老仙对我影响确实大，老仙也是咱村里最有文化的人。她笑着说，名师出高徒，最有文化的人教授出的学生徒弟也差不到哪里，何况我哥悟性高呢。他说，这几天总在盘算老仙说的话，生活的艰难悲苦不应该成为我们追逐生命真意或梦想的阻碍，梦想的崇高世间无物可比。她说，是要反复琢磨，先吃饭，哥。大哥看她站着说这么多，不好再不走，跟着她过去了。

一二章　明月

　　村子里早就传言要通电，这几天有了动静，电线已经拉扯过来，川地里多出很多根端直刚硬刷了漆的木杆子，村里都在议论通上电的美好景象，充溢着期待与向往。大哥拦羊无事坐在山头数为拉引电线栽上的电线杆，不时就对她说，明月，你晓得不，已经栽下二十根了。她不明白大哥为什么对普通且正常至极的电线杆这么着迷，难道其中有什么奥妙？她有闲暇时间就想，直至通电了都没想到什么。

　　通电那天才叫热闹，供电所的工作人员专门前来通知。村上领导收到准确时间后，站在小卖部人们经常聚集的地方，严肃认真地宣布，说，接供电所工作人员的正式通知，现在将供电时间告诉大家，晚上八点半，到时候每家每户看自家的灯泡是否亮起，如果没有亮及时到村上来报告，村里今天留有专门解决问题的工作人员。人群中有人问，为什么非要黑天夜半通电，现在通多好，如果有问题可以现在修好，天黑了检修多不方便啊。村里领导脸色有变，说，上面安排的时间，咱服从等候就好，话那么多。有人起哄着说，咦，好钢不得用在刀刃上啊，白天什么最亮，太阳啊，电灯在太阳面前敢放肆较量吗？村上领导厌烦地说，就你能行，该干吗干吗去。大哥把家里电路检查了两遍，想得更是全面，她敢说全村也没有几户在厕所里安电灯的，大哥就安了，说，上厕所是大事，夜里黑乎乎有个灯照明，心里有底人也舒畅。爸妈犹豫不决，说，会不会让人家说咱家穷讲究，说茂平家烧得慌，以后会在村里传成笑话。大哥说，不怕，谁想说就说，多么实用啊，上厕所明明亮亮有什么不好，城市夜里有路灯，专门就是方便人的，其实是一个道理。越接近约定的时间人们越紧张，她坐在门道的石床上，大哥见多识广，无所谓地在院墙边的石头上坐着抽烟。爸爸蹲在窗台下抽着旱烟，妈妈在屋里就着再使用不了多时的油灯铺被褥，嘴里念叨着，快来了吧？几点了？还得多会儿？仿佛在给油灯做情非得已的解释和最后的告别。

八点半，家里的电灯没有亮起，她跑到邻居婶婶家看，大哥喊她，说，回来，明月，院子里也能看见。她刚到窑门口，光亮变魔术样出现，妈妈在明亮中定住，爸爸噙住烟锅站起身往窑里走，大哥去关掉厕所的灯，村里响起此起彼伏的欢呼声。她伸出手触摸洒照下的光亮，比起煤油灯的光亮轻盈了许多，闭上眼睛站在其中，整个屋子都不存在了，进入了奇妙的世界。大哥坐在她那会儿坐过的位置，双手托着下巴，眼睛不知睁着还是闭着。她走到跟前，说，有心事？大哥摇摇头。她说，你骗不了我，前两天就看你焦躁不安。大哥放下托着下巴的双手，说，咱这里都通上电了，社会要发展了。她说，你听谁说的？他说，老仙说的，一百多年前还是二百多年前，那个人叫什么来着，算了，反正有这么个人，发明了蒸汽机，从此人力就让位于机器，这是个大变化，还有个就是电，电的出现更是提高了工作效率。她说，这些都是老仙给你说的？那个人叫瓦特。他说，对对，就是瓦特，老仙说将来会有更了不起的东西出现,你想电现在都通到咱们这村子了,我们是不是也要做些改变?她说,怎么改变?大哥说,我问过老仙,老仙没有直接回答我,而是要看最近的报纸,没有最近的哪怕几月前,最不济一年前的也可以。她说,报纸,咱村办那里有啊。大哥说,我也想了,村领导那里应该有,我准备夜里偷偷去拿几份出来,拿给老仙让老仙帮忙分析分析。她说,要小心,千万不敢让发现,你需要改变,我现在不行,最近来的媒人很多,爸妈有点儿着急,但没有说出,因为村里其他人家和我一般大小的女子基本都出嫁了,有的娃娃都会爬会坐甚至会跑了。大哥说,要找,但不要着急,好饭不怕晚,合适的人晚点儿出现也是长久,不合适的早早出现也不会长久。她再次惊讶大哥的通透,好像棵不知名的神树,冷不丁就开几朵小花长几片新叶发几根新枝,欣赏地笑着说,大哥,你是真不错。大哥跟着心满意足地笑。

　　自开春到现在,媒人踏破门槛,来了一拨又一拨,爸妈皆热情招待,有条件的会带着男方的照片,没条件的就只能靠媒人细致描述,从家庭到父母到个人,她又从爸妈那里得知。仔细算下,来来去去都有十个了,可惜她一个都没看上。妈妈每次都说,嫁人要嫁好,我这辈子就是命不好,受了很多罪,到你爸这里也没得好活,抚养你们,我家里那会儿穷,姊妹兄弟多,大的就要给小的让,吃的喝的穿的,包括婚姻大事,前提条件就是给家里和后面的弟弟妹妹带来方便,你不存在这个问题,着急是着急,女子娃年龄大了不好出嫁,但咱也不往火坑里跳。我常说我是眼睛睁着跳大海,那会儿年纪小,想不来很多问题,不过也没办法。她知晓妈妈翻来覆去说这些,其实还是心里着急,日子一天一天过得可快，她这年纪的女子没有几年耗费的，今年二十一，说不上大也说不上小，总是到了嫁人的年纪。

三姑的到来给她带来了姻缘，当天晚饭妈妈说起她找不到合适人家的惆怅，三姑不以为然地说，还是婚姻不到，到了挡都挡不住。妈妈说，话是这样说，可咱不晓得婚姻什么时候到么，三五年之后那可真真是把人急死了。三姑吃着饭，眼珠转动着，说，我知道个，不晓得明月娃看得上不，这男的人不错，我们也经常处，在临近县城的一个村上当民办教师，父母都有单位，如今退休在家，两个娃娃，都是小子，这是老二，老大结婚几年了，县城小学老师。妈妈说，人家是干部家庭，咱是受苦人，人家怎么能看得上咱，明月是念过书，也就初一刚念完就回家来了，没念成功。三姑说，这男的也是看了好多看不对，年纪有些偏大，比明月大四五岁，再说，他那是民办教师又不是公办的，咱明月花眉俊眼，皮肤白白嫩嫩，身条秀溜，怎么就配不上，怕他高攀不上咱。爸爸到锅台上稀饭盆前舀稀饭，说，她三姑啊，话是这么个话，但到了现实中就是行不通，再说咱也不贴着脸和这些人择亲，事情多的，明月去了说不准还受气，老话说，金娃配银娃，西葫芦配南瓜，咱知晓自个的斤两，做符合咱斤两的事情。三姑说，你们老脑筋，就算说三天三夜也说不下个明暗，让明月娃自己说，有没有这个心思，敢不敢？她津津有味地听着，像是在听与自己无关的事情，突然被话语击中，顿时清醒过来，说，我我我，我不知道啊。三姑笑得前仰后合，说，这傻女子啊，白白长了双水灵眼睛，看着鬼精鬼精，其实什么也不知道，我们刚才说话你想什么呢？她说，我也不知道想什么，思想抛锚了。三姑收住笑，认真地说，玩笑归玩笑，我觉得可以见见，要晓得我也是承担着巨大风险的，要是真对眼了，将来过得不好我可是要被你们骂死的，不过我已经把话说在这个份上，不说个尽兴也不好。妈妈说，胡乱担心，要都和你这样想，世上就没有媒人了，自个儿将来过得好坏跟人家媒人有什么关系，就是爸妈也不能保你一辈子，对不对？三姑说，那就找时间见见人，又不会少什么，大不了不行。

后来二十几天过去也没见谁给捎来话，爸妈和她都忘却了此事时，三姑托人捎话来，说，后天清早到县城来，先到她家。她有些烦恼郁闷，给妈妈说，要不让人捎话过去说家里有事来不了，或者直接就说不想见。妈妈说，这样恐怕不好，你三姑怕是已经约好了人家，现在说不去，你三姑脸面上不好看。她埋怨地说，三姑就有些太自以为是，觉得自己在县城住着，什么事情上都摆出副高高在上的姿态。妈妈在炕上缝补衣裳被子，时间长了脖子酸乏，坐端正身子活动脖颈，说，你三姑心善着，就是说话有些狂妄没准，每次叫办事情只要能办的都不为难，尽力帮忙，后天你就当去县城逛下，正好家里有些东西也需要补充，顺便买回来。话都说到这个份上了，她能说什么，顾全大家的面子为上。

傍晚大哥拦羊回来，她在外面灶火添柴熬煮绿豆稀饭，妈妈在里面做炒洋芋块。爸爸说，邻村有个人买了电视机，听说武打片好看得厉害，还有《西游记》。妈妈忙碌着做饭，听爸爸说这些不着调且与生活无关的话生气不已，说，好看你去看，家里什么都不用管，越老怎么越憨了，人家买个飞机跟咱有什么关系。大哥圈好羊，走过来端起碾子上的碗，说，能喝不？她说，能么，这是等会准备往稀饭里加的水。大哥端起咕噜咕噜喝个精光，放下碗手抹把嘴，说，渴死人了，这天能把人热死。她给大哥招手，走近些来，说，报纸拿到了？大哥得意地说，肯定么，也不看看是谁去拿，知识的力量是伟大的。她瞪眼大哥说，越来越能了，我看你都能去教书。大哥说，这就是你的不对，开始嚷我。她低声说，上面写了什么，你上次说的改变弄清楚了没？大哥说，我拿到的是去年年底的，老仙看后拍手叫好，说咱这里真是太封闭了，南方现在发展很好，只要你有本事有能力，钱随你挣。她说，这些太大太远，咱跟不上啊。大哥说，我也是这样说，老仙说大形势下我们要结合着自己的处境做事，反正就是要变，穷则变，变则通，记住这句话，永远记住。她说，再没有了？大哥说，没有了，很多含含糊糊，我也没办法领会理解。她说，那你说的改变也就是句话？大哥说，现在看就是句话，看以后有没有什么想法，太深奥。她差点儿把正事忘掉，说，大哥，后天你能不能陪我去趟县城？大哥见羊圈食槽里草料乱糟糟的就过去整理，边整理边说，可以啊，你想买什么？她说，买些家里平时零碎用的。大哥说，镇上没有卖的？她说，还记得三姑上次来家里不，三姑给我介绍了个对象，让我去见见面，本不想去，但又担心伤了三姑的面子。大哥说，呃，那就去下，成不成无所谓。有大哥陪伴她心里多少能宽慰安然些，希望后天不要太煎熬。

　　去的前一天夜里，妈妈给她从柜子里找出见人衣裳，放在枕头边，说，明上穿这个。她说，穿哪个都一样，看的是人又不是衣裳，穿得朴素整洁就行。妈妈说，哪能一样，好看的衣裳穿上到底不同，人不是常说，人靠衣裳马靠鞍，乖乖穿上，别执拗。她不知为什么，心里莫名其妙地烦乱，妈妈只是好心拿出见人衣裳，让她明日风风光光，可是她怎么就感觉无比的悲伤，像是要被迫不及待地抛弃。关灯睡下，爸爸白天地里劳作累得沾枕头不久就打起响亮的呼噜,妈妈躺会难受,坐起来,就着黑夜看着模糊的窗户,摇摆着身体缓解长年累月沉积的病痛,真不知道妈妈是如何度过这几十年的,如何抵挡抗争疼痛与孤独,想着想着眼角流淌出滚烫的泪水。睁开眼睛时天已大亮,大哥在外面喂羊,她起来洗漱,妈妈担心他们到了三姑家不好意思吃饭,不知什么时候起来,锅里煮着稀饭,洋芋、馍馍、西红柿酱、蒜汁、芝麻面皆摆在锅台上,说,你大哥已经吃过了,等会儿再喝点稀饭,你洗漱完也赶紧吃,吃完你们就可以出发。他们村里坐不上三轮车,要走到相隔两个村子的地方才能坐。土路黄尘多,刚穿上的鞋就落上一层土,大哥看见,说,到了三姑家洗把脸擦下衣裳和鞋,不要让人家见了觉得是从后老乡里来的。她说,看上看不上随意,咱们就是这样,如果连这个都接受不了以后指定过不好日子。大哥说,表面工作该做还是要做的。她不和大哥争辩,到了坐三轮的地方,按时间需要等待一阵,奇怪的是今天等许久也不见来。大哥不耐烦地走来走去,说,什么时候咱们村也可以直接坐三轮车,最好是咱自家买辆,想去哪里就去哪里,想什么时间走就什么时间走。她说,再耐心等下,或许是遇到什么问题了,应该快来了。太阳从山后绽放出毛茸茸的光芒,随即顽皮地一点点露出圆脸,直至全部露出,坐落在山顶上。三轮车这时才来,大哥问司机怎么来这么晚,司机说车轮胎有个瘪着,应该是昨天回来路上扎了尖刺之类的东西,修补耽误了些时间。一路不断上人,为拉更多人,有几个人就坐在过道的小板凳上,人挤人。

到县城车站就看到焦急等待的三姑,见到他们高兴地跑过来,说,总算来了,赶紧回家吃点饭,吃完就去见人。她说,我们走时吃过了,不饿。三姑上下打量了一下他们的衣裳,说,衣裳上灰尘多，回家倒水洗把脸顺便拿布子把衣裳鞋揩擦下。她没有像回应大哥那样回应，乖巧地说，好的。走到个岔路口，大哥说，我就不到家里去了，有个朋友在这边，我去和他说点事。她知道大哥是撒谎，不愿去三姑家看城里人的傲慢，说，你不是来陪我的吗？怎么临阵脱逃了。大哥说，你去相亲啊，我去了多不合适，就我这模样，别把人家吓着。这话她听着来气，说，不愿去就说不愿去，找这么些冠冕堂皇的理由，再说你的模样怎么了，你是我哥。大哥不想她情绪纷乱，笑着说，赶紧和三姑先回家洗漱下，我在这里等你，到时候咱一起回去。

　　三姑看她洗漱完，衣裳鞋子揩擦得焕然一新，递过来个苹果，说，时间来不及了，我们现在就走，苹果路上吃。她接住，路上只顾走路和胡乱盘算，苹果装饰品样拿在手里。见面地点是县城中学的操场，三姑引着她见到等待着的人，简单介绍双方的情况后便用自己不在场他们可以聊更多的理由溜之大吉，他毕竟是男的，但似乎比她都内向，拼尽全力地开朗，说，我们边走边聊吧，这样站着好无助。她嗯一声，迈开像是从来没有走过路的腿。他说，你特别紧张？她说，有些，原先从来没有这般。他说，我也硬撑着了，其实比你更紧张，不怕你笑话，这会腿都在轻微地颤抖。她看眼他的腿，不看还好，一看他就筛糠样彻底抖颤开，宽宽的裤子也掩饰不住，说，听说你是老师，老师是成天站讲台的人，怎么也紧张啊？他说，我是小学老师，面对的是小学生，你可不是小学生，哎呀！我抖得快控制不住了，我跑几步好不好？她被眼前人逗笑，说，你随意，操场就是用来锻炼身体活动筋骨的。他听后尴尬一笑，射箭样嗖地跑出去，估计是起步太快，加之步子迈得过于牵强，没跑出几步便摔了个狗吃屎，她忍住笑，快步过去扶，问有没有事。他慌忙起身，顾不及摔疼没，连连摆手说，没事没事，好着呢好着呢。她说，真没想到你会紧张成这样。他恨恨地拍自己的脑袋，说，今天是怎么了？原先不这样，怎么见了你就变得如此不堪，就是个傻子么。她把所有笑意挡在喉咙处，说，傻子倒不至于，就是太憨了。他说，今天是把人丢完了。她说，你一直就是这么文静？他说，文静？不，这不是什么好词语，适合形容女的。她说，或者文弱？他说，文弱形容书生？我算不上，就是个民办老师，说不准什么时候就转行。她趁着气氛缓和下来，说，我叫明月，家里情况我三姑大体给你说没，今年二十一岁。他说，我叫刘文东，今年二十六岁，比你大五岁，这岁数，唉！我家里也就那些，老生常谈，你有什么想了解的随便问，前提是有兴趣的话，一个宗旨就是不要委屈自己。她说，我有两个哥哥，二哥结婚了，大哥还没有，因为眼斜脸歪的缺点吧，不过他有自己的想法，是个优秀的人，爸妈是受苦人，几代人都是受苦人。他说，那是偏见，王侯将相宁有种乎，你大哥说不准以后能做出了不起的成绩。她说，这话没错，多数人都是以貌取人，看不上我大哥，那是他们不懂。

不知走了多少个圈圈，她几次故意往后溜些，以看清他的全貌，瘦高个，与名字挺符合，脸部棱角分明，面相和善，来之前担心的坏情绪自然消失，走着聊着聊着走着，她怀疑如果没有人说停下来，他们大概要走一辈子。再次路过台阶处，他指着说，我们坐会儿？她说，你走累了？他说，我是担心你累，我每天就是走来走去，要不就站着。她说，我不累，再走几圈我就回了。他看着远处的天空，说，我年纪逛大了，老师的工作也是民办，转公办基本不再可能，就是住在县城，很多人以为县城住着就厉害，还有我爸妈是退休干部，这就更没什么可自豪骄傲的。她说，为什么不再可能转为公办老师？他说，一个是政策错过了，再一个是名额给我哥了，他那会结婚女方要求必须在公家单位，我把这些全部说给你，是因为结婚是大事，你要全面衡量思考。她说，假如民办教师当不下去怎么办？他说，我有手艺，但我爸妈不喜欢，觉得丢人现眼。她说，什么手艺？他说，最拿手的是吹唢呐，这是跟我学校旁边的大哥学的，大哥是童子功，吹得好着呢，以此为生，我在学校教书四年多，学了四年多，我爸妈觉得这是不入流的被人称作吹屁打鼓的活计，还不如种地。我还会箍窑，算是个石匠，学校边上有家户箍新窑，我休息时就去看，混熟石匠师傅后就跟着敲敲打打，不知不觉中就学会了。

  她说，那你可厉害啊，看着文弱实则文武双全。他说，在我爸妈眼里一文不值，只有公家单位最好，有面子。她说，那你以后准备怎么办啊？他说，我的日子得我过，他们管不了我一辈子，住的地方有，我哥三孔窑洞，我三孔，我爸妈住两孔，离车站不远，过日子需要的钱我能挣得，有信心把日子过好。她说，你是优秀的人，和我大哥有共同点。他说，有机会真想见见你大哥。三姑给的苹果拿了一路，这会儿才发现，说，拿的苹果忘记吃了，给你。他说，我不爱吃。她保持着给苹果的姿态。他无奈地摇头接住，双手捏握住苹果，使劲掰成了两半，递给她一半，说，咱俩一人一半。她接住苹果，咬一口，清香香脆生生的甜，从来没有过的滋味，轻微侧转身子看他，他脸上流溢出比她更甚的情状。

  三姑来接她，算是他们分别的美好契机，不然真是会因为不好意思说出分别的话语无限循环样地走下去。走到分别的岔路口，他要送她们到车站，她没要，三姑旁边打劝地说，放心，我送过去。他不好再多言，招手告别。看他走远，三姑嬉笑着戳下她的胳膊，说，哟，看来聊得不错啊，还不来见面，将来的事情谁也说不来。她说，你觉得这人怎么样？三姑说，相处不多，但给人的感觉还不错。她说，还是要多了解。三姑说，反正你们自己决定，我的任务基本完成了，接下来如果有意深入了解，我帮着调查他家人品、威信、门风这些。她回想着他的面容，清晰又模糊，不住问自己，难道真就要和这个人过一辈子？想起和大哥晌午分别的地方，没给大哥说个具体时间，这会不知在不在那里等待，如果没有她也不知道去哪里找，不禁地担心起来。三姑说，今天就不回去了，在我家吃饭住下，明天一早回。她说，不敢，家里还有许多活计，我和大哥出来家里就缺少了主要劳动力。三姑说，那你住几天，让你大哥先回。她笑着说，这样不好，大哥来是我要求的，现在要他自个回去，有些不近人情。越来越靠近与大哥分别的地方，眼睛四处踅摸捕捉大哥的身影，没有在当时站过的地方找到，就扩展到四周。三姑帮着找寻，说，明忠是不是还没有来？她继续找，不见踪影，不会的，大哥不会爽约的，纳闷之际，有人在左肩膀上拍下，转头看不见人，这时右肩膀又被拍下，转头去看还是不见人，三姑发出声音，说，坏明忠啊，你什么时候到跟前的？大哥看眼她，说，那会儿就来了，你们东张西望找不见，明月看起来不错啊。三姑跟着附和，说，你也说啊，我刚接到就说不错，看吧，众人的眼睛是雪亮的。她说，你们两个人就敢称作众人，那国家大事也应该让你们这众人去表决。三姑再次挽留他们，大哥说，以后来了住，家里实在忙乱，离了我们不行，你也晓得，三姑。三姑说，也行，后面有时间再说，你们经常忙着，也不知猴年马月才有时间。

　　三姑走后他们往车站走，大哥问她身上还有多少钱，她说不到七十，大哥眼睛转动下继续走，她问想买什么还是？大哥说，不买什么，随便问问。她想起前天和妈妈说好要给家里买的平时用的零碎东西，来了就跟着三姑回家洗脸揩擦衣裳鞋，然后马不停蹄地去见面，到了现在这会儿，去买不知还赶得上车不？大哥看她思考得入神，走路的脚步也跟不上，不知不觉就溜到后面，便站住等待她跟上，说，明月，丢东西了还是有什么事情？她说出缘由。大哥说，后面在镇上买，先回家。

　　三轮车哒哒哒哒使劲跑着，进入乡镇的道路有些颠簸，坐着的人七扭八歪地晃悠。到早上坐车的地方太阳已经落下，夜色就要涌上，占据覆盖这片古老荒芜的土地，好在有大哥在，不然这段到家的路独自走还真是害怕，赶上月末没有月亮，伸手不见五指的黑漆，前后左右来个人根本看不清。大哥走在身边，点燃支烟抽着，烟头上的火星时上时下时明时暗，漂浮于空气中的烟味让人亲切不已。她发现茫茫黑夜中思考问题似乎能思考得更清亮纯粹，说，大哥，你说上来就对你说很多知心话的人，不，不算知心话，是自我缺陷，这样的人值得信任吗？大哥说，你说今天见到的人？她说，他说了很多的不好，优点好像只字未提。大哥说，想想还有没？她说，还，父母如何与他没太大关系。大哥扔掉烟头，用脚踩灭，说，你有没有注意他说这些话的表情，高傲还是谦卑，或失落？她说，表情没注意，语气里听出的是郁郁寡欢。大哥说，那应该值得信任，至于能不能上升到托付终身，这得你亲自把握感觉。她说，托付终身确实是大事，不可潦草行之。回到家，妈妈给他们留着饭，大哥吃过，去看羊圈里的羊，她小鸡啄食样吃着，妈妈坐在板凳上摇晃着身体，爸爸在炕上侧躺着耍牌，她实在吃不进去，碗放在锅台上，说，留着我明天吃。妈妈说，放明早就酸了，不想吃就算了。她说，那给鸡吃了。妈妈站起身端着碗出门，在外面和大哥说，羊后晌喂了不少，夜里就少喂些。大哥说，怎么少了两只？妈妈说，忘记给你说了，你爸后晌那阵有买羊的，觉得价格合适卖了两只。大哥怒气冲冲地说，成天在那里胡骚情，那两只是这群羊里最好的，就是给多少钱也不能卖的。爸爸装作没听见，无所改变地耍着牌。大哥进来，站在脚地中央，说，爸，以后只要是羊的事情咱商量过后再做决断好不好？爸爸说，我卖两只羊怎么了，人家给的价钱合适，今天这种情况来得及商量吗？人家不可能等到晚上。大哥说，听清楚，我说以后，今天的事情发生就发生了，不再探究追问。爸爸轻蔑地说，探究追问又能如何？大哥再次重复强调地说，我说的是以后，听得懂不，以后尽可能多商量好不好？爸爸敷衍地说，尽量吧。本以为大哥会像前面几次那样爆发，没想到大哥只是冷笑几声，转身出去，在院子里说，也就剩羊这点牵连了。她不明这些话语的意思，爸爸更是没有搭理，耍牌成了最要紧最专心致志的事情。

妈妈端着空碗从门里进来，说，你们两个就是没见面的仇人，谁也看不惯谁。爸爸说，就是个逆子，卖两个羊像是要了他的命，气势汹汹地进来站在那里质问我。她说，都在气头上，消消气，明天就都好了。妈妈终于把话题转到她身上，说，那会儿就想问，看你心情不太好，跑一天人看得怎么样？她说，就那样，刚见能有什么了解。妈妈说，人看人有时就一面，一个人怎么样看面相就能看得八九不离十。她说，又不是神仙，看得那么准。妈妈说，慢慢了解调查，不仅看他个人，还有家里人怎么样。她说，就说这话么，他今天说得倒是蛮真诚，说起家里人，结合今天了解到的，我猜想他爸妈不太好说话，有点看不起农村人。妈妈说，这是大问题，咱就是地地道道的农村人，看不起农村人还了得？她说，后面再看吧。爸爸说，城里人脾气大穷讲究，成天胡乱扎势，吃着咱农村种的粮食却看不起农村人，忘恩负义的人，不行就算了。妈妈说，你快不要说话，冲得要死，现在就是了解。她不愿听这些无用的口舌之争，只会加重脑子里嗡嗡的轰响，得找个地方清静清静，不知大哥睡下没，来到边窑门上，灯亮着，她还没敲门大哥就说，进来吧。她推门进去，大哥躺在炕上看报纸，说，你现在都能看懂报纸了？大哥说，看不懂啊，好多字不认识，念出来就听得懂。她说，那我给你念。大哥放下报纸，说，你是要嫁人的，要想个长久的办法，还记得回来时问你剩多少钱不？她说，记得啊。大哥说，你不是问我想买什么，我现在可以告诉你，买收音机。她说，买收音机做什么？挺贵的。大哥说，听新闻么，有了它就不用看报纸了，主要是我能听不能看。她说，这办法不错，脑瓜子灵活的人就是厉害，我就不行，婚姻的事情都没办法抉择。大哥说，做任何事情都会有顾虑，纵然再加以思索也不可能想得面面俱到，只能权衡利弊，不可能全部有用，总有一部分是无用的，这是老仙教我的，后来随着年龄增长和不断经历的事情，越琢磨越有意思。她说，多了解并不是优柔寡断，我会遵从自己的想法前行，只要他和我一心就行。大哥说，有些事情真是经不起细致入微的推敲，尤其是生活。妈妈喊她，她应答就来。大哥在世人眼里是不着调的乱七八糟，不知为什么，她越来越觉得大哥会有大出息，现在做的所有是在积蓄力量。

一三章　明忠

　　村里通电对其他人来说也许只是件值得欢呼庆贺的事情，明忠不同，想到了更多。他拦着羊，看着川地里庄户人家院子内外窑架设电线，有条不紊地点兵点将地进行着，内心的沉重郁结找寻不到原因，通电为何会引得自己惆怅？一遍遍地分析，几遍下来无果，再从头来。通电后会改变很多，比如大批与电有关的家用电器和生产机器，光是这两种就会引发无数个原先没有面对过的问题。想几天也没有如意的答案。圈好羊，草料投放在食槽里，从睡的炕席下拿出十块钱揣进衣裳兜，免得等会吃罢饭忘记。老仙前段时间说牙疼得厉害，人常说牙疼不是病疼起来要人命，到村赤脚医生那里买些治牙疼的药，顺便聊聊这几天苦思冥想不可得的苦闷。

　　吃罢饭碗一放就出了门，赤脚医生的诊所开在村小卖部边上，进到诊所，问几声有人吗？没人回应，不多会儿外面有了回应声，说，在，来了，来了。医生和自己爸爸年龄差不多，世代从医，医术很好，外村人害病也经常来这里看。有人从门里进来，到药架前的柜台抽屉里摸索到手电打开，是老医生已经培养差不多的儿子，说，明忠啊，你怎么了还是？他说，我给老仙买点治牙疼的药。医生儿子略作思考，说，牙疼无非就是上火或牙坏死要脱落，不管怎么先配点消炎药，和止疼药一块儿吃，吃几天看有没有效果。他说，能行，听你的。老医生儿子边取药边说，你们这师徒关系真是诠释了一日为师终身为父。他玩笑说，你和你爸就更是，比我这更纯真。药配好付了钱，拿上药走小路上去，走到半路想起老仙家里挂面肯定也吃完了，又折回去到小卖部买了趟挂面。小路不好走，可对于他来说小菜一碟，路上哪里有坑洼哪里有野生小树哪里有石头可踩全然烂熟于胸，刚到外面就闻到老仙家里煮洋芋的味道，这老仙，洋芋吃不够，变着花样吃，煮的、蒸的、烧的、烤的，最奇特的是连咸菜、西红柿酱、油、盐、酱、醋什么都不要，就是吃洋芋。他多次本来都吃得饱饱的，看着老仙小心从火堆里取出洋芋，灼烫地左右倒手，稍微冷却下猛地掰开——热气腾腾香味扑鼻的洋芋味和鲜嫩嫩酥沙沙的洋芋内里——不顾烫嘴地吃着，手不时地剥掉要吃到的黑皮皮，愈看愈忍受不住，拿个也吃。

敲那扇外面的门，老仙说，开着呢，推，猴娃娃。他进去，老仙在光亮里边加火边看书，见他进来放下书，说，灶火边上有煮好的洋芋，自己拿。他掏出买来的治牙疼药和挂面，说，牙疼药现在就吃一次。老仙说，人老了，牙疼再正常不过，生命开始衰竭，身体各个器官树叶似的开始脱落。他说，药吃上能缓解疼痛。拿起老仙搁在腿上的书，依然是古书，里面繁体字竖排，说，老仙，你这辈子大概看了多少本书？老仙说，很多也很少。他最烦这种中间话，教你无法接续，只能转到其他话题，说，我这几天被通电的事弄得很困扰。老仙起身倒杯水，凉会吃药，说，危机感？他说，对，就是危机感觉。老仙拿起一颗煮熟的洋芋掰开吃，说，通电后的确会发生很多改变，你感受到了，但不知如何表达，知道如何表达后紧接着就是如何面对。我们这里太闭塞，难以准确得知外面的形势，尤其南方。他急切地说，哪里可以看到外面的形势？老仙说，报纸上。

想着明天或过几天去拿，他等不及，当即起身去。老仙要说什么，他已经跑出去。村上领导办公的地方是学校那排窑洞最边上的两孔，一孔用来处理日常零碎事务，一孔用来开会，他偷偷摸到窗台下面，往过移动窗子，使出力气推，听见窗闩关和锁子发出的尖锐碰撞声。进不去如何能拿到，他环视四周感觉无人，壮着胆子站起身推窗台上闭合着的窗子，里面关着，他记得在扭秧歌时从里面看到过，关着但不上锁，现在要做的就是冒着被人听到发现的风险，在可控的声响范围内不断推动，说不准能把关着的闩关摇晃开。手上力气在神经高度紧绷的状态下竭尽全力去放松，使出适当的力气，过程中不断琢磨摸索，忍耐着性子，几分钟后听到期望已久的声音，闩关挣脱，他尝试着用双手推，窗子大敞开，由于激动致使手劲过大，窗扇差点碰撞到窗框，好在及时用手垫在两者之间，声音被手化解为完全木钝的声音。翻进去在靠近窗户最边的桌子柜子下面找到报纸，手指头感觉到最上面落有绵软细腻的灰尘，不敢全拿走，划根火柴，在短暂的光亮里找寻到最近时期的部分，抽出十几张带走，关上窗户。报纸揣在怀里，走到没人的地方就狂奔。

进到老仙家里，防止有人跟来，关上铁门，老仙从柜子里找出另一盏油灯，点着后，最里面的小窑洞登时亮如白昼，老仙摊开他带回来的报纸，聚精会神看着。他说，老仙，怎么样？老仙眼睛从报纸上离开，说，外面的变化比我想象得更快，三次工业革命，第一次是蒸汽机，第二次就是电，第三次这上面说是信息网络，这个我完全不知道，电是你我都有感知的，你的沉郁就是外面浪潮涌向我们这里的前兆预感。他说，我现在不知怎么办？

拦羊不是正儿八经的出路，我这个年纪这个脸眼，如果不拼搏出条路，将来是没有将来的。老仙说，要想贴近现实跟紧时代，要经常关注外面的变化，获得方式除过报纸还有收音机，我是在你去拿报纸后想起的，收音机贵是贵，但可以及时听到国家内外社会的变化，然后结合自身状况做出相应的改变。他说，收音机我最近找时间就去买，争取近期思考出改变的路径方案。他走时，老仙把报纸给他几份，他不要，说，我识字少，给我我也看不懂。老仙说，看不懂也拿着，耳濡目染慢慢熏陶，汉字最有感情，和人一样，见多了就会有印象。带上报纸从老仙家出来，这番交谈看似稀释了胸中的黏稠胶着，路上再想，实则烦闷得愈发激烈了。

　　明月要他陪着去县城，正是机会，不管如何先按着老仙说的做。出发前从炕席下面找出钱，罄摸干净也不过三十块钱。清丽那次拿了明月七百块钱，前几月才还，明月无论如何不要，他好说歹说放下，最终明月收了六百，说那一百给他买烟抽或买件衣裳。早知输掉还不如再拉拉扯扯地推让番，明月收下肯定都攒着。三姑接到他们着急忙慌地往家里走，离约定见面的时间不多了，明月回去洗脸揩擦衣裳鞋上的灰尘，他趁着这个时间到县城家用电器店转悠，回的时候在这里等她。凭着记忆的路线寻找那两家售卖家用电器的店，一家好像在街道中间，一家好像在街道前头些，他所处的位置在街道中间些，先寻找街道中间那家，往前走十几米就看到要找的店，外面摆着时兴的洗衣机冰箱电视机等。他整理下衣裳，故作淡然地进去，老板从柜台后面走出，说，你想看个什么？他紧张地看着玻璃柜里摆放着的小玩意，继续强装淡定，说，你们这有没有最新款的收音机？老板似乎看破了来人的伎俩和伪装，挑衅地说，你想要多新款的？他绷紧的神经在变长变细，说，就是最新的啊，质量最好的。老板说，那柜子里有你看上的？他后背出了汗，粘黏住陈旧脆薄的背心，不禁瘙痒起来，说，你推荐一款。老板彻底看穿眼前人的贫寒与没底气，换上大胆不屑的表情语气，说，柜子里没你想要的，收音机那么大怎么可能放在柜子里，比较大的都在这边放着。他看到有个相对来说较小的，应该价位也最贵，思谋着，老板不耐烦地走开，回到柜台后面，说，你先看，看上哪款我给你取。他自我消解掉对方的轻蔑，告诉自己，不要为这些耽误时间，再说自己今天来是先看好款式价位。

低头时间长了脖子酸痛，抬头活动不经意间从挂在墙上的镜子里看到自己的脸，无限的自卑瞬间激荡起浑身炙热的血液，脖子脸颊耳朵皆被烧红，脑袋里响起被烧焦疼痛混乱的嘶喊，在仅剩的薄弱意识的指引下，转头看柜台后面早已忽略他存在的老板，如此欺辱真是无法忍气吞声，便铿锵有力地说出，老板，给我介绍下体积最小这款的功能。老板没有挪动身子的意思，说，好眼力，那款就是最新的，价位最高，功能应有尽有，口上说不清楚，得通上电试。他说，那就通上电试。老板厌恶地说，你确定要买吗？他说，试了我才能确定买不买。老板说，不确定买我就不试。他说，这是什么胡理性，你卖东西，我只有看到好不好才能确定买不买，哪里也没有说先确定买不买然后再试不试。老板骄横地说，对不起，这是我们店的规定，你买就试，不买就不试。他不甘示弱，说，我买，你过来试。老板不情不愿地过来，说，买就好。找到插头，插在插座上，收音机里发出沙沙沙沙声，开始调频道，不同波段会有不同的节目，他说，调个新闻时事频道。老板没好气地说，调到哪个是哪个，具体要听哪个等你拿回去慢慢调。有意思的是，出来的第一个声音就是播报新闻时事的，认真听着，比报纸方便很多，再难再拗口的字大致都能听懂理解。

播放会儿，老板说，好了吧。他说，再听会儿。老板直接拔掉插头，收起来，说，买下来拿回去想听多久听多久。他说，还没看其他功能呢，你拔掉插头怎么知道其他功能好不好。老板回到柜台处准备开票，说，其他功能不用试，肯定好着。他完全放松下来，不紧不慢地说，万一不好怎么办？老板听出话语里夹杂着的敌意，说，你到底买不买？只要是收音机功能质量的问题，你拿过来我负责修理退换。他用手抚摸着收音机，说，我拿来你不认账怎么办？老板不再忍受，说，你是没事找事吧？他装作胆小怕事，说，我农村人哪里敢和你找事，就是正常来买收音机，你也说了，这是贵重东西，我得方方面面都问清楚啊。老板说，看你也买不起，买不起在这里装什么？他要的就是虚伪遮掩下的本来面目，说，自从进门你就对我冷言冷语，觉得我买不起胡转悠，你才是装，敢做却不敢承认，你还是不是男人？店面门口路过的人停住脚步观看，一会儿人群就聚成个疙瘩。老板碍于自己生意，语无伦次地说，假若你能买得起，倒是掏钱或用其他方法证明啊。他心平气和地说，你好厉害啊，来个人就能知晓其有钱没钱。也是，你这种人看此事看得最准，然后就开始看人下菜，有钱的你就热情服务，没钱的你就爱理不理。老板对着门口围聚的人解释，说，胡言乱语，他进来后我热情服务了，刚还通电试了收音机，那会儿说要买下，现在却又问出大堆无理取闹的问题，这是捣乱啊。他说，好，你说什么就什么，你家的东西我不敢买，我去别家买，我怕了。

这家买不成到另一家买，路两边有各式各样摆摊的，走着看着，注意着两边店面的招牌，回头看刚去过的店，他有些后悔，不该赌气，应该大事化小小事化了，吃亏又吃不死人。另一家售卖家电的招牌映入眼帘，直接进去。老板是三十多岁的女人，见他进来就上前，热情地说，需要什么？他说，看下收音机。老板引他到摆放收音机的位置，挨个做详细介绍。看来看去他仍旧觉得那款体积小些的好，主要是方便，拦羊提着也不会累赘负担。老板说，价钱上能贵五十块钱，不过确实轻巧方便。他说，除了摆放这台，再有没有？老板到柜台后面翻出本子看，说，现在就剩这台，摆出来不多时，质保三个月，其间，如果有问题你拿来，小问题保修大问题包换。为确保能买下，他便不管不顾地说，今天明天若是有人来买你不要卖，我后天定来买走，我现在想给你留点定金身上拿的钱不多。老板看他真心诚意，说，好，我就给你留到后天。如果这里无人，他必然会小孩样蹦跳起来。回去想办法凑够钱，最好明天就来买走。提前来到与明月会合的地方，坐在路边摊位旁边，防止被三姑看到，躲避在架子床下面些。

思索中的他打眼看到明月和三姑不知何时来到，正左顾右盼地寻找他。他站起身，悄然走到明月身后，做起拍左肩膀躲右面、拍右肩膀躲左面的游戏，不料没两下就被三姑看到，还吓一跳。拒绝过三姑挽留吃饭住下的盛情邀请，与明月走向回家的路，念念不忘收音机，今天明天大概也没人买，但他总是想如果有人买呢，且和他一样急迫，事情往往就是很巧合，不想来什么就来什么。最好的办法就是尽早买下，免得夜长梦多。可是钱从哪里来？和朋友借也得回去找寻合适机会，着实不想再与明月开口，走出几步没控制住，问明月有多少钱，显然明月不会带那么多钱，真是昏了头。明月回答后他再没往下说。

　　人心里有事就睡不着，加之收音机对他的重要性，坐起来看报纸，无心看，放下报纸边抽烟边想和明月借钱的利害关系，和朋友借钱的利害关系。爸爸肯定有钱，自上次争吵完，钱上就没了交集，他仍旧把挣的钱交上去，给自己留下多少说清楚。再者，买收音机的事情在爸爸眼里不亚于收购洋芋加工粉条的荒唐性，怎么可能把钱借给他。妈妈肯定愿意帮助他，无奈家里妈妈说不上话，经济大权独揽于爸爸之手，他明知这再去为难妈妈，岂不是猪狗不如。困境啊，走投无路，明天凑不得钱后天也难凑，真到了后天就成了无头的苍蝇，时间会白白流淌过。怪不得人说，一分钱难倒英雄汉，没有深切体会过真是难懂得。不知老仙这会儿睡没。起身下炕，趿拉上鞋边往出走边用食指挑拔踩踏下去的鞋屁股。

　　站在碥畔上看老仙住处，只能看到庙的墙畔，那就站高些，跑到他家窑洞的墙畔上看，能看到老仙住处。可这又有什么用，老仙住的窑洞能看到光的门朝着庙里开着，有光也得站在庙里才能看到，不禁笑出声，脑子坏了吗？要是外人需要这么一番费尽周折的客气，他跟老仙就免掉，纵使已经睡下那也可以叫醒。顺着坡下去，到沟底过小河，绕转几下到闭着眼都能找见上到老仙住处的窄路，心太急，走到半路气喘吁吁，站着歇息看沟底坡道和自家周边的人家，只有他窑里的灯亮着，其他人家皆与宇宙天地同眠。歇够继续往上走，到达老仙的住处，先不着急敲门，到墙根下听小窑里的动静，听不见就翻墙进去，果然没有睡，悄悄摸到窗户上，扔小石头进去，窑里鸦雀无声，再扔一块进去，老仙咳嗽几声，说，半夜不睡来这里就为扔小石头？他佩服老仙的洞察力，只要在庙峁子这块地盘上，没有什么能躲瞒得过去的。推门进去，老仙坐在炕上，身子靠在炕围子上，说，最近找我可有些频繁啊。他说，不想让我来？老仙头也不抬地说，君子之交淡如水，交往频繁容易出问题。他说，莫名其妙，能出什么问题？老仙手指指着边上翻开的书上的文字，对照着另一只手里的书继续读，说，太多你会依赖我，少了自己的判断，不过你这次应该需要的是具体的帮助。他说，我需要钱买……老仙打断他的话语，从边上翻开的书下面摸出什么东西，示意他伸手过来，他手伸过去，几块清凉落于手掌，收回手展开看，五个带泥的银圆，震惊之余说，这可是好东西，用这个换收音机太可惜，不值当。老仙说，值不值当暂且不说，难不成你有其他办法？直接去换吧，那人懂得其中的价值。他试探着说，你说的那人是那女老板？老仙会心一笑。他说，我将来会把它换回来，这和纸币不同。老仙说，成不成事就看你的造化了。板凳上坐着困乏，脱掉鞋到炕上，老仙说，柜子里有被子，你找出来盖上。已经上炕不愿再下去，脚伸进老仙的被子，拉个枕头顺势躺下，边上有老仙不知穿过多少个冬天的羊皮袄子，欠起身子伸手探取过来，盖在身上，比被子都暖和。

老仙头也不抬地看书，现在这两本明显和上次的不同，他说，老仙，哪里找来这么多书啊？一本看完又一本，变魔术一样，如今除了书还变出银圆，是不是有哪位神仙在暗中帮助你？老仙说，书本身就是那个神仙，越看越有意思，按世间的标准衡量，看越多积攒得会越多，唯独书不同，看越多积攒得越少，无知会层层叠加。他此刻无法理解老仙深奥的话，先记住，说不准在某个地方某一时刻会忽然明晰，老仙是无边际的海洋，他不过舀了几马勺，学到领悟到的还没有九牛一毛。

天麻麻亮他睁开眼睛，老仙仍旧坐着看书，一页一页耐心翻阅，雷打不动，看身上盖着自己没有去柜子里拿的被子，说，老仙，你夜里没睡觉？老仙说，睡了，那会儿醒来。他躺着再享受会儿，说，你不瞌睡？书就那么好看？老仙笑而不语。他继续说，这大概就是我们间的差别，我是没心没肺地睡，书上的字干巴巴，看会眼睛就酸涩得睁不开。老仙翻过看完的一页，手抚摸着崭新的一页和整本书，说，太好了，每次都不舍得看完，但又抓心挠肺地想看，所以就看看停停、停停看看，这样也好，留出了思考消化的时间。他不能再躺，起身要叠被子，老仙拦挡住，说，等会我来叠，忙你的正事去。他溜下炕，脚挑起鞋穿上，抽根烟再走，给老仙递根，老仙不要，拍拍边上放的旱烟，说，我抽这个，你那没劲儿。抽出的烟放回烟盒，自己边抽边看窑里摆放的东西，说，要不要先去收银圆的地方置换成钱？老仙说，不用，直接拿银圆去。他似信非信地说，好，先拿银圆去试试。

从老仙家出来，他家窑里亮起了灯，边窑的灯反倒熄灭，估计是爸爸起来看窑里没人关掉的。村庄里的漆黑静谧在被打破，驴叫狗咬鸡鸣，一声一声在村里来回飘荡，路上还少有人影，多在家里院子喂养牲畜和整理出工的农具。心情莫名开朗美好起来，走过河边地里的窄路，两步跳过小河，顺着路径走上到家的坡道，没进到院子羊圈里的羊就咩咩叫唤。回家把银圆压在枕头底下，出来到羊圈边上的小房子搂出草料，有些长就拉出铡刀铡碎，倒在羊食槽子里。明月起来，生火熬煮稀饭热馍馍，爸爸等会儿去地里锄地，此时正在院子石床上坐着矫正新做的锄头把子。羊喂上，明月稀饭熬得半生不熟，见他要走，舀碗上面的清汤，说，清汤也喝上口，吃上个馍馍。明月昝好了，不能不吃，吃过天已大亮，跟着农人的脚步走在村里，农人上山下川，他径直走向其他村庄坐车的位置。凑巧，刚到等车的地方三轮车就来，坐上，一路也没怎么停。到县城太阳升起不多时，街道两边的店面有个别还在卸门板准备营业，边走边看县城的早晨生活，来到那家店门口，老板看到他，吃惊地说，说定的时间还没到啊。他笑着说，等不及了，尽早买下使用。老板说，说好了就肯定给你留着，做生意就讲究个诚信。他对用银圆做这次交易的资本多少有些不好意思，没进去之前就掏出银圆攥在手里，尽管来之前擦拭过，字码的缝隙里还是有泥土，这会与手掌的汗水融合在一起。老板看他无故呆愣住，说，钱不够还是？他说，我用东西换可以不？老板说，什么东西？他手抬起，在柜台上伸展开，说，这个。老板拿起一个细致看，说，这些全部？他说，够不够，不够我再添点儿钱。老板说，够了，你想好了？他说，想好了，老仙说的还真是准。老板收下银圆，从柜台出来取出摆在一边的收音机，说，老仙是谁？他说，一个很神的人。老板说，算命的？他说，会，但不是，会的很广很杂。老板说，那你有福气，跟着这样的人定能成大事。提上包好的收音机，经过之处每个人都笑盈盈，阳光好像毛茸茸的双手，轻柔地抚摸着世间万物，对他尤为照顾。

　　回去没有来时的速度，有个人走到半路要等人，司机没办法只能等，十几分钟后好容易等来，没走多远司机又说有个朋友要捎东西，那是人家的三轮车，想怎么等就怎么等，大家心照不宣忍气吞声地等待着。等等待待，下车再走，到村上已经半后响，有人看到他提着箱子，问，明忠啊，置办回来什么好东西了？他说，收音机。那人说，你狗日的还时兴得不行，刚通电就弄个家用电器，是不是还要买冰箱、洗衣机、电视机？他说，都会买的，到时候来家里看电视。那人说，把你狗日的能的，咋不买个飞机上天。他不再耍笑，抓紧时间回家，坡道上去，妈妈扫院子到硷畔上，说，明月说你清早就去县城，做什么去了？他拍拍手里提着的箱子，说，这个，大事情，用不了多久咱就有钱了，过全村人羡慕眼红的生活。妈妈说，稳当些，你这一天摇摇晃晃，什么时候娶个媳妇成家了就是好日子好生活。他说，迟早的事情。妈妈换上枝条坚硬的扫帚，把整个院子扫起的土直接从硷畔边沿扫下去，说，迟早的事，八十上也是个时间，那时我们死得就剩把干骨头了。他说，别胡说，怎么能用得了八十，快着呢。回到窑里插上电，模仿着第一家店老板那样开关调换频道，不多会沙沙沙沙的噪声中有了声音，有唱歌、有家庭解说、有农业节目，死活找不到时政，一遍一遍调，为什么那老板一拧就出来了？继续调试，不相信调不出，耐心些，好事多磨。

又调试一阵，依然无果，算了，先吃点东西填饱肚子，一天为此兴奋得连饿都忘记了，这会儿一盆凉水浇下冷静多了，妈妈看他找吃的，说，锅里给你温热着饭。他端着饭到羊圈跟前，边看羊边吃，说，明月去哪里了？怎么没有看到明月？妈妈说，听说那个男的要来咱家转，明月去接了。他没想到事情进展这么快，不过只要明月喜欢就行，说，那男的是怎么来？妈妈说，不清楚，明月走一阵了。说话中明月引着个瘦高个、带几分老仙身上那种文雅气息的人进来，看到他，介绍着说，这是我大哥，今天去县城买收音机，大概也是刚回来。妈妈闻声出来，说，来了啊，快回家里来。男人双手提着水果和挂面、鸡蛋、饼干等吃食，拘谨地笑着说，没事，院子里坐会也好。进家里放下东西，妈妈说，不用拿东西的，你回时还得拿回去。男人说，随手礼，不用讲究的。明月给倒水，男人出来坐在门道石床上看这个普通至极的院子。他从衣裳兜找烟没找见，想起回来掏出来放炕上了，就去边窑炕上拿烟，妈妈拉住他说，赶紧去地里把你爸叫回来。他取来烟给递过去，男人接住但没有点着，说，刚抽过嘴苦的，等会儿再抽，你忙你的，不用管我。他想起收音机，说，你会调收音机不？男人说，会些。他说，那你让明月引着到边窑帮我调下时政频道，我调半天调不出。看明月引着进了边窑，他跑出院子去山地里叫爸爸回来。

爸爸听说三姑给明月介绍的对象来了，停住手中的活，手搁在锄头把上，看着对面山，说，城里人扎势不？他无奈地笑着说，人家扎什么势？拿一堆东西，谦虚温和呢。爸爸说，有些城里人就胡屎扎势，要是扎势我就不回去见。他说，快不要胡讲究了，赶紧回。爸爸瞪眼他，捡起地上锄掉的几根草，弯折断并拢起捏着擦锄头上的土，说，你就知道拆老子的台，只要是我反对的你都叫好，我叫好的你都反对，不想说话就不要说。他不做无意义的口舌之争，牵挂着家里的收音机调试好没，独自先走开。回家后明月他们在外面坐着嗑瓜子闲聊，妈妈忙活着做饭，他问男人，收音机调好了？男人跟他到边窑，现场教学，具体调到多少频率如何调，随即他自己试了两次。

他趁着新鲜享受会收音机里播放出的内容，着实管用，不了解外面只是按自己想的做欠缺太多，发展不起来。有客人在自己不能总待在窑里，关掉收音机出去，侧面看，他们很有夫妻的感觉，说话中明月那种关爱，说明明月已经深深爱上了，对方以同样的方式回应。这份爱情的美好正在逼近婚姻。几次他被安排的相亲，明月忙活着端茶倒水张罗饭食，这次轮到他来担负起明月的角色，帮衬妈妈做饭，拿长递短，做力所能及的事情，妈妈偷偷问他，明月对象叫什么？不然说话没有个称谓很不方便。他说，你们聊这么久竟然没有问人家姓名，明月也没说？妈妈说，没有啊，都没有说起。他说，叫刘文东，你们叫小刘，亲切合理。妈妈告诉爸爸，两人当即活学活用，有了小刘的称谓好多话都可以顺利说出。明月能找到爱的人，是天大的好事，说真的，比他自己找到爱的人都开心。明月善良懂事，这个家里一直在向她索取，现在好了，有人宠惯疼爱。吃罢饭明月送走心爱的人，回来看到他不怀好意地笑，过来狠掐几下他的胳膊，说，笑什么笑，有什么好笑的，不仗义啊，你带回清丽时我笑了吗？他说，笑得还少啊，看来当时笑的人记性不好，我来帮着给长长记性。明月说，不需要，说真的，你觉得怎么样？他说，感觉着不错，能包容你疼爱你就好。明月说，今天你是怎么了？说的话跟没说一样，咦，是不是想念清丽了？他说，别哪壶不开提哪壶，我本来没有想被你提得想了。明月嬉笑着走开，到门口小声说，那就多想想啊。他摆出要扔手中脸盆的姿势，明月做个鬼脸揭起门帘进去了。

自此拦羊提上收音机，歇息下来就听，听到有意思有启发的地方就用锤头砸地或抓起把黄土扬飞，还觉不过瘾，唱首陕北民歌，嘶喊吼叫中发泄释放心中的激动，平静下来后悔原先拦羊荒废掉的时光，要是早听这些不至于现在这般庸庸碌碌，好在现在也不算太晚。如何改变是个刻不容缓的问题，急需解决，情绪高涨没有错，时间久了，落不到实处人会陷入对自我的怀疑。几次走到坡上看到妈妈围着围裙张望，他问站在这里做什么？妈妈说，明月去县城这会没回来，天黑成这样让人心焦。他快速把羊圈起来，跑下坡道沿着坐车的路寻找。差不多每回都在半路上遇见，问明月怎么回来这么晚，明月理由不是三轮坏在路上就是司机久久不走，总结下来就是咱村里没有个跑三轮的就不方便，像那司机村里的人不管到什么时候都很坦然，还有要是人多坐不下得舍弃一部分人，人家村里的人肯定不在舍弃范围，最终舍弃的就是咱这些村庄的人。

最近，他猛然间开了窍，随着日子一天比一天好过，需要去县城镇上办的事情越来越多，三轮车就那么几辆，就算再怎么跑也满足不了各个村庄的需求。既然这样，他买个三轮车来跑，遇集遇节跑着拉人，空日子淡季拉货物，细算下来，比拦羊挣得多，人也活泛轻松。接明月回来的路上，他说了此想法，明月起初开心不已地拍手叫好，但很快转入沉思，说，三轮车可不便宜，还有技术要好，你看咱每次坐的三轮车，很多处狭窄破烂的路，尤其在村子里，眼看就掉下去或过不去，司机都紧着边沿大着胆子开过去，你从来没接触过，能开好吗？他说，你说得很对，不仅要会开还要技术好，这些可以练习，主要是三轮车太贵，没那么多钱购买。明月理智地说，买三轮不是小事情，各方面要考虑清楚，咱这经济条件挣起赔不起，爸妈肯定要打击你，他们保守谨小慎微一辈子。他说，我再想想。到家里大门口，明月站住，说，大哥，刚路上我又想了很多，持有爸妈这种思想的人是能稳妥过日子，如若认真分析，这种所谓的稳妥实则经受不起考验，社会在前进发展，这是文东说的，巨变在南方开始许久了，蔓延席卷覆盖咱们这里是迟早的事情，种地到时候必然会受到严重的冲击。前面我和你说过文东老师的工作是民办的，转不了正，名额被他哥占用了，文东说，这样也好，他能发挥出吹唢呐、石匠的手艺，照样能挣钱，如果有哪里需要民办老师也可以去继续教书，这样看似风险大，实则分散了风险，有句话是这样说的，不要把鸡蛋放在一个篮子里。听到最后这句，他狂喜万分地拉住明月的胳膊，说，说得太好了，不要把鸡蛋放在一个篮子里，我最近在收音机里有听到这句话，一时半会儿没有理解，今天听你这么一说，确实是这么个道理，全部把宝押在种地上是风险，押在拦羊上同样是风险，如果再能有个营生，就能东方不亮西方亮，这头受损还有那头，一般不会那么寸地两头都受损。明月说，做事情风险肯定有，从事新的领域更是，成功不是简单的几句话，刚才还要说什么来着……忘记了，反正就是放手去做吧，就算最差也差不到哪里去。他感动地说，感谢妹妹这些年一直的鼓励支持，感谢妹妹。明月说，一家人不说两家话，希望大哥过得比任何人都好。

　　托人问三轮的价钱有了回话。新三轮买不起，不要考虑，实在要买就买个二手的，可以和卖主搞价，他想，买个旧的也行，只要性能不错，对他而言越便宜越好，手里只有一百多块钱，剩下的钱还没有着落。每回都是为启动资金犯难，思来想去还是那几个借钱处，不用多想就知道结果，家里不用指望，只会碰一鼻子灰，弄不好又要争吵；明月这次不能开口，她马上嫁人，总要留几个体己的钱，他借了是能还但当即手里是空无，心里自然跟着不踏实；朋友处几乎不可能；那就只剩一个办法，去村上经常放贷款的人那里贷款，为难的是贷款需要保人，谁能给他做这个保人而且不会让爸爸知道，他得好好思虑。保人的人选成了前进路上最大的难题，必须是最为可靠的人，老仙倒是可靠，可是老仙没有实际能力做担保，人家不会认可，一个管看庙的干老头子，拿什么做担保？犯难之际，想起邻村有不要保人的放贷人，唯一不同的就是要比往常的利息高出一倍，人家到时候不怕你不还，有专门催账的，不还就来家里闹腾，反正有凭据且按着手印。他需要贷款的钱数，按高出平时一倍的利息计算，风险确实大，要想一年回本几乎不可能，至少两年，且在生意活计不断的情况下。拦羊歇息时就盘算，要不要去贷这种，整日都在问自己。买回来让谁给教，在村里练肯定不行，太张扬，再保密爸爸也会打问上，得在外面练会，直接开回来投入运营。

　　帮着打问三轮车价格的人像是他肚子里的蛔虫，再次找到他，说，有辆旧三轮车，价格性能皆不错，有想法的话可以引着去看看。三轮车是肯定要买，看车是少不了的步骤，他得再找个懂三轮车的人，尽管这个人也是朋友的朋友。只有确定了三轮车的质量性能才能进入价格商谈，价格商量定他就去贷款。为瞒哄家里爸妈，他谎称这段时间时不时就得外出，有个朋友在县城附近揽下个工程，每天给的钱不错，他答应去干活，不在的时候能来得及准备草料就准备，爸爸帮忙喂下，实在来不及准备，爸爸帮着赶出去拦会儿，看得吃饱就赶回来。爸爸这回很爽快地同意，没多问一句，或许是觉得管不住，说再多都是白费口舌。家里安顿妥当，进入三轮车的购买流程，懂三轮车的人是明月让文东帮着找的，文东经常接触吹鼓手和石匠，这些人都和开三轮车的司机有密切联系，想着请吃饭，没想到来人说文东说话了这些都不用，非要搞这些就见外了。

　　相中的这辆八成新，车主没开多久因为活计多，这款三轮车动力不足以拉载太多，所以着急要换辆大的动力强的。他想考虑下，车主说，最多两天时间，同时还有其他人在看，都觉得满意，就是在价位高低上犹豫纠结，我肯定想多卖点，这样买新的大三轮车就少填补点，同时时间不等人，手上活计多，耽误一天就耽误一天的钱，必须尽早买回新三轮车投入运营。文东找的那人细致入微地看过三轮车，背转车主给他说，从三轮车轮胎发动机的磨损程度看，车主没有说谎，机器需要磨合，这辆三轮车刚磨合出来，就像锄头片子刚使唤得明晃晃，正是出力的时候，价钱说起也不算高，在可接受的范围内，往常这样新旧的三轮车肯定要价高，现在这人是急着换大三轮车。

说是回去考虑，更多是去凑钱。当天后晌回去路上，剩他一个时，有个可怕的念想涌上心间，放弃吧，拦羊挣钱也差不多，不用操这么多心，非要改变做什么？万一做不成，偷鸡不成还倒蚀把米，何必呢？成功真就那么重要吗？那么多人都在种地都在安于现状，你明忠就特殊？等回到家彻底泄了气。爸爸端着饭推门进来，说，一回来就睡下，工地上的苦太重，受不了明天就不要去了，先把饭吃了。他真想孩子一样肆无忌惮地抱头痛哭一场，可是不能，不合时宜的软弱只会让自己一败涂地，说，不用担心，爸，我休息下就好，缓缓神。爸爸摇摇头离开，说，承受不住的事情就不要逞强，心急吃不了热豆腐。窑里没有开灯，黑夜的深入使得压抑憋闷愈加浓厚，用被子蒙住头，不住问自己，到底是怎么了？要做就做，觉得困难重重就不做，谁又没有逼迫着自己做，为何这般，实在没有必要。十一点多，终于做出决定，既然已经张罗开，开弓没有回头箭，一路驰骋下去，唯有如此才能看到结果，软弱怯懦只会使时间荒费流逝。

第二天，清早起来洗漱完，穿上精神的衣裳，去邻村放贷人那里贷款。果然如人们说的那样，放贷人全然不考虑普通放贷人在乎的那些因素，问清姓名住址，当即派人去核查他所说的信息，一切真实，白纸黑字写在纸上，签字按手印。传言里的要多少给贷多少是没有的，不过他所能贷到的钱数是远比需要的多，但也是经过严格考量过的，放贷者说如果到时候还不上钱那就用你家的羊来抵账。钱拿到，就像买收音机那样，到县城找上文东介绍的人，直接去找车主交易。车主称赞他做事果敢。他听不出其中真正的韵味，像是夸奖像是嘲讽像是自得，随便吧，一切皆已尘埃落定，往前走是唯一的出路。文东介绍的人随即找到县城的河畔教他开，他天不怕地不怕，加上急迫的心情，学起来自然很快。两天头上，他就能独自上路，开着到县城的百货大楼附近停住，买了些东西。给文东介绍的人的时候，那人死活不要，他看放不下，提着东西从院子出来，下坡道时偷偷放在边上的石头上，临走时给站在硷畔送他的人说了东西放置的地方，那人想追也追不上。他开着三轮一路梦幻地行驶，风在耳边呜呜呜响，全凭意志在掌控这台飞驰的机器，哒哒哒的轰鸣声原来是这样缥缈。开进村子，速度逐步减缓，整个人的意识与身体在融合，成为正常的人，停在离家不远的宽阔地，村里人围聚过来，全是明忠你是什么时候学会开三轮车的，这是开自己的还是别人的，买的话需要不少钱吧尔话语，他顾不得一一解答，不在意无所谓地言说几句。没想到就这样开回来了，像是喝醉的人醒来，发现自己躺在自家炕上，无论怎么想都想不起是怎么回来的。

妈妈像往常样，给他端饭，说，今天回来得挺早。他说，一会儿得去镇上。妈妈说，这会儿去回来时只能走回来了。他说，不要紧，很快就回来。看眼时间，放下碗筷，说，饭留着我回来吃，风风火火跑出院子。买下三轮车那天他让文东介绍的人开着三轮车带他到镇上,找到电焊铺子,停好三轮车,电焊铺子的师傅按着要求量盘好篷子的尺寸,约定取货的时间是今天六点之前,若是超过时间不来就得在三天之后,电焊铺的人要出去接个大活。等待三天太漫长,贷款利息那么高,休息一天都是犯罪,所以他要赶在关门之前取到篷子,安装在三轮车上,明天就可以开始运营了。

一四章 文东

文东来家里太突然,她来不及准备,硬着头皮去村头接,文东骑着自行车,她为避免村里人说三道四,和文东说好,她先走,等走出段文东跟上来,保持难以被村里人议论的距离,她会在家里坡底等他。文东聪明且理解,在坡底停放好自行车,提着东西跟在她后面往家里走。

大哥一早出去,像是去了县城,爸爸去地里锄地,妈妈做着永远做不完的家务活,到家里她让文东找地方坐,庄户人家没有太多的桌子椅子,她不知说什么,只能没话找话地说,你是从家里出发的?文东说,对的,想起路过你家就让人捎话看能不能来?她说,能来么,有什么不能来的。文东理解得有些偏差,说,我也不知道有什么不能来的,你是女孩子么,也说不清。她想接话接不上,只能再次强行转移话题,说,你看你,来就来么,还拿那么些东西做什么。文东听得真是太认真又太马虎,梦游似的说,礼节么，走亲访友自古留下个拿东西。她快愁死了，话语无法扩展延伸，想着聊不下去就再换话题。妈妈忙着做饭无法充当他们之间的调和剂，尽最大努力有一句没一句地说着。

　　紧急关头大哥从窑里出来，看到他们乐呵呵地打招呼。她想着救星来了，大哥指定也从她脸上的表情里解读到此时最大的需求，满心期望，起身准备介绍大哥，介绍完后，大哥回了边窑。听不清大哥在边窑里鼓捣什么，嘣嘣的按键声夹杂着沙沙声，文东转动着眼珠，说，你大哥买回收音机了？她说，前面说过要买，没想到这么快就买回来了。文东说，你晓得你大哥买收音机做什么？她说，好像说要听时政新闻做出什么改变，也不太清楚，他有想法爱折腾。说话中大哥再次从边窑门里出来，对着她和文东笑下，说，来一阵了？文东说，也没多久。大哥进到窑里和妈妈说什么，出来掏出烟给文东递，文东接住没抽，说口苦等会儿抽。大哥给自己点根，说，我买了收音机，回来调试总是调不到时政的频道，文东是老师，明月，等会儿你陪着去帮大哥调试下。出了院门的大哥肯定是去叫爸爸了，妈妈那会儿就想去叫，没有人手，走不开。

　　出去不多久，大哥先回来，文东说收音机调试好了，大哥孩子样欢喜，拉着文东到边窑里让现场演示，手把手教授两遍。学会调到想要的频道后如饥似渴地在窑里试听，爸爸后面回来。妈妈做饭太忙，她想着去帮忙，大哥这时出来让她安心坐着说话，一切有他。

　　一来二去，和文东的交往越来越多，家里爸妈经常说，看文东和家里是什么意思，咱是女方，按理来说不能催促，但你们交往这么些日子，周边人都看着，婚事能定下来就定下来，女孩子的名声比什么都重要。假如在这里耗半天没成，以后在这十里八乡找人家就难了。她知道爸妈话里话外的意思，如此委婉说是顾及面子，表面是不想让她有负担，实则有时的绕转表达显露得更直截了当。村里先前发生过爸妈担心的事情，有个女孩子跟邻村的个男人经媒人介绍开始交往，年轻人的情爱炽烈，今天你约我明天我约你，家里觉得是好兆头，半年多过去，女方家开始着急，催促女儿问及男人想法，女儿支支吾吾、扭扭捏捏说不出个一二三，家里直接去问，男人说再处处，男人家里说要看孩子的想法。最不得了的是，女孩子怀上了男人的孩子，有孩子结婚已经是犯了村里的禁忌，要是让众人知道肯定会被笑话死。女方家里再次去男方家里催促，男人说出没有担当的话，孩子指不定谁的，我没有碰过她，女孩子当场崩溃，泪如雨下，咒骂眼前的人禽兽不如。事情发展到这个份上，男方家里自然要维护自家孩子，不管对错地发表极端言辞。一番闹腾后，村里村外传得沸沸扬扬，她那会儿刚不上学，约了三五同学到邻村看戏，路过几个婆姨围聚的地方，隐约听到几句就头皮发麻，但也没当回事。隔了几天，说那女孩子上吊自杀了。女孩家里人到男方家里闹，男方家里一口咬定是诬陷，经过村上镇上协调，男方家里赔偿些钱，终究是个大活人没了。现在想来，那女孩子当时肯定很绝望。

有这样的先例，爸妈催促再多也合理，近来她受不住，给文东毫无保留地说出，文东当即说那就结婚。她说，你爸妈那里怎么办？文东说，日子是需要我们经营，我爸妈的祝福有最好没有也罢，不要给自己制造困扰。但文东说的她懂得，她说不清自己在拧巴什么，烦闷地坐在河边的石头上，说，你爸妈怎么就看不上我、看不上我家？农村人怎么了，你爸妈的爸妈不也是农村人？

文东双手托住她的肩膀，说，他们死脑筋，我们能改变他们的想法就改变，不能改变就不改变。拿我来说，他们总觉得我不是吃公家饭的，似乎是家里的污点缺陷，几次带我去找关系送礼，那些人一副副肮脏的嘴脸，我看着就想吐。县城河边是他们经常约会的地方，人少不算还风景好，文东经常先到，带着吃食找石头坐下等待她。她的不坚定不自信主要是爸妈带着她到文东家那次，这是要结婚择亲的必要程序，更是走入正轨的开端。文东家和三姑家住得说远不远说近不近，那天好在三姑也去了，文东爸妈说话才有些收敛，没有说出直刺刺的话语。

　　妈妈之前总共来过两次县城，这是第三次，有着大人模样却没有大人的气势，再故作镇定也掩饰不住畏畏缩缩的心理，不是站她后面就是站爸爸后面、三姑后面，平行站着都没几次，要不就像旁观者一样站在边上，说是难活的要找地方托住倚靠。爸爸话语刚硬，表现得也很是刚硬，说话的语气中却隐含了两三分虚弱。文东早就站在车站接待，一路上她心里惴惴不安，在他们快到文东家时遇上三姑，爸妈和她心上皆有了安慰，大哥本来说好来的，但在前一天给她说有个活计很重要走不开，她知道大哥的难处和好意。

　　文东家一线八孔窑洞，独家独院，爸妈两孔，大哥三孔，文东三孔，他们一行人在文东的带领下进到院子，文东问好，大哥大嫂也问好，轻描淡写地补充上句，带着客人到窑里，爸妈早就在家里等着了。她鼻子一酸，虚伪的文化人，还当老师，起码的礼数都没有。家里等着的人，腿脚不好下不了地还是不想出来？都到院子里了，听见人说话声了，就不能谦虚礼貌性地迎接下？爸爸气出得粗壮，脸阴沉着，昂着头，一脸不屑不情愿。妈妈跟在三姑身后，拖着疼痛淤积许久的身子，她跟在文东身后，全靠文东一人的真诚礼貌引导来弥补，接起门帘，笑盈盈地说，你们先进。三姑机敏地提早调换位置，妈妈失去遮挡，转移到爸爸身后，她跟在三姑身后，文东看他们都进去，放下门帘进来，说，爸，妈，明月爸妈他们来了。文东妈妈从沙发上坐起，拿暖壶往早准备好的玻璃杯里倒水，不冷不热地让座，说，桌子上有瓜子花生糖果水果，自己拿着吃，不要见外。文东爸爸移坐到桌子前，边拆烟边说，随便坐，不要拘束，就像到了自己家。烟拆开递向刚坐定的爸爸，爸爸示意自己有，掏出廉价的烟，说，我抽自己的就好，抽惯这便宜的了，好烟抽着太淡，没劲儿。文东爸爸依然把烟放在爸爸跟前，说，好烟有好烟的好处，劲儿小抽起来绵顺，喝点儿酒？爸爸说，酒不喝了，不要往开打。文东妈妈倒好水端上来，随即坐在文东爸爸身边，说，自个儿拿着吃，闲着也是闲着。文东分别抓些给他们放跟前，说，对着呢，闲着呢，随便吃。三姑看文东难以活跃调动气氛，自己也加入进去，拿起花生剥开吃，说，真不错，咱边吃边说，我作为媒人，也是明月的三姑，文东娃我也经常见，好娃，起初只是想着让两个娃娃见个面，你们双方家里也愿意，没想到两个娃娃聊得来，这回见面是我们双方家长碰面，看有什么需要说的，如果没什么大的隔阂，争取早点儿把两个娃娃的事情定下来。

　　文东妈妈手里剥着瓜子，瓜子仁放嘴里，瓜子皮放在桌子上，说，我家条件你们也都知道，文东就是年纪大些，民办教师是民办教师，但以后只要有机会我们肯定想尽办法给帮着转公办，不管天阴下雨都有工资。农村我们也经常回去，条件不太好，现在两个娃娃愿意，我们拦挡不住。爸爸烟抽完没有灭掉，抽出根接续上，说，谁家家里孩子再多也不多，何况我家也就三个，比你家多个女儿，女儿心细，将来父母老了伺候就看女儿，明月是好娃，当时念书考试成绩很好，后来因为家里条件跟不上没读，文东到家里来过多次，我们看文东说话做事待人接物各方面都很不错，说实话，起初她三姑介绍你家文东，我们有些不愿意，主要是你们在城里我们在农村，还有就是肯定有人会说我们家是攀高枝。拿我原来想的，宁可让明月找一般的也不找高出她的，为人父母的都明白其中的道理，我就不细说了，如今你也说，娃娃们看上了，两个娃娃愿意，日子是他们两个过，我担心是担心，但还是要顺随娃娃们的心了。文东爸爸不抽烟，手里把玩着火柴盒，说，明月是通情达理的好娃娃，我们两口子能看得见，文东岁数确实大了，在城里我们给挣下点地方，但娃的工作是临时的，这是我们没做好的地方，没有个公家门上的工作，在城里是难生存的，明月念过书识字，将来结婚了也得想办法看得在城里找个活儿做，不然家里开支很紧张，既然咱们话赶话说到这里，顺带把彩礼一说。

　　手扶着桌子的妈妈，声音低微地说，彩礼多少就是个意思，主要是两个娃娃把日子过好，文东将来能对明月好。文东说，姨，请放一百二十个心，我肯定对明月好。爸爸吞吐的烟雾笼罩了整个家，她用手在桌子下面轻轻拽了下爸爸的胳膊。爸爸感觉到，看她眼睛示意手中的烟，随即灭掉烟说，不好意思啊，我这人爱抽烟，家里抽惯了，不小心抽得满屋烟。起身去打开门窗上的天窗，接续前面说，老……明月妈妈说得对，彩礼我家不像别人家，我们就这么个女儿，只要娃娃过得好比什么都强，多少就是个意思，大众多少就多少。文东妈妈手中剥着的瓜子和文东爸爸手中把玩的火柴盒像是失去动力的火车皮，缓缓刹停直至发出回响十足的咣当声，依次说，唉！真是没办法说，我去给咱做饭，家里有买好的鸡蛋猪肉；就是，我看咱还是喝点儿酒，我虽然酒量不行，但还是能喝点儿，能喝的多喝，不能喝的少喝，图的就是个快乐；为方便咱就荤汤臊子饸饹，再炒几个菜，还有馍馍，在锅里热上；文东，你和明月一块儿到街上老李那里调拌两个凉菜，我们下酒；文东，顺便再去买包花椒粉，调料盒里剩的不够吃一顿……她不知所措地看着三姑、爸爸、妈妈。三姑推把她说，去吧，家里待着也没事。爸爸妈妈点点头，说，去吧。

走出院子，她顺着坡道跑起来，文东在后面追，说，不要跑，小心摔倒。她不听也听不见，转头看后面跑来的文东，张着口嘶喊着什么。她无法听清，一团"白色"越来越近，有了模样，方方正正有棱有角，文东从后面抱住她的身子挪移到一边，"白色"嗖地过去，有人喊，不想活了，看见车来还往前跑。文东回击道，你瞎啊，看不到有人，在这路上开那么快赶着投胎啊。她站在边上瑟瑟发抖，镇定下来，快步走开。文东心焦地跟着，说，明月，我爸妈就那样，大半辈子那种得理不饶人，不要多想，今天其实聊得不错。她说，那我应该高兴，对不？要不要感激涕零？文东说，起码比预想的好，这几天我想了很多方案，如果真是说得很不愉快，我会主动站出来言说，让他们明白我非你不娶。她说，今天的相对美好是我爸妈的谦卑推让换来的，说到底说直白，我爸妈还是没有底气。农村人被你们城里人吓着了，你爸妈句句狠话，言外之意就是，我们是着实没办法了，儿子看上了那就勉为其难答应娶下你家的农村女子——明月。我爸妈怕我伤心，无从反击，只能说些看似硬气实则已经软弱到极点的话语，我为什么要看上你？文东，我图什么？让爸妈这么委屈自己，还有我大哥，来与不来的衡量中让他再次看到了自己的残缺。我这婚结的，委屈一家人，真是傻子憨憨。文东心平气和地说，明月，你的好无人能比，要有这种信念。我爸妈我哥我嫂子他们不过是有些外在的东西，如果他们没有外在附加的这些东西哪个可以趾高气扬？你大哥是通透之人，我从来没有觉得你大哥不如谁，反而我觉得他很厉害，常人难以企及。不知不觉中走到老李凉菜店，老板看到文东，乐呵呵地说，哎呀！身边这是媳妇啊？文东笑嘻嘻地说，是的，丈人丈母娘都来了，来你这拌两个凉菜。老板说，好媳妇，俊俊的，看着就善良大方。她害羞地微笑下。凉菜买完顺路到调料店，回去的路上，文东说，看吧，要对自己有自信，本来就很好，还是那个话，我没有多优秀，我家里更是没什么，就我家这条件在县城一抓一大把，但你的优秀，放在哪里都是寥寥可数。她不屑地说，你这嘴啊，现在也开始油嘴滑舌了，真诚真挚呢？路上又遇到许多人问及她是谁，文东对每个人都乐此不疲地介绍。

　　看得出爸妈是很不愿意留下来吃饭，碍于礼数，第一次来，人家要留下吃饭拒绝有些不好。当然，也是为了她，她看上了，作为爸妈应该全力支持，莫说忍气吞声地吃顿饭，就是再大的委屈也会安然接受。她看做饭就文东妈妈一个，上前帮忙，拿长递短，文东妈妈掌勺，她打下手。饸饹床支架起，面和得太硬了，她和文东妈妈皆压不下去，招呼文东过来压，文东妈妈在边上说，当时真应该听你的，面和得就是太硬了。文东坐在饸饹床把子上，她站在边上帮忙。菜一一端上桌子，饸饹面刚从锅里捞出，文东大哥一家子回来，文东妈妈听见，在屋里就喊，文春，你们不用做饭了，就在这里吃。两个孩子听见背着书包就跑进来，看着满桌子摆好的饭菜，围着桌子转会，坐在凳子上，一个找到双筷子夹着吃，一个直接上手。文东爸爸看到这幕，走过来劈手夺下孩子手中的筷子并抽打另一孩子，两个孩子愣怔几秒哇地哭开。听到哭声到家里放好东西的哥嫂过来，文东大嫂心疼地说，你们两个这是怎么了？让你们等会儿过来，非不，现在好了，挨打了吧。文东爸爸直截了当地说，这么多人，谁都没吃呢，他们两个就扒在桌子上拿筷子夹菜还直接用手，让人家看见笑话不？好歹你们还都是老师，这就是你们教育的孩子。爸爸好心地说，没事的，小孩子么，爱吃就让吃。文东大嫂让俩孩子靠窗台站，抬手就打，说，你们就那么饿吗？好像平时不给吃，看不到今天是招待客人，你俩凑什么热闹？不该吃的就不要胡乱碰，让人家笑话咱没教养没吃过饭。夹枪带棒的话谁听着不舒服，整个家顿时陷入了死寂。文东大哥觉得脸上挂不住但又不好当着这么多人的面训斥妻子，尴尬地说，大家吃，小孩子么，不要紧的，叔叔婶婶你们赶紧吃，文东，招呼着，饭菜都要凉了。文东配合也帮衬着大哥，说，快不要都站着了，端上饭，想夹哪个自己夹，两个娃娃过来，二爸给你们夹。他们一家人是不好提前动弹，文东大哥看效果不佳，就亲自给面里倒上臊子递过来，爸爸推让着说，我们自己来，都吃都吃。文东妈妈捞着锅里煮过头的面，说，赶紧吃，这里又捞出来了，不吃都坨住了。文东大嫂撂下孩子回了家里，传来重重的关门声，文东大哥装作什么事都没发生，热情地说，炒的菜也夹上。文东妈妈给两个孩子每人倒半碗饸饹面，再拿个碗夹上各样炒菜，放在板凳上，俩孩子坐着小板凳吃。她吃着观察着文东家里每个人的表情，文东大哥靠窗台站着吃，文东爸爸坐在桌子前吃，文东妈妈站在灶火旁边吃边看着桌子上捞出的面剩余情况，文东端着面站她身边吃着，不时说，要什么给我说，我给你夹。再看她自己家人，爸爸蹲在柜子前吃着，妈妈靠柜子病恹恹地吃着盖住碗底的几筷子面，三姑胆子大，不管所以然，坐在桌子前自顾自地吃。

快吃完时，文东妈妈将一碗面调拌好，拿别个碗把各样菜夹些，让文东大哥端过去。文东大哥说，放着，说那么几句就摆脸色，爱吃不吃，吃个饭还要人伺候。文东妈妈扭掐把文东大哥，说，你又抽什么风逞什么能，赶紧端过去，吃完碗拿过来，我要洗碗。文东大哥硬撑着，无动于衷地站着，说，不用管，没迟没早非要今天闹腾，丢人败兴，好好吃顿饭，看狂成什么。他们无趣尴尬至极，走也不是留也不是。文东妈妈说，快不要说了，你也是，逞什么能。然后笑着对他们说，你们谁还吃多少？面盆里还剩一疙瘩面呢。他们皆说吃饱了。

她和爸爸、妈妈、三姑一行人从大门出来，文东跟着送他们到车站上车，其他人就站在院门外的碥畔上目送。坡道下来走出些路，听见院子里传来文东大哥和大嫂的争吵声，不一会儿响起摔杯碗和文东爸妈劝说央告说好话声。文东羞愧地领着他们快步往前走，出了巷道站在马路上等待空隙过马路，说，今天的饭吃得不太好，感谢叔叔阿姨们包容。我家就是这样，前面我就给明月说过，我家没有表面看起来那么好，就是普通人家，鸡飞狗跳，总之感谢，感谢你们宽宏大量。爸爸抽着烟，说，能理解，今上这么一看，明月将来到你家免不了要受气，明月自小温善，你要多保护。文东说，我明白，这个话明忠哥也说过，说不要在乎那么多面子礼数，该维护就要多维护。你们放心，我会保护好明月。

妈妈扶着路边停着的三轮车，说，家家有本难念的经，你对明月好就行，我就直说，你爸妈肯定先帮扶你大嫂大哥，明月就剩你。三姑说，夫妻同心，其利断金，好好过。她一路心事重重，扶持着妈妈，走到车站，等待三轮车中，文东悄悄拽下她衣裳，说，明月，你是不是不愿意？她说，没有，就是没见过你们家这么大阵仗，晕晕乎乎。文东说，这么折腾一天确实辛苦，我去买点儿橘子，坐车上不吃闻闻气味也好，等会儿啊。看着连走带跑的文东，想喊慢点儿，碍于人多没喊出。三轮车从远处开来，文东还没有来，她死盯着对面来往的人，祈祷文东快点儿出现，后悔当初说自己晕晕乎乎，不说就不会去买橘子，在这里安心等待三轮车到来。三轮车距离车站不到几百米时，文东提着橘子小跑来，到跟前气喘吁吁地说，今天还怪，走了几家都说没有这种小橘子，直到后街一家才买到，小橘子好吃气味大，你们上车吃，提神解乏还能减缓晕车难受。她说，好在赶上了，再晚来会儿三轮车就来了。文东抓几个橘子给三姑，三姑不要，文东强塞下。

路上多亏文东买的橘子，妈妈晕车厉害，勉强吃进去的荤腥饭食在肠胃里翻江倒海，生食气直往上倒换，剥个橘子，橘子皮皮拿在手里，放到鼻子上使劲闻，若觉得不够吃瓣橘子，甜甜酸酸冰冰凉凉。下车后没走几步遇到大哥，大哥今天没有去拉人，三轮拉人棚子卸掉，敞着车斗子拉砖，说，我掐着时间，按着拉人三轮到的时间经过，刚卸完砖，看妈晕车难活的，我快快把你们送回去。大哥三轮开得稳，妈妈不住给大哥安顿，说，明忠啊，开三轮可是要慢些，大哥说，知道了，放心，没事的。爸爸脸朝后，看着走过的路，沉默着。她知道，大哥买三轮车爸爸很不同意，觉得大哥是在胡乱折腾。

一五章　明忠

事情果真没有想象得简单顺利。安装上三轮车的棚子，回到家里他没去正窑，蹑手蹑脚穿过院子，直接回了边窑，就着黑夜躺下边听收音机广播边思虑接下来的计划安排。借的钱一天一个价，嗖嗖往上涨，不说每日都去还钱，至少每日都要有收入。没买三轮时手痒痒，担心错失良机，买了后一座巨大的山压覆在身上，夜里睡觉都会梦到如何挣钱还钱。事已至此，想这么多也没用，继续听广播，关注时政分析外面的情况，等三轮车挣钱了做更具飞跃性的改变。思谋着，自我鼓励着，有人推门进来，站在墙边不说话，模样隐藏在黑夜里。他继续躺着，说，明月？怎么不说话？见没回应他才警惕起来，手托着炕身子往起抬，半坐起，手摸到灯开关按下，原来是爸爸。他说，爸，是你啊，问你你怎么不应答？爸爸走过来，坐在炕沿上，说，三水家院子里停那三轮车是你的？他预料会有这幕，没想到来得这么快，说，嗯，我的。爸爸说，哪来这么多钱？他平静地说，借的。爸爸说，谁给你借那么多钱？你的威望在村里已经这么高了？是村长还是辈分很高的长者，人家凭什么把这么多钱不要利息地借给你？你吃得开尿得高？连发三问他一问都答不上来，爸爸问得铿锵有力，他只能含糊其词地说，钱你不用管，我借的我会想办法还。

爸爸一手握着旱烟锅子一手在炕栏上抓扶着，说，我不管？给你说过八百遍，有什么问题人家首先找的就是我茂平老汉，村里这样的事情还少吗？明忠端正身子，手拍在被子上，说，就算死就算坐牢也都有我了，不会连累着你，放一百二十个心，各忙各的好不好，你做你的事情我做我的事情。爸爸从嘴里拔出烟锅，说，村里那么多能人都不买三轮，就你厉害，拉人，村里有几个人，谁天天去赶集遇会？靠这能把钱挣回来？他说，拉人拉货两不误，光拉人肯定是不行。爸爸急躁得手拍着炕栏说，拉货，村里有东西要拉人家套个驴车牛车，便宜又便捷，你这死贵，就为照顾你的生意？这种好心也就你大你妈有了。他说，爸，你说得都对，真理样的对，但为什么这么对的事情好多回还出问题？爸爸说，哪回出问题了？他不要正面回答，反面的力度更大，说，你认为我怎么做才是正途？爸爸磕掉烟灰，屁股往上挪挪，半个身子坐在炕上，一条腿弯曲着搁上来，另一条腿吊在炕沿下，说，拦羊种地，两样还满足不了你？如果说种地你不擅长，拦羊你最擅长啊。他说，好，那你说说这些年我拦羊挣钱了吗？爸爸说，你意思不够吃喝还是？他把收音机拿过来，按下开关键，调到时政新闻频道，说，你听听，外面每天都在千变万化，我们只是要顾住吃喝，不要忘记，随着社会时代发展，总有一天拦羊会顾不住吃喝，到那个时候年纪也大了，想改变都没了机会。爸爸关掉收音机，说，不要以为我不晓得，老仙是有文化，但那些对生活是没有用的，老仙知晓那么多，过得仍旧那么烂包，一辈子光棍，吃了上顿没下顿，不是看庙的话早就饿死了。他不愿再多说，无奈地说，我说再多你都不会懂，说不好听点是对牛弹琴。总之，就是我做的事情我会负责。爸爸过来就是想发泄心中的不快，说，你对牛弹琴，对着哩，我们说点正事，你开三轮羊谁来拦？他说，这件事情我想过了，拦羊十几年，每年能挣些钱，都你保管着，几次开口和你要和你借没有成，你说你要给我娶媳妇箍新窑，好，现在羊我是顾不上拦了，起先我还想着边拦羊边开三轮，通过今天的谈话我深知自己的幼稚不成熟，羊以后你拦或怎么处理都行，你拦上羊，羊上所得的钱我一概不沾，只是在彻底卖掉羊或分羊时，多少给我分点。爸爸深深嘬吸几口烟，一溜下炕，说，你想好就行，我按你说的办。老迈的身体刚直地走出去，留下漂浮于空中的烟。

从明天起就不会再与羊厮守，换上的是陌生冷冰冰的三轮车。它们给了他信念希望，陪着他度过了严寒酷暑风吹雨打，无聊枯燥乏味时，他说话给它们听，它们低着头吃草，不时看眼亲爱的主人，咩咩叫几声像是劝慰像是回应。人是感情动物，牛羊猪狗皆是，相处久了就害怕，现实衡量之下必须要有成熟的羊出栏，被贩卖掉杀掉，摆上人们的饭桌。还有生离，幼小的羊羔长不多大就被卖掉，贩羊人将其蒲公英一样吹散飘落在不同的地方，被喂养长大，最终仍旧被摆上餐桌，难有改变的循环与命运。

睡不着，一根接一根地抽烟，烟雾缭绕在家里，灯泡周边看得最清楚，抽得口苦就躺下看无形无状虚无缥缈缭绕于空中的烟雾，想喝水不想起，再次怀疑自己所做的决定，付出的代价是巨大的，把所有羊及与羊的感情推让出去，羊目前还不知晓。猛地坐起下炕，穿上鞋到羊圈边上，看看陪伴多年的伙伴，羊圈里的羊看到他像是久别重逢的亲人，过来伸头到他跟前，他挨个抚摸，温暖从手上流淌过。胳膊依托的羊圈是前几年修建的，多数由他完成，最有意思的是做顶棚，为更好地遮风挡雨，他自作聪明地设计推拉式棚顶，可惜理论终究难以成为现实，第一遍做出死板的模型，第二遍做出蹩脚的模型，第三遍彻底失败。还是不甘心，想办法让通风晒阳皆有，用木棍支撑棚顶，木棍之间的空间罩上塑料布帘子，冬天拉上，夏天拉开。过了两年，在集市上看到卖西瓜遮盖用的草帘子，捡回来用铁丝绑缚替换了塑料。一切的一切都将成为过去。围着羊圈不知盘桓了多久，直至睡意涌上，回了窑里倒头就睡。

第二天醒来，太阳照透窗户，他悔恨起晚，快速起床，站在院子洗漱，羊圈里空荡荡。妈妈说，你爸天刚亮就赶着羊出去了。他嗯声，问妈妈今天哪里有集有庙会。妈妈盘算会，说，边家崖有集，那里远，你要去？他说，去么，其他活计也没有，能拉几趟是几趟，总比待家里强，今儿起晚了，以后要提前知晓哪里哪天遇集。妈妈端饭给他，说，吃几口再走。他快速吃过，出了院子。到三水家外面发动起三轮，开上大路，试把运气，沿路看能不能捎带几个人，挣几个是几个。没走多久就遇上几个等车的，边上放着几袋子东西，其中有人伸手拦挡，他停住三轮车，就着发动机的哒哒哒声，大声喊，去哪里啊？拦挡的人说，县城去不去？他说，我是去边家崖，县城在相反方向，你们要去就是专门送你们，得收包车的钱。拦挡的人说，包车得多少钱？他大概计算下，说出价钱，拦挡的人说，太贵了，便宜十块钱我们就包。他说，总共也挣不了几个钱，你们知道今天县城没集，专门过去回来极有可能拉不上人空车跑。拦挡的人思考犹豫，他等不住，不能多停留，说，觉得价高你们等别的车。有人说，快坐吧，那边还等着，贵几块就贵几块。等他们上了三轮车，调头直奔县城，路上有人拦挡，他站住问去哪里，想着顺路的话就拉上，车上的人不同意，说，我们是包车，赶时间。他道了歉，人家说得没错，是他考虑不周全，说好包车就应该一心往目的地赶。到县城，车上的人下车，东西搬下去，几个人嘀咕会儿安排个中年女人过来付钱。他接过钱清点少五元，说，你们给的钱不对啊。有个人摆出副凶神恶煞的姿态，说，钱哪里不对？我们按着说好的价钱付的啊。他指着付钱那女人，说，钱是她给的，我刚清点过，少五块钱。女人低着头，边上的同伴说，怎么会少，我们给出去的是够的，是不是你没数清楚，或者跑过来时掉哪里了？他笑着说，我知道你这点套路，蒙混别人行，我这里不行，我要的不是五块钱而是这个理，不惯你这毛病，不然以后你尝到甜头会祸害更多人。有人说，少给你五块钱是有原因的，我们包车，你中间停站那次是什么意思，虽然没有拉人但时间浪费了是事实，我们之所以包车是因为赶时间，你没有替我们最大限度地缩减时间，损失费用五块钱来补偿，不为过吧。他不愿纠缠，已经做出了退让的准备，耗下去无非是两败俱伤，起码自己这边是得不偿失，说，好，这个理由我听得过去，算了。低着头的女人走出几米回头看他，发现他也在看，于是转身给他鞠个躬以示感谢。他回以微笑。

　　看时间马上就是中午饭点，他走时妈妈给简单吃了些，不饿，先去边家崖，什么时候饿了什么时候再吃。县城到边家崖的路上也是运气好，拉满人，这么来回下来收入不错。一天时间花费了不少，肚子叫唤，找到摊位想着吃碗面，到跟前觉得吃个饼也好着，就是填饱肚子又不讲究，明天最好从家里带饼或馍馍出来，折转回去的路上不禁自笑摇头，怎么突然这么抠掐起来，吃碗面就能吃穷？他说不清。剩下的时间又跑了两趟，后响太阳临落时，有人来问能不能送货到偏远的村子，他问什么货，那人说村上有人办喜事置办了些零七碎八。为避免之前的情况再发生，先付钱，那人豪爽，将钱给他。送完货回到村上，三轮放在三水家外面，到家里坡道上看眼时间已经是九点，妈妈听见外面有脚步声，从窑里边往出走边急切地问，是明忠回来了？他说，妈，是我。妈妈揭起门帘，说，快回来，锅里温着饭。他说，不吃了，外面吃过了。妈妈拉住他的胳膊，说，不想吃喝点稀饭。

　　进到窑里，发现冷清许多。妹妹去朋友家串门，不久就要嫁过去，他因为争吵早就搬到边窑，没事几乎不进来，明义忙于过日子，遇时节才来这里看看，只剩下老两口。妈妈整年四季围着这个家里里外外转，收拾得依旧那么干净利索。爸爸躺在炕上玩牌，他进来抬头看眼，说，回来了。他嗯声，说，羊拦得还行吧。爸爸说，还行，你不用操心了。他说，嗯，买卖羊需要拉到集上给我说。爸爸说，我还是牵着去，羊坐不惯三轮。妈妈端出稀饭和炒菜馍馍，锅台上放着调拌的萝卜菜，说，想就哪个就哪个，萝卜菜腌得刚刚好，脆脆的，炒菜馍馍都温热着。他说，嗯，你不管了，妈，我自己看着吃。端起稀饭掰块馍馍就萝卜菜吃喝，妈妈安盖锅台上摆放的锅碗瓢盆，以免窑顶上的灰尘落下和夜里老鼠出来偷吃。他声音僵直地说，妈，明天馍馍蒸早点，我走时带几个，以后家里面我来买，后面按正常时间蒸，多蒸几个就好，我经常带。妈妈说，不用买面，我明天四点多起来蒸，赶你出门时拿上。他说，嗯。吃完到边窑睡觉，开三轮表面看苦轻，坐着握着车把就好，原先也没开过，今天下来真正感受了，没有想得那么简单容易。行驶中全神贯注，不敢分心，身体精神高度集中，一天下来疲倦是里里外外的。走出门时，炕上躺着的爸爸冷漠地说，开三轮可不敢马大哈，不要张狂不要着急，拉着人呢，你的命不重要人家的可金贵着，有什么事老子可揽承不起。他嗯了声。

　　回到边窑想起明日要去的地方，一个月里哪几天有集，每个集具体地点在哪里，最好把哪些是大集哪些是小集都搞清楚，越详细越好，这样能找准挣钱的点。在抽屉里翻找出纸笔，去邻居婶婶家，他们家赶集遇会多，不巧的是人家家里黑着，不知出去串门了还是睡下了。快速思考还能去哪里，嘴里念叨着还能去哪里问，对了，怎么就没想到小卖部，那里是最佳之地，村里人经常汇聚之地，开小卖部的四平是村上的百事通，村上有个什么事情基本都是从他那里传播出来，乡镇遇集的时间这些指定不在话下。快步朝着小卖部走去，推门进去，窑里热闹哄哄，有人在喝酒打牌闲聊，开小卖部的四平看他进来站起身过来问他要什么，他说清来意，四平说，这个简单，带纸笔没，我说你记。他趴在柜台上，说，带了，你说。四平按着乡镇在县城不同方位的分布顺序挨个说，说一个他记录一个，有不确定的空出来完了问其他人。四平说完他数了下，有四个乡镇时间不确定，四平去问里屋喝酒闲聊的人，里屋的人说，大晚上的问这个做什么？四平说，明忠开三轮问哩。里屋的人说，明忠问明忠怎么不来？他最怕这个，剩下不确定的四个应该后面再问，没必要非要今天问里屋喝酒耍牌闲聊的人，里屋的人此时向他招手，他逃不过，走过去。里屋的人多是村上成天闲逛无事之人，说，明忠啊，买三轮就不认人了，问个话都是让人带话。他说，没有，没有的。有人说，你站在那里怎么不过来问？明显就是看不上我们。他连连摆手，说，没有没有。有人说，怎么证明没有呢？有人接话，说，喝两杯。大杯酒递过来，他只能接住，接住就得喝，仰头猛地喝下，说，兄弟们啊，我真是不敢再待了，明天得早起。有人说，喝一个算什么，无论如何得三个。比刚才那杯更满一杯又端过来，推辞无用，接住喝下。

第三杯不用说，有人递来他接住喝下。三杯下肚已然有些飘忽，再不能好于面子，连说带走出来，迈着越来越轻飘的步子走上回家的路。走到院子已经跟跟跄跄，趁着酒精没有完全散开，脱鞋上炕，不能睡着，相信自己身体两三个小时可自行消解酒精。但意识还是被酒精迷惑，遁入沉沉的睡梦。睡梦中有人追来，他就拼命跑，无奈跑不快，眼睁睁地看着对方不断接近自己，无限接近那刻他醒来了，想起心中念念不忘的早起出车，爬起身看窗外，有月亮在，只要有月亮他就安心，说明没有错过预想的时间。正窑里传来掰折柴火、锅碗瓢盆的碰撞声，说明妈妈起来了，忙着给他蒸将要带走的馍馍。他不能再睡，坐着清醒会儿，听会儿收音机，近来有些懈怠，借口忙于买车出车差点儿忘记，不，就是忘记。鸡叫两遍，他下炕穿鞋。妈妈热了昨晚没吃完的炒菜和稀饭，让他就着新蒸的馍馍吃，他舀些，给爸爸留些，拿个馍馍端到边窑去吃。

　　按着预想的时间出来，整个人精神抖擞。三水家还没起来，听见屋里有说话声，估计正准备起，他发动起三轮，喊声，三水，三轮开走了啊。三水说，今儿起得早啊，干劲儿十足啊。他说，要跑快点儿，不然年底没饭吃。三轮车开到路上，按着昨天问好的，去今天遇集的乡镇。提前准备是很有用处的，沿路坐车的人很多，招手停，一天下来，收入很是不错。但好景不长，花费一个多月时间刚做顺畅，有人就出来找碴。这天后响送完最后一车人，开着三轮犹豫着要不要再去趟集镇，最难的就是这种时间，再去一趟极有可能没人或只有几个人，不去又担心有好些人还没回。离前面十字路口还有段距离，到那里就得决定，一个方向是回家，一个方向是去所要去的集镇，回家也行，勉强拉趟天黑不安全不说，要是去了没人还空跑一趟，算了，知足常乐，到了十字路口转向回家的方向。对面有三轮车开得飞快过来，他端正身子握好车把，尽其所能地避让。距离三四十米时，对面来的三轮车司机偏移车把，朝着他这边靠过来，他三轮车的喇叭买来时就坏着，想着重新安装个一直没有时间。他就大声喊叫，端正车把，睡着了还是喝醉了，快端正车把，减速减速，再不减速就撞上了。对方没有减速也没有端正车把，顺着偏移的方向行驶过来，气势汹汹中有破罐破摔的怨恨怒气，管不住别人就控制自己，按现有的距离只能让自己停住，不然双方相撞损失更大。

眼看就要撞上，对方猛地减速与掉转方向，向相反的方向做了些许偏移，避免了祸事，虚惊一场。对方是大三轮，三轮司机和边上坐的及后面车斗里坐的人全部下来，围住他，层层缩小。他不会坐以待毙，说，你们是谁？我们认识吗？环视一圈，被来人围裹得密不透风，带头的人也就是司机，说，你能得很啊，一次两次不说你，三次四次不说你，五次六次不说你，你是不是以为人家都是傻子还是都是你爹啊，做爹的就应该爱你，对不？最近生意不错吧，不过手太长不好，是时候修剪修剪了。几个人上前按住他的身体，有人掏出明晃晃的斧子递给领头的人，领头的人接住斧子，手里把玩着，在他眼前晃荡，贴着胳膊腿慢慢移动，说，知道问题在哪里了吧？他的心已哆嗦成一堆渣子，但表面镇定自若，说，不太清楚，要不你来说说？领头的人点着头说，不错啊，心理素质不错，你不应该开三轮应该去开飞机，自己想。我不敢说，说多了你反抗起来打我怎么办？他后背渗出细汗，说，我们不认识，谁得罪你了你明说。领头的人给身边的人使眼色，身边的人过来对他一通拳打脚踢，耳光不知扇了多少个，只觉得脸颊麻木嘴角有热乎乎的黏液流出，有人觉得不过瘾，上来照着肚子又是几脚，还有人要打，被领头的人伸手制止，说，你是真不知道？谁的地盘可以去谁的地盘不可以去，你满世界乱跑你就没想过不合适？记得刚开三轮几天，遇到其他开三轮的提醒过他，不要胡乱跑，他没放在心上，说，凭什么要听你们的？领头的掂掂手里的斧子，故意仔细看着已握成拳头的手，慢慢悠悠慢慢悠悠，冷不防中照脸给他一拳，说，凭这个，可以不？你他妈的要是想每天挨打，你以后就胡乱跑，还有个办法，就是你要胡乱跑也可以，交些费用，我们非但不阻止还保护你。他头晕眼花，胳膊腿脚仍然有人按着。此时的境况，有人按着还能多几分硬骨头姿态模样，否则就是颤抖稀松的烂泥，说，斧子怎么不用啊？有种把老子砍死。等着胜利的人被眼前人的气势震动，面面相觑。领头的人把玩斧子的手明显停顿十几秒，作难地笑着，说，你还真不怕死啊，那我就成全你，看你骨头硬还是我的斧子硬。他闭上眼睛，尽可能保持镇定，以示坚定。

斧子没有落下，领头人手中握的斧子停在离他胸膛八九厘米的地方，说，把你弄死没必要。招呼边上的人说，老样子，别心疼斧子，斧子坏了咱再买。被招呼的人说，放心吧，一定会让他满意。他看着几个人走向他的三轮车，不祥的预感，黄尘飞扬中听到轮胎泄气声，连贯的三声后便是疯狂地砍劈橡胶皮带声，砍不断就落在轮毂上，牙痒得铁器碰撞声光速样照射在心上，难受之意在蓄谋一场无法预料的海啸。黄尘消散，三个轮胎惨不忍睹之状尽现，按压他的人拉着他到三轮车跟前，要近距离观看才能痛得撕心裂肺。他泪水流在心里，嘴角鬼邪地上扬，说，你们啊，真不错，以后小心点儿。一行等着看好戏的人手足无措，领头的人说，我会小心的，你有什么本事尽管抖，我等着，包括报案。他舒展疼痛的身体，安逸地依靠在报废的三轮车轮胎上，安然自若地笑着，说，不会报案，我会自己动手，要不你趁现在弄死我，以绝后患。领头的人说，推着没气破烂轮胎的三轮车回家吧，好好忙活，等你三轮车修好我们再来，不要急，慢慢来。一行人嘻嘻哈哈上了三轮车大摇大摆地扬长而去。黑夜将至，天边的弱光好美，嘴角的黏液在凝固，脸上身体上的疼痛面团样发酵起来，手不经意摸到破烂的轮胎，碎片形状不一，有的顽固地藕断丝连着，有的夹陷粘黏在轮毂上。黑夜终是到来，他和三轮车像是被人忘却在宇宙中的废弃物。

三轮开不走，先放在这里，到镇上找修三轮的师傅，心知师傅这会儿已经回了家，还是到镇上，在边上的商店问得修三轮车师傅的家里住址，依着淡弱的记忆感觉行走在路上。修理师傅正在吃饭，要他也吃上碗，他说吃过了，在外面等待就好。陌生昏黑的世界包围着他的绝望，一月多挣的钱只够修理费用，换言之就是白干了，那么贷款怎么办？三轮车修好若想安然无恙地挣钱，就得吸取今天所遭遇的教训，自问，如此还能挣几个钱？修理师傅出来，领他到店里，整理好要用到的轮胎工具零件，骑上自行改装的摩托三轮车出发，到了他三轮车所在地。修理师傅让他找些柴火燃堆火好照明，他到边上沟底捡柴火，没有硬木柴就折些路边的红荆，柴火咯吧吧咯吧吧燃烧起，三轮上的伤痕清晰现出，修理师傅惊诧地说，这是人为故意的啊？他说，是的。修理师傅边拆卸废掉的轮胎边说，你是招惹谁了？他压制不住内心的悲伤愤怒，说，不讲理的霸道，凭借辛苦挣钱都不行，路是大家的，几个无赖混混就能控制收取费用？修理师傅叹气，说，我晓得了，那些人说白了都是每个村里的恶霸，没几个人愿意招惹。他说，那就这样心甘情愿地被欺负压迫着？修理师傅拆解被砍剁得最惨不忍睹的轮胎，说，你招惹了事情就没完没了，你打我我打你，还过不过日子。咱自身倒没什么，主要是要连累家人。他说，不该这样，好人不该被无限制地欺负踩踏，反抗很有必要。修理师傅开始换带来的崭新轮胎前，掏出烟，给他扔一根，蹲不住干脆坐在地上，抽两口，说，说不清道不明，希望那些人遭到天谴或遇到硬茬子，遇到那种吃钢咬铁的，等待吧，自然会有人收拾。他坐在火堆前添加柴火，猛烈的争论在脑海中上演，责问自己所犹豫的东西是什么，众人样的恐惧与盲目屈服？浑身的伤痛海浪样拍打着皮肉，嘴角凝结的黏液用手摸已经干巴得可以抠掉。想起回家后要是让爸妈看到伤痕，无用的猜疑会带去更多无用的担心痛苦，记起捡拾柴火时听到的流水声，摸着黑走去，就着流水洗掉脸上手上的血痕，衣裳上的污浊用手撩些水揩擦掉。

新轮胎换上，钱付给修理师傅，开上三轮车行驶在回家的路上。夜半的村庄里少有人的声息，时间不仅可以愈合伤口而且会消解淡化愤怒。一路喝醉样狂飙，不知不觉地往前开。顺利地开到三水家院子，三水在窑里说，明忠回来了？他说，嗯，还没睡？三水说，你爸妈在我家等你，这会儿刚走，你赶紧回去。他说，好的，好的。果然，爸妈的亲情不允许他们安然入睡，只有看到他之后才能睡去，此中到底包含了什么？从坡道上去，到院门口，再走几步就到家门口。他咳嗽声，亮着灯的正窑传出声音，说，明忠回来了？妈妈出来，说，怎么回来这么晚啊，明忠娃？他说，回来时三轮车坏在半路上，找人修理好就到这会儿了。妈妈说，忙得没吃饭吧，回来吃点儿饭。他极力远离妈妈，至少要保持到难以看清脸面的距离，说，不饿，太瞌睡，只想好好睡一觉。妈妈说，那赶紧去睡，不早了。他回到边窑，往日睡觉不关门，这次不行，进门就关上门，到镜子跟前详细察看脸上的伤痕，慢慢脱掉衣裳，伤痕淤青布满，明早醒来指定疼痛难忍，纵然那般也是要出车。

妈妈在外面推门，说，明忠，我把饭端过来，你想吃吃几口，不想吃放着。他不忍拒绝妈妈的心意，说，妈，我在换衣裳，你把饭放在窗台上，我等会儿出来端走，你赶紧睡觉，太晚了。妈妈无声地站会儿，说，好吧，你早点儿睡，明天就不要出车了，好好在家里休息一天。半个多小时后，他轻轻拿下门插，拉开门伸手到窗台上把饭端回来，饥饿最难隐瞒，端起饭狼吞虎咽地吃起来，不小心被噎到，发出咳嗽声，妈妈听见，说，有稀饭，喝口稀饭。他说，嗯。

躺下没睡着，挨到出发时间，在外面先发制人地对爸妈说，爸妈，我出车去了。妈妈来不及过多反应，说，今天应该歇息啊，这么熬下去人受不了。他说，没事，放心吧。快步走出院子，小跑到三水家外面，发动起三轮车。三水在家里说，明忠啊，你这是挣钱挣上瘾了，回来歇三四个小时就走啊。他说，早起的鸟儿有虫吃。慢开着三轮车，心里盘算着今日哪里遇集，好在起来了，今上是县城遇集啊，大集，一个月里县城就两集，四面八方的人都涌来，不由地加大油门。天麻亮，路边就有人等车，对着他招手，他站住拉上人直奔县城。生活不会因为个人的艰难坎坷停止，抓住时机多挣钱，萎靡不振混吃等死的结局会更惨。走一半路程三轮就坐满人，剩下的路上还有好多要坐车的人，他都摆手示意坐满了，到县城放下人折返回去再拉一趟，到晌午粗略算下，来回跑了五趟，口袋鼓鼓，肚子空空。坐着吃太浪费时间，到油饼摊位买两个热油饼，凉下大口大口吃。油饼吃完喝几口水，蹦跳几下，开动三轮，继续争分夺秒。

多次从县城开出不到一半路程就拉满，只能掉头开向县城，临近后晌，县城的人开始往回走，他拉满一车，最远的地方都到山里了，多数司机不拉，觉得不划算，因为近处的都拉不完。即使远处的给钱多也不如多拉两趟近处的，路好走，两三趟就赶出来了。他不这么想，看着家在远处的人焦急期待的眼神，全然答应下来。离开国道，开向串连村庄的土路，坑坑洼洼的路不敢开快，小心谨慎地看着每处路面，有时看着平整实则是个坑洼，双手握紧车把。好容易走到段好路，一些熟悉的身影出现，他不减速，心一横，如果有人敢上前拦挡，他就敢横冲直撞地冲过去，离有十几米，越来越近，那些人站在边上抽烟说笑。领头的人对他招手，说，修理得不错啊。他坚毅地冷笑，说，等你来砍劈啊，来啊，你敢来我就敢撞死你，不信试试。边上站着的其他人抓紧手里的棍棒刀子，欲冲上来，被一个手势阻挡下来，说，让他挣够修理钱，不要一下把人打垮，那样就不好玩了，听话需要个过程，不着急。他开过去，后面车斗里坐着的人说，后生啊，这些人可是黑皮无赖，以后可是要小心啊。他说，不要紧，我也是黑皮无赖。车斗里的人说，唉！怎么就没人管制这些人，祸根不除永无宁日；坏种啊！有人生就没人管？怕是家里大人也就这么样，正派人不会让孩子这样；说这些没用……放下最后到达的坐车人——老婆婆颤颤巍巍站在路边从衣裳里掏出块洁净的手巾，叠成包袱状的手巾被哆嗦着的手慢慢拆解开，刚好够车钱。他动了怜悯之心，拿一块钱给老婆婆，说，这一块钱算是我给您的，往家里拿东西慢点儿,我来不及帮你,得赶紧回去看能不能再拉趟。

老婆婆拉住他的手,眼泪汪汪地说,好娃啊,你挣钱也不容易,回去的路上注意那些黑皮无赖。他道了别,跳上三轮车调转头开出去。口上说不怕那些黑皮无赖,其实还是不想招惹,可惜,要避开他们就得绕转路,太远,光是油钱就撑不住,只能硬着头皮去接近。那些人没走,正拦挡住过往的车辆收钱,他不知为何忽然蔑视起来,硬气十足地开过去,有人拦挡,他沉稳又疯癫地喊,不想活的就过来拦挡,撞死一个够本撞死两个赚一个,最好都来。领头的人自己过来,走到路中间站住,说,我倒要看看你有多厉害,放马过来,撞死我。他心一紧,眼前的人嚣张跋扈地站在那里挑衅,他要如何是好?没有太多思考时间,那就赌一把,赌对方会在三轮车临近时闪开。他端正身子,一脚油门下去三轮疯狂起来,朝着站着的人径直地开过去,近了,近了,不到十米,若是再不闪开就真撞飞了,他要减速吗?减速就是认输,不能输,这把输了以后就会一输到底。眼看就要撞到,站着的人小鸟样闪跳出去,摔倒在边上的田地里,他手掌湿漉漉,握着车把开过去了。做戏要做圆满,开出安全距离停住,喊,老子说到做到,有哪个不想活老子见一个往死撞一个,两个肩膀扛一颗脑袋,谁也不多谁也不少。领头的人坐在地上面色惨白,急匆匆地喊,你他妈就是疯子,让你撞你就真撞啊,把我撞死了你能活得了?他说,我说过,撞死一个够本,撞死两个赚一个,我不会只赚一个,我要让你们这里所有人陪葬。话不敢说太满,留有空间给听者思索,这般才能发挥出话语的力量。他开动三轮,把所有人甩在后面。

最后一趟遇见个需要送货物的主顾,价钱给得合适,就是路不好走,狭窄不算还崎岖不平,没有过硬的技术是不敢去。多个司机看过货物盘算了路线价钱，皆推辞掉，后来价钱开到最高，还是没有人愿意去。主顾要去的地方是后乡里的山上，他对那一带说不上熟悉，去过几次，村上路况可以，上山的路没听说，便说，去倒是能去，只是山上不定有路，没路三轮上不去就没办法。主顾说，山上有路，我们刚给修开，大车都能上去，不知三轮动力怎么样？他说，那就好，三轮的动力一次拉不上去分两次三次拉。主顾说，我去过两次，都是坐小汽车，三轮车还没坐过。他说，装货物，准备出发。说白了，他去主要有两个原因，一个自然是价位高，再一个便是看那人焦急无助，心软的他难以袖手旁观。村上的路再难走，他的技术和胆识可以应付，上山的路成了最大的难题，也真正理解了为什么那么多司机沉思良久不来的原因。他的三轮动力不足，走不了几米就上不去，停住也在往下溜，最终分了五次才拉完，主顾是诚挚之人，看他热情辛苦，另外多加了五十块钱，也是人家企业有钱。回去的路上天已经黑了，前面大灯由于电量不足灭了，电瓶本就损耗很大，加之这段时间的使用，没来得及修理更换，平时熟路只要有微弱之光就行，今日全然是陌生之路，感觉靠记忆认路难以完全支撑庞然大物的前行，他尽可能放慢速度，几米几米往前移动，不保险的地方就人先去前面走，然后根据勘探的路况开着三轮前行，就这样摸着石头过河样走出村路。

那些黑皮无赖后来再没敢在他跟前放肆。

有次夜里，他出车回来晚，在三岔路口看到有人从山上跑下来，不管不顾地站在路中央。他开到跟前，三轮前灯照清站着的人，浑身泥泞，脸面有几分熟悉，说，你这是？对方跳上了三轮车，说，别说那么多，我让你往哪里开你就往哪里开。他乖巧服从，到邻县的大路上，对方让他停住，然后跳下三轮车，说，你走吧。他掉转头准备一脚油门踩下去离开，这时，对方跑着喊着过来，说，等下再走。他在三轮柴油发动机的轰鸣声中看到曾经蛮横无理的人伸手到布衫内里，掏出叠钱，抽出十几张给他，说，这些算我上次把你三轮轮胎砍劈烂和这次帮忙的钱，从此咱们一笔勾销。他说，不用，没什么的。眼前的人说，有烟的话给我留下。他从衣裳兜里掏出一盒半给过去，对方把十几张百元钞票塞进他衣裳兜，他眼疾手快拿出还回去，对方惊住，说，是不是觉得我这钱不干净不敢要，怕受到牵连？他说，没有，真不是这样，你出去需要钱的地方多，多拿些总比少拿些强。对方说，操心你自己，我怎么样还用不着你操心。钱再次塞到他衣裳兜里，对方点根烟转身离开，消失在路边的乱草林子里。

他开动三轮车，心里猜想着刚才救助过的人到底弄下了什么乱子，想着想着不知怎么想到了自己，借贷的钱是一年，如今半年过去，自己赚的加上这次给的十几张，刨去那次换轮胎的全部费用，基本能按预想计划还上。剩下的时间不出意外，一年多还完所有贷款没问题，从而三轮就成了自己的，以后挣的钱除过三轮上的花销和烧油费用，剩下的就全是利润。照这样下去，不出三四年就能倒换成汽车，钱会越挣越多，生活质量会越来越高。后面来了三轮车，加油站工作人员叫他几遍没反应，走过来轻推几下胳膊，他反应过来付了钱，慢慢悠悠开出去。

他回去晚，爸妈就亮着灯等待。爸爸不知睡着没，每次回去听不见其言传，躺在炕上，背对着他，妈妈端端坐在炕上，肚子疼痛得摇晃着身体哼哼，听见他的脚步声就问声，明忠娃回来了？他说，嗯，还没睡呢？妈。窑里说，睡不着，坐会儿。先前碍于与爸爸的紧张关系不进去，后来心有不忍，冷漠对抗伤及无辜的妈妈不应该，就进到窑里，和妈妈简单说几句话，妈妈看到听到心就不再虚浮。

明月懂事，嫁人后经常回来，帮助爸爸妈妈度过空落落的日子，习惯需要时间来成就，就是这般妈妈还是夜里抹眼泪。他躺下睡不着，就坐起，坐起还是睡不着，就到院子羊圈边上坐着抽烟看羊。这个家真的空了，若是他再不在，就剩老两口，谁来和他们说话。想到老仙多少年如一日的孤独，不同的是，老仙有书籍陪伴，旁人看似闲淡无趣的日子老仙却是无比充实。爸妈没有书籍，只有世俗里的枯燥乏味无趣无聊，重复着那些早已熟记在心少有变化的事情。庄稼收割回来粮食拾掇装袋后，受苦人就歇息下来。

秋冷冬寒时，离去的人也多，邻村有老人就在一场薄雪中离去，几个孩子皆算有出息，商量着给大办丧事，烟酒档次高，酒席日子长。受苦人歇息他不歇息，只要有活就出车，也是受罪，满年四季少有休息日子，自我放假倒是可以，可贷下的款在屁股后面紧追着，还不上让追到家里，爸妈不得好过还丢人现眼。

邻村逝去老人的孩子托人找到他，问接不接办事这段时间的活计，拉运办事家具吃食吹鼓手等，钱按每日二百给。开三轮半年多将近一年，不说学到许多为人处世之道，起码的常识增加不少，人也愈发灵活。就这件事来说，有几个疑惑他要找到此事的主事人和村上主事人问清楚。几个人在邻村的村长家见面，各村村里皆有德高望重之人，村里遇到红白喜事和各种纠纷事件都找此种人当总管和调解人，邻村扮演这种角色的人正是村长，村长摆出茶水、烟酒、花生、瓜子招待。家里主事人说，你有什么想问的就问。村长说，有什么咱提前说清，将来做事情就麻利简便，有什么尽管说。他说，有这么几个问题，我一个一个说，咱村里也有三轮车，为什么非要到外村找？村长说，这个问题我回答，本村是有开三轮的，问了都说顾不上，不是提前有了这安排就有了那安排。他说，真就这么凑巧？说实话，价钱很诱人，没有人会不动心，这里的活少说三四天，粗略算下就是七八百，多么好的机会啊。村长说，有时还就是这么凑巧，我帮着问了几个都说不行，走不开。他说，还有，邻村有好几个人有三轮，为何不找他们？算了，你们价钱高，即使其中有缘由，你们出钱我出三轮车，公平正当的交易。事主在他和村长谈话中思索着什么，此时听他这般说，说，其中是有些不能说的，你说得很对，这就是桩生意，你情我愿的事情，你这么坦诚我也坦诚，阴阳先生说我爸的日子有些硬，走得有些不安稳，就这个，村里人讲究，所以我们村很多人放弃，害怕沾染上不干净的东西。从现在起，每天由原来的二百涨到三百，不管有没有五天的活，我支付五天的钱，就这些，你思考下。他说，原来这样啊，其实也没什么，老辈留下这些门门道道不可全信也不可不信。不过，心诚则灵，这活我接了，到时候我多给你爸烧些香纸，愿老人家能理解。事主说，为你心安，我可以提前支付钱。他说，这个没什么，提前给后面给都不影响。事主掏出叠钱数出十五张给他，说，你点点。他接过来，清点过，说，没问题，我明天开三轮过来。事主往进装钱时停住，又抽出两张五十的给他，说，这几天除过事情上给你发的烟，这一百块钱你加油和抽烟用，不用推辞，多多少少就这。他接过来，加上这一百，总共就是一千六百元，加上前面所挣的钱，贷款到期不仅可以连本带息还上而且还有余。

第二天一早他就开着三轮到事主家的坡底，找空地停好三轮，上到家里看具体安排，他就只管拉，需要帮忙装卸也装卸，力所能及的都做。路上的薄雪因天气冷没有消融，事主家找人给扫到路两边，路恢复原初模样，干巴巴的绵土。老人走得仓促，听说是在睡觉中走的，子女们本打算今年回来给买棺材备用，谁知人先走了。老人在铺有干草的门扇上放着，阴阳先生说，今日必须下葬，不然时间就不好了。寿衣昨天买的，棺材他们看不上店里摆放的，售卖棺材的人按着他们的要求从同行手中问得一口，今日就能去拉。事主家人已然准备好，等待他的到来，按礼数，先要给他吃饭，然后再干活。他不吃，但事主家在他到来之前就准备好了，只得象征性地吃几口。棺材店在县城边缘的村子里，方圆几十里这家棺材做得最好，事主家有钱，要求比这都好的。

三轮车开到棺材店外面，卖棺材的人出来，笑着打散烟，说，你们来得可真是准时啊，刚送到我店里。引着事主一行人到房子里看棺材，确实厚重庄严。卖棺材人讲述着工艺细节及用料等，事主认真倾听，为保护棺材，来时事主家就在三轮车上放了两床被子做装运的铺垫。来人小心翼翼地把棺材搬抬到三轮上，接触三轮的地方全部用被子包裹铺衬。一路三轮车斗里站着人，照看扶持着棺材，遇到不好走的路，他下去察看，让跟着的人拿铁锨修补。谨小慎微地到达家里坡底，要上到院子里是个问题，有人说，抬上去。阴阳先生说，不要用人抬，尽可能用三轮拉上来，具体原因不用问也无需知晓。家里人听阴阳先生这么说，当然遵从，就用三轮拉上去，不然花大价钱雇用三轮做什么。他看了地形和路面，如果是顺着往上拉，棺材必须要和三轮车斗子紧紧绑缚一起，稍有闪失棺材就会挣脱绳索，掉落在地上就不吉利了，最好的办法就是倒着往上开，这样依据着坡道地势，就算是绑缚得松弛，棺材也掉不出来。路提前修理过，走他这样大小的三轮足够，他担心动力不够，就安排人在三轮周围绑上绳子，同时发力往上拉。

安排就绪就行动，棺材黄丛丛地放在三轮车斗里，棱角上又加了两条被子包裹，他站在边上看事主家里人拿绳子捆绑，神思开始游荡。出神中听见呼喊，好了，准备往上拉。

他发动起三轮，顺着坡道往上倒，四周有人拉拽着绳子配合使力，他身子侧着看左右两边路的宽度和拉拽绳子的人，柴油机嗒嗒声依据着地势轰鸣，稳妥的方法是一点一点往上挪移，速度快慢不影响任何事，最终目的达成即可。坡道上比较容易，难点在要进到院子里的那个转折弯道。现在是空棺材，心还没紧绷到极致，手心出汗借着停留间隙在身上抹几把。蜗牛的速度，硬是一点一点挪移，到转弯处，小孩写字样倒走着。刚进入到可回旋地段，不知谁在后面推了一把，车把跟着被扭动，三轮开始直冲下滑。他使劲踩刹车，拉拽绳子的人使出浑身力气用脚摩擦地面拖拽，但棺材的重量和坡道的陡势融合，他跟着三轮车一起冲到下边住的家户院子里。

轰隆几声，三轮比棺材甩得远，棺材连带着他滚动，隐约听见有人恐惧地呼喊，他早已顾不及，听天由命吧，眼睛里全是黄丛丛的颜色在翻滚。他在碾盘下止住，随即就是棺材重重地砸落声，耳朵里嗡嗡嗡响不停，两眼大睁地看着眼前的庞然大物和方正的空间。上面的人跑下来察看情况，有人从空隙伸手进来问，人要不要紧？身体哪里被压着？一切都是幻觉，声音变了模样，歪歪扭扭虚虚晃晃轻轻浮浮，围满人。他的名字成为众人口中言说最多的字眼，这是明忠，邻村杨茂平家的娃娃，家里老大，老二叫明义，还有个妹妹叫明月；这事一般没人敢接，谁敢接；本来就时辰硬，全村多少人都不敢接；明忠是想钱想疯了，憨憨么，钱要紧还是命要紧……阴阳先生拨开围裹的人群，说，上手帮忙啊，围裹着做什么？眼睛看嘴巴说就能把人救出来？众人这才手忙脚乱地开始行动，他惊魂未定地说，我没事，你们不要动，我自己慢慢出来。福大命大啊，三轮有轮胎提前跑出去，棺材挣脱绳子绑缚掉落出，他没抓住什么，随着棺材滚动，亏得下面人家院子里的石碾子，棺材落在石碾子和边上的低矮石头上，搭桥梁样，他在桥梁下面。如果棺材没有搭起桥梁，厚重的木头重量，压瘪他这肉身不在话下。之所以让众人先不要轻举妄动，是因为他们外面不知情，别好心办错事，毁掉现有的棺材桥梁。他强迫自己冷静下来，找到能活动的间隙，尝试着慢慢移动身子，慢慢脱离危险之地。

出来坐在地上，仰头看阴沉沉的天，太阳在云层里穿梭，忽明忽暗，边上的人三两耳语地看着他。他环视一圈，嘴角扬起邪魅的笑。众人看他这样，几人胆子大，上前把他抬到窑里，放在炕上盖上被子。妈妈给人捎话让明月赶紧回家来，明义和秀英扶持着爸爸妈妈过来看他，他躺着没睡着，被窝里很暖和。事主见爸妈来，说明情况，给出去的工钱不会收回，另外再给两千元把人拉到医院治疗。由于家里老人不能摆放，错过时辰更是不好，重新安排人买棺材，买回来想其他办法拉到院子，然后抬到山上安埋。爸妈想要争论，但此事无法争论，还是先拉着他到医院做全身检查。明义回家取来板车，板车上铺上褥子被子，找几个人把他抬上去。明月、文东先到家里，见没人，听村里人说在这里，两人骑着自行车赶过来。到村里，他平静地说，不用去医院，我好着，身上没受一点伤，就是精神上有些震荡。妈妈心焦地说，去检查下都放心，不要犟。

他让文东不用扶自己，坐起身，揭开被子，说，我怎么样我最清楚，你们不要劝说我，医院能救治我的身体，不能救治我的灵魂精神。明义放平车子，说，人不就活个身体，我看得去。爸爸说，每次都搞特殊，这不是戏耍了，人就一条命，没有第二回。他说，你们说的我知晓，还是那句话，我怎么样我明白，你们忙你们的去，我去老仙那儿坐会儿。文东听明月说起过老仙，看着心意已决的他，说，老仙或许能给你灵魂精神上的安抚，身体如何你自己思量清楚，大哥。他说，放心吧，我明晓，辛苦你们了，回去忙各自的，我去老仙那里。板车上下来，顺着大路，走向去往老仙住处的小路，他要问问神明问问老仙，弄成现在这样，毁了三轮保了性命，是因为贪欲还是狂妄不敬？老仙说不清也无所谓，求得份心安。

黑沉的云彩里飘散下洁白无瑕的雪花，大自然的神奇人类远没有办法了解。老仙来外面抱木柴，看到失魂落魄的他，说，家里暖和，先进去吧。他进去坐在灶火边的小凳子上，老仙看罢的书放在板箱柜子上，他拿起翻开看，仍旧是蓝皮竖排印刷的古书，书名分别为《老子》《庄子》《金刚经》《心经》《坛经》。老仙抱着木柴进来，揭起灶火口子上盖的铁片子，塞几个木头疙瘩进去，说，无用的木头疙瘩多是自然腐朽掉。他翻看着《金刚经》说，这是佛教的书？好深奥。老仙拿起铁片子往灶火口上盖，木头疙瘩太大盖不上，放在一边，拉个小木桩过来坐下，说，用心去理解，可说不可说。如此话题就不适合他来聊，尽早避开，说，我的处境你知不知？老仙。老仙看着灶火里的火焰，摇头说，不知。他搓揉着双手，说，通电后我要改变，买收音机听广播是一，不放羊贷款买三轮车开三轮是二，去挣别人不敢挣的钱是三，一、二、三之下导致了现在的局面。三轮车摔毁，自己差点儿送命，整年的拼命只够还贷款的钱，我不知自己做了些什么，更不知这些时间的所作所为意义何在。像是一场空又不像是一场空，虚也虚，实也实，心乱如麻，唉！说这些又有什么意义。老仙伸手到板箱上，把书拿过来，放到他手里，用手拍拍，说，这是我最看重的书，儒家的书虽然没给你，但已经等于给了你，出世入世需要你去经历磨炼。你如今的这样，急促也好贪欲也罢，困境迷惑是每个人都有的。这几本书不管你走到哪里都要带着，这是火种，只须多看多体悟多领会。他用手抚摸着四本书，然后小心地用布包裹住，说，感谢你，老仙，你是高人，难为你了，愿意和我如此世俗如此低境界之人交往。我会认真看这几本书，多加琢磨领会领悟。老仙说，想吃饭吃碗我熬煮的洋芋烩大白菜，不想吃就去吧，大难不死上天自有对你的重新安排，需要思虑也不需要思虑，多去实践吧。他说，感谢你，老仙，我这里有两千元，事主家要我去检查身体，我深知自己身体好着，现在将一千元上布施，一千元留给你，是我的心意，你留着交电费买吃食买衣裳等开支。老仙笑得前仰后合，说，安身立命，安什么身立什么命，如何安身如何立命，你我皆俗人，皆俗人。钱放在炕上，他抱着包裹着书的布包出去，从小路上下来。

妈妈在硷畔上站着等他，看到坡道上来的他，手从挽着的腰裙里掏出，小跑着迎下来，到跟前捏他的胳膊肩膀，说，没事吧，明忠娃？咱还是到医院检查下最为保险。他抱着布包，扶持着妈妈，说，没受伤，都好着了，三轮明后天我想办法拉回来。妈妈说，不着急，这两天我们找人给你看看，也看看咱这地方。他说，不用费那么些事，破财消灾，人一辈子谁还不遇点儿坎坷。妈妈不管，说，后响那阵我托人给捎了话，这两天到咱家来。

进到窑里，爸爸坐在炕上抽烟，说，身体感觉怎么样？他说，没事。爸爸说，后响我在前村串，遇见邻村放贷款的那人，说你借了些钱让你尽快准备，时间马上到了，看是连本带息还，还是先把利息还上。他说，你不管这个，今晚我就带钱还上，钱早就准备好了。爸爸说，你做什么无人管得住，还是那句话，如果弄得是正事我帮你，其他的我不会帮你。他说，我知道了，没事我先过去了。

他不想吃饭，只想快点到边窑翻看布包里的书，还有计算清楚现有的钱，今晚就去邻村放贷人那里给连本带息全部还清。回到窑里从窑掌土台子上放置的罐子里拿出积攒的钱，铺在炕上一张一张清点，刨过贷款本息剩余九百多。装上钱就着黑出了门，放贷人住在半山腰，一路过去他心颤得快要断掉，大口喘息，站住弯着腰双手托在膝盖上歇息，进到院子，听到亮着灯的窑里传来说话声。放贷人看到他愣怔几秒，说，你怎么来了？他边掏烟边说，给你还钱么，不要了？放贷人接住递过来的烟，擦根火柴，凑到烟上，说，应该还有半个多月时间吧。他说，提前还上不好？放贷人抽吸几口烟，说，说不上好不好，正常操作。他从衣裳的里兜掏出准备好的钱，摊放在炕上，说，连本带息全在这里，你点下。放贷者拿起钱数清，说，应该给你退半个多月的利息钱。他说，算了，发财致富不在那几个钱上。放贷人强要给算，他没要。一路身体浮尘样，飘飘忽忽回到家，躺下挨着枕头便睡着。

一六章　明忠　海红（一）

十几天的休养，身体恢复如初。

三轮在出事几天后拉到修理厂，老板说，不如不修，整个修理下来的费用都能重新买个二手的。他绕着三轮，说，按你的意思？老板说，折价卖个比报废高的价钱，事先说清啊，我可不是在其中有什么利益，如果你要修我也很愿意修。他用手抚摸着经常紧握的车把，拍拍还绑着妈妈给做的棉坐垫的座位，找到绑束绳子的地方解开，说，你说的我晓得，那就按你说的折价卖掉。老板说，我联系个收购三轮车的，具体价钱你们商量。最终的折价还算不错。

坐在窑里无事，就胡盘算，难不成要回归到老本行？拦羊是无论如何不能做了，想办法做个其他的，可再能做什么？马上开春，受苦人该出门揽工的揽工，该下地的下地，土地刚解冻就有人早早起来担着沤好的肥去地里扬撒。人家都有个做事的，他一个五大三粗老高大个的年轻人，坐在家里吃白饭？拿出老仙给的书，先挑《庄子》看，首篇《逍遥游》，没看几个字就心烦意乱，觉得无趣；拿起薄薄的《老子》，一篇看过不知所云；再拿一本，封皮上写着《心经》，同样薄薄的，看两句就看不下去。有个声音恨铁不成钢地咒骂起来，本就没读过几天书，偏要看书，这些书上的字都认不全，哪里懂得意思，纯粹是乱弹琴。他不服气，放下书，点根烟，说，老子就乱弹琴，没文化怎么了，现在学也不迟，迟早能学会。那声音冷嘲热讽地说，还晓得自己没文化啊，不撒泡尿照照，什么都想做，现在学那你倒是学啊，为什么看几下就搁下？受苦人就好好受苦，胡闹腾什么？看看你弟明义，专心在地里刨挖，日月过得一天比一天好，才不过两年人家要什么有什么，再看看你，还是这么个散漫样子。他最受不了别人拿自己和明义比，兄弟之间的比较最残酷。他不能就此停步不前。

后晌爸爸拦羊回来，到他窑里，说，我和你妈商量，三轮不要开了，太危险了，还是拦羊，明天开始你继续拦羊。他说，我不拦，你拦着。爸爸说，不拦羊你做什么？成天大姑娘样家里窝着？他说，不会，我有计划。爸爸说，你有什么计划，还开三轮？贷款还上了？他说，不开了，贷款还完了，你们不用管，我自己有办法。爸爸说，接着贷款做没有准的事情？成年胡折腾，到现在没娶下婆姨，再逛一两年不要说好的就是歪瓜裂枣的人家也不跟着你，成天跟上老仙胡混，老仙是什么人，这村里谁不晓得。

他淡笑着说，老仙是什么人？我怎么不晓得。爸爸说，说白了就是神棍，人常说，跟上好人出好人，跟上死鬼会跳神。你呢？偏偏就跟上这种人胡混。他说，老仙是什么人，不需要村里人定论，老仙觉得我好我觉得老仙好就足够了。爸爸说，你是有几个钱就烧得慌，拿不住，就不能安安稳稳踏踏实实做个营生。人一辈子，娶妻生子吃喝拉撒就那么回事，哪里有那么多改变，死了就是个黄土圪堆。他说，我再看看，你和我妈安心过你们的，真不用操这么多心。爸爸说，我们都是为你好，明义成家早，明月也嫁了人，家里就剩你。我和你妈想着尽量不亏待你，只要哪里有合适的，人家要彩礼多，我们就是贷款也看得给你成个家，至于贷款，我们能还多少还多少，还不了的你还就是，成家了我们也就闲心了。他说，以后再说吧。谈话就此打住。

　　窑里空间太小，憋闷得无所发泄释放，趁着爸妈不在院子悄悄溜出去，到沟底的树林子里胡转悠，抚摸树干、泥土、河水，看到庙峁子，想到老仙，要不再去老仙那里？走出几步觉得还是不去了，以后遇到的事情更多，总不能每次都去请教老仙，要尝试着自己拿主意，哪怕到头来是错乱失败的结局。再者，上次老仙能说的仿佛已经说尽了，还给了那几本自己珍爱常看的书，剩下的就是他自我的理解领悟。找个拐角隐蔽的地方坐下，手抓抠着地上的泥土，看着对面快要倒塌的土崖，上面站着几只身轻如燕的鸟儿，随时准备飞走逃脱，怎么办？一个念头猛然出现，要不就走吧，宽广的天地在外面，村子、县城才多大。

　　去省城，常听人说省城的机会多，不少胆大的人都去南方下海。起先他不知下海是什么意思，后来听多了，才知道是天南海北地做生意。他说不上来自己能不能做生意，开三轮这些时间也算是做生意，只是没什么经验。坐到后晌，他下定决心，这几天收拾收拾就走。回家里妈妈招呼他吃饭，安慰着说，不想拦羊重新做什么要慢慢想，不要着急，时间长着。他嗯了声，端起饭边吃边看每日忙不停的妈妈，不是缝缝补补就是洗洗涮涮，没吃好的喝好的穿好的，有点好的还都给他们节省下，穿的衣裳总就那么几件，破了补上补丁，补丁破了再补上补丁。他这一走不知什么时候回来，给妈妈专门放钱肯定不会要，对了，有明月就不用费其他手续，直接给明月放下，让明月不时买上东西来家里走走看看。妈妈的病没有去医院看过，包括县上的医院，一说让去就推辞着说，老毛病，不要花那么些冤枉钱。他知道妈妈想的是什么，不想花他们的钱，不想拖累他们。

第二天到县城问好去省城的车次，顺路到明月家，文东在学校教书，忙了就凑合着在学校灶上吃。明月没有闲着，也到县城的某个工程上给做饭。走进巷子，在文东家坡底，看到有几个小孩子玩耍，小声招呼过来，问，你们谁知道刘文东家在哪里住着？小孩子们用小手指着争先恐后地回答，他选中指对位置的孩子，说，那你能不能去给通知下说有人找，在这里等着。小孩机敏，话音刚落就跑出去，他看着进到院子，不一会儿小孩笑嘻嘻地跑出来，他担心孩子摔倒，就压着嗓子说，慢点儿，不要跑，操心摔倒。小孩子跑过来，说，刘文东的婆姨说等会儿就来。他给孩子们一块钱，到小卖部买糖吃。好在出来的是明月，大门出来四处察看。他为显眼，笑着跳着给挥手，小声喊着，明月，这里，这里。明月看到跑过来，说，大哥，你怎么不到家里来？他看明月状态不错，放心下来，说，长话短说，我准备去省城闯，这里有些钱，你给保管上，我不在时你多照顾看管下爸妈，这些钱就用作给爸妈买吃的喝的以及生病了买药等开销。明月说，大哥，你非要去省城吗？他说，得去，迟早得去还不如早点去。明月攥着他给的钱，说，什么时候走？他说，后天，后天你到家里给爸妈解释下，让他们放心，我能照管好自己。明月欲言又止，点点头。

省城对他来说只是在别人口中和收音机里听到过，就说那里很大，人多，营生机会也多，除去给明月留下的钱，自己身上只剩四百多。少有少的花法，多有多的花法，少就节约些，不是特别要紧的花销不必花，尽可能花销在关键的地方。第二天天不亮就出门，赶发车前到达县城车站。出家里院子时，爸妈那孔窑洞静谧安然，妈妈身体的疼痛在疲倦万分的情况下被遮蔽，一夜能睡三四个小时，羊圈里的羊听到响动，有几只站起来凑到栅栏前看。生活了二十八年的地方啊，今日就要离开，主要是养育自己的人，希望不要对他过于担心牵挂，他会照顾好自己，放下手里的布包，跪在地上对着爸妈的窑洞磕了三个头。下了坡道，看到庙崄子处经久不变的漆黑，仿佛从来没有出现过亮光，不，是老仙住的地方里的亮光不会示人，说不准这时老仙正就着灯光看书呢，只是世人无法看到。

  老仙待他不薄，给他鼓励、知识及为人处世的道理，放下布包，对着庙崄处跪下也磕了三个头，这下村里没有了牵挂，走吧，沿着出村的路，走到大路上，一直向东。开春前的天气凛冽又微潮，有家户灯亮起又很快灭掉，大概是起夜，有家户的灯一直亮着，大概家里有什么事情需要明亮。路上走得快，不知不觉就进到县城，县城里倒究不同，亮灯的家户多，时不时就有人的说话声和三轮、汽车的发动机声，门店和摆摊卖吃食的做好了要售卖的食物，等待顾客上门。车站边上热闹，灯火通明，他先到售票窗口买票，买完票想着要不到吃食摊买些吃的带上，到省城少说得十几个小时，如果路上遇到什么突发事情，指不定得多久。买吃食就不由得想起清丽，将近两年过去了，不知道她在哪里，过得怎么样，会不会再遇见……买好吃食检票上车，坐在车上愈发勾起和清丽在一起的回忆。

  不知谁在肩膀上拍了把，回头察看，出现在自己座椅后面的不是别人，正是远房亲戚，论起来是妈妈四爸的孩子，原先见过几面，没想到在这里遇上，一时想不起名字，说，你怎么在这里，也是去省城？后面的人憨笑着，说，不去省城坐这上面做什么，你也是去省城？他说，你去省城做什么？有事情？憨笑着的人起身过来，让他坐里面自己坐边上，说，去闯闯，家里待着每天被指教。他极力搜寻身边人的名字，叫什么来着，怎么就蒙住了，到底叫什么？不知名的人从衣裳兜里掏出两个冒着热气的饼子，给他一个，他说，我吃过了，你吃。对方说，我还没吃，起迟了，路上加走带跑。他说，你赶紧吃。对方狼吞虎咽地吃着，瓮声瓮气地说，你大概不晓得我名字，我叫海红。他说，不太清晰，有印象，想半天不敢确定，就没说出口。发车时间到了，还有几个人没来，司机让跟车的人去车站外面找寻，找到不要再进站来了，车在站里停不成，在外面上车。

　　海红整个人处于兴奋状态，对省城充满了向往之情，车子前行就是对他激奋之情的助力呐喊，明忠起初认真对答，时间久了口干舌燥不算，心里还生长出几分厌恶情感。到省城后怎么办？身上就那么点儿钱，买过车票，剩余的假若不很快在省城做个营生，绝对难以立足，流浪街头可不是什么光彩事情。海红心大，吃饱说累就顺势进入了睡梦。这个人的到来是好是坏，他目前无法说清，但就冲这种天不管地不管的状态，多半会成为前行路上的累赘，但反过来说，就算一无是处，两个人在全新的天地里总比孤零零一个人强，至少是个壮胆的。

　　车子的摇摆颠簸成了入梦的摇篮，再次睁开眼睛时太阳已高悬天空。海红笑眯眯地看着他，他搓揉几把眼睛，探着身子看车窗外的景致，和家乡的山川有了明显的差别，在关中平原和黄土高原的过渡地段。这会儿明月应该从家里出发了，或者走得早已经到了爸妈家，说出他嘱咐的话。到了饭点，车上的人皆掏出带的吃食咀嚼，各种饭香充溢于空气，司机和跟车人轮换，司机换下吃饭，跟车人换上开车。海红肚子叽里咕噜地叫唤，他包里有进站时买好的吃食，掏出来分给海红些，海红不好意思地接住，满足地吞咽，他不是很饿，只是大家都吃，引逗得肠胃蠕动，饼子揪成小块儿吃着。

到达省城是晚上十点多，有些人在省城附近下车，他们不敢胡乱跑动，跟着车辆进站，司机停住车，说，到站了，带好所有东西下车。偌大的车站和长时间没有活动的麻木的身体，让眼前泛起晕眩的黑色，摇摆得站不住，站在边上的海红及时扶住他，说，晕车了？他说，没有，起猛了，缓缓就好。海红扶着他出了车站，找到无人的拐角站会儿。这里的空气就是不一样，潮润润甜丝丝温和和，空气里一旦有浓重的湿气就不会太冷，家里是干巴巴的冷，铁面无私地吹打在脸上。海红放下手里提着的行李包，从衣裳兜里掏出烟，递给他一支，然后浑身摸索遍也没找见火柴。他掏出火柴划着，伸手过去给海红点，海红推让，致使一根火柴没够用，给他自己点再划着一根。看着不远处熙熙攘攘的街道，接下来他们将去哪里？海红用烟头再对燃一支，接着抽吸，表现出的淡然超脱是他所不及的，于是便问，海红，等会儿你去哪里？海红无所谓地说，随便去哪里，你去哪里？他抽口将燃烧殆尽的烟，扔在地上用脚踩灭，说，我还没想好，你忙着去哪里就先去。

海红笑着说，我不急，你去哪里我去哪里吧。果然不用抱有太大期望，这里虽然不是特别冷，但毕竟是冬天，夜深后没个遮风处定然会被冻坏，说，我们先得找个睡觉的地方，坐一天车累的，歇息好明天起来再说。海红说，听人说要住旅店就数那个兰星旅店，便宜实惠，连带着卖饭。他说，你晓得在哪里不？海红眨动眼睛，说，他们说就在车站附近，鼻子底下长着嘴，问问不就知道了。各自拿上行李，边走边问，海红游刃有余地穿梭于人群，问了几个人总算看到了兰星旅店的牌子。海红拉扯着他的胳膊，激动地说，找见了，在前面，在前面。他说，先进去吃些东西，然后美美地睡上一觉。

进去后满心欢喜地奔向前台，服务员忙起身说，旅店目前只剩小窗户的房间，而且里面只有一张床。海红说，不影响呼吸吧？服务员笑着说，呼吸肯定没问题，你们住吗？海红说，价钱方面有没有优惠？服务员指着墙上的房价价目表让他们看，说，因为这个房间窗户小又在边角上，老板特意交代过，按上面正常标间价的七折来收。他快速在脑海里计算七折后的价钱，得出的价钱算不上高也算不上低，主要是看房子怎么样，用手戳下海红的胳膊，说，可以的话，我们派个人先上去看下房间。服务员说，当然可以。他们正在想派谁上去看房间时，门里进来两个人，径直走过来说，老样子哦。服务员说，不好意思啊，你们今天来晚了，那个房间给这两位了。那两个人上下打量着他们，说，我们不是给你们说了，这个房间给我们留着吗？服务员说，不好意思啊，你应该是给我对班说的，我看看记事本，你们有没有交押金。海红机敏，根据眼前人判断出这个房间的实惠，说，这个房间我们要了，给我们登记上。

边上的两个人看情势不对，争抢着说，做什么都有个先来后到，怎么就给你们登记上？我们昨天就订好了。海红问服务员，他们交押金没？服务员翻找几遍，说，这上面没有你们说的信息，自然我们也没收你们的押金。那两人开始胡搅蛮缠，说，押金现在可以补上，房子得给我们。海红说，要有先来后到，你们也看到了，我们在你们来之前已经在这里说定，正在交钱办理入住。那两人不放弃，说，我们昨晚就说好，你们问问昨晚我们是不是住在这里。海红说，昨晚住和今晚住有什么关系？服务员，给我们登记办理。那两人同时掏身份证和钱，他上前拦住，给海红争取时间，说，别不讲理，你们两个人我们也是两个人，都是出门在外。那两人怒目圆睁地瞪着他，说，你们是北方人？他说，如假包换的西北人。海红已经办理完，服务员说，别争吵了，确实是这两位先来，我们要按规矩办事。海红身强体壮，拿着入住手续和钥匙气势汹汹地走来，说，想怎么练说话，奉陪到底。那两人看有人围聚过来，觉得理亏吧，说几句逞强的话语离开了。

　　进到房间，窗户的小名不虚传。他坐在绵软的床上，这一天像是做了场梦，坐车遇见海红，车上时睡时醒地胡思乱想，到站后所见到的陌生与宽广，进到旅店的争执，到现在坐在只有上次和清丽住旅店时坐过的同样的床上。洗手间传出流水落地的哗哗啦啦声，明日怎么办的问题再次跳出。不知海红带了多少钱，刚交房费全用了他的，就他现有的钱根本撑不了几日，还是前面想过的，如果在这几日没有找到营生，极有可能夜里连个暖和住处都没有，等会儿海红洗漱出来问下。海红用浴巾擦着湿淋淋的头发，看他发呆发傻，说，你也洗洗，洗洗人就清爽了。他说，海红，你身上有多少钱？海红搓干头发，浴巾搭在靠墙放置的椅子上，说，一百五左右。他说，一百五啊，我也就三百多，两人加起来还不到五百，咱俩也撑不了多久。海红四肢伸展成"大"字慵懒地躺在床上，说，真舒服啊，怪不得城里人住楼房，每天洗个热水澡赛过活神仙啊。你快去洗，走一步看一步，活人还能让尿憋死？他说，也是，想再多也没用，想不出个一二三四。

　　进到洗手间方便，不得不惊叹，人家一个上厕所的地方都比农村家里装修得好，这样看，出来是对的，即使赚不到钱也开了眼界。洗澡凉水热水根据那两个阀门自己调，方便至极，喷头出水利索，淋在身上起先有些滚烫，等身体适应了水的温度就不再觉得烫，细发算来，有三四年没洗澡了。前几年夏上拦羊还到水沟的坝上游泳，后来那里经常淹死人，自此他心有余悸，轻易不到坝周边转悠。

洗完出来海红已经呼呼大睡，他羡慕眼前人，永远是那样淡定不慌，他把自己扔在床上，不知不觉中也睡着了。醒来海红不在床上，他猛地坐起察看，房间里空空荡荡，地上扔着海红穿过的拖鞋，行李垒摞在墙角，不知这时是什么时候，他穿好衣裳趿拉上鞋开门看外面，楼道里安安静静，楼下偶有模糊不清的声音传来，海红去了哪里？

一会儿有人敲门，他开门，海红手里提着吃食进来，说，醒来了？我去外面买了吃的，刚路过前台服务员问房子还续不续，不续的话就给后面的人了。他说，续吧，咱们还得住一晚，吃罢饭咱去外面看看。

他们漫无目的地游走，哪里人多去哪里，按已有的经验，招工的不是在桥头就是某个路口，但是他们能做什么，泥水匠？他不会，问海红，你会泥水匠活不？海红说，不会。木匠、电工？他不会，问海红，你会木工、电工活不？海红说，不会。他停住，说，那我们会什么？我们要找什么样的活？我会开三轮，但这样的活咱一时半会儿能找到吗？海红说，技术工没有咱的，体力活咱能做么，比如搬砖送货。他说，唉！弄半天到省城来揽工来了。前面人多，他们快步过去，不是他们想象的招工，而是市民们出来遛弯闲逛。继续往前走，看到巷子里有破旧的房子，他就走过去察看，是他喜欢去的地方，海红不明白，说，找营生去这些地方做什么？

　　他说，住旅店不是长久之计，要尽快找到便宜甚至不要钱的住处，用有限的钱办更多的事情。海红说，要找废弃房子得往偏僻处走，这里车水马龙，再荒芜的也有主有户，别没住成反倒搭进去些。他说，有道理。这里看着久无人住，门锁着，要不要翻进去看看？海红说，还是算了，人有时候怕什么来什么，别刚翻进去就来人了。出了巷道来到宽阔处，太阳洒照开，马路上车辆往来，骑着自行车的人们不时朝这里投来怪异的目光，好像他们身上有什么稀罕少见引人注目的物件，现在去哪里好啊，四面八方都是路。海红指着最左边的路说，咱从这里走，到那边路口边上的人群中看看。他跟着往前走，看着这个历史悠久的城市，一千多年前的这里，应该也有像他这样来讨生活的人，他们留下的记忆在哪里？难道只有书本上的文字和具体的文物古迹？没有那种冥冥之中神乎其神的虚空之物？

　　海红在人群里猴子样穿梭，而他来到三五个蹲在地上的人跟前，这些人面前立着牌子：水电工、泥瓦匠、疏通烟囱下水道。有人看他看来看去，站起来热情地说，你需要什么工种？他说，你们一般多久能找到活？热情的人顿时变了脸色，说，你是招工还是揽工？他说，来讨生活的，刚来，和你们学习学习。站起的人退一步重新蹲下，不屑地说，也是个揽工的，还学习学习，文绉绉的怎么不去教书啊，这有什么好学习的，这里没有，到别处去。碰一鼻子灰准备离开，旁边蹲着的人不怀好意地套近乎，说，哪里来的？有没有烟抽根？他从衣裳兜里掏出烟给递根，另外几个人也伸手，他不好意思不给，挨着发过去，说，西北来的，我是想了解下你们找营生的路数。各个抽着烟，说，找营生就是找营生，来了招工的你上前去，看人家要什么工种，找个纸片子写上你擅长的营生。他蹲下凑近些，说，我意思是有没有什么窍门？烟抽完，各个灭掉烟头，留下意味深长的笑，不再搭理他。他不好再蹲在跟前，站起身找寻海红的身影。快到中午，海红找不见，思索下他暂且不动。

海红从他身后过来，拉他到僻静些的角落，蹲下身体靠在墙上，掏出烟点着，说，咱俩只能做苦力活，有倒是有，但工资不高。他说，再没有其他的？海红说，苦力活就那么些，大同小异，搬运、挑担、推拉等。他无奈地说，也罢，初来乍到，咱现在也没几个钱，要想长远发展就得先想办法立住脚，忍气吞声是唯一的选择。海红蹲不住干脆坐在地上，闭上眼睛享受开春的阳光，胳膊尽最大限度伸展出去，说，那就做吧，我都可以。他看出，海红与他有着同样的不甘心。

他们找地方吃晌午饭，想着吃两个饼凑合，但肚子的叫唤不能瞒哄，便找到面馆吃两碗面，海红没吃饱不好再要，喝几碗面汤充饥。他不敢喝，喝了当时饱胀，几泡尿后就瘪软，连吃的硬货都稀释掉。吃罢饭再转悠，到天黑一无所获。九点多回到旅店，一天不知走了多少路，脚上起了水泡，湿淋淋疼丝丝，晌午吃进去的食物早已消化，肚子里空空荡荡。中途看废弃荒芜的地方，海红看到水龙头，说是口渴，嘴噙住水龙头咕噜咕噜喝了好一气。他不好揭穿，借口去边上看看，先出去。海红深知他们所拥有的钱数，照现在寻找营生的速度，几天后必然要去蹲大街。这会儿不吃饭也不行，两人别什么事没做，身体先搞垮了。他说，走，找地方吃饭。海红脱口说出，我们钱够吗？要不买两个饼垫吧垫吧。他说，快点儿，人是铁饭是钢，身体如果垮掉了，节省的几个钱都不够治疗恢复身体。旅店周围卖饭的多但也贵，比较来比较去，还是那家推车卖面的实惠，奇怪的是没有几个人去吃，为什么？他装作路过观察几遍，找到了原因，锅碗瓢盆等餐具上都结着厚厚的污垢，这谁能吃得下？就算多花几个钱吃其他的也不吃这个。

海红拖着随时要软塌掉的身体走着，他当机立断，找一家坐定，今晚多花些钱，放开肚皮吃，吃饱喝好才有精神头做事。海红吃了两大碗外加一个饼，他吃了一大碗和一个饼，面汤各自喝了四五碗，肚子撑得圆滚滚，出来走路呼吸都有些困难。回到房间坐下歇息，海红说，要不明天去做那苦力活？他说，这边房间按现有的钱算，还能住两天。海红到烟灰缸找到夜里吸过的烟头，挨个点着抽，说，住宿花销太大，你还记得咱今天去的那个院子不？他想给海红一根完整的烟，摸兜里的烟盒，空空如也，顺手揉成团捏在手里，说，哪里？海红说，那个门开着，院子里长着枯草，堆放着乱七八糟的废弃物的地方，最里边拐角有个小房子，我看了，稍微收拾下，地上铺几块儿废弃的木板子就能睡。他说，不晓得有没有主家？海红说，有主家来咱大不了离开就是，还能怎么？他说，也对，那咱明晚就住那里。海红抽吸完烟头，死人样躺在床上，玩笑着说，抓紧享受这样的舒适，明晚就要去打地铺了。他说，迟早有天会住得比这里舒服百倍。海红躺了会儿去洗澡，他掏出现有的钱粗略制订了一下后面的计划，住宿费节省下来，生活的节奏就可以从容些，人也有个喘息的机会，就今天转悠的结果看，情况很不乐观。等海红洗完，他进去认真冲洗，穿了几天的袜子也洗掉，在暖气片上搭一晚上应该能干。

早上退掉房间，两人背上行李直奔昨天看中的废弃院子。海红对路线熟悉些，他跟着走，眼前的景象见过又没见过，中间海红也不确定起来，遇到三岔路口犹豫走哪个，摸着头极力回想，说，应该就是这里啊，怎么突然变了。他说，不着急，仔细想下。海红说，不会走错，我记得清楚呢，容我想想。他站着环看四周，一会儿，海红确定方向，引着他往前走，看着海红气喘吁吁，肩上扛着铺盖行李，仿佛看到了自己。走好半天才找到，他不知有没有绕路。海红观察四周无人，做贼样给他招手，说，跟上。他们进到院子，院子里有些东西好像动过，他不确定就没说，最里面的小房子，足够睡两个人，地上乱扔的物件上落着厚厚的灰尘，墙壁是白灰的，拿扫帚清扫即可，房顶看着没有漏水渗水的迹象，暗自庆幸，真是找对了，可以长住。海红准备收拾，他阻拦住，说，咱先把铺盖放下，出去继续找寻合适的营生，晚上回来再收拾，路过五金杂货店买把锁子，以后出门锁上，这就是咱暂时安身的根据地。海红向他竖起大拇指，说，细节方面还是你厉害。悄悄到门边，看路上没人，闪电样跳出去，装作一直在路上走着，绕转到昨日去过的招工地方。他担心有人把行李偷走，就把老仙给的书随身带着，藏在上衣里面。来这两天忙忙乱乱，没顾得上看，等稳定下来他会经常翻看，这几本书在身边就是种无形的力量，时刻给他鼓着劲儿。

在昨日招工的地方转悠一上午，觉得没什么需要的信息，晌午吃罢饭到其他地方。海红善于寻找，他就跟着，到地方了迅速融入进去，尽量表现出出来很久的模样状态。晚上吃罢饭往回走，海红陷入无望迷茫的境地，有气无力地走在路上。路过杂货店，他问老板有没有锁子，老板说，有呢，进来看。他们进到逼仄的杂货店，老板蹲在破旧的柜台后面翻找许久，欣喜地站起，说，我说去哪里了，原来在这里，你们挑选吧，大小不等的。他选定中等大小的，老板说了价钱，他觉得高，老板看透他撑不了多久，就坚持着起初给出的价格，海红不愿纠缠，说，便宜些就买，不便宜就不买。老板一直忽略掉他身边沉默低迷的人，听到强硬的声音才去草草扫一眼，说，便宜是不能便宜，觉得太贵你们到别处看看。海红说，走，又不是你一家店。老板说，对啊，店多着呢，你们尽可以走，谁又没有强逼着你们进来。海红心里窝着气，正好遇到发泄处，说，看把你狂的，明忠，走走，世上又不是只剩下这家店了。老板气势逼人地站起身，说，怎么，不给便宜还想动粗啊，谁狂了，别得寸进尺。他不愿把事情弄大，边拉海红往外走边说，不好意思啊，我们不买了不买了，谢谢。海红说，卖那么高的价，人家都是傻子就你精，你那是金子做的锁子。

　　老板从乱糟糟的柜台后面出来，说，没钱就不要在这里指手画脚，想白要啊，想得美，也不看看这是什么地方。海红从他的拉扯中挣脱，跑到老板跟前说，再骂一句，没教养的东西。门外放着张桌子，海红找准时机气壮山河地踩一脚，桌子顿时成了软面团。老板气得说不出话，海红随即过来拉上他，说，赶紧跑啊。他们跑出去，老板连骂带叫，想要引起周边人的注意。海红拉着他飞样地隐入漆黑里，不知经过怎么样的路线，最终回到开辟的"根据地"。海红要直闯着进去，他给拉住，低声说，不着急，静观其变。他们躲在不远处的树后观察里外的动静，确定安然无恙，轻手轻脚进去，进去后想起忘记买蜡烛或手电，不过漆黑着也好，安全无比。就着黑凭借着白天的记忆，拾掇整理地上扔弃的物件，找两块木板放好，铺上被褥躺下，倾听每个细微的动静。

　　疲倦涌上，不知不觉中睡着。睡梦中听到窸窸窣窣的声音，以为是老鼠或不知名的虫子在夜里活动，没在意，不妙的是声音越来越大越来越近，他睁开眼睛，发现有粗壮的呼吸，他无法制止海红暴露无遗的呼噜声，慢慢坐起身手蹚摸到棍子，躲在门后等待声音现出具体的模样。声音在门前静默，他没松懈，门被慢慢推开，他举起棍子准备狠狠击打，一道亮光照射在房子里。海红从睡梦中醒来，一骨碌爬起来，灯光从海红身上蹿到脸上，海红用手挡住光眯着眼睛，说，你是谁？持着亮光的人说，你们好大的胆子，私闯民宅，到派出所走。没被发现的他准备落下棍子，另一个声音出现，说，厉害啊，踩坏杂货店老板桌子的也是你吧，走，去派出所。

他鬼魂样闪出，一棍子打掉灯光，可惜的是灯光没有熄灭，躺在地上照耀着房间地面上他们胡乱清扫过的狼藉。另一个人说，原来还有一个人啊，真他娘的有本事，还在门后打伏击。粗壮棍子发出浑厚的声响，打掉的灯光重新回到持灯人手里，忽闪忽闪照透他们所处的位置，耀眼的光芒里出现棍子肆无忌惮晃动的影子。海红说，你们是谁？想大战一场对不对？说话中站起身，手里握着那会摸索到的棍子，对方狂笑着说，不错，老二，挑根长的粗的木棍，把这两个戳死在房子里。他喊出，有事好商量，你们是谁？我们在这里碍着你们什么事了？对方说，这是我们的地方，你们擅自闯进来做什么？谁允许的？问谁了？他说，怎么证明这是你们的地方？持着长棍子的人说，废什么话，证明什么！海红手里的棍子蠢蠢欲动，说，不就是死么，谁怕死谁是孙子，来啊，指不定谁死呢。他按压住海红的棍子，说，好，我们现在就走。灯光对着他照过来，说，想来就来想走就走啊，你把这里当什么了，留下钱，不然休想踏出这里半步。海红笑着说，原来是想要钱啊，没有，要命倒是有一条。长棍子胡乱戳刺几下，说，好，我看你的命有多硬。他说，多少钱？

对方沉默下，说，二百六。这次的哑巴亏是吃定了，他说，好。从包里掏出钱，胳膊伸出去，说，过来拿吧。拿棍子的人把棍子对准他的头，说，让你那同伴退到墙角。他示意海红退回去。海红不情不愿。他怒吼，海红忍气吞声地退到墙角。拿手电的人一手拿着手电一手准备着取钱，手电随时都会成为武器，拿到钱后，慢慢撤退出去。亮光消失，漆黑重新弥合，刚才的喧嚣争斗成了遥远的记忆，他和海红在房子里等待更加浓厚的寂静。

太阳出来，照耀到院子的大部分，包括这间本以为会帮助他们却害苦了他们的房子，瘫坐颓丧都没用，活着就要去挣扎。他说，走吧。海红说，去哪里？他说，去哪里都比坐着等死强。海红说，我们本可以拼命。他拍掉身上行李上的土，说，然后呢？鼻青脸肿，可能吗？海红说，就算死也要站着死，窝窝囊囊算什么。他说，别说那么多了，走吧。

海红没有拍打衣裳和行李上的灰土，直接站起扛上行李就走。院子出来走在路上，春天真的来了，路两边的柳树枝芽嫩绿，密集的枯萎草丛有了新意，明媚的阳光照在身上那个舒服，即使有再多的忧愁也会散去。记得老仙曾说过，省城是高等学府的密集地，他问老仙高等学府是什么，老仙笑着说，就是大学。他想到什么，转身问拖拖拉拉走着的海红，说，你知道哪里大学最多？海红无精打采地说，问这个有什么用，你要上大学？他说，知不知道？海红说，不知道可以问啊，给你说过多少遍了，鼻子底下长的是什么。他故意说，我不是不好意思么，这个还得你来。海红恨铁不成钢地看眼他，说，要是没有我你怎么办？依赖思想。

海红按着问得的信息前行，他跟着，七转八绕来到多是青年人的地方，个个有说有笑，穿着打扮干净整洁。他们走在其中招来无数异样的目光，不少女孩子边看边捂嘴笑，他看到海红衣裳行李上的灰尘，上前装作说话给轻轻拍掉。

一七章　明忠　海红（二）

他对书比较敏感，学校门口大小摆摊的很多，书摊更是，不少学生蹲在书摊前挑选翻看。他把行李放在某个角落，让海红看着，然后去各个大小不等的书摊边上察看，找机会和书摊老板搭话，边看边想，想起自己怀里揣着老仙给的书，不妨拿出一本，当作敲门砖。选中个面相和善的老板，他装作挑选书，慢慢移动到老板身边，想给递根烟，摸衣裳兜想起昨天就抽完了，只能厚着脸，堆着笑容说，老板，你这里能买到这本书不？老板从他手里接过书，仔细翻看，说，你找错人了，我不收古旧书，不过我给你找个人。找准路上往来人群的空当，喊对面摆摊的人，说，二爷，过来，有情况。对面人即刻跑来，看到书惊呼，哎哟，你怎么能这般拿看这本书，给我。来人小心翼翼地拿起，无价之宝样，翻看着说，这是谁的？老板眼神指向他。

来人说，你这书从哪里来的？他说，朋友送给我的。来人说，你朋友够大方，你这书了不得啊，要好好保存。他说，这么厉害？来人说，我原来听说过但没有见过，今天是第一次见，就我浅薄的学识看，如今存世不超四十本。他说，你为什么要如实告诉我？就没有想过低价收走？来人说，想啊，可惜没忍住，看到好东西情不自禁。他小心收起来，看来装在怀里是对的，说，你是好人。来人说，好人谈不上，至少不昧良心。老板说，有眼力，二爷确实是好人，这座城里的好人。二爷谦虚地摆手，说，你是投石问路吧？不过你这石头有些贵重了，也好，要是不贵重也没有咱这缘分。眼前的人容不得他耍心眼，个个火眼金睛，就如实说，我是想打问下摆书摊的门道，不瞒你们说，我和朋友来省城闯荡，来时带的钱现在所剩无几，合适营生也没找到。

老板说，能让二爷待见的人不多，我和盘托出也无妨，摆书摊是个营生，生意买卖之道我说不来，仅是为生糊口。二爷说，看你刚才把书揣在怀里，不管你是爱书还是爱赠书人的情义，八九不离十是个不错的人，书摊可以摆，我们也可以告诉你进书的地方和好卖的书，甚至哪个地方容易买卖，对的地方给对的人，皆是机缘，皆是巧合。他连连道谢，庆幸自己总算走对一步，说得起劲儿，忘记海红还照看着行李，此时海红正拖着两大包行李找来。海红不悦地说，还真来看书学习啊。他说，遇到好人了。分别介绍了二爷和老板，海红依次见过，看举动也是想掏烟交际，无奈兜里空白，尴尬笑之，老板掏出烟给他们。二爷说，事先说明，我们不会借你钱，你们剩余多少钱进多少书，至于你们进什么书到哪里卖，刚才已经给你说过了，你也在说话这段时间实际看到了。有时逼仄的路走得才踏实，换句话说，知道苦才会不怕吃苦。他说，明白，老仙说过类似的话。晌午，他和海红买四个饼子两瓶汽水，找到无人的角落，放下行李，蹲下边吃喝边数钱，计划后面的生活。

有了那老板和二爷的指点，吃罢饭，行李暂且安置到个小卖部，给几毛钱让看管到晚上。他和海红拿着仅有的四十块钱，边走边打问进书的地方，花费两个多小时才到达。进书的人不少，有开车、开四轮、开三轮的，最不济的骑着自行车，他俩跟在队伍后面排队。到他们，登记的人问上多少货？他伸舌头润下干巴的嘴唇，低声说，四十块钱能上多少货？登记的人抬头看他，不敢相信自己听到的，说，你再说一遍，不是开玩笑吧？他说，不开玩笑，我们没有多的资金。后面排队的人说，这点儿钱也敢称作资金，笑掉大牙了。登记的人说，四十块钱能上几本，看你买什么书？他想起二爷和老板给推荐的好卖的书，说，那就上几本卡耐基的书。

登记的人轻蔑地说，你倒是机灵，专挑最畅销的，最好卖的谁都想要，挑几本其他的吧。他厚着脸皮央求着说，给匀几本吧，通融通融，将来不会忘记您的帮扶。后面的人不耐烦地说，那么点儿钱，赶紧些，人家说不行就不行，纠缠什么，不要耽误别人的时间。海红又忍不住，他胳膊死死拽着海红的胳膊，继续给登记员说好话。登记员无奈，说，好好好，去那边领四十块钱的书，有常余零头让给你看得拿个其他的书。他在这里失了计策，四十块钱全拿了书，连回去坐公交的钱都没留，两人硬是走回去。到了大学外面，学生们已下课好一阵子了，不知还能不能卖掉这几本救命稻草的书，挣钱多少已不抱太大希望，回本吃饭是当紧事。选好地方，找张报纸铺在地上，把进来的书摆上。他凑在海红的耳朵上嘀咕几句，海红听完看着他，说，能成吗？他说，可以的。海红就不高不低地吆喝道，低价处理了，最后几本书，卖完就回家吃饭了。

过往的学生有的看眼，有的停住脚步瞅瞅，有的干脆蹲下翻看，问，低价处理，书的质量没问题吧？他低声说，书肯定没问题，你们还需要什么书给我说，我明天一并带过来，今天就剩这么几本了，我们忙着回家，别让我们的同行听见，要是听见我们卖得低他们有意见。这么一番算是骗人又不算骗人的话语过后，还真有作用，不多会儿书就全部卖完，包括那本找零钱没找给顶的书，不知是运气还是本事，除去本钱，多出四块钱，利润还是不错的，只是他们本钱太少，如果有四百块钱，一天全部卖掉，可就有四十块钱的利润啊。

　　天擦黑，走在路上，海红说，要想办法借些钱，要是钱没让那两个混蛋骗走就好了，手里有二百多就很不一样。他边走边思索，说，借钱去哪里借啊，咱又不认识谁，和旁人借人家凭什么借给咱？不过也不要太悲观，今天是进货路线不熟悉，白费了好多时间，明天熟悉些，一天可以跑三四趟。海红说，我们可以……好吧，今晚住哪里？昨晚那地方是不能去了，万一再被讹，手里这点儿救命钱也没了。他说，我们买两块钱的馍馍，坚持坚持，顺便到小卖部那里取上行李，为明天进货方便，今晚直接到进货地附近找个窝风的拐角凑合一夜。海红点点头。

　　两人背着行李边走边吃馍馍，海红吃了一块钱的馍馍不够，他留出一个给海红，借口自己吃饱了。海红知晓他是节省，不好意思吃，他好说歹说才吃下。到进书地附近，桥下的水泥柱子和土崖形成窝风处所。他们欣喜不已地下去，借着路上过往车辆的灯光，逐渐看清周边，海红跑得快，快到窝风处所时脚下急刹车，哎呀一声，他加速跑过去问怎么了，海红指指昏暗窝风处，原来已有乞丐占着了，不禁哀叹起来，真是难啊，好容易发现个避风处所还被人占据，另寻其他处所是唯一的出路，乞丐似乎发现了他们的意图，发出颤巍巍的声音，说，那边还有个和这里差不多的窝风处所，你们去那里。

他的失落瞬间消散，顺着指向跑去，海红跟着跑，果然有个差不离模样的窝风处所，今夜他俩不至于冻死。海红到附近捡拾些柴草回来，燃烧起火堆，借着光亮尽其所能地收拾。地上铺褥子不干净不算还潮湿，便到附近捡拾回不少绵软的枯草铺上，然后铺褥子，两人拥挤一起。海红跑累了，躺下不多会儿就睡着了，他睡不着，出来几天总算走对一步，仔细想来，他们算是幸运的了，没有沦落到流浪乞讨的地步。眼前的事物昏暗模糊起来，他稀里糊涂沉入梦乡。

睡梦中被冻醒来，他睁开眼，海红蜷缩在被子里瑟瑟发抖，不住咬牙巴子，他极力控制着身上的抖动，说，天快亮了，太阳出来会好些。海红说，要是有口烧酒有根烟就好了。他说，过几天就都有了，这两天是关键，咱俩尽可能多跑几趟，不知这边有没有大学，进书时问问旁人。海红赞成地点点头，说，会好的，这两天咱多跑。离天亮还得一阵子，海红冻得受不住，咬着牙钻出被窝，在地上蹦跳会儿，到附近捡拾来柴草，燃起火堆，两人围着烤火，他被微风吹拂起的柴烟味呛着，说，要是有洋芋就好了，烧几颗，滚烫烫吃着，拦羊那会儿经常烧着吃。海红激动地站起来，说，我们今晚把买馍馍的钱买成洋芋，三四块钱就能买好多，这样我们就能管饱放开吃。他说，好主意啊！怎么开始没想到，主要是能节省钱，吃饱不算还增加了进书的本钱。海红忽然担心地说，再去进书万一登记的人不给好卖的书怎么办？他说，你说的我想到了，不给就厚着脸皮软磨硬泡，给他说将来一定报答他，等钱宽裕了给买两条烟，以后要经常打交道。海红说，希望一切顺利。天刚麻麻亮，他俩找地方藏好被褥，轻身上阵，今日依靠的就是手脚麻利。

他们到进书的院子门前，门紧闭着，七点有人开门出来。有缘的是出来的不是别人，正是昨天做登记工作的人，看到他们，说，你们站这里做什么？他说，等你们开门排队进书。那人哭笑不得地说，又进四十块钱的？他说，对的。那人说，昨天给你说了，书都是提前预订好的，你们要得太少了，没办法备货。他抓住这个说情机会说，我们现在是要得少，后面会逐渐多起来，我敢保证，会越来越多，我们昨天省吃俭用，今天已经有四十二块钱了，出来闯荡不易，请您帮助下，以后定会报答您的大恩大德。那人收起前面的嬉笑表情，说，你们昨天挣了多少钱？他说，四块钱。那人说，你意思你们昨天只花了两块钱？你们两个人昨天只吃了两块钱？

他不好意思地笑着说，对，晚上吃了两块钱的馍馍，夜里就在你们附近的桥洞下面住的。那人说，现在还冷啊，夜里更是冷得厉害。他说，等后面挣到钱就找个遮风挡雨的住处。那人手扶着大门，说，你们今天想怎么经营？海红说，我们依靠体力和速度取胜。那人说，体力、速度？他解释着说，我们本钱少，争取多跑几趟，这样就能把有限的资本运作起来，唯一的难题是进书，所以请求您让我们顺利拿到货，我知道这是不合理的请求，但请您帮帮我们。那人说，你们靠腿脚满世界跑？他说，对的。那人停顿几秒，说，好，我帮你们，希望你们有好运气。他们跟在后面进去，头批拿到书，这次是四十二块钱，全是好卖畅销的书。

本想着两人兵分两路，海红听后觉得不行，说，现在不是时候,起初两人得在一起,等买卖顺畅了再合理分配两人的体力能力。他觉得海红说得有道理,现在还不是时候。现在是七点二十分,他们要赶上学生进学校的节点,大学生多住校,早上外面没人;中学不同,每日回家的人多。他们去附近的中学,中学生购买能力不知如何,没有多余的选择,只能硬着头皮上。一路狂奔,终于赶上了中学生进学校的大潮,他们把进的书摆在报纸上,海红吆喝,好书优惠了,走过路过不要错过,数量有限,先到先得。他惊讶海红口里不断流出的话语,一套一套。有学生被吸引过来,蹲下来翻看,还是问老问题,为什么优惠便宜,是不是盗版,等等。海红逐一详细耐心地给解释,他在边上瞅准空隙说一两句。

省城就是省城,上课铃响起时,他们的书也卖光了,比起四十二块钱的本钱又多了六块,等会儿去进书可就是四十八块钱的本钱了。说走就走,赶在大学生前两节课下课再卖一拨。其间,不过两个小时,他们得拼命跑,不能把两小时用得刚刚好,要余出半个小时备用,应付意想不到的突发事件。早上起来那会儿计划今天拼死拼活跑四五趟,现在看有可能突破六趟。

再去进书,登记的人吃惊地说,卖完了还是没去卖?书有什么问题?他抹擦把额头上的汗珠子,掏出四十八块钱,说,卖完了,再进一批,多亏您给的便捷。登记的人笑着说,行,我看你们今天能卖出个什么数量。这次拿的是小说,阅读故事是人的本能,清点好书的数量出了院子撒腿就跑,不知道的还以为他们从院子里偷窃了什么。到了所要去的大学,铺开报纸摆上书,看眼时间,离第二节下课还有二十分钟,外面已有零星的学生出来买东西吃饭。他说,海红啊,我们如果能去学校里面摆就好了,那销量、效益肯定很不错。海红说,以后会的。他说,等咱们规模大些就尝试着和学校管事的人商量，文化进校园也是好事情嘛，一年不说多，把省城这些大小学校过两遍，收入就很了不得。

下课铃响后几分钟，有学生从大门出来，路上行人便稠密起来。海红发挥特长吆喝，他现在是薄利多销，一个是为开拓市场，一个是为扩大规模。下课不多久书就卖完，四十八变成了五十三，看着不断增加累积的钱，他们更有心劲了。为节省体力，他想出办法，轮流着去进货。如此节省体能不算还能接续。中午放学一趟，下午前两节课下了一趟，下午放学一趟。晚上七点多卖完最后一次进的书，数手里的钱，四十二变成了一百零一，两人一天忙得水米没打牙，里面贴身的衣裳湿透，这会儿贴在身上冰凉不已。两人商量要不要再跑一趟，这趟跑回来八点多，有可能卖不掉。

海红跑上劲，说，我再去跑一趟，进上五十块钱的，即使卖不完也剩不了几本。他说，一整天几乎没吃饭你能跑得动不，疲惫咱就不去了，不在这一趟上，保持体力细水长流。海红兴冲冲地说，不打紧，争分夺秒，机不可失。他说，我们今天跑的路加起来能绕整个城两三圈，这次要去我们一起，黑夜路不好走，两个人互相有个照应。海红说，好。赶在进书地方关门之前进到书，登记的人佩服地说，你们两个真是不要命啊，有拼命三郎的劲头。他们忙着要去卖掉这批尾巴上上的书，简单言说几句就跑向计划好的地方。入夜天还冷，路上行人稀疏起来，海红为尽快卖掉书，在原有价格上便宜几毛，经过两个多小时卖完。

回去路上，两人的脚在火辣辣地燃烧，挨下地面就剧痛无比，忘却的疲倦慢慢苏醒过来，后响那会儿还想着夜里结束买几个油饼大口吃，现在毫无饿意，肚子反而鼓胀胀。想起昨夜里想好的吃食，便宜又实惠，吃几个有着烧焦皮皮的洋芋还是美好的。这个时间开着的蔬菜店不多，看到有个饭馆还开着，他们进去请求老板平价卖给他们些洋芋，好在老板不难说话，听了他们的情况还白送了几个。

回到桥洞下面已是深夜，捡拾柴草燃起烧洋芋。吃过夜已深，他们挨挤着入睡，明天继续跑，咬着牙坚持四五天，有了四五百本钱，两人就可从长计议且喘口气。睡梦中总担心睡过头，他一会儿醒来下一会儿醒来下，临明时睡踏实，再睁开眼以为睡过了，看时间不过六点多。海红生了火堆，把昨夜烧好的洋芋扔进去热下当作早饭吃，脚上水泡多，加上污垢，到边上冰入骨髓的河水里清洗，然后回来抬脚在火堆上烤，为今天依旧跑得飞快，挨个挤烂水泡，在裤子上揩擦干，装上剩余的烧洋芋，到进书处排队。上百块钱进的书就多了，他们靠体力搬运，太消耗精力，后面书会越来越多，得想个办法，这些问题只要有辆自行车，哪怕是破旧不堪只要推着能走动的自行车就好。今天肯定跑不了昨天那么多趟，按现有的体力能跑三四趟就是极限了。

两个人搬运着上百块钱的书，走一段路就得放下歇会儿，歇着歇着人的毅力就溃散。他边走边想，勉强来到大学外面，书摆开。眼前的难题必须尽早解决，不然将会成为阻碍发展的大山，想起妈妈说起过爸爸有个表妹在省城，论到他这里是叫表姑姑，尽管不是亲的，但能在省城遇见通常都会倍加亲切，老乡见老乡都两眼泪汪汪，更何况他们还有这层亲属关系。

书摊让海红看着，他极力回想妈妈说过的地方，边走边打问，绕转不知多远终于在某个短小的巷子里找到。试着敲门，里面有人问，谁啊？他说，请问这里是杨梅花家吗？里面传来向这边走来的脚步声，门开出缝隙，说，我就是杨梅花，请问你是哪位？他鼓足勇气，说，我是杨茂平家的大儿子，叫明忠，现在在省城这边谋营生，听爸妈经常说起您，就过来看看。比爸爸小几岁的女人略带犹豫地开了门，说，呃，你就是茂平家的大儿子啊，都长这么大了。开门的人转身往进走，他厚着脸皮跟着进到院子，院子不大，但应有尽有，一看就是殷实人家。进到家里，表姑姑让坐下，倒杯水放在沙发边的小柜子上，说，你什么时候来的省城？家里都好吧？他端起水象征性地喝口，说，五六天前来的，家里都好，本不该来打搅您。表姑姑坐在凳子上，说，亲戚么，没有什么打扰不打扰的，找见就来。

他想说几句亲近的话，隔壁房子传来声音，说，家里来谁了？表姑姑说，我大表哥家的孩子，来转转。然后对他说，你表姑父。他刚要放松的身体当即拘谨起来。表姑姑起身到柜子里端饭，说，昨天剩下的，但没有人动过，给你热上吃。他摆手说，不吃了，我坐一下就走。表姑父看着本书从门里进来，扫看他几眼，说，这就是你大表哥家的孩子？表姑姑把饭放进锅里，说，对的。表姑父坐下，继续看书，用余光不时看下他，说，中学毕业？他说，没有，念过几天小学，学不进去。表姑父说，那一直在做什么？他说，在家时就拦羊、种地帮衬家里，现在在这边倒腾书。表姑父露出被书半遮半挡的面孔，说，卖书？他说，对的，倒卖书。表姑父说，不识几个字的人都能倒卖书？你今天来家里有事吧？他听不惯眼前人那种酸腐的话语，暗想，老仙的学识文化比你这装腔作势之人强出百倍千倍，还是按住心中的不快，低声下气地说，我是想借您家自行车用几天，几天后立马还。

表姑姑说，那就借……话没说完被表姑父截住，说，我家也就一辆,平时买菜上班都要骑,倒不开啊。他想起进来时见过树上铁丝拴着的锈迹斑斑车胎瘪坏的自行车,说,我不用你们经常骑的,能不能把院墙根那辆坏的借给我?表姑姑揭开锅盖看饭温热没,说,那个要借就自己去推。表姑父忙补充说,那个不行,坏着呢,车胎、座椅全部风化了,骑不成。他说,我不骑,能推动就行,主要是为搬运书省些体力。表姑父说,车架子也风化了,支撑不了多少重物,推出去散架了书掉在地上,浪费你时间不算再别把书磕碰坏了,还有你这个脸、眼睛、嘴……能不能看清个路……表姑姑打断刺耳难听伤人的话,说,明忠,把这些饭吃了。他站起身说,不了,我先走了。头也没回,眼泪豆子样嗖嗖往下掉,出了院子,不管哪个方向,顺着路就走,要怨就怨怪自己看不清形势自讨苦吃,多少年没有联系的亲戚与旁人有什么两样。

没有时间沉浸于悲伤,海红那边书应该卖得差不多了,来这里时幻想过借到车子,骑着飞驰在省城宽阔的马路上,书卖得快,资金回笼迅速,进书越来越多,等有钱了给表姑姑家拿些吃的喝的感谢。现在看来真是异想天开一厢情愿,人家压根儿就看不起你明忠,这段时间忙得都忘记了自己的模样,歪脸斜眼。重新打起精神飞跑着去往海红卖书的地方,到达后摊上就摆了两本书,海红着急地四处张望,看到他说,你怎么去那么久啊?遇到什么不顺利的事情了?他笑着说,我们还能遇到什么不顺利的事情,现在已经不顺利到底了。海红说,我还担心你回不来,就剩这两本赚个几毛钱就处理掉,我们赶晌午下课时间再卖一批。他说,这批价钱怎么样?海红说,说起价格,今天吉星高照走好运了,你走了不多时就来了几个操着外地口音的人,一下子买走十五本,我说了比成本高出三成的价格,以为对方会搞价,没想到人家直接掏钱付款。

他眨动眼睛心算着，说，就是现在大概有一百一十五块钱？海红故作神秘地摇头，说，不不，应该是一百二十八块钱。他说，这一把确实可以啊，了不得啊，要是每次都这样，三五天咱就做得可以了。海红不知是没想到还是不愿说搬运的事情，忙着售卖掉最后两本。他们去时轻松，进到书，登记的人都忍不住说，你们往后书越来越多，光靠你们两个人的身体搬运可是不行啊。他想起去表姑姑家就心寒，鼻子酸涩，说，后面我们会想办法的。这天他们跑了三趟，腿和胳膊酸痛得没了知觉，中间去边上的吃食摊讨水喝，拿勺子时胳膊都剧烈抖动。勺子与牙齿碰撞得直响，老板笑着说，这么年轻手就抖成这样还了得。他无奈地回笑，说，过几天就好了。夜里回去，走在人群熙攘的路上，他俩累得连句话都不想说，仔细算了下兜里总共有了一百七十八块钱，今天无论如何要吃好点，不然这么重的活，几天就把人熬坏了。路过面食摊，推搡把海红，海红摇摇头表示不想吃，接着往前走，这么几次海红都不去。他心知肚明海红是太累了，这会儿急需回到桥洞底下歇息。

路过肉夹馍店面，他跑过去花十块钱夹了四个肉夹馍，准备回去躺在被窝里边休息边吃。路上海红越走越慢，像是喝醉酒的醉汉，走路七扭八歪。他硬是依靠着不倒的意志扶持着海红。到桥跟前，往桥洞下面走时，海红腿脚一时没有绷住，车轮样滚落在桥底的河滩上，他着急忙慌地跑下去，问躺着的海红摔伤没？海红静静躺着，推搡开蹲着的他，有气无力地说，挡住我看公路缝隙漏下来的光了。他顺着海红的眼睛，看到桥梁间没有完全弥合住的微小缝隙渗透下来的路灯光，说，有没有摔伤啊？脑子没摔坏吧？海红说，偷个懒，下坡来个自然滚落。他看人没什么问题，站起身到安身之处，说，你去捡拾柴火，我去取被子，到河边洗漱下烤烤火，然后钻被窝里吃点儿东西早点儿睡，明天又是场硬仗。

海红依着黑夜站起身，去周边捡拾柴火，十几分钟后，抱着大堆软的硬的柴火回来，放在烧过的灰烬印记上重新点燃。剩余的烧洋芋扔进火堆温热后继续吃。他们洗漱完，躺在被窝，看着油灯样忽闪闪忽闪闪的火光。他吃着烧洋芋，海红蜷缩在被子里苦思冥想着什么，肉夹馍递过去也不吃，烧洋芋放在枕头边散发着浓浓的香味，说，我们得想办法，这样搬运书不行。他说，先吃东西，办法总会有的。海红自言自语着说，抱着扛着不行，我们可不可以背着？像老家背庄稼那样。他忽地坐起身，说，好主意啊，明天我们买两根绳子，等后面赚钱了买自行车或脚蹬三轮车。海红钻出被窝拿个肉夹馍向着火光外的黑暗跑去，他没来得及阻拦，呼喊着，海红，你这是去哪里啊？不见踪影的黑暗里传出声音，说，你别管，等会儿就回来。他担心出事，呆呆望着静如水面的黑色，希望尽快激荡出人影的波纹水花。

海红回来手里的肉夹馍不见了，换上两根粗粗的绳子，兴冲冲地扔在地上，回到被窝说，你拽拽看结实不？他拿起使劲儿拽，说，这绳子不要说背书，就是背石头也够用，你哪里来的？海红说，还记得那边桥柱子下住着的乞丐不，我昨天捡拾柴火见他烂兮兮的行李里有绳子，刚过去商量着拿肉夹馍换的，明天不用再买，节省一点是一点。他说，肉夹馍你赶紧吃，我吃洋芋都吃撑了。海红拿起个吃，说，剩下三个咱一人一个半。他说，你放开吃，我真饱了。海红说，我就吃一个半，剩下的你自己处理。

洋芋无论如何不会比肉夹馍有味道，尤其对于饥肠辘辘的人来说。他吃了一个，剩下那个强让海红全部吃下。再背五六天，赚到七八百他们就可以有更大的规划。咬紧牙关干了六七天，钱累积到八百多，他们最先要改变的就是住处，桥洞底下说危险也危险，如果半夜有人趁他们睡梦中打劫，再弄个功亏一篑一无所有，那可真不知如何是好了。踅摸几天看中个逼仄但能睡觉的地方，因为里面没有床价钱能低不少，最后商定每月六十块钱。能节省几十是几十，再说，床对于他们来说也就那么回事，去市场上捡拾些纸片子，铺在地上，多铺几层就好。看样子这里原先是杂物间，房东把大部分东西搬出去，剩下零碎的垃圾灰尘需要他们自己收拾。和房东借扫帚，房东知晓房子的脏乱，说，不是我不借你们，是我借给你们经你们用过就算是报废了，如果实在不想买新的，给我五毛钱，门后立着的那个扫帚就归你们了。

他觉得好笑，村里簇新的扫帚不过四五毛，现今就那磨掉大半的扫帚也想卖五毛钱，想钱想疯了吧，说，那还是算了。回到房子，他捡拾起地上的瓶子，到院子里摆放的水缸前装瓶子水，淋洒在地上，看到有废旧报纸，就地取材，将报纸揉成团当扫帚使唤，地面清理得花脸猫样，终究比不清扫强，先凑合着铺上纸片子住下。以后夜里可以安心睡觉，里面门一锁，谁都进不来。喝水需要瓶子，他到附近的小卖部买两瓶罐头，吃罢罐头玻璃瓶子以后可以当作水杯使用，以后出门也不用再为找不到喝水的地方犯愁，或找到喝水的地方为没有盛水的器具犯愁，有了瓶子出门装上一瓶，口渴时喝点，维持一天没问题。

随着时间推移，简陋的房子里逐渐有了零碎摆设，捡拾人家不要的废弃木板，抬回家，找来砖头垒砌，搭建起摇晃的床铺，海红满足地躺在上面，说，再不用担心地上千奇百怪的虫子爬进被窝了，桥洞下住的那地方别人都拉过屎尿过尿，刚收拾时我就发现，没给你说。他说，你以为我不知道啊，还有更恶心的，我就不说了，总算挺过来了。将近一个月的拼搏，他们终于可以喘口气。赚到一千多时，海红和他就商量，能不能分开干，他想到会是这样，只是没想到来得这么快，既然提出了，也就同意下来。

平分了钱，两人各自进书各自找地方摆摊。

总想着进学校去摆摊，学生是到校门外来，但总没有在学校里待得时间长，一直琢磨找寻合适机会，苦于没有。有天夜里他正在收摊，移动身子到路边卷铺着的布毯子，发现有个钱包静躺在地上，他捡起看，里面装着不少钱，看身份证和其他卡片，发现有学校的职工卡片，这可怎么好？犹豫之际，路上有提着公文包的人经过，从穿着打扮看像是老师，就当机立断喊叫说，哎！您好，您是学校里的老师吗？那人站住，手指指着自己，张着口，说，你是在叫我吗？他站起身走过去，说，请问您是学校里的老师吗？那人停顿下，说，是吧，怎么了？他为难地说，您有什么东西能证明？那人先是迷惑不解后无奈地笑着说，我为什么要给你证明，你这么平白无故把我叫住有什么事？如若你心怀不轨呢？他说，不不不，我不是坏人，我是有事求您帮忙，我捡到个钱包，大概是你们学校员工丢失的，这会儿去派出所我赶不及，给学校保卫室又不放心，看您像是学校的老师，想着老师总是可信任的，就叫住您。

那人恍然大悟，说，噢，原来是这样啊，你让我证明是学校的老师是要弄这个事啊。他说，对对，我收摊着急回去，去派出所来不及。那人从包里掏出学校的职工卡片和身份证，看他还不放心就领他到学校门口的保卫室，保卫室的人见那人笑着说，张……那人咳嗽几声，他在后面没看到他们做了什么交流，保卫室的人接着说，您怎么来了？那人说，有人捡了钱包，交到你们这里，明天看有没有人来认领，捡钱包人不放心，我来做个见证。保卫室的人笑着对他说，即使没有张……张老师见证，我们也定会公正处理，没人来认领会派人在学校寻找，如果不是我们学校老师学生的我们会交送到派出所，都有记录。他拿出钱包放在桌子上，说，是你们学校的，里面有身份证和你们学校的卡片，还有我们当面把里面东西确认清楚。

保安开始清理钱包里装的所有东西，数钱中那人时不时看他，脸上表情说不清是什么意思。他大体记下各种卡片，看着记录在本子上，他在上面写了带有自己特殊字迹的两个字，这样他们想作假改动也难，钱数是一千八百五十七元五角。见全部处理完，他说声谢谢，出门到门外墙角提起装有布毯子和剩余书的包往校门外走。那人跑出来叫他，他站住，说，哪里没说清楚？那人说，你叫什么名字啊，做好事也不留个名姓。他说，没什么的，丢钱包的人这会儿肯定着急坏了。那人又用刚在门卫室里的眼神看他，说，你不说名字是不是担心人家说钱包里少了东西然后要你赔？他说，我长得不好看但为人光明磊落，你听清楚，我叫杨明忠，卖书为生，在各大学校间跑动，你们学校我常来，如果有什么问题随时找我。失主如果不怕昧良心说里面少了什么我照数赔偿，之所以在刚才登记钱包物件的本子上没写我的名字是另有原因，不用胡乱猜忌。

那人一手提着包一手托着下巴认真地看着他，说，我怎么才能找到你啊，万一你明天不来后天来，后天不来明天来，而我恰好要在你不在的时间找你。他思虑下心中做好的摆摊安排，快速做了调整，说，你们学校我一周来两次，今天是这周的最后一次，但你这样说了，我近三天连续来你们学校，三天后我就按着原先计划好的正常安排了。那人说，三天足够了。回去的路上他左右盘算，为什么要说三天啊，说两天不可以吗？太老实，他们学校一周去两天都显得多，唉！怨就怨自己爱多管闲事。事已至此，想再多都属无用，走一步看一步，车到山前必有路。

到房子海红正在吃饭，让他坐下一起吃，他不想吃，倒杯水边喝边给海红说钱包的事。海红说，那么多钱啊，你现在正需要资本，你捡走你不说也没人知道啊，真不晓得你是怎么想的，别再好人好事没做成反被人讹。他故作淡然地说，听天由命吧。第二天进书没敢多进，进了往常数量的七成，登记的老熟人凑过来问，生意不好了？他说，没有，唉！一言难尽，完了找时间给你说。这天果然如想象的，买书的人不多，有几个眼看就要买下又改变了主意，他干脆靠在树上看书，明天后天会更冷清，这三天算是废了，里外的损失啊。本来要去其他学校外面，隔了这次下次去生意就有可能被人抢走，积累的顾客资源也会被拉拢走。还是那句话，多想无益不如安心看书，面对接受所有损失。这天等到收摊也没见学校有人来找他，他边收摊边嘟囔，熬着吧，自己挖的坑好好坏坏得自己填满。

海红生意好，每天加菜，房子里的空气一天一个味道。事情真是怪，两个人好像非要一个得意一个失落，难道冥冥中有什么东西在维持着平衡？他躺在被窝睡不着，坐起来身子倚靠在墙上看书，出来这些日子不知老仙过得怎么样，眼看就要入夏，老仙是个浪漫且学识渊博的人，应该想尽办法把老仙带到省城看看。

第二天与第一天一样,学生职工进进出出,没有人来找他,后晌些有个老头在他书摊翻看半天书,选中差不多二十本,他真诚地给打了最大的折扣。所有都说定,谁想老头翻遍所有衣裳兜也凑不齐说定的钱,说,不好意思啊,书我肯定要,你不要卖给别人,明天我钱带够过来拿。对方穿着虽然朴素但气质不凡,不觉间看到老仙的身影,定是爱书之人,他说,你现在有多少钱?老头说,差十块钱。他说,差十块钱就差十块钱,卖给你了。老头开心得像个孩子,说,感谢啊感谢。二十本书搬起来可不轻,老头吃力地搬几次没搬动,他看不过去,让老头引路他帮着搬到校门口,然后让保安照看着书,老头分批搬或直接帮忙搬到地方。老头说,到校门口就好,门卫室的人我认识,随便找个人就搬回去了,谢谢你啊,小伙子,心善心好。

他们没到校门口,门卫室里就跑出人从他手里接过书,老头笑嘻嘻地和他握手道别。他窝靠着树守到天黑收摊回去。刚进门海红就要请他出去吃饭,理由是今天有人直接订货一百本。一百本啊,挣的钱够买辆脚蹬三轮车,以后拉货就方便了。他跟着去,点三个菜和一瓶酒,酒精的作用下,紧绷的神经终于有了舒缓。最后醉醺醺歪歪扭扭地回去,睡得放松踏实。醒来太阳出来好一阵,他强支撑起疲倦不堪的身体,洗漱完背着昨天卖剩的书到学校门口,铺布毯子有序摆放书。今日阳光好,摊子摆好,站起身脚蹬在树身上压腿伸展胳膊,消解酒后泛起的乏累。

晌午,他正啃着昨天夜里喝酒打包回去的饼子,熟悉的身影出现了,蹲在书摊前翻看书,说,你倒是真无所畏惧且诚实守信啊。他语气坚硬地说,行得正坐得端,不做亏心事不怕鬼敲门,怎么样,有结果没?那人说,当然有了,不然我来做什么。他大口嚼着饼子，说，还以为你不来了，有结果了就好。那人挑选着书，说，其实那天之后就有结果了，只是我不想来说，今天也是强逼着自己过来给你说下。他说，这么为难你当时可以不揽承此事啊，我实在没办法就会交到派出所。那人拍拍手站起身，说，摊位收拾起跟我来。他说，去哪里？没头没脑的事情我不去。那人说，让你跟上就跟上，废话那么多，叫你去肯定是有事情。那人进学校大门，看他没跟上来就站住等待，门卫室的人出来说几句话，他背着书，跟着来到学校一栋楼前。

书放在楼管处，他跟着上到二楼，来到走廊左边最中间的办公室，学生样拘谨地站着。那人找到杯子提起暖壶给倒水，说，坐啊，这里没有别人，就咱俩，你经常看书啊。他在最近的沙发上坐下，说，说不上经常看。那人坐到桌子后面的椅子上，喝口水，说，你也喝水，我窗户这里能看到你，见你坐着蹲着或站着看书，挺好的，年轻人就应该多看书提升自身文化修养。他小抿口水，说，我没上过什么学，看书也是一知半解。那人说，忘记自我介绍了，我叫张怀民，是这学校总务处处长，今天叫你来是有个事情想征求你的意见，我们学校原来开书店的那个人因为胡乱提价销售，经过学校领导开会决定开除，现在需要重新招人，你愿意做不？他不敢相信自己听到的，这也太幸运了吧，想什么来什么，说，肯定愿意啊，求之不得啊。眼前的人说，学校给予的政策很优惠，一个原则，尽可能让学生们得益。他说，可不可以具体说下。眼前的人说，前三年不收取房租及水电费，那间书店的房子大，后面有住宿和做饭的地方，住处逼仄是逼仄些，但并不影响正常生活，唯一的要求就是书的价钱不能高于进价的两成，学校会拿出部分费用给予你适当的补偿，这个你要有心理准备。你看你有什么条件没，都可以提出。

他说，已经很好了，多好的事情啊，我有个问题不知该不该问？坐着的人站起身去给自己杯子添水，他要帮忙被制止，说，你是要问为什么选择你吧？他说，是啊，我们原先又不认识，为什么选择我而不是别人？眼前的人倒好水回到座位，说，因为你的真诚打动了我。他不解地说，真诚？坐在桌子后面的人点点头，说，对，就是真诚，捡了钱包，你没有贪财，其实你拿走又有谁知道呢？那可是一千八百多啊，而且你还站在失主角度考虑，你又是多么善良，这个是装不出来的，第二天有个老人买了很多书记得不？你给少了十块钱，还帮着搬到大门口，你知道那是谁吗？他说，谁？喝水的人放下水杯，说，哎呀！那是我们的老校长啊，你这运气太好了，老校长对你评价极好，开会审议书店换谁来经营，我提起你，老校长很支持。

梦寐以求的事情没想到会以这样的方式实现，怪不得人常说，但行善事莫问前程，因果自来。从楼里出来，背上剩余的书，走在校园里，脚下轻飘飘，地面像是棉花做的，不敢想象自己是在真实的世界里。有了书店，住所也就稳定下来，要是海红愿意来，就退掉租赁的房子，海红不愿意来，他付的那份房租照样付。坐在公交车上想着，用所有积蓄进书，填充满书店的书架。兴奋归兴奋，不要忘记重要的事情，进书之前先调查清楚受欢迎的学习资料和课外文学艺术书籍，不然进了大堆卖不掉，资金搁在里面不能回笼会遭受灾难性的打击。海红说自己住在这里挺好，置办下这么多零碎东西，懒得再搬，就不去了，你也刚起步，等你稳定了再看。他不强求，房租坚持按原先的方式支付，如果连这个都没有了，两人的情谊就从根基上断裂了。海红同意按原先的方式支付房租。

　　有了地方就不用漂泊，他没有多少时间准备，学校的学生等待不了，接下来几天完全投入学生们对书的种类、数量、价位等需求的调查。数据充足后整合，得出结论，借上海红的三轮车去进书，海红主动要求来帮忙，两人打扫卫生，整理摆放书。整整两天时间，疯狂工作，第三天正式开张营业。为重新笼络聚集人气，开业前三天所有书一律八折，他给出的价格绝对公道，学生们都能感受到。第一天来的学生不是很多，第二天就爆满，不到关门时间各种书籍就被买光，当天关门后就去进书。装书过程中，海红问他，敢不敢多进些？他说，不是敢不敢，是手里没钱了。海红说，明天最后一天肯定要大爆发，想象不来会是什么样的局面，你没钱我有啊，我现在规模小，手里有余钱，你先拿上用。他拿不准地说，明天真会是爆发吗？我怎么有些慌，万一没有太多的人。海红说，那你这会儿来进书是为什么？明天清早不能来？他回答不上来。海红去登记处增加进货量，随后到财务交了钱。回到书店摆放完书，海红没有回去，他到学校商店买些吃食和几瓶啤酒，两人边吃喝边聊。海红惆怅地说，我有可能要回去了，我家里托人带来话，要我尽快回去，不回他们就来请我回去。他眼眶湿润，从那天两人车上遇见到现在，共同经历了太多，海红回去他就没有了知心人，不由得拍着海红的肩膀，说，海红啊，有没有可能找人给你爸妈解释下，或者我们想办法证明，我们现在在省城正处于蒸蒸日上的阶段，只要坚持下去就能获得成功。海红摇着头说，你又不是不知道咱们的父母亲人，做起事情来强势霸道固执，不达目的誓不罢休，没有人能说得动他们。

　　他内心的失落难以诉说。海红拿起多半瓶啤酒，头仰起咕噜咕噜喝不停，一气饮尽饱嗝连续响起，红钻钻的眼睛搭配着强做出的笑容，无比心酸无比苦闷，说，你好好弄，我回时会把所有东西给你留下，你能用的用，没有用的就扔掉，苦于我是家中的独子，他们恨不得将我永远拴在他们身边。人啊，反抗不掉就需要认命来苟活，你开了店，后面随着时间推移和经营规模逐渐扩大，不仅在学校还要在市区开店，最好省城多半书店都是你开的，你起个名字，人家一看牌子就知道书店是你开的，想想就美就有意思。他说，你说得对着，未来还会遇到很多挫折，希望我们都有个好的生活，将来如果有什么用得着的地方，你说话，海红，我好在有个弟，还有就如《老子》里的话，无用才是大用，我脸上眼上的毛病，少有女子看得上我，所以结婚自然就不能成为着急的事情，有时想，也要感谢这歪脸斜眼。

海红喝得猛了，饱嗝不断，说话断断续续，说，你说得很对，我倒是没毛病，你看看现在，好的成了不好的催化剂，要回去延续香火。我们的思想啊，为什么就要结婚就要生儿子？为什么就要和人家比较？好无奈啊，明忠，叫天天不应叫地地不灵，道德传统那个东西太厉害了。他要多给海红宽心鼓劲，说，海红，也不要悲观，你回去完成了咱家里大人给安排的事情，顺了他们的心如了他们的意，没有了阻碍再出来。我这里没问题，到时你需要资金门店，只要我能帮到的皆不是问题。海红苦笑着流下两行清泪，拿着酒瓶子对着他举下，然后无所顾忌地痛饮。

他心里牵挂着明天书店的事情，海红喝得多了，给扶持到后面的床上安顿躺下，自己到前面地上铺些书，然后铺上被褥躺下。海红面对的难题他不知何时也要面对，希望来得晚些，毕竟书店刚起步。明日真会有那么多学生来吗？想来想去无果，怨怪责备起自己的畏缩,从何时起自己变得这么犹犹豫豫拿捏不定,做事情该果断就得果断,风险哪个事情没有。海红在里面响起酒后彻底松懈下来的呼噜声,他胡思乱想,不知什么时间睡着,醒来感到刺眼,看到忘记关掉的灯,翻身看眼手表,四点五十,能起来了,把没有整理好的几十本书整理好,地面拖洗干净。希望像海红说的那样,人山人海。

六点二十学校响起起床铃声,他到食堂买了早饭,自己那份先吃了,海红的放在后面房子,等海红起来了吃。他想,如果真忙起来恐怕连喝水的时间都没有。做完早操有学生路过书店,看到横幅公告就有忍不住进来的,翻看书后由于出来匆忙没带钱,就让他千万留着,等会儿带钱下来买走。他满口答应。学生诚信,不多会儿就带钱来把书买走了。类似情况,到九点多就不敢应承了,因为买书的学生越来越多,书有限,想要买得先付定金他才能给留下。海红醒来走出来,书店里已经挤满人,吓得海红赶紧回到后面小房间洗漱,随即出来帮忙。

午饭时间达到了高峰,有不少学生在书店外排起队,店里的书有三分之二被卖掉,他看本子上的售卖记录,让海红雇个三轮,到书城再进一批书,进回来直接现场售卖。海红带上他给买的早餐,出门时看到被学生围裹住的他,说,你能应付过来不?他说,能不能都得应付,你赶紧去,以最快的速度回来。海红边跑边吃,跑出校门遇见三轮就拦挡住坐上,直接到书城。登记的人惊诧地看着海红,说,你们现在的生意这么火爆了?都快赶上市区书店的日销售量了,你们是怎么售卖的?海红气喘不止,狼吞虎咽吃下去的食物在肠胃里翻江倒海,顾不及说太多话,只说,今天是爆发点,说不准后响或将近天黑还得来,不,是肯定要来。海红不敢耗费时间，一个是回去送书，一个是回去帮助售卖。三轮车师傅开得飞快，一路畅通，到书店有些书刚刚卖断货。

学生们上了晚自习书店才消停了一些，空间逐渐被释放，稀疏的几个人转悠着翻看剩下不多的书。他清点缠裹成团的钱，数清好等会儿没人了关门去进书，补全书架的空缺，接下来定会悠闲自在几天。海红洗漱完坐在书店外面的水泥台阶上，吃着买来的饼子，吹着舒适的凉风。他处理完所有事情，倚靠在书店门上，看着海红，要是坐着吃饼的人不回，完全可以找关系到其他学校再开一间书店，海红是知心人，管理着他放心。他要未雨绸缪，提前思考扩张门店和管理方式的问题。

一八章　明忠　清丽

海红没过多久就踏上了回去的旅程。临回时，把书和生活用品等零七碎八全部给他，他给折合了钱，强行塞入其包里。海红是秋里结的婚，他忙得没回去，想找谁给捎礼钱也没人，心想干脆等过年回去再说。入冬，学校书店稳定下来，每月营业额很不错。寒假，学校领导因为给他书店的补贴发生了争执，老校长和张处长提议应该尽力给予补贴，有领导不同意，说，那书店每日买书的学生很多，听学生们说价格也不低，我们不收取任何费用已经给了最大的鼓励和支持，再给补贴就不合适了。张处长说，这是人家生意好，如果生意不好补贴不？主要这个提议是我们当时开会通过的，而且前面几个经营书店的人都享受过如此或多或少的补贴，现在不能因为人家生意好就言而无信地撤掉。持反对意见的领导说，政策是人制定，自然就可以灵活改变。张处长说，我们签了三年合同怎么算？难道合同仅是张废纸，小孩子玩过家家游戏的玩具？有领导说，即使不说这些，前面有人说给学生卖书的价格不低怎么说？原先几个经营者是怎么被处理的，屡教不改嘛。张处长为此直接叫人找他到会议室，当面对质说清。正好他也委屈，进到会议室，张处长让他坐下，说，有人说你卖的书价格不低，有没有此事？

会议室里的人，哪些人想给他使绊子、哪些人中立、哪些人帮助他相信他，他看得一清二楚，暗暗告诉自己，掌控压制愤懑的情绪，有理有据地诉说才可以让事情成为本来的样子。他调整呼吸，舒缓语气，说，我卖出去的书都有记录，当初说好是服务学生，每本书我都以最低价格出售，即使这样我也能赚到钱，因为学生数量庞大。再者，学生买了觉得各方面实惠才会再来，而且会推荐给朋友，朋友再推荐给朋友，前几天就有几个学生一次买了好多本，我问买这么多看得完吗？他们说是给其他学校的朋友代买的。学生们走后我想到其中的漏洞，自此，从我这里买走的书，不仅要盖书店的章子，而且还要盖在书页组成的棱角上，这样就能避免从我这里低价买走然后高价出售给其他学校的学生。不久前也有学生给我说，你这里价格低，我同学学校书店价格高，老板们都不开心，你抢了人家生意。听过后，我思考良久，觉得还是要保持现有的价格，这里是学校不是外面的市场。就价格，你们不相信我说的可以去问任何一个在我书店买过书的学生。持反对意见的领导不再说话，定是在悔恨低估了对手的实力。

张处长说，还有什么要说的吗？有人说，我们学校是国家的学校，不是某几个人的，这种补贴还是要慎重决断，有需要给补贴没有需要就不能给，说来也是合情合理嘛。他为不让张处长和老校长为难，不卑不亢地说，这位领导说得很有道理，但事实是我们签了三年的合同，合同上白纸黑字写了补贴。我想这样，法律效力我们不要破坏，人情方面可以通融，补贴多少你们可以大胆商量。我拿到这份或多或少的补贴会想办法捐出去，比如，按书的进价捐赠些书给图书馆，这只是常见的一种方式。

老校长带头鼓掌，说，我说几句，请各位批评，我们都是文化人，格局胸怀自然宽阔。杨明忠开书店是好事情，服务学校服务学生，不要过于纠结补贴那几个钱怎么样。我们文化人有个毛病，文人相轻不算，很多人还以貌取人，你们大概是看到杨明忠的面容就觉得此人不可行，如果真是这样，那你们就错了。我有个朋友，众人皆称为二爷，经常出没于省城的大街小巷，吆喝着收旧书。前段时间我们相见，他告诉我，看到了本很是古旧的书，我问拥有者是谁，他描述半天但不知姓名，前几天我和二爷确认过，此人就是杨明忠。收起你们的傲慢与偏见，善忠做人。会议室静悄悄的，他再坐着就不合时宜了，便给张处长和老校长示意自己先走，老校长点点头，张处长做出请的姿势，说，杨明忠先走。他站起身对所有人致以微笑，压着狂跳的心，走出会议室。

经朋友介绍，他接手了离这里不远另外一个学校的校园书店，那边收取一定费用，经过几个晚上计算，基本上能过得去，不管怎么都需要有人来打理经营，凑着寒假，找两个人把接手的书店重新装修。海红说得对，要有自己的特色，不仅是招牌，更要在装修、桌椅、书架等各处细节上下功夫。原定的是过年前十天回，现在看回不去，另还有一个学校的校园书店也在找合适的人接手，这个是他在招工装修第二家书店时在广告栏里看到的，用手摸胶水还没干，立即联系察看，意想不到地顺利，很快就谈下来。回家只能往后推，人员可以年后招聘，书店的装修却不能拖延，现在把书店全部装修好，等快开学进书、上书、招聘合适的人看管，他呢，在三个书店间来回跑动监管。紧赶慢赶，两个新书店在过年前两天完工，他安顿好三个书店，坐着最后一趟车赶在过年当天回到家。

　　见到海红，补上结婚时没随的礼钱，然后两人闲聊。海红看上去没有想象的那么忧愁，妻子在另一孔窑里给他们做菜。结婚的新家不错，墙壁粉刷得白白净净，进来时没注意，不知是不是新窑。结婚照挂在窑掌墙上，锅台上摆放着簇新的暖壶和锅碗瓢盆，筛子里有蒸好的白面馍馍，用笼布苫盖着，防止皮干。妻子把炒好的菜一个个端上桌，本来说在地上的圆桌上吃，觉得冷，就移到炕桌上，暖窑热炕坐着多舒服多自在。海红端起酒，说，感谢你啊，明忠，省城的照顾和婚礼已经过去还来随礼，都在酒里，我先喝一个。他端起酒，说，说的都是啥话，听说你结婚，本来想着回来，你也晓得，开书店缺人少手，没走开，请兄弟理解。

　　两人仰头刺溜一声，酒杯即空，拿起筷子就几口菜。海红给倒酒，说，现在经营顺了吧。他说，还行，中间出过些问题，不过都能解决，主要是缺人手，回来前大着胆子接手了两个其他学校的校园书店，过几天就得回去，要赶在学生开学前全部准备好。海红吃口菜，说，那就是三个书店了啊，你能经营得过来？他说，不然说缺人手，你后面还能走开不？海红探头看下通往隔壁窑的过洞，担心妻子听见，说，我被家里绑死了，我老丈人家种了很多果树，意思让我帮着去照管，挣钱后和我小舅子平分，我推辞几次推不掉。他端起酒杯抿些，说，这样大概率就走不开。两人闲扯到后响，他借口家里晚上有事离开。

见到庙峁子就想起老仙，前两天与爸妈闲聊中得知老仙这半年身体不好，有去庙上转悠的人见到过，说人瘦得皮包骨头。有些好心人去庙上布施烧纸顺便给带些吃的，年纪大了下不来，吃水就是村上安排人七八天给挑一担。这时回去也无事，正好去趟县城，给老仙置办些东西。他顺利搭上路过的车，到县城找到几家开着的店，买了所能想到的东西，大塑料袋装不下，老板给腾出两个装货物的蛇皮袋，装了两袋，一袋各种熟肉和年茶饭、蔬菜，一袋花花样样能储存的零碎吃食。回去时天已黑尽，他高价包车回去。

回到村上，肩上扛着一个装有熟肉年茶饭蔬菜的蛇皮袋，手里提着另一个，老牛上坡样一步一步往老仙家走，有些时间没来了，漆黑里他还是看到了变化，地上荒草丛生，走在上面擦着鞋和裤子，戏台有个角上的石头和砖塌陷掉落，搭建的木头横梁岌岌可危，忍不住地酸楚。到门上，他敲响那扇熟悉厚沉的门，里面没动静，他放下肩上扛着的蛇皮袋，两只手上去使劲儿推，里面这才有了声响，说，谁啊？这么晚了，等下。沉重无力的脚步声向门这边来，放下门栓关，他躲藏在门框边，老仙开门探头出来，说，谁啊？没人，难道是我听错了？在老仙纳闷中他站出来，说，老仙啊老仙，才多久没见你就成了这样，唉，不行！不行。老仙开心地说，哎呀！是你猴娃啊，就说么，有谁登我老汉子的门，将死之人了。

他两手使劲儿提上蛇皮袋，责怪地说，快不要胡说，再活个二三十年没问题，他们不来是他们傻痴愚昧。进到窑里，老仙按开灯，说，你来我没什么好招待你的，唯有这个亮光。他看着崭新犹如蓝天白云的灯光，说，这是万物皆羡慕的礼遇。老仙看到地上的两个蛇皮袋子，摇摇头，说，猴娃娃呀，你拿这些就是多余，我吃不动，牙只剩几个。他说，慢慢吃，你窑后土洞子里凉爽，可以储存。坐定后，看到炕头又放着几本书，与送他的那几本从外观看别无二致，转头看窑里，一片苍茫之意，似许久没有住过人，地面干巴巴，仿佛置身于荒园，周围的墙壁皆成虚妄。老仙不知从哪里拿出瓶酒，说，喝点？他说，好啊。想起蛇皮袋子里有熟肉，站起身到蛇皮袋里翻找，摆出刀案切成片，调拌好，端到桌子上，说，蛇皮袋子里什么吃食都有，包括酒，今天先喝你这瓶。老仙换上双干净的布暖鞋，洗净双手，招呼他到里窑，说，坐这里来。

他进到里窑，一块不规则的大石头旁边摆放着四块高低大小适宜的石头，不禁脱口而出，老仙，这是怎么弄进来的？老仙找来四个酒杯笑着坐下，说，我说用神力你信不？快坐下吧，咱一块喝几杯。杯子四面摆开，都倒满酒，他不知坐在哪里，老仙说，坐我对面，你现在历练得有些意思，千万要记住，心中的本意凝结成块，凝结成的块又消融成意气，这之间会有损耗，但不要伤及内里的心意。他坐定看看左右，说，内里的心意是什么？老仙说，知晓无用，你有就行，起码现在还是圆满的。老仙端起酒杯，说，咱们举杯碰个，感谢再次相聚，有老朋友有新朋友。他听话乖巧地端起酒杯，一饮而尽，老仙又端起右边那杯喝掉，他看下老仙得到肯定，端起左边那杯喝掉，顺手拿起酒瓶依次添满，说，老仙，你这一年多过得怎么样？老仙说，在老去在死去，听说你过得不错？他说，听谁说的？老仙说，你家那个远房亲戚回来，你爸妈跑去问你的情况，然后村里人都知道你过得不错。他忍不住失笑起来，说，过得还行，过几天去了安排进书，迎接开学，现在有三个校园书店。老仙说，那确实不错，万事你自己斟酌，我们见一次少一次，死亡在追问我生命的意义，我答了几次不被认同。哪天答案被接纳了，我也就去了。

他怨怪村人对他照顾不周，老仙伸出手，示意他打住，说，村人不错，安排人给我十天半月挑次水，没有让我死去，活着我就能延续思想的根脉，感激万分。世俗如此，千百年来如此，不要指望数十年甚至数百年有何改变。他说，我多留几天，开春带你到山里看春天，还有省城的南山。老仙端起酒杯，说，随意，大家随意。随即小酌一口，说，这里的春天我在家门口就看完了，省城的春天几十年前路过游玩过几日，足矣，往后你替我看便好。南郊山里多去。他端起酒杯，说，我干了，老仙，若是可以，我把其他两位的也代饮了。老仙点点头，说，喝完瓶里酒，你就走吧，我需要休息需要读书。他们没了言语，一杯连着一杯喝。喝毕，老仙送他到门口，从口袋里掏出个一拃长的铁棍棍，放他手心里，郑重地说，猴娃娃，保管好这个，性命丢了也不能丢这个。他说，什么？老仙没说话，转身轻轻关上沉重的门。

路上他紧紧攥着这根不知名的铁棍棍。上了坡道进到院子，回到家里，借着灯光察看琢磨不透的铁棍棍，像是古老的钥匙，老仙给他这个做什么？还说性命丢了都不能把此物弄丢，如此重要的东西给他，其中有什么深意？妈妈在正窑喊他，说，明月和文东来了。他忘记这茬，正月头上，明月、文东自然要来，他说，好，就来。装上回来带的烟，进到窑里，明月亲热地说，哎呀！大哥，这才多久不见气质上有了大变化，倒究是城里人。他说，连你也开始欺负大哥了。掏出烟给爸爸、文东散发，爸爸说，我不抽，太淡，没味。文东接过烟，擦根火柴向他伸过来，他示意自己有火，文东给自己点上，说，省城怎么样？他说，就那样，胡闯荡么。

明月说，大哥才是文化人，文东教书就是个虚晃的摆设。他白了眼明月，说，可劲欺负我这大哥，文东是老师，我是啥。文东抽着烟，说，明月说的话我从心底里认同，我现在不时出去接些吹唢呐和石匠的活，说句不怕你们笑话的话，很多时候我反倒觉得吹唢呐和石匠的活比做老师有意思。爸妈都说，憨娃娃，老师肯定比吹手、石匠好，老师教书育人，吹手、石匠算什么。文东无趣地笑着，说，咱这家里大人都这么想，我爸妈就更不用说，面子最重要。他说，只要你觉得对，明月也理解，你做就是，终究日子要你们两个人过。明月接住话，说，什么叫我也理解，我肯定理解。妈妈说，能教书还是教书，吹手打鼓，是古时讨吃打马的活计，石匠就是受苦人。他说，不要听我妈说，那唱戏的古时还是戏子呢，这些不要紧，随着社会时代发展都会有所改变。

文东有想法有担当，不拘小节不拘泥于古旧思想，他看着高兴。吃饭中，妈妈还像往常样，舀一勺肉给他，他想说不用舀，我吃我自己舀，但看着眼前人疼爱的笑容，没说出口，哽咽着说，妈妈，你快吃，我们都吃上了，你不用操心了。妈妈说，你们好好吃，叫明义、秀英他们来还不来，等会儿明月去转时给带上些。明月说，妈，带什么？妈妈说，带上盆面带上碗肉，笼布包好你们提上，妈妈谁也不偏心。明月说，我的老妈妈啊，你快不要弄这些，二哥家也吃着喝着，你们赶紧吃。妈妈不管明月说的，开始准备要带去的面和肉。

正月初六到省城，他一刻没敢停歇，去印制招聘启事和到书城商谈进书事宜，一天忙得焦头烂额。书上架雇了两个人，招聘的事情得他亲自把关，能力是一说，主要还是看人的品德，善良正直哪怕能力差些也可以，能力可以锻炼提升。几天面试下来，店员倒是有几个人选，店长几乎没有，他烦恼不已。夜里躺下又起来，学校里寂静无声，数盏路灯陪伴着漆黑，他在路灯的黄光下站立，看着自己的影子，想买几瓶啤酒畅饮。学校里面的商店关着，要去只能去外面，他边走边想地出了校门。

校门附近的商店也黑灯瞎火，往前走一里多路，看到有家饭馆亮着灯，店里坐几个人像是在划拳喝酒，他进去坐下，问老板有什么下酒菜？老板说，凉菜热菜都能做。他热菜凉菜各要两个。菜上来酒已喝了两杯，一瓶下了肚后，门口进来熟悉的面孔，他对着来人笑，来人也对着他笑，站起身让着坐到自己对面，说，您也没睡啊？来人说，人老了睡眠少。

他招呼老板再拿套碗筷、杯子，来人说，你好雅兴，冬夜自酌，我来有没有打扰到啊？他摆手惭愧地说，哪里有什么雅兴，就是闲来无事，睡又睡不着，出来喝点儿。老板拿来碗筷和杯子，放在来人面前。来人说，我今天得沾你的光。他看来人的言语举止，脑海中模糊的形象和名字逐渐清晰起来，记起来了，刚来时为问卖书的门道，拿着旧书套近乎……二爷么，哎呀！这可不是普通人，那次听老校长的说话语气都很尊敬，举杯碰个，说，二爷，能问你个问题不，就是个单纯的问题。二爷说，哎呀！你好记性，还记得我名字呢，想问什么就问，不要过多解释，解释多了就不单纯了。他就一筷子菜，说，你和我们学校老校长什么关系？二爷夹一筷子菜停顿下放进嘴里，边咀嚼边说，好朋友老朋友，这个回答怎么样？他说，蛮好的，我敬您一杯。

喝完后，再问，你和老仙什么关系？二爷神秘地微笑，说，没关系。他说，再敬您一杯。二爷端起酒杯，说，喝，有关系没关系也就那么个关系，说与不说也就那么个关系。他会心一笑，对于这样的回答，他似曾相识，说，我现在遇到了难题，两个新书店开学营业，现在不知道如何选择店长。二爷说，用人是难事也是易事，古时那么多圣贤能人，成事者多在用人上，随着自己心和感觉走。他有所启发，店长为何不能在店员里选择提拔？笨死了。两人就这样你一句我一句你一杯我一杯，喝至半夜，饭馆要关门才各自散去。

总共聘用了六个店员，本计划不给他这边聘用店员，随即想，还是聘用上，三个书店开业他忙各种决断的事情都忙不过来，哪里能顾得上整理书上架售卖书这些事情。回到书店，到桌子前坐下草拟招聘培训管理人员的公告，他要慢慢发展出一套自己书店独有的文化理念。

第二天贴出公告。

正是这个招聘，一个意想不到或盼星星盼月亮的人出现了。

晌午，他吃罢饭昏昏欲睡，觉得也不会有人来，干脆关上门到里屋眯会儿，躺下刚睡着，听见有人敲门，他以为是做梦，没太当回事，不一会儿果然归于静默。可没多会儿，敲门声再次响起，且一声比一声大，翻个身不耐烦地说，敲敲敲，稍微等会儿，有什么大事。外面声音温和地说，是在这里应聘吗？他起来，说，是这里，催什么催，等我开门。门开后他坐在收银办公合一的桌子后面，等来人进来，看到有黑影覆盖，头也不抬地说，有简历给简历，没有就口述，介绍自己及工作经历。一双好看的手递过来份简历，他看了一眼，说，赵钰？对方退后两步站定，说，嗯，我叫赵钰，家在南方，来这里四年，一直从事服务工作，现在是领班，看到您张贴出的公告就过来……他打断说，你有没有培训管理员工的工作经历？对方移动下双脚，重新站定，说，不知您具体说的是……我现在是酒店领班，同时也负责酒店员工的面试和入职培训，不知这个是不是您所说的管理培训工作经历？他说，我这是书店不是酒店。对方应对自如地说，酒店和书店的店员培训本质上有什么不同吗？他小瞧了站在对面的人，抬起头说，是我在问你还是你在问我，我是老板还是你是……眼前的人在哪里见过，长得好像……可名字不对啊，可是，真的好像啊……说，你一直都叫赵钰？对方看着他说，您觉得有什么问题吗？他说，用你就好，我们年岁差不多，那么严肃做什么，我是想说你一直都在用赵钰的名字还是近几年才用的？眼前的人脸上闪过丝缕惊慌，说，您是应聘管理培训师还是查户口？他想再细看，对面的人低下头，他说，我当然是聘用管理培训师，你能不能抬起头，我好像原先在西北哪里见过你，你确定你一直就叫赵钰？对方头低得不能再低，红着脸颊，从他手里夺走简历，说，你这人奇怪得很，问些乱七八糟的问题，我看我是做不来你这里的管理培训师，再见。话没说完人就走出店门，到大道上直接跑起来，他握着空无的双手，看着远去的身影，思虑着，是巧合还是就是，长相相似的人有，但如此相似的人……主要是感觉。不能再犹豫了，再犹豫人就不见了，如果真是她，这次错过了再去哪里找寻，省城这么大，就算以后还会相见那又得经过多少时间啊，杨明忠啊杨明忠，你有什么害怕的，就算认错又有什么，面子就那么重要吗？他拉上店门去追，熟悉的背影已经很小，需要迈大步子跑，对方走得很快，像是躲避什么，眼看就要出校门，他大声呼喊，站住，等等。听到呼喊声的她转头看下走得更快，出了校门就难以再找见，他呼喊门卫室的人帮忙拦挡，门卫室的人听见呼喊，出来迷迷茫茫愣愣怔怔地看着已经出去的人，向他呼喊，有什么事？他呼喊，拦住那个人，出去的人。门卫室的人表示听不清。他跑到校门口，她已经走出很远，要追上显然是不可能，他运足力气呼喊，赵清丽，赵清丽。远处已渺小的人站住回头向他这里望了十几秒，迅疾离开。

　　他若有所失地走在校园里，回想着刚才发生的所有，悔恨自己不该犹豫胆怯，肯定就是她，如果不是为什么叫赵清丽会回头？可是她为什么又躲避样地跑开？能在省城遇见是多么欣喜的事情啊，躲避不及的原因到底是什么？她留下的有用线索就是酒店领班，他要去寻找说难也难，说不难也不难，省城酒店是多，但有规模的也数得见，离开学还有七八天，他先花费三四天时间去找她。回去关了店门，买了份省城的城市地图，一条街道一条街道往过找，就不信找不见。

　　每进到酒店就问有没有叫赵钰的工作人员，职位是领班，得到的回答不是摇头就是没有，他担心错过就贴着脸说好话，让仔细想想，有的不耐烦就发了脾气，说，你这人怎么回事，说了没有就没有，我骗你做什么？他灵机一动，编个煽情的理由，说，这是我失散多年的妹妹，现今好容易有个消息，家里爸妈成日着急，帮帮忙，别再让擦肩而过了。这天打问到夜里十点，无果。第一天嘛，能接受。接下来三天，每家酒店挨着往过问，有时越问越绝望，主要是担心有些问过的地方存在漏洞，如果是这样，那就算是问遍所有酒店也会无结果。但再也没有其他办法，可以肯定的是她就在省城的某个酒店当领班，要有最坏的打算，一遍没找到再来第二遍，第二遍找不到再来第三遍，一遍一遍找下去，不可能找不到。要有这样雷打不动的信念。

最后一天每问询一家酒店心都提着，希望有回答说有叫赵钰的领班。按理说，有这样精确的条件线索找个人是不难的，为何会有大海捞针的感觉？中午他不歇息，喝几口水吃个饼子，继续问询寻找，终于在个不大的酒店听到了满是希望的回答，赵钰啊，有呢，就是我们这的领班，我给你去叫。他坐在大厅等待，几分钟后出来的人却不是，空欢喜一场，他哭笑不得，似泄了气的气球，有气无力地出了酒店，继续走访剩下的酒店。剩下的酒店越少，希望就越小，到最后两家，他自己都不敢相信要找的人在里面，问询后果不其然，没有。

几天下来，消耗掉了所有的信心和体力，身体成了空壳，街道上走几步都走不动，路灯随着夜色渐浓亮起，见到路边有椅子他过去坐下，忽觉世界好无趣，人生好无意义啊，为什么找个人这么难？难道那天中午遇见的她不过是他做的梦？不，不是梦，就是她，真真实实的她，不是还有简历么，说了话，声音听得真真。到底是哪里出了问题？那个有希望的酒店，进去叫人的那个服务员在里面待了六七分钟，叫个人有那么费劲吗？难道？她躲避他，他找到店里，让人去叫……既然想躲，肯定就见不着……出来的人不是，要是她随便找个人出来顶替呢？对，有可能是这样。死马当活马医，这次去酒店坐着，悄悄观察。

进到酒店大厅，找个隐蔽的角落坐下，装作看报纸，保险起见，时刻注意着，不能被问过的那个服务员看到，若是看到跑回去给她说了，又是一无所获。七点多，外面进来许多游客，拥挤在大厅，负责人喊叫服务员，你们领班在哪里？让赶紧安排入住。前台服务员微笑着说，马上，您稍等。他从隐蔽处站起身，等待着领班出来，看来人是他见过的那个还是其他人或者就是她，眼睛不敢眨动，盯着那个出口。人来了，不是她也不是晌午见过的那个，刚准备坐下，没想到后面还有人，听过的声音，说，不好意思啊，刚那边有事情处理了下，让你们久等了，各位请拿出身份证排两队，到前台登记，办理入住手续。负责人叫她到旁边，两人嘀嘀咕咕说着什么，他看得入神，忘记用报纸遮挡，好在排队的游客多，做了遮掩。就是她，她为什么要躲避他？到底为什么？不管是什么缘由，他都要问清楚。大厅坐着等待她下班。

十一点她换上平时的衣裳出来，给前台安排好工作，挎着包出了酒店，他保持着安全距离跟着。她前面走，他跟在后面，要从一个巷道穿过，她回头看下，快速进了巷道。他觉得这是机会，大路上拦住她如果喊叫起来，别人会误以为他是抢劫或其他的，巷道里无人，他快步跟上去，缩短保持的距离，直接跑起来，她感觉到，紧走几步也开始跑，巷道距离有限，他担心她再像上次那样，就大声喊，赵清丽，赵清丽，是我，是我啊，你躲避我做什么。她虽然回头看了但没有停站住的意思，他跑着呼喊着，我是杨明忠啊，送你小刀的杨明忠啊，你躲避我做什么，你躲避我也总得有个躲避我的理由啊……

他跑岔了气，站着不行，就弯着腰使劲儿咳，身影不见了，唉，发现了她上班的地方是好事也不是好事，她别再为了躲避他辞职，这样就会影响到她的生活，没有收入在这个城市如何生存？

咳嗽着懊悔着，这时，有人从身后拍着他的背，说，是你啊，我还以为是那些贩卖我的人追来，紧张过头了。他感受到她手掌的温暖，慢慢直起身子，说，那些人来找过你？什么时候的事情？

她说，半年前吧，唉！没想到在这里遇见你。他说，来应聘你躲避什么，我怎么可能和那些人一样，再者那些人怎么会明目张胆地开书店，你躲避我另有原因吧？她说，走吧，边走边说。他走在她身边，说，这几年过得怎么样？她说，还行吧，拿着你给的钱跑到省城来，不想，被贼人盯上，钱被抢光，最后还是拿出你给的小刀保住了身子。身无分文的日子可真是辛酸，乞讨不愿，就到饭馆洗碗打扫卫生，如此剩饭剩菜就吃得很顺利，肚子不会再饿。做一段时间，认识了厨房的厨师，学习起切菜做菜。上天真是戏弄人，和厨师接触多了，日久生情，厨师是好人，我们过起简单的生活，差不多一年多我意外怀孕，结婚迫在眉睫，举行了简单的婚礼。孩子九个多月时，一天饭店有伙人喝醉了酒，对我动手动脚，他出来劝说保护我，撕扯中动开手，有个人拉到医院没救过来，他受了轻微的伤，养好后进了监狱，判了无期徒刑。前段时间孩子过三岁生日还带着去见过，见面就哭。出了巷道走到路灯下，他想伸手拍拍她肩膀或抱抱，但又觉得突兀，说，你是因为这个躲着我？她看着前面，说，嗯嗯，现在有孩子，我不能有任何闪失。

他说，明白，你愿不愿意放弃领班的生活来我书店工作？我现在三个书店，店员招聘到了，但没有店长和管理者。我这里的好处就是自由，可以不时照看孩子，我一个人管理太吃力，你加入就好了，可以什么时候想好什么时候给我说。她点点头，停住脚步，说，我到了，孩子托付邻居阿姨看着，这么晚了，我就不请你上去了，书店的事情这两天我给你答复。他从衣裳兜里掏出张名片，说，这上面有电话。她怅然若失地说，好。

回去的路上，行人稀少，看时间才发现已是半夜，回学校那边的车早已停运，那就走着回去，有些路段的路灯也熄灭了。他满脑子都是她的模样和没来得及细想的谈话间的语气和话语，有个念头久久散不去，就是他的出现似乎给她造成了负担，打破了她艰苦但安然的生活。

事情已经发生，多想无益，纵然好心办了坏事，但好心依然是好心，忘记给她说时间紧张，开学书店就要开张。算了，等她决定好了再说其他的。明日召集店员进行培训，来不及深入培训，先让他们了解些书店日常工作和需要注意的事项以及工作制度等，在纸上把能想到的全部罗列出，她如果不来，他先忙碌一段时间，三个店运营平稳后，再招聘或在店员里提拔工作优秀具有管理才能的人做店长。开学两天后，她没打电话，直接来书店，他去食堂吃饭，新入职的店员接待的她，他吃罢饭回来看到她，就知道事情成了。随即带她到另外两个新开的书店察看，将其中一个交给她，他打理旧书店的同时兼顾另一个新书店，等后面她做顺了，两个新书店全部交由她来管理。

后晌两人找到地方吃饭，坐下后，她说，我竭尽全力做，不过得配辆自行车，我住的地方离这里有些远。他说，这好办，骑自行车累不算，还不安全，我在三个书店之间找地方给你和孩子重新租个房子。她咽下口里的饭，说，不用再租，也不浪费那钱，我现在住的三间房子是孩子爸留下的，两间租出去了，一间我和孩子住着，蛮好的，也住习惯了。他尴尬地说，不好意思，我忘记我们才见过两次面。她说，没什么，在省城我应该比你熟悉些，书店我是初次接触，还请你多指点。他笑着说，不能再聊了，再聊下去就要之乎者也了。她微笑着说，那倒不会，现在这种文雅对我来说已经是极限了，就算你能之乎者也我也无法应对。他吃口菜，说，我相信你能做好，自行车等会儿咱就去买。吃罢饭她抢着付了钱，一同坐车到自行车专卖店挑选适合她的车子。

一九章　凤琴

七月，家里打来电话，说，妈妈病重，快回。书店已经营业得有模有样，店员们相处得也和睦，本打算秋后天凉了回去趟，谁想又要提前，计划总是赶不上变化。到她看管的书店，安顿好能想到的事宜。她信心十足地答应着，看到她满口应承，他踏实安心，第二日就坐上了回家的车。

妈妈身体一直不好，几十年了，这几年他在外面闯荡，每次经过大医院就想着找时间带妈妈来看看，小时不懂事，听着妈妈的哼哼以为是唱歌，因为妈妈不时还会逗弄他们开心，随着年龄增长，哼哼的真相逐渐显现，在家里拦羊时要带着去县医院看，妈妈不去，他也知道为什么不去，心疼钱，确实也没多少余钱。

一路的胡思乱想，半夜回到家里，走在熟悉的坡道，硷畔边上的土台子上依旧种着样样数数的蔬菜，墙院的容貌经受着时间越来越强势的消磨损耗。窑里灯亮着，轻手轻脚走近，听见爸妈在说话，妈妈定是双腿跪着哼哼，像是在祈祷上天放过自己，少些病痛，几十年如一日，上天不知是没有收到妈妈的祈祷还是故意不恩赐福报。试着推门，门没有关，他进去。妈妈先说，明忠回来了啊。爸爸趴着抽烟，屋里烟雾大罩。他放下行李，快步走到炕栏前，拉住妈妈的手，说，妈，天亮了咱就去医院，这次说什么都得去。妈妈移动身子，释放出跪压着的腿，准备下炕，说，饿了吧，锅里给你留着饭，我去端。爸爸说，这次终于等到了，天天留饭，天天想着你回来能吃。他拦挡住妈妈，说，不忙活，你告诉我到底哪里疼得不行，县医院看完休养下咱直接去省城医院，省城医院条件好，医生能行厉害。妈妈坐在炕上，摇晃着身体哼哼着，说，妈就是这几天疼得厉害，过两天它自己就好了，叫你回来妈是想和你商量个事，我和你爸已经商量过了，觉得是个不可多得的机会。他猜到是什么事情但不愿说出口，反问道，妈，你让我回来主要是为这个事情，对吧？

妈妈说，我病得确实重了，如果上天宽容，苟活三五年应该可以，你的日月光景是妈妈牵肠挂肚的，如果你成不了家，妈妈走得也不踏实。他走到门箱柜子前，身子倚靠上，点着根烟抽着，说，妈，你们想的总是你们自我内心的踏实，却忽略了当事人，也就是我们做子女的感受，你们就是打着为我们好的旗子，不管不顾地完成你们的使命，可是有没有想过，你们安心了，我们呢？我们的生活才刚刚开始，一辈子啊，几十年，不是三五天，这种话我说过不知多少遍。爸爸一副料事如神的姿态，说，老婆子，我就给你说，不要多管，你给也要人家要啊，不要你有什么办法。妈妈害气地说，你别在那里马后炮，明忠娃，这个女子咱知根知底，是我娘家同门子人家里的女子，要模样有模样要个头有个头，会过日月。现在是家里兄弟结婚需要钱，就彩礼要得高，你舅舅托人给我说了，我说能行么，娃娃我见过，好女子，家里大人也正派正气忠厚，门风等方面没一点儿问题。

他说，又是这种，为了钱，为了给家里兄弟结婚就拿女子换钱，怎么尽是这样的事情？是这样的交易就理所当然吗？不觉得惭愧吗？爸爸坐起，身子倚在炕围子上，说，不要用你那套大道理，要知道现实生活容不得思考，儿子要不要结婚，女子要不要嫁人，这门人的香火要不要延续，世俗的力量你我能抗衡得了？不要觉得你大你妈是受苦人什么都不懂，你跟着老仙看了几本书就懂得多，狗屁。生活活人就那么回事，谁都能说出，常说年好过日子难过，为什么日子难过，谁都知道日子里生活里的无奈残酷。他之前想好的大堆话语竟然被爸爸的这番话说得哑口无言，内心脑海一片空白。

妈妈说，人家那边也是觉得咱是好门好户，做父母的谁也不想亏待自己的孩子，你想想，都是身上掉下来的肉疙瘩，谁忍心狠心给生生推进红火坑。他终于想起要说的话，说，话说到这里，我不遮不掩了，我自己谈下对象了。妈妈说，谁啊？你怎么不早说，害得我们担心，还让人家女子等你见面。他说，所以啊，我的事情你们不要管，结婚肯定结呀，这下好了吧。妈妈紧追不放，说，女子叫什么？哪里人？咱能了解上不？不要像那个谁家小子，能得引回来外地女人做婆姨，没想到被骗了大把钱不算最后还连个人也找不见。他说，我这肯定不是那样，人家好着呢，我做事你们放心。妈妈说，咱要调查门风好不好，家里人正气着不，活人不是那么简单。他说，今天不说清楚就不行，对不？妈妈说，要说就说清楚，我是不想让你错过这么好的女子，你娶了将来定能过把好日月，外地人始终不把稳。爸爸在炕上耍牌，虽然不言传，但种种迹象表明是站在妈妈那边。

他看隐瞒不住，说，你们还记得几年前我带回来的那女子不？妈妈说，哪个？爸爸停住揭牌的手，说，什么时候的事，我怎么全然不知？他说，爸，你是忘记了，就我去外地引回来的，明月知道，妈，你也知道，你不是都见过么。妈妈呆愣会儿想起，说，就是那个女子啊，人样倒是好人样，家在哪里？家里有些什么人？你晓得不？他说，家里有什么人不晓得，结过婚，身边有个三四岁的娃娃。妈妈语气坚决地说，二婚啊，还带着娃娃，家里有什么人你也不晓得，就凭这几条你就想都不要想，放着好女子不找，找这个，你不要再多说，你们是不是还有联系了？

爸爸仍旧说，我怎么什么都不知道？你们母子瞒着我做什么？妈妈生气地说，没有瞒着你，说你忘记了你还不信，不晓得就不用晓得了，非要晓得做什么。他说，联系着，我开书店她现在给管理两个。妈妈焦急地说，好我的娃娃哩，千万不敢想不转，二婚咱不找，少和她交往，你就和我给你说的那个女子结婚，明天让媒人给你们牵线，你们见下面，不敢拖延，好多人抢着要见面，现在先紧咱家。他说，没感情见面做什么？人家女子能找到两厢情愿的为什么不让人家找？再说，二婚怎么了？有孩子怎么了？咱们这里的人就是老古板思想，两个人结婚过日月是需要情感维持的，不是干巴巴地过日月，那样结婚了迟早也得离婚。妈妈心意已决，容不得他有异议，说，这次你听不听都得听我的，如果不听我就活不成，你就等着给我办丧事。他又气愤又无奈，说，妈，你向来理解我，怎么现在成了这样？妈妈说，后半夜了，你先去休息，明天晌午让媒人引着你和那女子见面，哦，忘记给你说了，女子名字叫张凤琴。他知晓照这样说下去，说到天明也说不下什么，车马劳累的疲倦夹杂着睡意涌上来，便回了边窑睡觉。

人心里有事就睡不踏实，睡着不多时就醒来，看手表睡了不到两个小时。不知清丽能不能管理三个书店，跑来跑去路上骑自行车要注意安全，走时忘记安顿这个。现在省城发展快，路上车辆多起来，骑自行车骑摩托车的更是稀松平常，路上经常拥拥挤挤，要是技术不好就不敢上路。想着想着睡过去，再次睁开眼是清早。夏上天明得早，太阳六点多就从山后漫出光芒，妈妈已经在院子里的灶火上烧水做饭，爸爸躺在炕上抽烟。他不想起，心里总想着书店的事情，牵挂着清丽，来书了店员能不能签收，登记记录知不知道在哪个本子，票据要收好……这些大部分都交代过，但担心他们忘掉。八点多，太阳洒照满窗户，新糊的窗户纸薄如蝉翼，亮得刺眼，穿好衣裳拖拉着鞋到院子里洗漱。妈妈早饭做得丰盛，有稀饭、红薯、土豆泥、萝卜菜、馍馍、红烧肉……齐整地摆在桌子上，桌子四面放着小板凳，说，洗漱完赶紧吃，媒人十点多来，引着你去和凤琴见面，打扮得干净利索些。洗漱完，坐下吃饭，他招呼爸爸快点儿来吃，妈妈忙活着蒸洋芋叉叉，说，样样数数的吃食我都做点儿，在省城肯定是吃不到。他说，不要忙活了，妈，过来先吃。妈妈忙得不亦乐乎，说，我不想吃，你们吃，不用管我。他说，过来喝点儿稀饭，肚子肠胃舒服。妈妈不喝，身体摇摇晃晃地门里门外忙活。

媒人十点过来，妈妈催促他收拾快点，媒人在边上说不急，时间够，像是两人提前商量好的，一个唱红脸一个唱黑脸，目的显而易见。他不懈怠，长痛不如短痛，见完回来就说不满意。他去了故意学坏，没正形那种，哪个女子会喜欢不着调的二流子，就这么决定。跟着媒人出发，媒人是十里八村的好手，撮合成的数不胜数。见面地方是他家和女方家中间的一个沟滩，媒人说，那地方人少，你们有什么话尽管说，不会有人打扰。他说，我能不能问您个问题？您可以不回答。媒人说，你问。他说，您撮合这么多对，有没有结婚后不幸福找您麻烦的？还有就是您为什么要做这个营生，为得到那些猪头肉烟酒钱？媒人强颜欢笑地说，你这话说的，人常说宁拆十座庙不拆一桩婚，结婚是好事情，没有结婚哪里来的孩子？我当然不是为了那些东西，也没有人找过我的麻烦了。他说，佩服，您这真算是好钢用在刀刃上了。

媒人转移话题，说，等会儿见了那女子，你们聊，我不等待，晚上我再汇集你们的想法意见。他说，我可以提前给你说，我这边没意向，这事情没成算。媒人没言传，轻轻一笑。他顺着小路下到沟滩，遇到黄土滩，想起来时做的决定，就走路摇摇摆摆，没到跟前，就大喊，那个谁，张凤琴对不？让你等这么些时光，你怎么来这么早，急什么。她背对着他，手抠着树干打发等待的无聊，听见声音转过身，说，没有急，我这人不爱迟到，就来得早些，你怎么浑身灰沓沓，你们住得很远？他说，哦，这样啊，你嫁人得的彩礼钱给你弟结婚？

她说，家里就这么个弟弟，现在结婚没钱，你说我这当姐姐的要不要帮？随命吧。他说，你就心甘情愿拿你的幸福换钱？我有个事情要给你说，你听好，我情况是这样，我在省城做事情，这次回来和你见面是我妈用生了重病的理由把我哄骗回来，前几年误打误撞救助过个被人贩子拐卖的女子，前些时间在省城遇见了，现在在我书店上班工作，跟前有个三四岁的娃娃，说实话，我看上她了，但我爸妈不同意，为什么你也晓得，二婚还有娃娃，她男人和人打架在监狱，判了无期。出乎意料的是，她点点头，说，晓得了，可以。他难以置信，不确定地说，可以是什么意思？她说，可以就是我能接受。他吃惊地说，我说这些你能接受？你不要以为我说这些是因为不想结婚编造的，是千真万确。她平静地说，我知道是真的，可以的。他笑着说，我这歪脸斜眼你也不嫌弃？能看得上？她说，长相有什么，主要是为人做事。他说，你怎么就晓得我为人做事可以？她说，就凭你刚才给我说那么多，一般人遮掩都来不及。他哭笑不得，聪明反被聪明误，现在这情况如何把控？直接拒绝？尝试许多次没张开嘴。她说，你觉得我怎么样？他吞吞吐吐说，你，你……你好着呢，可是可是可是，你不晓得啊，我不好，真的不好。她直截了当地说，听话听音，意思就是你看不上我，对不？我总是要嫁人，也没什么，你看不上我就说，我明天可以去见别人，不用觉得不好意思为难啥的。他被她的坦诚、真挚、爽快所震撼，说，没有的事，你想多了，我是担心我爱不好你。你看这样行不行，你弟结婚需要多少钱？我借给你，后面等你有钱了再还我，你也不用这么捉紧打忙找寻人家，终身大事要多加思考。她说，你的钱我不能借，我借了久久还不上心里更不是滋味，越是过不成日子。你回去考虑吧，觉得不行你就给媒人说，我再去见别人。说完折转身子，向着对面的小路走去。

她说的话语在脑海中久久散不去，回到家坐在院子里的石床上，爸爸忙着喂羊，他想去帮忙，心烦意乱得又不想动弹，妈妈还在做饭，锅台上已经摆着七八样饭菜了。张凤琴，这是个什么样的女子啊？说实话，他心服口服，之前以为就是个普通农村女子，没想到心性这么强，做事说话这么坚决。妈妈看他闷闷不乐，经过时停住，说，怎么了？人家女子看不上咱？他没想到妈妈会这么想，说，我就那么不行吗？就想着人家看不上我，怎么就没想我看不上人家？妈妈说，人家看不上咱的可能性大，人家娃娃那么俊，想给这个彩礼的家户多着，不是咱一家，人家选择性大着呢。他说，为什么所有事情都要用钱来衡量，婚姻是人的事，我想我配不上人家，你们也不用费心了，我明天或后天就回省城。妈妈惊喜地说，你意思人家女子同意着了？他说，我说了，我配不上人家，咱不要害人家。妈妈说，般配着呢，你是担心你脸上眼上的毛病？那不算毛病，合适的话就结了，一年一年拖到什么时候，你结婚了我和你爸也就安心了，不亏欠你们任何人。他急躁地说，谁也不亏欠谁的，不要总说这些，婚姻的事情你们就不要管了，让我自己抉择好不好？

　　妈妈执拗地说，你不反感讨厌人家女子，人家女子也愿意，这就好了，有些事情不能由着你的性子来，该是大人做主的就得大人做主，我们吃过的盐比你走过的路都多，不要争论了，就这样定了，这次没得商量，我就是搭上老命也要把此事完成。他所有话语的出口都被毫不留情地堵死。饭碗刚端起，媒人就从门里进来，笑嘻嘻地说，好消息啊好消息，女方那边满心欢喜，觉得咱家明忠最好，开门见山，现在就是咱这边，咱这边要是没什么搁腾事情很快就能定下来。妈妈让媒人坐下，吃上碗饭，媒人热心地说，吃过了，不用麻烦。爸爸在炕上坐着吃饭，说，人家那么好的女子都愿意了，咱还有什么搁腾不愿意的。妈妈接续着说，对着哩，好事情啊，没想到这么顺利，这几天我们就上门去，凑明忠在，把婚事定下来，然后择个好日子迎娶过门。媒人说，明忠妈啊，你这才是做事麻利，三下五除二，我没什么，只要你们商定好，我给咱跑就是。爸爸说，越快越好，女方家除了彩礼再没说什么吧？媒人说，好像再没什么了，估计也不会有什么，彩礼那么多了，五千呢，这可不是个小数目，你家日月殷实，一般人家有个千八百就了不得。爸爸似谦虚似真实地说，殷实啥，硬是咬牙撑着，娃娃结婚是大事，不能再耽搁了，咱就这么说定了，麻烦你再给咱跑几趟，一个原则，就是越快越好，听说女方家兄弟也急等着用钱结婚。媒人说，说得对，那兄弟现在所有都准备就绪，就差你们这钱了。他明知事情的悲哀却又无法阻拦，唯一能做的就是接受，眼睁睁地看着事情发生，在这场婚姻里他已没有话语权。

他连夜到明月家，文东坐在沙发上，明月给倒水泡茶，说，大哥，有什么急事？他坐在沙发另一边，说，爸妈让我去相亲了，你们知晓不？明月说，不知道，好事啊，有难处？文东递烟过来，他接住点着，说，我现在被拖拽着往前走，晕头转向。明月坐在炕栏边，说，你看得上那女子不？他抽几口烟，说，你还记得赵清丽不？明月说，就是你带回来那个女的？他说，对，现在在省城遇见了，有变化的是她结婚了，有了孩子，男人因为打架，或说是为保护她误杀了人，被判无期徒刑。明月冷静地说，你心里多是她而不是现在的女子？他说，我们没来得及开诚布公说此事，她很拘谨，忙于工作，我也不好提起，想着随着时间推移会融化掉这几年没见生长出的阻碍，可是现在爸妈这边等不了。明月说，不是爸妈等不了，是他们压根儿就不会考虑赵清丽，她结婚了，是二婚；有孩子，是拖累；男人杀人判为无期，是恐惧。光是这其中的任何一条你们就不可能。他喝口冷却的茶水，说，我害怕对不起现在的女子，她是好女子，是可怜人，为了自家兄弟的幸福牺牲自己的幸福。明月说，婚姻就那么回事，现在的女子适合你，赵清丽仅是你人生中的景色，美好幸福的无数瞬间。他说，我来找你们就是图个安慰，这个事情终究要我决定。三人围绕结婚和两个皆不太了解的女子说了三个多小时，凌晨五点半，他决定回去。明月说，吃了早饭回，很快就做好。文东说，我们七点多也去上班，到时一起走，到车站你找个车坐回去。他等不了，要快点儿回去，由于时间太早，走到车站没有回去的车，要等到有车得八点半，他径直走过去，步行回去。到三岔路口，他没有选择回家的路，选了去她家的路。

清早的农村是新鲜的，地里的庄稼，沟滩的河流，河流周边的青草，路过家户院子边畔上种植的蔬菜地，红艳艳的西红柿估计昨天刚摘过，剩下半红的等着全红。进到她家所在的村子，怎么联系她是个问题，总不能站在路上胡乱喊叫。他先问路上的村人，张凤琴家在哪里？村人说，你说的是哪个张凤琴，我们村有两个叫张凤琴的。他说，家里有弟弟马上要结婚的那个。村人说，这就对了，一个到了嫁人的年纪，一个还念着书，你说的是年纪大的这个。他说，对的，就这个。村人边给他指具体的位置边说，你就是张凤琴见的那个后生吧？他说，不是，我是朋友，路过你们这，有人给她捎了话。村人不相信地打量他，说，大后生还这样不好意思。知道了具体的位置，如何叫出来是个问题，他不能再被看透，有两个孩子过来，他躲在路的拐角处，招呼小孩过来，指着凤琴家的方向，说，你们去那里给张凤琴说有人在这里等她，回来给你们每人两毛钱。

孩子屁颠屁颠地向着目标所在地跑去，不多久就回来汇报，任务圆满完成，他也看到，她出来站在硷畔上四处张望，然后顺着路往下走，他给孩子们兑现过承诺，静心等待她的到来。她来到大路上，不知往哪里走，他站出去招手，她看到就走过来，说，有什么事吗？他说，你在忙啊。她低着头搓掉手上没洗干净的洋芋皮，说，做些家务活，经常这样。他直接说，你和我结婚是为给你弟弟凑结婚钱，还是觉得我这个人可以？

她皱着眉头，说，因为要给我弟弟结婚凑钱，所以我家要求娶我的人家彩礼得高，我没有看过其他人，和你聊了觉得可以，哪里都是鸡叫狗咬过日月，我认命。他不甘心地说，你为什么不再看看后面的人，说不准有比我更好的。她说，你什么意思？你是看不上我，对不？我说了，你要是不愿意咱就当没见过，我会见后面的人。他说，我意思是说你觉得我能让你过上好日子吗？她毫不犹豫地说，能啊。他说，好了，你先回。她嗯声，转身低着头离开。

家里很快就开始张罗婚事，上门提亲定日子四五天之内完成，他想，来回跑一趟不容易，借着劲头，一鼓作气结了。他到县城置办结婚需要的东西，找到电话亭，给书店拨通电话，店员接的电话，他说，电话给赵店长。店员说，赵店长去外面办事情了。他问了书店的情况，说一切正常，都好着，看来确实是他担心过头了。

婚事将近他才想起结婚住哪里，本来有两孔新窑，明义结婚时家里答应给了明义，当时还问过他。没想到现在轮到自己结婚，哪怕是暂时的住处都找不到，爸妈院子里的窑洞，就是他住的那孔边窑，里面乱七八糟放着好多东西，凑合着结婚倒是可以，但结婚后还得搬，不是长久的住处。

住哪里好呢？结婚前两天还不知把婚房布置在哪里。要尽快找个安稳的住处，不论好坏。最后还是爸爸给想的办法，明义家上边村民家有孔窑洞空着,夜里爸爸和他到主家商谈此事。主家说,结婚是好事喜事,窑洞空着也是空着,本来是给我小弟留的,只要我家小弟不回来,你们随意住。爸爸说,感谢老哥啊,我家租赁,等明忠外面事情弄好弄大,将来就把婆姨娃娃接到省城去了。主家说,听说明忠现在是在省城开书店。他说,混饭吃,小本生意。主家说,能出去闯就有本事着。他说,叔,感谢你啊,解决了我燃眉之急,太感谢了,一年租金多少我现在给你。主家说,什么钱不钱的,就那么住,结婚喜气洋洋,多好的事情。爸爸说,老哥啊,租赁钱要出,不然娃娃们住着也不踏实。情义是情义,租赁钱是租赁钱,一码归一码,不纠结这个,你说个数。主家思虑下,说,说不下你们,一年就给三十块钱。爸爸说,太少了,这样,一年八十八,大家都发发发。他按着爸爸说的,掏出钱给递过去,主家推让,爸爸强给放在桌子抽屉里,说,这已经很低了,解决了大问题,我没给娃娃挣下,感谢老哥了。

　　婚房结婚前一天布置好,偌大的院子就一孔窑洞,孤零零的,难为她了。结婚的喜庆热闹似乎与他无关,他成了木偶人,任凭家里人旁人指挥安排,该出发引人了,就跟着一群人去她家引人。她家办得简单,吃顿饸饹、油糕。中午刚过就引着新娘往回走,回到家里一系列的事宜,他像是在梦中,吹手演奏出欢快的曲子,人们坐着吃八碗,众人皆欢喜不已。他见人就露出结婚应有的欢笑,翻来覆去说那么几句话,吃好喝好啊,吃好喝好,这边坐,等会儿喝酒等会儿喝酒。

　　入夜准备闹洞房,终于支撑不住,烂醉如泥,躺在地上,无人拉得起,朋友亲戚好不容易给拉到炕上,不多会儿他便呼呼大睡。第二天他头重脚轻地起来,晌午吃过饭,明月、文东忙着上班，骑着自行车回去。明义、秀英要回去给娃娃吃药，晚饭后也回去。家里就剩下他们四个人，爸爸忙活一天，累得身子靠在被子垛上，妈妈被病痛折磨，站在灶火旁，双手搭在腰裙前。他和凤琴分别倚靠着门箱站着，为缓解沉闷的气氛，他拿个凳子让凤琴坐下。

爸爸挪动下身子，说，刚结婚本不该说这些，应该给你们个过渡的时间，但我们现在说清也好，提前有个心理准备。妈妈温和地补充说，你爸把事情说严重了，其实就是你们要改变原先那种单打独斗的生活方式。爸爸说，凤琴，娶你到我家，说实话，彩礼钱花了不少，按理说应该多给你们些生活的启动资金，可整个结婚花销下来很大，我和你妈商量，给你们八百块钱，多多少少就这八百块钱，你们不要嫌少，后面生活上有困难了咱们再具体商量。妈妈说，明忠，为老人的只能做这么多，唯一没做好的就是没给你垒砌下住的地方，地盘倒是有，但那里有水路的问题，水路问题不解决地盘上也无法垒砌窑洞。

凤琴对这个感兴趣，说，妈，能详细说下不？这个地盘怎么回事，我想听听。妈妈说，当然能么，地盘就是挨着明义家窑洞旁边那个堆积着泥土石子的地方，估计能垒砌三个窑洞。爸爸坐端正，抽烟解乏，说，不是估计，是正儿八经宽宽敞敞三个窑的地盘。妈妈说，那就是肯定能垒砌三个窑洞，咱窑洞垴畔上面的路上有股山上下来的水，正确合理的流法是从挨着明义家左边住的杨不立家窑洞旁边引着流淌到马路上的水渠里，当时协商，因为这股水流经了咱家，所以做水路的钱咱得出一部分，水路由杨不立家施工，经过计算，下来咱得出九百块钱。你爸就给了九百，当时很多人在场，杨不立家也是满口应承，那会儿也大意，觉得有这么多人见证就没写字据。过了两三年，水路施工的事情没有动静，问杨不立家，没想到杨不立家竟然红口白牙地耍赖皮，不承认收过钱，变本加厉的是，每到雨水多的季节就不安宁，杨不立和婆姨到窑洞堖畔上面的路上，把流淌到自家窑边的水拦挡在半路，水就全部涌到咱家地盘这边。八九年过去了，一直这么撂着，就这么回事。

凤琴听进去了，说，明义家就从来没提过这个事情？妈妈说，水是在石头泥土堆积的地盘上流淌，碍不着明义家住的窑洞，他们大概觉得窑洞够住，就没提起这个事情。凤琴说，意思是，我要是想在地盘上垒砌窑洞，就必须先得把水路的事情解决掉。爸爸在炕栏上磕着烟锅里的残烟渣，说，你们不要折腾那事，这么长时间了，现在谁也说不清，再说，当时见证给钱的人也没人愿意招惹杨不立家，很复杂。明忠将来挣钱了，你们到县城或省城买地方住，随便哪里都比咱村里强。凤琴还想说什么，他伸手过去拉把她的衣裳，她明白他的意思，乖巧顺从地闭合卜张开的嘴。

从爸妈家坡道下来，到马路上，她说，明忠，你认同你爸说的？他说，什么？她说，不在村里垒砌自己的窑洞，就这么租住着或者将来到省城买楼房？他说，村里垒砌确实麻烦，现在地盘上还有水路问题，先住租赁的窑洞，有钱了再和杨不立家商量，多掏些钱把水路的事情解决了，你不管这个。她说，能不着急吗？将来有了孩子怎么办？你一两年、两三年能带我到省城去吗？落叶归根，村里必须要有住的地方，而且是属于咱自己的地方，不然就是漂着。明义、秀英人家有窑洞，你看晚上吃罢饭，人家就有底气地回了，咱呢？现在这是租的，将来人家不给租了，我们去哪里住？他没想到她思考得这么远这么全面，还有就是着急的性子，说，任何事情都有个过程，现在我省城的书店生意还没完全立住脚跟，匀不出钱和精力来做垒砌窑洞的事情。垒砌窑洞不是小事情，人这辈子的大事情无非就是结婚生子和垒砌住的地方，往常几代人才垒砌一回住的地方，等等吧，过两年生意稳定有钱有时间了，做起这个事情会游刃有余。她犹豫会儿，说，你是我的男人，我无比相信你能做成大事，而且会像你说的那样，生意蒸蒸日上，可我是女人，我要把家里这个后院打理好，这样我们就可进可退。事情要紧着做，我不需要你经济物质的支持，只想要你精神上的支持，爸爸刚给了八百块钱，我一个婆姨女子，在家里有这八百块钱够花，你安心在省城做你的事情。他还能说什么？说，我支持你，家里有什么事情你给我电话或找我爸妈或我要好的朋友。

　　回家路过明义家的窑洞，听见娃娃大人有说有笑，温馨动人。她说得对，要有自己的地方，不然即使在村里也是漂泊流浪着。到租赁的窑门前，她开门上挂着的锁子，他不自禁地说，你真的能行吗？她开了锁，放下门栓关，推开门，按开外面院子的灯，说，明忠，你说什么？他说，我想了下，垒砌窑真的难啊，还是等等，等我书店稳定下来，钱宽裕做起来方便。相信我，你独自在家做不容易，这不是婆姨女子能做成的事情。她回到窑里，按开窑里的灯，说，不难大家都垒砌了，我能做多少做多少。刚路过明义家和边上地盘，我想好了，不仅要垒砌窑洞，还要修建墙院和大门，这样兄弟间矛盾少也安然。他无言以对，人一旦下定决心，尤其有主意的人，谁劝说都是白费口舌，就像他当时出门闯荡，谁来了也挡不住。

二〇章　明忠　清丽

　　在家住到二十天头上，坐下吃晚饭，凤琴说，明忠，你赶紧回省城吧，离开这么久，生意不晓得怎么样？他说，过两天就走，生意好着，回来时都安顿好了，只要不出什么意想不到的事情，离开一两个月不打紧。她说，看来她真是有本事的女人，是你的好帮手。他吃进嘴里的饭没来得及咽下，呛得直咳嗽，说，她，赵清丽？你想多了，我们就是合作伙伴。结婚前我给你说过的，我是爱过她，但她不属于我，她很有本事，有本事到很复杂，你明白我说的意思吗？她站起身，放下碗筷，从柜子里拿出纳了多半的鞋底，说，你慌急什么，我就是随便说下，根本不是你想的那些，你想多了，她有本事就是有本事，经营几家书店不容易，我是肯定做不来，没本事的人就要向有本事的人学习，这个很正常啊。他咳嗽停止，喝口水缓缓，说，你要是不放心可以跟我去省城，其实省城的条件再差也比这里强。她说，我就是说说，我的本事不在省城那样想都不敢想的大城市，我的本事在小打小闹的农村，这个我还是清楚的，要有自知之明嘛，我说的话你不用太在意，就是一句话。

　　离家那天，她送他到坡底的路上，他重复地说关于垒砌窑洞的话语，她敷衍地听着。坐十几个小时的车到了省城，半夜三点多，熟悉的路熟悉的街道。进大门时，门卫室的保安看清是他，热情地过来开门，他放下盒烟和喜糖、瓜子、花生，保安不住地祝福。校园和外面到底不同，知识需要静谧，喧嚣会让知识缩水减质，宿舍楼里有亮光存在，那是手电发出的，光包围的肯定是张求知若渴的脸，眼睛大口大口地吞吃着文字内外的甜蜜。农村目前只有老仙这样的人是这般，不过他们老了，难以再有如此活力。他是做书店的，有朝一日，定要把知识的作用带到农村大地。不觉就来到书店前，门安静地关着，他掏出钥匙开锁进去，按开后面小房间的灯，依旧如此，其实不过就是离开二十多天，怎么像是已经几年的感觉。

起床做操铃声吵醒他，睁开眼看周围，再次确认自己又回到了生活的江河湖海里，有平静有波澜，等会儿肯定要见到清丽，关于自己结婚的事情说不说？不说的话将来有可能产生误会。可为什么不说呢？担心她喜欢自己还是自己割舍不下对她的情义？杨明忠啊，你要摆正自己的心态位置，你已经结婚了，凤琴在家遭受着一般女人结婚后不该有的冷清孤寂。好，那就说，可用什么样的方式说出，总不能直截了当地说吧？啊，为什么不能直截了当地说？多好，省时省力，绕来绕去就一定是最好的表达方式吗？吃早饭的铃声响起，他不能再躺着胡思乱想，起来洗漱之后店员就会陆续到来。

没有人知道他回来的具体时间，店员看到他满脸惊讶，说，老板，好久不见。他说，是啊，好久不见了。他拿起电话给其他两个书店打电话问清丽在哪个书店，他好过去找。确定是在第二个书店，他就坐车过去，没到书店就看到坐在书店门口椅子上喝水的清丽。

清丽看他过来，笑着说，还记得回来啊。他说，无时无刻不在牵挂啊，书店这段时间都好吧？清丽让店员给他也倒杯水，让他坐在对面椅子上，说，都好，有个事情我想我们可以提前商量下。他说，好啊，你说。清丽放下水杯，从背后拿出个本子翻开，说，今年还有几个月，按现有的资金我们还可以接手一个校园书店，或者我拿出我自己的部分钱，我们想办法再和银行贷些，在市区开个规模较大的书店，现在这只是个想法，想听听你的意思。他说，那我也就实话实说，都是自己人，接手校园书店是平稳的做法，去市区开书店是冒险的做法，我们是倾尽所有不算还借贷。要我看，可以再接手两到三个校园书店，然后用五到六个校园书店的财力来维持市区的一个书店，这样有进有退比较稳当，主要是我们现在有这个稳当的条件和机会。清丽说，也好，我就是想听听你的意思，不过这是个居安思危发展前进的想法。他说，是不是现在有可以接手的校园书店了？清丽笑着说，有两个学校的校园书店等人接手，学校给的条件都不错，唯一不好的就是离咱这边比较远，照看管理起来不方便。他说，我们找时间去看看，不方便我们慢慢地改变交通工具，交通工具好了，距离就不会成为阻碍。有多次机会可说出这次回家的缘由，但他说不出口，话语在心上就被消灭。先不说就不说吧，等以后有机会再说。

　　经营五家书店的工作繁重不堪，纵然有前两家书店的管理经营经验，但也难以应对新出现的种种问题。清丽无法歇息，他更不敢歇息，每日奔波于书店间，财务账目的核对，进出书籍的把关，客户的对接等。经过两年多的磨合，最后接手的两家书店也逐步成熟起来。还是要感谢清丽，这期间他回家好几趟，凤琴生了孩子，龙凤胎啊，村人都羡慕他好福气，凤琴劳累，照顾着两个孩子。

　　有水路争议的地盘，凤琴婚后闲不住，把上面的泥土石子蚂蚁搬家样清除掉不少。他经常不在家，回村里就听人说，凤琴是好婆姨，会过日月，怀孕着也闲不住，你丈母娘在旁边照顾着，凤琴做会儿歇会儿、歇会儿做会儿地清除地盘上的泥土石子。他惭愧啊，整日忙着书店的事情，离得又远，照顾不上，打电话来说孩子快要出生，等他回去，直接面对的就是两个鲜活的生命。现在好了，他回去几次都给凤琴放下钱，虽然不多，但生活足够。

他这些年是挣了钱，不过钱全在书店里压着，要等到年后算了账才能拿到一部分。这年中秋节，给全部员工发放完福利，六点多全部提前关门，到周边的饭店聚餐，吃饭是辅，增加情谊是主。花费两个多小时吃饭说话，大家都想回家和家人团圆，他和清丽明白，所以九点就散了场。看着店员们离开，剩下清丽和他，清丽牵挂着孩子，说，你回书店的住处？他说，不然呢？最近在想是不是得租个地方住，在书店后面那狭小空间里也不方便，粗略算下，来省城已将近四年了。清丽说，早该重新规整个地方了，其实现在买块儿地自己盖或现成的楼房都不贵，说到底是咱钱不宽裕。他惊奇地看着边上站着的人，说，我想什么你怎么都知道啊，是不是我们太熟悉了，我说租住个新地方其实就是在考虑要不要买个地方，这样租金就能省下，主要是有个落脚的地方，不再感觉自己是外乡人，不，是外乡人的感觉淡些。

清丽不想再停留，说，先不说这个，先决定你要回去还是去哪里？他说，去哪里？清丽说，那你回去吧。他愣在原地，没觉得哪里惹到已经走出去的人啊。清丽在不远处站住，仰头看着天空，下什么决心样重重甩手折转回来，说，我就发现，你这人爱面子爱得要命，我们怎么也算生死之交吧，现在又合作赚钱，你就木头样，每次除了客气就是见外，哎！杨明忠，我是不是哪里招惹你了,还是你觉得我会旧情难忘,对你有什么非分之想?你在害怕什么担心什么?他迟疑几秒,说,赵清丽啊赵清丽,我还想问你,我是哪里招惹你了,你这样说我。你是女的啊,正是因为有生死之交的情义,我才不能没有原则地跨越界限,是不是憋傻了?我们是长久地相处啊,又不是三两天,你懂不懂啊?现在看来你屁都不懂。清丽气呼呼地点着头,说,嘴硬啊,对应得滴水不漏,好啊,杨明忠,你是不是觉得你看不透我,或者觉得我这些年的经历过于交织,毛线一团,你害怕你担心,别再找那假惺惺的借口理由,那些是借口是理由吗?好笑不好笑,经得起推敲吗?有逻辑吗?现在问你,你去哪里?他说,去哪里啊?清丽怒不可遏地说,爱去哪里去哪里,不就是想多说会话,你是笨啊还是脑子进水了,我们像初次见面那样走回去也行啊,你分明有很多计划打算,对书店对你自己,你想和我商量。怎么,我们非要找间会议室才能说话对吧?他说,那倒不是,走吧,我陪你回去,你都看透了还说这么多,有劲吗?清丽说,有劲,走。清丽走得快,他为并肩前行,只能随着边上人的速度,过了两个红灯,他觉得不行,这般走路像什么,赶路呢,既然是说话聊天,那就要慢些,就像学校里常见的男女朋友那般,慢慢悠悠地走。

他们现在面临的是要不要做之前说过的扩建书店或到市区开书店,他想了很久,这也就是为什么想借着这次中秋节聚餐和清丽商议,清丽没有在书店投资,但管理的整套体系,全靠她支撑维护。他做管理做不来,零碎事情没有耐心,所以从某种程度上来说,清丽付出得更多。想聊又觉得不合适,就这么长时间扭结着,他结婚没给清丽说,现在有了孩子,两个事情要搅和着说,仿佛就感觉有着提防不信任之意,清丽随口一个反问就能问得他哑口无言。比如，你为什么结婚时不给我说，孩子都一两岁了才说？他好多次问自己在担心什么？他怎么就能知道清丽在乎这些，凭什么在乎？爱他？滑稽不堪，自己想着都脸红发烫，太高看自己了。

看着清丽的侧脸，他说，我们一个事情一个事情说，几个相关不相关的搅和一块儿就容易混乱。先说书店的事情，我想的是，校园书店暂时不扩张了，五家已经很够了，我们应该向着市区进军，趁着这会儿很多人还没反应过来，市区房租房价或地价都不贵，我们或租或想办法买个院子，前年我们聊过，当时我觉得风险太大。清丽白他一眼，说，你想的这些我不知想过多少遍，我给你说，我们现在五家书店的赢利状况以及全部固定资金和流动资金，也就是我们全部的资产，养活个在市区租赁房子开的书店不成问题，但要买房子来开书店就有些吃力。他说，大概差多少钱？清丽说，一万五左右，这是房子到时简装上书开业所有费用计算下来差的钱数。他思索会儿，说，差得不算多，明年这个时间开压力会小些。

清丽笑着摇头，说，榆木疙瘩脑袋，就这智商还做生意。他不解为什么被嘲讽，说，有什么不对吗？清丽说，全世界都在等你挣够钱？今年的价钱吗？一年啊，一年里会有多少意想不到的事情发生，你能想得到吗？再者，我们是在省城，不是在某个乡村僻野，几年甚至几十年都不会有大的变化。商机要抓住，风险每个时候都有，这得看个人魄力及决断能力，这些不用我再说了吧，如果你连这个都不懂就不会来省城。他捣蒜杵子样点头，说，确实是这样，一年一年变化很大，尤其近几年，要开咱就买地方，租赁没什么意思，迟早要买，省城将来的发展是肯定的。清丽说，可以买，按照我这些年在省城的经验看，我们资金不是特别充足，要是有足够的资金就多买几间，甚至可以买块儿地皮。他说，先力所能及地买个能开书店的店面，把书店开起来再说。清丽说，明天我们就去市区看房子，快刀斩乱麻，要抓住先机。他说，明天就去看。不能再往前走，已经到了清丽家楼下，三四年了，他没去过清丽家，印象停留在她简洁话语的描述。主人不邀请他上去，他无论如何都不能去，这么晚了，加之她的处境，会被人误会。

他停站住，说，就到这里，你赶紧上去，明天我们去看房子。清丽说，不上去坐坐？他说，可以吗？清丽不屑地说，爱来不来，其他事情都好，只要与我有关的你就扭扭捏捏。他跟着生气不已的清丽进到院子，外面看院子不大，进来看不得了啊，清丽所说的三间房子，何止三间啊，按正常房子大小算下来至少六七间。

清丽敲门，里面有人来开门，这是雇来照看孩子的保姆，好像是她的什么亲戚。保姆看她回来了，汇报了孩子当天的情况和需要注意的事情，收拾起东西就离开，她去送保姆，留他在房子里。卧室门悠悠缓缓地开出缝隙，一双晶晶亮亮的眼睛向他这里看着，稚嫩的声音怯怯地说，你是谁？为什么坐在我家沙发上？他换上温和的笑容和语气，边招手示意到这边来边说，我是妈妈的朋友啊。讨好孩子那套话语在他脑海里匮乏贫瘠，很快就陷入僵局。她推门进来，随意地说，新阳，别调皮，快出来见你明忠叔叔。孩子依旧躲藏在门和门框留出的空隙后面，静静地注视着他这边，像是家里来了不速之客，侵占了原本可以肆意畅游的天地。他的脑子快速运转着，眼睛四处搜寻家里摆放的东西，看到一件物品，说，新阳小朋友对吧，你能不能过来给叔叔教下怎开那个大货车，叔叔好喜欢那个大货车啊。心爱的物件受到威胁，小家伙跑出来，护住房子拐角放置的玩具车，说，这是我的，我妈妈给我买的。

他看着眼前的孩子，想象着身在监狱里的那个人，肯定也是善良勤劳智慧，有着足够的担当，不然不会给她留下这样丰厚的资产。清丽换上居家的衣裳，出来招呼小家伙睡觉，小家伙死死护着玩具车，指着他说，叔叔要争抢我的玩具，我不睡。他惊慌失措，不知如何化解孩子的话语。清丽看着他，说，这你应付不来？亏你也是有孩子的人。他瞪大眼睛，说，我有孩子？清丽乖哄着孩子，说，怎么，还要隐瞒到什么时候？等再过十年，孩子来找你你瞒不住了然后给我介绍这是我的孩子？他说，你是怎么知道的？我哪里表现出来了？清丽带着孩子坐在沙发另一头给换衣裳，说，你以为就你聪明，遮掩得最好，全世界大概再没有比你机灵的人了。不要忘记，我是过来人，人有没有孩子一眼就能看得出，尤其男人，你那次回去二十多天是回去结婚吧，还有去年到今年中间回去的几次都是为孩子的事情，我说的哪里有错吗？不要再遮掩了，你怎么现在成了这个样子，还说自己没什么害怕和担心的，现在可以坦然些了吧？活得累不累啊。他还能说什么，安静领受这份彻底的舒畅宽慰。

顾虑被说开，他行事麻利了很多，说看房子就去看房子。投资的钱与预想的差不多，不得不说，清丽不仅是管理的好手，也是经济财务计划的好手。他用书店所有资产做抵押到银行贷了缺少的钱，买下离市中心不到一千米的房子。这个房子有意思的是后面还有着大片空地，房子主人问他要不要一同买下，要是他不买也会卖给别人，到时候就是两家占据一块儿土地，对他是不利的。因此他和清丽商量，连同后面的那块儿地也全部买下，清丽拿出家里所有的积蓄，他再贷一部分款，这个地方自此之后就成了他们的。市区的书店很快开起来，经营方式与校园书店大致相同，最大的变化是大客户增多，有要上千本书的，清丽安排指挥，他和店员负责上货送货。

两年多的时间，他们把买的二层楼房全部装修开成书店，还觉不够，找来工程师，察看了房子地基，幸运的是，原先的房主也是有规划有远见之人，房子地基做的是五层楼的，所以他们尽可以往上盖。他本打算盖三层，清丽说，盖四层。他说，过段时间吧，现在先快速盖一层装修好制作书架进书。清丽说，你是不是每天都很慌？慌你五个校园书店和这个市区的书店，觉得已经把控不了，是极限了，对不？这也是为什么上次没有接手第六个校园书店的原因吧。这次我不能再迁就你，盖四层，没得商量。他再次傻眼，她不是一般的女人，说，我同意你的做法，但你要告诉我为什么，这样总行吧。清丽说，你来省城几年了？他说，五年多还是六年多。清丽说，我们这么打拼为什么？他说，那还用问，挣钱啊。清丽说，狗屁，为好好活着，你总得给自己置办个窝吧，盖四层，用四楼多一半给你安顿个家，少一半安顿个办公室，这样不好吗？我本来想着直接盖个五层，用五楼给你安顿个家和办公室，但现在咱资金难以支撑，不要小看那几个钱，对于我们来说，那几个钱的缺失就可以断掉我们的资金链，摧毁我们辛苦建构的整个经营体系。他说，好吧，你想得周到，我鼠目寸光了。清丽说得没错，他需要在这里有个家，这样他才会安定踏实些。

从四楼搬到五楼是两年后的事情，书店规模的扩张比他们想象得快很多。五楼已经到顶了，夜里睡不着就独自到楼顶坐着喝酒，远方的凤琴啊，这个他这辈子注定要亏欠的女人。孩子们在一天天长大，他回去的次数不是很多，着实是几个书店的发展需要投入更多精力，无法脱身。一路走来总体而言是顺利的，但他不敢松懈，处处谨慎小心，因为事情如果过于顺利就会出问题，即使当下没出，问题的根芽也已经在萌生。清丽基本上是管理着六个书店，他懒惰也好能力不及也罢，有个人顶在前面，后面的人就能偷懒懈怠。校园书店还可以继续开，他们顾不过来可以承包给他人，只是承包这套体系还没有想成熟，有时间了再做。

市区的书店规模已经是整个省城数一数二的了，只要说起书店，几乎无人不知他们的书店。清丽和他商量着将来把所有余钱全部用在购置房子和土地上，这样钱就会不断生钱。近段时间他惶惶不安，说不上来怎么了，准备贷款买车也不敢买，家乡修建的高速公路马上通车，买了车回家会方便很多。几天后果然发生了料想不到的事情，张处长打电话来，要他放下手头所有的事情到办公室，他问什么事情这么急，张处长只是说到办公室来，听语气是十万火急的事情。他给清丽打电话，清丽说，张处长刚给她打完电话，也是让到办公室。他说，那咱赶紧赶过去。他从市区的书店出发，清丽从别的校园书店出发，两人脚前脚后赶到。门卫室的保安见到他们，凑过来悄声说，警车来学校了，老校长跟着去了你们的书店，赶紧去看看。他谢过保安，与清丽一同到张处长办公室。张处长见到他们，表情严肃地说，你们怎么搞的啊，老实告诉我，这样的事情多久了？明忠啊明忠，这么些年了，学校待你不薄啊，当然你也做得很好，口碑一片大好，可是，唉！怎么能出这样的事？他被这通话说蒙了，说，张处长，说实话，我们还不了解情况，发生了什么事情？张处长难以置信地看着他们，说，你们真不知道还是假不知道？清丽着急地说，真不知道啊，瞒哄您做什么，明忠是什么样的人别人不知道您还不知道吗？

张处长平缓下情绪，说，有人举报你们售卖盗版书籍，主要是数量巨大啊，每本书上都有你们书店特有的标志和印章，人证物证皆在。他说，什么？盗版书籍？量很大？有多大量？张处长舒口气，说，三千多本。他差点儿晕过去，眼前一黑，说，这么多啊，清丽，你觉得这是怎么回事？清丽平时遇事沉着冷静，听到这样的数字，声音颤抖地说，很明显，这是有人诬陷，想整垮我们，我们书店里肯定有内应。他说，那两个店员？清丽说，不，是我们书店所有的店员，三千多本啊，不能慌，不能慌。他故作镇定地整理衣裳，说，张处长，我们会全力配合警方的调查，定要查个水落石出。清丽说，尽可能减少损失吧，这次我们算是栽了，动了别人的奶酪，害人之心不可有，防人之心不可无，我们太掉以轻心了。边上陷入沉思的张处长说，利益之争啊，你们好自为之，自求多福吧，这次不管怎么你们都会损失惨重，即使查明是诬陷，人心险恶啊，你们心理上要有个准备，我能帮助就尽力帮助你们。从张处长办公室出来，他们去了书店，书店已经被查封。

清丽拉着他，说，走吧。清丽和张处长说得对，就算查出来得了清白，这里的主人也不再会是他。七八年啊，从当时摆摊到在这里落了脚，有了逼仄的住处，多少次走在夜深人静的校园里，看着昏昏暗暗的灯光及树枝交织出的阴影，千变万化又一成不变，像现在的他，不是过早伤感，是冥冥中的预示。

清丽说，现在没时间悲伤，要紧的是找出那个诬陷者和书店里的接应者，是谁动了书店特有的标志和印章，多么私密重要的东西，他们为什么就不保存好，是过于信任了其中的店员还是他们自己的得意忘形所致？现在说什么都是多余，已经不在乎打草惊蛇，直接介入或许是最好的方式。糟糕的是，他犹豫许久没有买的车三天前刚贷款买下，资金就更紧张了。校园书店被查封关停就意味着资金回流的一个重要环节断掉，谁能想到最不容易出问题的地方出了问题。

夜里他和清丽在市里书店楼顶吃罢饭喝茶，商议接下来的事情，如何找出书店隐藏的接应者和如何填补上空缺的资金，这两个问题迫在眉睫，而且要双管齐下。清丽站起身来回走动，说，书店粘贴在书上的标志很多，但章子只有一个。标志每个书店都放着，很多印刷厂和打印店都能做，章子的话经常在老校园书店放着，接触到的人除了你我，就是两个店员，如果其他书店的店员想用那肯定要到老校园书店取或者托老校园书店的人带过来。明日召集所有店员，我们在市区书店的会议室开会，先问老校园书店里的两个店员，由这两个人顺藤摸瓜，咱们两个人要配合，这个事情应该不难破解，毕竟漏洞太多。他说，我们一个唱红脸一个唱白脸？清丽说，我还得推理几遍，看哪里还会成为对方可利用的地方，我感觉这就是单纯的搅和，因为只要一搅和对方的目的就达成，我们书店会发生连锁反应，资金链断裂，最终致使市区的书店关门停业。市区的书店里和我们竞争最大的是……难道是……他说，有可能，咱书店自开张以来，他家和其他几家的生意确实不太好，尤其他家最差。清丽说，唉！是我们掉以轻心了，要是管理得再细密严格些，别人就绝对不会有可乘之机，我们要诈，如果诈不出来再想其他办法，这段时间资金上的短缺我们可以再去银行贷款。他说，没法再贷了，我能抵押的全部抵押了，真后悔买那辆车。清丽说，事已至此不多说其他的，我拿我家的房子做抵押，贷款的数额足够支撑我们的书店渡过难关，我们不仅要不动声色地继续维持，还要在诬陷事件查明后立马接手其他两家学校的校园书店，非但数量不能减少我们还要增多，这是坎，只要迈过去就好了。他佩服至极，眼前走来走去琢磨思考事情的人，如此勇气胆识没几个人拥有，何况还是女人，看来她生来就是做生意的料。

　　第二天十点，书店的全部店员来到市区书店的会议室，她坐在中间的椅子上，他坐在旁边，全部人员坐定。她满脸的从容和坚毅，说，咱们书店的事情你们肯定或多或少都听说了，你们不要慌乱，会开完你们各自回到各自的书店上班，就当什么事情都没有发生，做这件事情的人我们已经通过偷偷制作书店标志的线索找到了，打印店老板在你们坐定不久就做了指认。为保全大家的面子，如果那个人有这个意向，开完会可以到杨总的办公室找他，我们保证，只要主动站出来，不会追究任何责任，同时，我们也会竭尽全力保全。如果执意坚持不承认，抱有侥幸心理，我们也会全力追究法律责任。一句话，我们想大事化小小事化了，不愿折腾，没啥意思。谁也不要猜疑谁，我们要的是主动站出来，或者打电话到杨总办公室，然后约具体的见面地点，二者皆可。他补充说，我再重复一遍，直接去我办公室或打我办公室的电话。清丽说，那就这样，散会，各自回去安心工作。

　　剩下的时间就是等待，轮流守在办公室等待那个人或接听他的电话。晌午他接到三个电话，全不是。仔细想来，这个事情确实只能大事化小小事化了，认下所有损失，钱没了可以挣，仇怨不能结，没完没了的结怨只会两败俱伤。电话是清丽接到的，对方约定去某个农贸市场，也好，人多的地方不会引人注意。他陪着清丽到了约定的地方，四处张望寻找，没有找到熟悉的面孔，猛不防有人触碰到他的手指，他低头看是个十一二岁的孩子，给他手里塞个纸团，来不及问话，人已消失在人群里。

他和清丽捏着纸团来到人少的地方，慢慢拆开纸团，里面写着：我也是被逼迫的，请原谅我，请你们遵守承诺，背后指使的人就是你们认定的那个他，与你们早就有较量，你们从来没有注意，我能做的就这么多，不要追究我的责任，我意识到错误了。我再说一遍，我是有很大难处的，不然不会做这样伤天害理的事情。好了，事情来龙去脉基本清晰，他们现在要细致想想接下来该怎么办，清丽说，大原则不能变，在最大限度保证我们声誉的基础上大事化小小事化了，心甘情愿地接受巨大的损失。他说，现在回想，有几次确实有些摩擦，我们没有在意，算是为我们的迟钝买个经验教训。清丽说，他不会这么容易承认，我们直接带着做内应的人去对质似乎也没有多大意义，别再发生节外生枝的事情，我得带个录音笔，录下他说的话，也算是谈和的资本。他们到电子产品店买了录音笔，试用后，直接去幕后指使者开的书店。店里很是冷清，有几个人在书架前翻看书，服务员毫无生机地守在自己的岗位上，他们说明来意，经人引导来到店主的办公室。店主像是知道他们会来，还没等他们敲门就说，进来。他们进去，办公桌后面坐着的人，气定神闲，淡然自若，让引他们进来的人先出去，那人出去带上门。

他们坐定，店主起身从消毒柜取出杯子，说，杨总、赵总，好久不见啊，你们喜欢喝什么茶？他说，这得看刘总想给喝什么茶，清凉败火的还是灼心烧胃的。刘总胖乎乎的手拿出龙井，说，这个可行？清丽说，最好。刘总捏撮茶叶放进杯子，到饮水机上接了热水，端到沙发间的小柜子上，说，开门见山还是品茶细聊，你们选择。他说，你怎么开心怎么来，我们现在是案板上的肉。刘总回到办公桌后面舒适温软的椅子上，端起茶杯喝口茶，说，杨总有些愤怒啊，不值得，气大伤身，找我有什么事就说吧。他说，什么事就不用我们说了吧，我有个解决的方案，看你愿意听不？刘总眯着眼睛，悠闲自得地坐着，说，愿意不愿意都得听啊，说吧。他说，你安插在我书店的内应已经如实招了，我和赵总商量了解决方案，这次我们的损失我们自己承担，就当作是你对我们的提醒和警示，但有些方面我们需要商量，也是我们无论如何不能接受的。

　　刘总干脆闭上眼睛，躺在椅子上，说，意思是我得感谢你们的宽宏大量或高风亮节，对我这种无耻小人的包容？你们的得意忘形让人厌恶，你不给别人留饭吃别人就要反击啊，坐以待毙的事情你们会做吗？他说，其实你可以直接说出来，没必要弯来绕去地来这么一套。或许这样做你最能解气？如果是这样我和赵总心里还能宽慰些。我们没有把做内应的人交给警方，假如交给警方，相信很快也就能找到你这里，到时候对簿公堂还是书店关闭，皆不是我们想要看到的。和气生财，一句话，你给的教训我们领受了，只想和解不想较量更不想鱼死网破。刘总眼睛睁开，看着房顶，说，讲真，就算我们对簿公堂我也有应对的措施，我是在这里土生土长，你们才来几年，既然你这么说了，我也不想再计较。这次的事情就是要你们明白，不管有意无意，做人做事不要做绝，留些空白不是坏事，就像我墙上挂着的画，那么大的纸张，就画了那么几笔。知足才能常乐。我摸爬滚打二三十年，靠的不是强词夺理欺软怕硬，靠的是信义是品质是和气，你们要的和气，我可以给你们，盗版书让我朋友全部收回，用个工作失误来解决这个事件。至于那里的书店能不能再开和所造成的难关困境，你们自己想办法，满意吗？他说，感谢刘总高抬贵手。刘总说，再给你们条忠告，往往最危险的地方就是最安全的地方，反之亦然，如果那间书店你们能继续经营，请把监控摄像安装上，如果不能继续经营，往后的事情多思虑此事。

　　清丽拿起一直放在沙发间柜子边沿不起眼地方的录音笔，说，刘总，对不起了，我们是善良的人，胆子很小，经历了这次的事情后我们就成了惊弓之鸟，防人之心不可无啊，您见谅。刘总大笑起来，说，赵总巾帼不让须眉，学得真快，坦坦荡荡做忌讳的事情算不上小人，领教了。清丽说，可能我压根儿就没开，相安无事和气生财是我们的共识。从刘总书店出来走了好一段路，他才放松下来。

　　关闭开了七八年的校园书店是意料之中的事情，只是面对的时候仍旧有太多的伤感难受，在学校限定的时间里清空所有东西且恢复房子原来的样子。其他几家校园书店或多或少也受到波及，他带着礼品和警方的证明去挨个走访，稳住局面，清丽房子抵押的贷款拿到，弥补了这次事件造成的资金上的缺失。老话说，饭要一口一口吃，事情要一件一件做，仔细想，这次事件最根本的原因还是他们走得过快过急，没有全面地去考虑，再就是贪婪，对啊，原先穷困潦倒时经常想富裕之后怎么办，自从身处富裕中就忘记了之后怎么办，更不要说人生奋斗的意义。接下来的日子里，他要去思考这些。

二一章　凤琴（一）

凤琴是个要强的女人，娶过门后得不到自己男人的帮助，就依靠自己的力量去践行自己的想法。在他离开后，凤琴没事就铲地盘上的泥土石子。有回阴阳先生路过，她招呼来，花费三十块钱让看这里是不是块儿好地盘，阴阳先生绕着地盘来来回回转，十几分钟后，对她说，是块儿好地盘，但要想属于你，必将经历番艰难。她说，有多艰难？阴阳先生说，我只能说相当不易，多的话不敢再说。她满脑子都是阴阳先生说的好，不太去想艰难，能有多艰难？还能危及生命？

有天早上起来难受得干呕，没当回事，以为是夜里着凉或是昨日没吃对，可是接下来几天连续干呕不止，一天比一天厉害，心存疑虑，是不是怀孕了？不敢确定，想着再等等看。随后确定了就是怀孕，她跑到婆婆家，给婆婆说了此事。婆婆高兴地说，凤琴啊凤琴，你这娃娃，这么大的事情早不说，要好好养身子，不敢再搬挖地盘上的那些泥土石子。她说，妈，你能不能想办法给明忠打个电话，看能不能抽时间回来趟。婆婆说，肯定能么，婆姨都怀孕了，必须要回来。妈妈先是给去县城的人捎话，让明月来家一趟，然后让明月去给明忠打电话。他接到明月的电话，没能及时回去，书店走不开，想着怀孕是好事，要到生养怎么也要十月怀胎，迟些时间回去也不碍事，当时哪里想得到她要他回来是要分享新生命的喜悦和精神上有个坚实的依靠。

有了身孕不敢再像原先那样做事，但不做事又会疯掉，自小就不停歇，由不得去走动，如此纠结两天。现在有身孕，可以做得慢些轻些，怎么也好过无所事事。说白了，农村人靠的就是水滴石穿以少积多的耐心和隐忍活着，这样的话传了不知多少代人。她自然把这些话语当作真理，深信不疑。孩子很顺利地出生，他命好呢，龙凤胎，做梦般地实现了一儿一女活神仙的福报。孩子名字是她起的，让他给起，他说是要好好思考，一走又是好久，孩子满月了还没个名字。她等不及，自己坐在家里想，想去找他提过多次的老仙，两个孩子走不开，尽管有妈妈、婆婆轮流照看帮忙。想来想去没个结果，有天夜里醒来，看着明晃晃的灯和窗外皎洁的月光，猛地想起照、梦两个字，姐弟俩自此一人得一字，就有了杨梦和杨照的名字。

孩子的到来坚定了她要有宽敞住处和自家窑洞的想法，没出月子，她就开始做起零碎活计，婆婆不能经常来照顾，来回跑不动。妈妈更不行，家里大摊子事情等着做，庄稼是家里主要收入来源，两个妹妹还没成家，爸爸成天在地里刨挖，苦重吃不好，几天就把人撂倒了。刚出月子，她就让妈妈回去，家里的事情她能应付得过来。孩子百天时他回来了一趟，心里正因为书店的事情发愁，睡不着，杨照也有些感冒，她经常起来给孩子喂水。他带的钱不多，给她放下五百块钱，说，多少就这么多，先开支花销着，花到哪里不够了再说。她说，你在外面费钱，我们母子三个，就两孩子吃喝及感冒发烧等小病上费钱，我基本上没什么花销。他说，你也要吃好了，照看两个孩子不容易，钱有我呢，你不用管。她说，我有个想法，不晓得能不能说。他双手垫在头下躺着，看着窑顶，说，有什么不能说的，想说什么就说。她说，原来说过的，我想把明义家边上有水路纠葛的地盘拿下来，铲平整后垒砌几孔窑洞，主要是咱现在成了四口人，一孔窑洞肯定不够住，而且还是租赁的，指不定哪天人家就要。他说，这些道理我都懂，可是水路纠葛怎么处理啊？杨不立家是什么样的人，你应该有所了解，根本就不讲理，这件事要细究起来麻烦得很。我还是原来的话，等后面有钱了，去省城住或重新在村里买块儿地盘。她说，我和你的看法不同，时代不管怎么变化发展，人终老还是要归乡，老家是最好的地方，这里有根脉，我就是给你说说，这个事情我再看吧。

他心上瞀乱得厉害，听到她早就有了一意孤行的决定又来问自己，火冒三丈，说，你想做就去做，不用问我，我管不了你，你厉害得谁能管得住，我有我的事情都忙不完，你还添乱。她示意他低声些，别把刚睡着的孩子吵醒，说，你这是什么态度，我做事又不影响你，和你商量都不行吗？夫妻之间如果连这个都不能说还叫什么夫妻，你不要把你心中的怨怒胡乱发泄，你在外面做什么我管过说过你吗？我生养两个孩子到现在你做过什么？就是忙你所谓的书店，回来住不了两天就离开，扔下几个臭钱，谁稀罕啊。我嫁的是活生生的人，不是经常不见面的飞鸟。平静下来，看她任劳任怨地照顾两个孩子，她说的是事实，要是一般女人早委屈得不知闹腾多少回了，她却悄无声息地默默操持着这个漂浮不定的家，无数内疚涌上，手抚摸着她枯瘦的肩膀，说，凤琴，对不起啊，是我不好，我说的是垒砌窑洞不容易，即使要垒砌也不是你一个能做成的事情，我意思等我省城书店稳定下来，咱到时候要钱有钱要时间有时间，垒砌起来很快。她长吁短叹几声，说，没事，你不要为家里担心，孩子我会照看好，你安心忙你书店的事情。孩子醒来，哭闹不住，她忙着抱起来轻轻摇晃着身体哄乖，他在旁边给拿长递短，孩子睡踏实天已快亮，他俩也借着短暂的时间休息会儿。天亮后他到县城车站坐车去省城。

北方入秋后雨水多，按理说，她没种地，下雨在家里避雨就好。不，她来来回回想，要想在水路这件事情上有态度，就得行动起来。杨不立家她去过，那是她第一次去也是最后一次去，村里都说这人吝啬抠门蛮不讲理，起先只是听说没有见过，那天晌午她安顿好孩子，快步下坡过去，门里进去看到一家子在吃饭，炕上铺着发黄发脆陈旧的席子，薄薄的被子褥子床单马虎叠起，靠窑掌炕围子放着，几人见到这张陌生的面孔，呆愣住。杨不立放下烩酸菜洋芋清淡无比的饭，站起身说，你是明忠家的？她说，是的，你们这会儿才吃饭，我是来说个事。杨不立的婆姨说，说什么事？她别扭地站在门口，主家没让进去，托着门框，说，水路的事情，我公婆把事情的来龙去脉都说了，我想问下你们什么时候做这水路？水不能老那么胡乱流淌，山上下来的洪水大得很，长时间冲刷就把那边的地盘冲刷坏了，还有就是这个水当时说好走你们这边的。

杨不立呵呵笑，婆姨端着有豁口的碗，凶狠狠地说，谁给你说水要走我们这边？谁给你说水路要我们做？她说，你们和我公婆他们说好的，当时给你们钱了，那么多人在场，你们也接了钱答应好的。杨不立爱理不理地说，谁给你说的你去找谁，我们不知道，我们没拿过钱，不知道水路什么，你是见鬼了还是白日做梦做过了头。婆姨的手摸到灶火边放的戳火棍子，补充着说，赶紧走，再不走就对你不客气。她性子急，等不得，想去公婆家问个究竟又担心孩子醒来，就让街上的人捎话给公婆，来她这里一趟,有重要事情说。两个多小时后,公公赶来,问,有什么重要的事?她说,杨不立家说水路的事情压根儿就不存在,你没有和人家谈过,没有给过做水路的钱,更没有很多人见证,到底你们谁在说谎?公公说,杨不立放他娘的狗臭屁,分明是想赖账,拿了钱不做水路就算了还倒打一耙,我去问。

她叫来街上的婶子帮忙照顾杨照、杨梦,跟着公公来到杨不立家,公公说得没错,杨不立就是睁眼说瞎话,婆姨更是跳着蹦着胡乱咒骂,一副不讲理的模样。争吵半天无果,毕竟当时没有立下字据,说破天也无用。公公临走时给她说,不要争闹了,怨就怨咱们当时欠考虑没有立下字据,即使有那么多见证人,现在你去找人家,也肯定没人愿意站出来,谁也不会去惹一个人,这个哑巴亏想不想吃都得把牙打碎往肚子里咽。她倔强地说,要咽你们往下咽,我是咽不下去,只要这事情是真的就行。公公从门里往出走说,事情肯定是真的,千真万确,有很多人在场。

站在门口看着哗啦啦的雨水,两个孩子在炕上睡着,她没去都能想象的到山上的洪水肯定在肆意横流,越想越来气,锁上门,拿上门道拐角放置的铁锨,去了上面的路上。果不其然,杨不立家早就在路上挡了高高的土梁。她哪里受得了这个,欺人太甚,这些年本不该的事情让他们做成了理所当然,现在家里有她了,不再和原先一样,他们胡搅蛮缠不讲道理的日子算是到头了。借着愤怒她拿着铁锨狠命铲起挡水的土梁,身体在雨里疯狂畅快地燃烧,燃烧。就是这种感觉。

十几分钟后,杨不立夫妻出现,想是看到了自家窑洞边出现了山水,不假思索地想到这里,看到已经被雨水淋透的她,穿着雨衣的他们不紧不慢地说,明忠家,你这是做什么?铲倒我们挡起的土梁，你可真够厉害的！她说，事情有个本来的样子，你们这些年是不讲理习惯了，现在我来了，我要在那地盘上垒砌窑洞。杨不立笑着说，你个婆姨女子的，真是什么话都敢说，不怕闪了舌头，青石板上扎根没那么简单，赶紧回去吧，别逼我动手。说话中随着婆姨一同铲旁边的土重新建立围挡山水的土梁。她气冲冲地过去拿铁锨往开铲，两人围挡一人推铲，山水在脚下流淌着。杨不立的婆姨动了手，猛地推她一把，她脚下的泥土湿滑，身子往后倒，好在抓住了旁边野生出的小树才站住脚。回头看身后，要是掉下去后果不堪设想，十几米的崖畔不说，下面遍布坚硬的青石。既然对方敢这样，她也豁出去，说，好，那咱今天就拼个你死我活，老娘一个战你们两个，最少也要往死弄一个，有本事就来，谁怕谁。

　　杨不立的婆姨拿着铁锨就要往她身上搁架，她现在还不是死人，扬起铁锨还击，两把杀红眼的铁锨碰撞得咣咣当当直响，上面住的家户有人听见吵架声出来看。年纪大的看到这情势，吼叫杨不立，说，杨不立啊，婆姨女子打架，你个大男人站在那里不拉架还看，不小心弄出个乱子怎么办？你他娘的是怎么想的？杨不立这才拽住自家婆姨的胳膊，拉扯着往家里走，她站在雨里等着对方完全退却，忽然有东西飞向她这边，她往后退已经来不及，拳头大带尖的石头落在地上，顺着石头划过的痕迹找到源头，是杨不立家的孩子，十四五岁，长得五大三粗，杀气腾腾地看着她。她捡起那块儿石头，对准那孩子，说，你们一家子没完了是不是？你爸妈回去你又来了，老娘今天就来个一锅端，大的小的都得死，不要惹怒老娘，这是你扔的石头，还给你，小杂种。石头落在离孩子很远的地方，她的火焰在被浇灭，浑身的劲头力气在分裂，牵挂起家里睡觉的孩子。孩子得意不已准备再捡石头扔来,杨不立站在院子朝这里喊,鬼小子,给老子下来,大人的事情你在那里胡骚情什么,给老子往回走。杨不立刚才领教了她拼命三郎的气势,之所以这样训斥呼喊孩子回来,是怕吃亏,殊不知,反倒救了软塌浑身无力的她,孩子恼悻悻地回去。她看没了人,使出浑身力气推铲开围挡山水残留的土梁,为保险,又站了会儿才回去。

孩子们醒来,在炕上玩耍,没有哭天喊地的翻闹。她开门时手哆嗦不止,站在家里脚地上,头发衣裳上的水不断滴落,停留的地方不过两分钟就湿漉漉。坐在凳子上歇息,感觉到小腿处撕裂的疼痛,卷起裤子看,发现裤子上沾染着大片血迹且破了口子,是杨不立家孩子扔的石头所致,狠毒的孩子,想来不寒而栗。炕上的孩子饿了,可爱地爬动着,咿咿呀呀地对她说话,她担心狠毒的魔鬼会伤及孩子,这件事情要怎么处理,拼狠劲肯定不行。想起村里有人打架斗殴最后出面解决的都是公家人,派出所居多,公安局也有,她要通过这种方法解决,也只有这样才能有个完结。记得明忠说过,他们同门子的三大爷是文化人,村里有需要笔杆子的都去找他。三大爷吃着公家饭,每月领着工资,待人和善,结婚敬酒时她看到过,说过几句话,住的地方离她这里不太远,何不去问问,毕竟是经历过世事的人。

明忠每回回来急急忙忙,疯子样,根本想不起这档子事情。

她前几天按着妈妈说的给自己缝制了背孩子的背包,刚好派上了用场,背上杨照,抱上杨梦,到三大爷家。三大爷家日子过得富裕,不缺吃不缺穿,孩子也少,一个儿子两个女子。两个女子找了好人家,一个儿子也娶了媳妇,不好的是结婚四五年没有孩子，去过几个大医院都说没毛病。到大门上，院子里的狗扯着缰绳蹦跳吠叫，窑里出来人，看到她，说，明忠家的？她说，是了，你们家的狗个头不大但厉害得很。来人是三大爷的婆姨，温和地说，不怕，它就是胡咋呼能行，快回家里走，还引着两个毛疙蛋。三大爷戴着眼镜坐着写什么，见她进了门，扶起眼镜看，亲热地笑着说，明忠家的啊，快过来，把娃娃放炕上来，入秋天就冷起了，咱们是一门子，亲着呢。她放下两个孩子，孩子看到陌生的环境，毛忽闪闪的眼睛滴溜溜转动。三大爷挪动身子到跟前戏逗孩子，说，明忠家的，你来是有什么事还是？她站在炕栏边，说，我家和杨不立家水路的事情您知道不？三大爷说，知道的，八九年过去了，一直没见杨不立家有什么动静。她说，对的，我现在想把水路的事情弄好，今天那会儿还和杨不立家吵了架，他们人多，我家明忠不在，就我一个，还有两个娃娃牵心着，回来我坐下左想右想不知怎么处理，想到法律，但我对这个一窍不通，就来问问您。

　　三大爷拿起妻子给拿的面包，掰开给俩孩子一人一块儿，说，走法律程序是对的，暴力吵闹不解决问题，只会把事情弄得越来越糟。走法律程序，先得写诉状，你把事情缘由各方面说清楚我来写，然后你拿到县城法院，他们接了你的诉状你就等通知。她把事情详详细细说了一遍，三大爷说，我连夜写，写好我让你三奶给你送去，你有孩子不方便就不要跑动了。

　　拿到诉状第二天，凤琴把孩子安顿在婆婆家，婆婆身体不好，照顾两个孩子吃力，公公忙着拦羊和地里的活，她要快去快回。骑着结婚时买的自行车，到县城一路问人找到法院，好说歹说把诉状放下，楼里下来又担心刚才接诉状的工作人员不重视，重新回去叮嘱，央求着说，你们定要办理啊，这可是我的命，好容易找人写的骑车来到县城。工作人员说，我们接下就肯定会认真办理，你这人怎么这样。她连连道歉，说，不好意思，我担心过头了，对不起，对不起。弯着腰出了办公室，骑上自行车赶紧往回赶。孩子听话，坐在婆婆家的炕上玩针线缝织的布老虎，婆婆端出饭给她吃，她还真是饿了，大口吃起来。

三四天头上她等待不住，心里焦躁得厉害，引着孩子到三大爷家问。三大爷笑她性子太急，说，心急吃不了热豆腐，这是场持久战，没你想得那么快那么容易，法院还有其他要办理的事情，不要急，事要一件一件办，路要一步一步走，饭要一口一口吃，也许过两天就有信了。这些道理她懂得，就是想有个人说说话宽宽心。又过了五六天，法院的车停在坡底路边，上来两个人，一个人到她家，一个人到杨不立家。到她家的这个人，看到她家的处境，不禁问，你男人呢？就你一个人带两个孩子？她说，男人到外面打工，家里就我和孩子。

去杨不立家的人回来，对着她家的这个人说，杨不立语气强硬，坚决不同意村里调解。来她家的人对她说，走法律程序是不得已而为之的，之前可以你们村上调解，如果你们双方愿意村上调解就走村上调解，打官司不是件容易事，就你们这情况，从物质经济层面讲，赢反而是输，现在杨不立家不愿意村上调解，你这边呢？她说，我肯定不愿意，官司再难我也要打，不为其他的，人活着就是争口气，有这口气人活得就顺畅，没有就活得憋闷，好些事情只要我手里能做就给做好，不把难题留给孩子。来人说，想好就行，过几天我们会把法院的传票送到杨不立家，你要记住，事情还没有真正开始，心里要有个准备。她说，好的，感谢你们。

要打官司就涉及明义家，要提前把话都说清楚。她叫来公婆和街上的婶子及三大爷来见证此事，公公是不愿意她打这场官司，理由是，就你一个人怎么可能打得赢这场官司，明忠在外面挣钱，将来有钱了可以到村里或其他村或省城买地方，何必盯住这里不放，这是块难啃的骨头，没有好牙口根本啃不下来。

她知道公公说的这些很对，说，爸，去其他地方买地可以，可杨家多少代人的根基坟墓能从这里搬迁走？不可能的事情，人留儿孙树留根，根啊，我不想到我娃这里就没了家乡，就这一点，我也要把这场官司打下去。今天叫你们来是要你们见证。这场官司明义家参加不参加都合情合理，如果参加，就得出人出力，官司赢了，边上的地盘有明义家的一半；如果不参加，就什么都不用管，官司由我家打，官司赢了边上的地盘由我家支配。明义、秀英两人面面相觑，她说，你们可以在这里放开说，也可以到外面商量，我只需要答案。

明义说，我们商量好了，这件事情我们不参加，就按你说的，我们不沾光也不出力，现在的两孔窑洞够住。她说，好，那就这样说定了，大家做个见证，为保险，我辛劳三大爷写了个东西，明义、秀英你们看看，如果觉得没问题就签个字按个手印，今天的事情就完结了。站在边上抽烟的公公说，娃娃呀，有你后悔那天，我就看你到时候怎么收场，不听老人言，吃亏在眼前。她说，爸，感谢你的提醒，我敢做就敢当，放心，再怎么烂的摊子也不会连累你。明义、秀英签了字按了手印，三大爷看过，说，今天的事情就成了。她从三大爷手里接过签好字按了手印的纸张，小心折叠起，夹在书里。她送大家离开，三大爷走路慢，落在后面，语重心长地说，明忠家的，今日这是好事情，前提是官司要赢下来，我相信你能做成，不过说句良心话，打官司确实不是件容易事。折转身要走又回过头，说，你确定走这条路了，那就走吧，人活着总得做点什么，不然也没什么意思。她说，您老看得透彻，感谢您。

杨不立家如期收到法院的传票，但没有想象得慌乱，保持着原有的生活节奏。她知晓，这是对她的挑衅示威，换句话说，是对她将此事状告到法院的回复，你不是能行么，继续下去，看谁硬得过谁。接下来她确实要下功夫了，理性看，主动权不在她这里，这段时间最要紧的是找到当时给钱时在场的人，找三大爷写好证明文件，然后挨个去找当时在场的人，逐个说服签字按手印。借着晌午时间，她引着孩子来到公婆家，公公刚从地里回来，坐在门道的石床上吃饭，婆婆听到脚步声跑出来，看到她又是背又是抱，过来接过怀里的杨梦，说，吃过饭没？她说，吃过了。孩子安顿在炕上，她边哄孩子边说，爸，你还记不记得当时给水路钱时在场的都有谁？公公呼噜呼噜吃着饭，没有回应，过两三分钟她又问一遍，公公说，没有人会站出来给你证明，这是出力不讨好惹人的事情。她执着地说，这个你不用操心，爸，你只要把当时在场的人都有谁给我说来，我挨个去找，我来想办法。

公公说，你这娃娃犟的啊。她说，现在事情已经不能回头，能不能总要试试。公公摇着头，说着当时在场人的姓名和住的地方，她拿纸笔按着自己的方法记录下。公公说，我跟你去一家，让你看看这世道人心，不是你想的那么简单纯粹。她暗自庆幸，心里想过要公公跟着去，但没好意思说出口，老人家没那个义务，这是她自己揽承下的事情。公公双手背抄，前面走着，说，你说咱去最难说话的人家还是最容易说话的人家？她思虑下，说，去最容易说话的人家，起初不要打击自己的士气。公公说，你倒是想得好，也好，如果最容易说话的人家都不愿意帮你，最难说话的人家就不要去了。她说，其实这两种人家说明不了什么，每个人性格不同，为人处世的方式也就不同。公公说，天下乌鸦一般黑，大部分一样，不信就看吧。选择了最好说话的人家，这人叫杨虎山，不要看名字硬，人乖善和气，村里出了名的好人。他们进到院子，此人正晾晒去年收的向日葵籽，铺满院子，他们都不知从哪里下脚。公公笑着说，虎山忙着呢？虎山听到声音，抬起头直起身子，说，茂平大叔啊，这是明忠媳妇吧，快到家里坐。她回以微笑，公公说，就外面，太阳晒得暖暖，你这好瓜子，个头大仁仁胖。虎山用手拨拉着摊铺瓜子，说，去年收成可以，向日葵秆子长得不高但盘子大，瓜子粒又大又胖，人家当时就卖了，我没卖，你家明义家种得多，卖了不少钱。公公说，你们都是好受苦人，什么都可能亏待人，就是土地不会，只要你好好营务它，它就不会辜负你。虎山说，咱多少辈人都面朝黄土背朝天，土地贫瘠是一回事，可也养活了一代一代的人，好着呢。公公看越聊越偏，引不到想要说的话题，便直说，虎山，你还记得当年我给杨不立做水路的钱不？虎山停顿下手里的活，满脸不解地说，记得啊，怎么，杨不立家现在要做那时答应的水路了？公公说，没有，唉！现在明忠媳妇要把这个事情弄清楚，想要你帮忙。虎山说，我这老实巴交大字不识的人能帮什么忙？公公说，明忠媳妇想要你证明下杨不立当时收了这个钱并且答应了要做水路，你不用露面，只要在纸上写上你的名字，然后在名字上按个手印就好。虎山摸着头笑着说，这恐怕有些……其他人都签了按了？公公说，其他人家还没去，你家顺路就先来你这里。

虎山实诚地说，茂平叔，你也晓得其中的难处，不过我给你说，只要有三四个人签字按手印我就签，我这里搁不住事，放心。他们从院子里出来去另一家的路上，公公说，看到了吧，这是最好说话的人家，我们现在去个不好说话的人家，我好人做到底，也让你死心。她说，虎山没有说不做，就是胆子小，不敢做第一人。公公说，枪打出头鸟，你不是不晓得，这个事情难就难在前几个人，只要有五六个人签字按手印，剩下的人的阻力就不会那么大。她说，这些人中谁的威望最高？公公说，你意思找威望最高的那个人去？她说，这样做起来能容易些。公公说，威望最高的那个人倒是没问题，可他婆姨是村里出了名的母老虎，最主要的是和杨不立家有着亲戚关系。你想想，人家能帮你坑害自己的亲戚？她说，这不是坑害，这是正义公平，往深处说，他帮的不是我和明忠而是正义。公公不屑地说，还是太年轻。

来到不好说话的人家，这人持中立态度，话里话外拿着朴实愚笨耍滑头，墙头草类型，观察大趋势的走向，然后跟着倾倒，说了半天等于没说。公公看着她，说，怎么样，遇到事情谁都不会顾及事情本来的样子，多会考虑这件事情产生的结果与自己的关系牵连，终究是要做老好人。她说，去威望最高的那人家里。公公说，这是最后一个，你想好去哪家，大后晌了，我要回去喂羊。她说，就去威望最高的那人家里。威望最高的那人家日月过得好，院子大，窑洞一线五孔，窑面子石条纹清晰干爽利落，檐头清一色大块灰砖垒砌，上面挽着花栏墙，大门修建得也气派，院子里有部分铺着砖，这就是她梦想的住所。跟着公公进到窑里，先看到这人的妻子，公公说，做晚饭呢？正和面的人看到来人说，明忠爸啊，来有什么事？公公说，来找下应华。和面的人说，应华在第二孔窑里，你们去那里。他们从这孔窑里退出来去第二孔窑洞，公公揭起门帘推开门，应华看到他们，说，茂平啊，快进来，这是明忠家的吧？公公说，在忙啊，你是忙人，一阵也不歇息。应华递烟给公公，说，闲不住，做上事情人也活泛，你们这是？公公抽着烟，说，是这么个事，应华，杨不立家，你们亲戚，当时调解水路的事情，我给杨不立钱负责做水路，这么些年杨不立家一直没做，你们都晓得。现在明忠家的想重新理顺这事情，需要你们当时在场的人给证明下。

应华坐在灶火边放着的板凳上，说，这个事情咱该怎么就怎么，但这证明怎么证明？公公说，明忠家找人起草了个证明书，上面写了所要证明的事情，下面就是你们当时在场的人签字按手印。应华一手夹着烟一手扶着炕栏，说，行了么，水路的事情早应该解决。他们没想到事情会进行得这么顺利，来时匆忙，带了纸笔，没带按手印的红印泥。应华说，我家有，我去问问我婆姨哪里放着，稍等下。她掩饰不住内心的喜悦，看着证明书，似乎已经看到了修建起来的水路，山水在里面流淌得哗哗响。一阵尖利的喊叫声打破了平静，凌乱的脚步声朝这边传来，公公示意她走，她反应过来站起身，门被猛地推开，和面的人怒火中烧地看着他们，应华在后面拉扯制止，说，男人家说话你个婆姨女子胡乱插什么嘴。和面的人手上还沾着面，说，薛应华，你还算人吗？杨不立家和我亲戚着，你狗日的是不知道还是装傻犯糊涂？现在外人让你联合起来整治杨不立，你就去了，老子今天把话撂下，你自己掂量，如果你胆敢向着他们整治杨不立家，我就吊死在你薛家的门框上，信不信由你，你可以试试。应华解释说，这件事就是杨不立家不对，拿了人家的钱答应了做水路为什么不做？这是什么？黑皮无赖，我现在是在帮杨不立家，不然将来他们娃娃怎么活人？在村里落个赖名声？别不知好歹，别狗咬吕洞宾。

和面的人出着粗气，说，薛应华，别在那里装大人，你算什么大人，成天装七装八，教训别人就罢了还教训起我来了，告诉你，老子不吃你那套，如果这样是好，那你把这样的好给明忠家。应华面露难色。婆姨走后，他们和应华简单言说几句，应华把他们送到大门口，依旧坚持着说，放心，我会说服我婆姨，这件事情我肯定会证明，真的假不了，假的真不了。她感激应华说的话，说得真好，真假不会混为一谈。公公却说，真假很难辨别清楚，这个世界就是稀里糊涂，慢慢琢磨，活人说简单也简单，说艰难也艰难，甘心没？难度就在这里，你能想到的杨不立家想不到？她没说话，这件事再不易也要坚持下去，没有退路，退路从写诉状那天就堵死了，只能前进。

两个娃娃吃了婆婆用铁勺子在灶火上炒的鸡蛋，她不饿，引着孩子回到家，又给娃娃喂了点儿稀饭，哄睡着，她就着灯光给鞋帮子收边，不时停住，思考怎么来解决这些人签字按手印的难题。明忠不在，明忠在的话还能商量，电话倒是能打，可要到村里唯一一家有电话的人家家里打，说的话都能被听到，说不成个知心话。杨不立家凭什么能让这些人不签字不按手印，反过来想，杨不立家的不让就是她的让，她只要突破这个不让，签字按手印就能顺利完成。顺着这个点往下思索，不让，让，收买人无非就是物质金钱和心上服气，这两个相比起来，物质金钱能收到立竿见影的效果，弊端是不稳定，如果对方给予的物质金钱多，另一方就会倒塌。不能多想，也没时间多想，要去做，开庭迫在眉睫，杨不立家之所以嚣张，就是断定她在指定的时间内完不成签字按手印的事。

　　第二天她带着两个娃娃去找明月，明月看到她，心疼地说，大嫂，你这是怎么，有什么事打电话或给谁捎个话，我过来么。她说，没事，我今天来是想让你跟着我去买点儿东西。明月说，什么东西，你给我说，我去买。她说，买几条烟和几盒饼干。明月瞪大眼睛，说，买烟和饼干做什么？她说，水路的事情你大概也知道了，马上要开庭了，当时在场的人不按手印不签字，我想买些烟和饼干，给那些在场的人。明月说，还有多长时间开庭？她说，不到半个月。明月说，我去学校叫文东回来，看看文东怎么说，你和孩子在家里等着，吃的喝的在锅台上，你自己看着吃。

　　文东和明月回来，文东说，大嫂，你说的这，是个办法，可风险也不小，时间太紧张，你单打独斗，一个人对抗人家一家子，赢的可能性不大，说实话，现在这个做法有些不理智。她说，舍不得孩子套不着狼，世上没有完全保险的事情，这个方法有可能那就要去试试。文东说，我现在一时半会儿也想不出什么好主意，买就买吧，我认识个朋友售卖这些，将来如果这些东西送不出去咱们折点钱再退回去。

　　回去她没忙着去给当时在场的人送这些东西，细盘算，这个事情在现有的时间里，她的胜算就是快，打对方一个措手不及。离开庭还有两天时间，她拿着东西，趁着薛应华家婆姨不在，去找了薛应华。拿的东西薛应华没要，但很爽快地签了字按了手印，还给她鼓劲，说，赶紧去找其他人，让他们签字按手印，他们要是犹犹豫豫，你就说是我说的，活人要讲良心。她感谢薛应华的帮助，提着东西按着名单上的名字挨着往过走，第一天走了大半，第二天把剩余的一走。拿着签了字按了手印的证明，红彤彤指纹成了张张喜庆的脸。后响家里待不住，引着孩子到地盘边上坐会，想象垒砌起崭新的三孔窑洞，一水的青石窑面子，细錾纹路，石灰勾缝，流行的大格子窗子，不要纸糊窗子，安装绿色玻璃，围院墙盖大门，院子里的地面铺砖……

晚饭后，她安顿好孩子，独自坐着准备明日在法庭上的陈述，提前演练几遍。九点多，外面有脚步声，她屏气凝息，提起拐角放的擀面杖，猫样靠近窗台。有人敲门，说，明忠家的，开门。她说，你是谁？外面的人说，我是谁，薛应华的婆姨，有没有印象？她借着门缝看一眼，果然是，说，这么晚来有什么事？外面人说，你先开门。她说，你先说有什么事。外面人说，你开不开？不开我就喊叫。她没办法，门栓关刚放下，门就被外力猛地推开。不怀善意的人进来，说，把那个纸拿出来。她说，什么纸？嚣张跋扈的人站在脚地中央，说，快点儿，别装蒜了，别逼我动手，薛应华签字按手印那张纸。她说，哦，那个可不能给你，上面不单有你家薛应华的签字和手印，还有其他人的，凭什么给你？来人点着头，说，好，那我就等着，等会儿会有人来，到时候看你还有什么话说。她说，我这里不欢迎你，你赶紧走，半夜闯到人家家里算什么，孩子们小见不得你这号人。来人胸有成竹地说，不会很久，很快的。

话音刚落，密集的说话声脚步声衣服摩擦声蔓延过来，一股脑进来，好多女人，有的见过有的没见过，有的有印象有的没印象，手里提着她送出去的烟和饼干，全部放在锅台上，说着类似于早来一步的话语。明忠家的，快把那个纸拿出来，我们不签字不按手印；你们的事情是你们的事情，我们管不了，不要为难我们，快把纸拿出来；拿出来吧，黑天夜半，这么多人耗在你家也不好，谁也不要难为谁；都一个村的，抬头不见低头见，不要弄得很僵硬……这么多人通情达理，唯独她一盆糨糊，不知顾全大局，世人的嘴啊。她还想着给对方个措手不及，人算不如天算，单枪匹马注定战胜不了千军万马。她拿出满是希望的证明书，说，你们说得真好，一个村里，抬头不见低头见，好个乡里乡亲，好个通情达理。薛应华家婆姨抢过证明书，举起对着所有人说，大家看清楚，这上面就是我们那些挨千刀的不知所以就签的字、按的手印，我再问大家一遍，撕不撕？回应先是稀疏，不会儿就浓稠起来，撕掉，为什么不撕掉，撕掉。举着证明书的人看着她，说，好，那就应大家的要求撕掉。千辛万苦弄得的证明书，眼睁睁地看着被撕掉，来人一哄而出，吵闹瞬间归于平寂。炕上的孩子不知什么时候醒来，杨梦静静躺着，眼睛看着窑顶，杨照趴着，下巴搁在枕头上，看着窑里发生的一切。她关上门，脱鞋上炕，放平趴着的杨照，手轻拍身体，哄着睡觉，防止孩子看到她流泪，关掉灯，在黑夜的遮蔽下泪流满面。

地上铺散着证明书的碎片，天亮起来，她起身准备去县城法院开庭的东西。早上九点半开庭，她要去早些，孩子还得安顿到明月那里。她赶上第一趟去县城的车，车厢里空空荡荡，破旧的车嘶嘶啦啦行驶着。到了县城，明月已经在车站等着，看到她赶忙接过孩子，说，天冷起来了，我哥这人也是，不晓得回来趟，下次回来我要好好说一顿，让你个女人家跑来跑去。她沮丧地说，没事的，你哥回来也没什么事，我一个人就能行。明月说，你就不要逞强了，大嫂。

她提前来到法院楼前，杨不立和婆姨，还有个不认识的人，一同在边上的早餐摊坐着吃早餐，她想躲开已经来不及。杨不立故意高喉咙大嗓子地说，今儿下来就结束了，把人麻烦的，陈年旧事还翻搅。婆姨听到自家老汉的话语，立即环顾四周，看到她，夫唱妇随起来，说，跑来跑去折腾的，有些人现在就是肠子急断肝子急烂也没用，干瞪眼，有看法没办法。另一个人困惑地看着眼前两个人，说，你们这是怎么了？谁招惹你们了？杨不立抹把油腻腻的嘴，说，没有，就是感慨，想到马上就要轻松了，着实好啊。那人说，确实，马上就要结束了，好事情。

法庭上，她拿不出有力的证据，空口无凭，自然无法在法律上站住脚。杨不立家欢欣雀跃。败诉是她想到的结果，从昨晚证明书被撕碎那刻就想到了，可真正面对起来却是如此愤懑苦痛。不知怎么，眼前一黑，身体就漂浮起来，听见有什么东西咕噜噜滚动。等醒来再看，躺在不知是哪里的小床上，眼前是阳光明媚的窗户，左边靠墙放着两个柜子，她手托着床铺，忍着疼痛坐起来，转头看身后，几张桌子几把椅子，桌子上放着报纸墨水夹子等办公用具，有人从门外进来，说，你醒来了啊？她下床穿鞋，说，这是哪里？那人说，这是法院的办公室，你从三楼的楼梯上滚落下去，要不是老张看到后果不堪设想啊。她说，这样啊，谢谢，谢谢，麻烦你们了。那人说，医生来看过了，说你吃喝不应时，身体营养供应不上，加上急火攻心，一下就晕倒了。她说，感谢感谢，给你们添麻烦了，我这就走，感谢你们。

那人给她接杯水，放在旁边的桌子上，说，先喝口水，站起走走看还晕不晕，你摔得鼻子口里流了不少血，回去要好好吃点东西。她说，感谢你们，我先走了。那人说，喝口热水，缓缓，没什么的。她不由得叹气，说，输了，真的假了假的真了。那人说，我听说了，你今天输了官司。她说，是啊，输了，真的输给了假的，而且是法律判决的，从此再无翻身机会。那人说，你输官司是因为你准备不足，材料不充足，也不要那么悲观，你这种情况如果有关系的话，可以想办法重新立案，争取再次机会。她说，可以再来一次？那人说，可以，就是比较难，要找到管事的人来运作。她喝了水，从门里出来，下楼时腿还发软，阳光照在身上暖洋洋的，输就输了，现在要做的是刚才那人说的，争取再来一次，想办法重新立案。

孩子有明月照顾，她不用太担心，在街上不紧不慢低着头走着，享受着难得的轻松散漫，她要想办法重新立案。不知走了多少路，腿酸了，找地方坐下，按那人说的，要找法院管事的，言外之意就是大领导。杨不立家肯定送了比她送的更多的东西，收买了那些当时的见证者，加之薛应华婆姨亲戚这层关系，有今日的结果并不意外，是她不够机敏不够沉着不够冷静，这次要好好准备。当紧的事情是如何见到法院的管事人，她愁眉苦脸，双手抱着膝盖，下巴搁在膝盖上面，看着地上快速爬动的虫子。在被烦闷苦恼的包围中，听到有谁叫他，凤琴，凤琴，凤琴？她抬头循声看去，熟悉的身影出现，站起身喊，爸，爸。爸爸肩上扛着蛇皮袋子，过来放在地上，衣裳上沾染着泥土，说，我就说看着像你，你在这里做什么？她说，一两句说不清，你不忙的话，咱坐下说。爸爸说，不忙，你说。两人坐下，她说了官司前后和现在的困难，爸爸搓揉几把沟壑丛生的脸，许是最近地里活计多，看起来疲惫不堪，说，法院找人，我想想，你不要着急，让爸好好想想。她说，不着急，没什么着急的，事情已经这样了。

爸爸抱着头思虑搜索，几分钟后，说，有个人说不准能行，你妈姊妹中有个是抱养的，后来人家亲生爸妈找来认走了，这女子后来嫁的男人就在咱县上法院上班,不晓得现在退休没有,多时不联系,不晓得人家还认不认咱这穷亲戚,从你这论,这女子排行老四,你应该叫四姨。前年还是大前年,你外公去世人家还来了,临走时说了具体的住址,让以后多来往走动,让我想想当时说的具体住址是哪里。她说,认不认我厚着脸皮去一趟,具体地址想不起,说个大概。爸爸想会想不起,说,只记得好像是法院后面的家属楼,几栋几户实在想不起。她说,你知道他们名字叫什么不?爸爸说,你四姨夫的叫不起,你四姨小名叫好,大名叫刘永莲。她说,有这个就够了,我试着去法院家属院打问,总有人能知道。爸爸说,唉!凤琴啊,家里也是没办法,害你嫁这么个人家,要体谅家里,要知道你弟娶不上婆姨世人在背后戳你爸的脊梁骨,她说,爸,不说这些了,我晓得,你扛这么一包什么东西?爸爸说,你看我把这个忘记了,是机器上磨的小米,准备在集市上卖,你要给你舀上些。她说,我不要,时间不早了,你拿这么重的米凑天暖和着赶紧回,我也去明月那引上孩子回家。与爸爸分别,她低着头往明月家走,马上就是晚饭饭点,她要不要去法院家属院门口等着,打问打问人?总是要找的,晚去不如早去,现在就去,晚上回不去就在明月家住一晚。

　　法院家属院不是谁想进就能进的,她站在门口,找机会问进出的人,不想被门口大爷盯上,一眼就看出她是找人,说,你找里面的谁,都需要登记。她说,我是走亲戚的。大爷说,走亲戚也要登记,亲戚没名字?她说,有呢,小名叫好,大名叫刘永莲。大爷思虑下,说,你是找刘好啊,这院里也只有她叫刘好,你晓得多大年纪不?她说,我们是多年没见的亲戚,平时走动得少,年纪大概五十左右。大爷说,那就差不多,你在这里登记下,住在三单元四层四〇五室。她颤抖着手写下自己的名字和来访时间、事由，进了大门找三单元，她走到楼门前，门拽不开，门边上安着电子按钮机器，她不知道怎么用，冒失地按又担心按坏，就站在旁边装作无事闲走，等待有人进去时看人家怎么按，然后自己再尝试着按。见有人来，对着那机器噼里啪啦地按一通，门就开了，进去。她想着跟着进去，又想到出来时也麻烦，别让人误以为是小偷，没敢进去。不敢上前就总是看不清，鼓起勇气，走到机器跟前，有数字，那就按四〇五，没反应，想起拨电话前要先按一个键再拨数字，在按钮中找到类似的键，然后按下四〇五，不一会儿里面竟然有人说话，你是哪位？找谁？她紧张得磕磕绊绊，说，这里是是……是刘好，不……不，刘永莲家吗？喇叭处传出声音，说，是啊，你是哪位？她极力平稳狂跳的心，舒缓语气，说，我妈是刘永丽，我是她的二女儿，您有印象没？论起来我要叫您四姨。喇叭里没了声音，她说，还在吗？喇叭里还是没有声音，过了会儿，她要放弃时里面传出声音说，你上来吧。这时，关闭着的门嘀一声打开，她开门进去，上到四楼，找到四〇五房子，敲门，里面有人走来开门。她看开门的人大概就是四姨，说，打扰你们了，不好意思啊。

门口放着拖鞋，她不知要不要换，脚上的袜子有破洞也尴尬，四姨说，不用换鞋，就这样进来，我们经常也不换。她被引到沙发前坐下，四姨接杯水给放在茶几上，然后坐在对面的小板凳上，打量着她，说，你们姊妹我没怎么见过，都这么大了，结婚了？她说，结婚了，孩子都快两岁了。四姨说，喝水，你说你妈的名字我还蒙住了，人一老大脑运转得就慢，你妈你爸他们都好吧？她喝口水，说，好着，一切都好。四姨想起什么，站起身到厨房端出炸的油馍馍，说，你先吃点儿垫吧垫吧，等你四姨夫回来咱一块儿吃。她说，来时吃过了，您不管，我来是有个事情，不晓得怎么开口，一来就张口要你们帮忙，真是太那个啥。四姨说，亲戚之间有啥能帮上的你就说，憨娃娃，有什么不好意思的，不要客气。她担心说得唐突，就把打官司的始末详细说了一遍。

四姨先是沉默，而后拉起她的手抚摸着，说，唉！你这娃娃，年轻轻就摊上这么些事，也是能吃苦，一般人哪里受得了这个。等你四姨夫回来我帮着说，看他有没有办法，他在法院工作大半辈子，再有两三年就退休了。她说，不管怎么说，麻烦你们了，多年不走动的亲戚一走动就求着办事，总是不好的。四姨说，不要多想，亲戚么，再能帮个什么，要是你四姨夫不在法院上班想帮都帮不上。说话中，有人敲门，四姨起身去开门，说，老头子又是没带钥匙。进来的人好奇地看着沙发上坐着的她，四姨赶忙介绍，说，这是我二姐家的女子，今来是想让你帮忙呢。四姨夫在餐桌旁的椅子上坐下，说，找我帮忙的事情都比较棘手，不是什么好事情，跟法院打交道，尤其咱平民百姓。四姨说，具体的事情让娃娃给你说，我去做饭。没有四姨在场，客厅里的空气立马冻结凝固，全靠厨房里发出的切菜或锅碗瓢盆的碰撞声缓和。四姨夫说，不要拘束，自家人，有什么事情你就说。

她整理思路，把刚才给四姨说的事情又说一遍。四姨夫抽着烟，一手拍打着额头，说，娃呀，这事不容易啊，你给四姨夫出了个大难题。四姨夫在法院上了大半辈子班，见过很多案件，你这种最难，要重新立案呢，意思就是要重新来一遍。咱这小县城虽然没那么严格，但怎么也是个彰显法律权威的机构啊，不是过家家玩游戏，不容易啊不容易。她央求着说，我知道事情很难，也是难为您了，可是我再没有其他的办法，主要是这个事情咱占着理，但偏偏就是被没理的人赢了，教谁谁都不会甘心，您就帮帮忙，我一辈子都记您的恩情，感激不尽。

四姨夫为难地说，娃娃呀，真的不好办，我这人乖善，在单位没结识下几个人，基本没求人办过事，包括我自己的孩子，不信问你四姨，真是这样，主要是这件事太不容易了，要找管事的人才顶用，找一般人是没有用的，白找，而管事的又是你我这样的人难以接近的。她说，我知道您的难处，求人办事不容易，这个麻烦您完全可以没有，不幸的是您遇到了我。四姨端着做好的饭出来，说，先吃饭，边吃边说。她之所以着急说，就是不想等到饭点，求人办事本就惭愧，再留下吃饭就更是觉得过意不去。人的心理很奇怪，她觉得不吃饭好像就能多份求助四姨夫的资本，为吃饭浪费这样来之不易的资本实在可惜。但现在又不得不吃。

四姨给她舀了满满一碗，说，吃吧，一整天了，肯定饿了。她推让着，站起身准备往下舀些，四姨不许，说，年轻人，吃那么点不行，人是铁饭是钢，要吃好吃饱才有力气做那些事情。四姨夫过来舀饭，说，你姨说得对，人在什么都在，人倒下了什么都没有了，万事不要着急，一步一步来。四姨把热好的酥鸡丸子推到她跟前，说，就上这些，不要客气，你这娃娃，我虽然不是亲生的，但不是亲生胜似亲生，不用客气的，事情有你四姨夫了，放心。四姨夫说，好我的憨婆姨哩，你是不晓得这事情的难度，这事情要有转机得法院一把手二把手说话，三把手说话都不定管用。我是谁，我就是个小科员，混了大半辈子，窝窝囊囊的。四姨说，正因为难才来找你，你还在这里摆臭架子，就爱面子，自家娃娃当时要找人你死要面子活受罪不找，现在亲戚家娃需要你，你能办又爱面子不办。再艰难说明也是能办了,你痛快些,能办不能办?还知道自己一辈子窝窝囊囊。

四姨夫吃着饭若有所思地凝视着地面,饭快吃完时,说,娃,是这,我帮你可以,但办成与否谁都说不来,我只能说我尽力,还有一个要给你说,办事就得请客吃饭送礼,下来大概得花费三四千,你考虑下。她说,钱我能接受,万事没有个定准,千变万化,这些我都能知晓,感谢你们,真是很感谢。四姨说,不要说那些客气话,交给你四姨夫,让他把半辈子积攒的关系用用,不然就浪费了,他这么爱面子也没换得两袖清风的好名声。四姨夫说,你就跟着起哄能行,娃,你先拿两千块钱,不急,这几天啥时准备好啥时拿来。她说,好的,真是感谢你们,一辈子感激。

回到明月家已是九点多,明月忙着去热饭,她拦挡住说吃过了。明月不信,说,你不要害怕麻烦,你是我嫂子有什么不好意思的,这里就是自己家。她说,真的吃过了,没吃过这会儿饿得早不行了,今天发生了太多事情,你听我给你慢慢说。明月这才相信,边哄孩子睡觉边听她说,杨照、杨梦依恋文东,或许是太久没有见明忠了,把文东错以为成明忠了,文东哄着很快就睡着了。她说完,明月说,大嫂啊,真得叫我大哥回来帮你了,我听着都觉得难,太难了。她说,你大哥回来其实没什么用,两个人耗着没意义,再说你晓得,你大哥在省城有书店的生意要打理忙活,离不得人,别按下葫芦浮起瓢,得不偿失就麻烦了。

明月叹着气说,那你也太难了。她说,还好有你们啊,没有你们帮忙我才是真的乱,指定坚持不下去。明月说,我们做这些是顺手的事。她说,明月、文东,你们家里现在有钱没,我借用下,很快会还。文东说,要多少,大嫂,别说那么见外的话,只要我们有。明月说，就是，尽管说，只有我们有。她说，三千块钱。明月说，大嫂，办事要紧，三千块钱我家有，不忙的。她说，很快就还，明天我顺便在你们这里给明忠打上个电话，让他看是汇款还是自己回来送。

夜里她睡不着，自从开始处理水路的事情她就没睡踏实过几夜，人心里带事睡眠就浅就薄，稍有风吹草动就会醒来。杨不立家以为事情就这样结束，没那么简单，她就是拼了命也要把这份正义夺回来。如果这次屈服，从此在村里就难以立足，更不会得到任何公平的对待。这次要沉住气，以持久战的态度来行进，豁出去了，看谁能耗得过谁。第二天去送钱，四姨夫不在家就给四姨放下，四姨送她到小区门口，抚摸着她的肩膀说，要保重身体，不敢太拼太不把身体当回事。她感谢过四姨，折转身子往回走，被这份温暖感动得眼泪簌簌直流。回到明月家，明月做着饭，说，不要急着回，等吃了饭回。

她在明月家给明忠打了电话，说了家里目前的情况和水路的事情，明忠说，钱不是问题，急需就汇过来，不急需过段时间回来趟，直接给带回来。她思虑再三，说，不急，你过段时间回来带上。

四姨夫请人吃饭肯定费尽了周折，因为她回到家，一个多月没有任何消息，她又不好意思张口问，问就感觉是催促，她就耐着性子，一日日地等待。村里人知道了她官司输掉，好多人借着闲转来看她的状态，都说她是精神上受了刺激，处于疯疯癫癫中，害得公婆来劝说好几次。她越是说自己好着，他们就劝说得越厉害，她后来干脆不说，疯癫就疯癫，正好当作重新立案的烟幕弹，遮蔽所有人的眼睛耳朵。

两个半月上有了电话，她引着孩子锁了门去接，是四姨夫打来的，说，法院主管此事的人答应后天见面，你到时候来，把事情来龙去脉给说清楚。她说，能行。

她提前来到四姨夫请吃饭的地方，四姨夫带着几个人先进去，她准备上前问四姨夫等会儿怎么做，四姨夫给她使眼色并用手做出往下按压的动作，意思她先站在那里等等。他们进去一阵，四姨夫出来拉着她到饭店旁边没人的地方，说，娃啊，等会儿我出来叫你你再进，到饭桌上你随机应变，一个原则，就是把事情的来龙去脉说清楚，说完就走，你就说家里还有两个孩子要照看，停留不得。她按着四姨夫说的，站在饭馆旁边等待，好一阵四姨夫才出来，她跟着进去，见到坐着的人，忽然紧张起来，心里七上八下，说得有些混乱。四姨夫这时站出来替她解围，缓解紧张，说，娃，你不要拘谨，这些都是四姨夫的朋友，把水路的事情一板一眼地说清楚，这样才能为你重新立案追回公道。她手把住坐着的板凳沿面，使劲儿抓捏，几番自我调整下来，后面说得顺畅了许多。说完看到四姨夫给的暗示，借口家里有孩子要照看离开。从饭店出来，找了离饭店有些距离又能看到饭店进出的人的角落坐下。

一个多小时后，他们出来，来吃饭的几个人互相言说几句，然后各自离开。四姨夫停站会儿，也走向回家的路，她跟上去，在人少的地方喊住四姨夫。四姨夫说，我就知道你没有走。她说，事情都还顺利吧？四姨夫说，好事多磨，静心等候，有消息我会及时告知你。

她为改心焦，借着响午太阳暖和，带着孩子继续到地盘上铲倒废土石渣，后响四点左右天就凉起，便引着孩子回家，戏逗会儿，盘算会儿水路的事情，做晚上的饭，吃罢晚饭早早关门。孩子在炕上玩，她坐在炕上搓麻绳纳鞋底，要给两个娃娃每人做两双红条绒面子的小暖鞋，穿着暖和可爱。看下日历，离上次请吃饭过去了一个月零十二天，过一天她就用笔画一道，每个阶段都会用不同的记号标出，静静等电话，应该快了。有次村里安有电话的人倒是来叫她接电话，谁想是明忠的，明忠问家里孩子和她怎么样，她说，都好着。明忠说，书店事情烦乱，要临近过年才能回来。她说，没事，你忙你的事情，不要记挂家里，都好着。明忠在电话那头沉默许久，她以为掉线了，要挂断时，声音出现，说，凤琴啊，难为你了，委屈你了，没有给你个安稳的家。她听不懂对面人说的话，说，明忠，是你吗？明忠说，是我，你照顾孩子的同时也要照顾好自己。她说，知道了。明忠的话她没有时间多想，满脑子都是水路的事情，要等水路的电话，水路的电话最重要。

　　过年前一天明忠回来，提着大包小包。正月初六明忠就坐着车去了省城。一年在家里待的时间满打满算不超过一个月，回来一趟也是风风火火、匆匆忙忙。公公常说，急屁火烧能做成个什么事情，三十多的人了，不晓得沉稳些。明忠每次都一笑了之。正月最肯下雪，她每天早晨起来去用笔勾画日历上的日子，越来越艰难，日子在不断堆积，事情的进度蜗牛样爬行，很多时候不得不承认就是处于停滞状态，她不能问四姨夫，再急不可耐也要装出耐心等待的样子。

　　清早推开门，映入眼帘的就是白茫茫一片，好干净的世界啊，凑着孩子睡觉的时间先把路扫开，拿出破烂毯子铺在门口，不然等会儿踩得湿浸浸。做完这些，从柴草堆下抽出干柴，捣了炭生火，火生起家里就暖和。窗外阴沉沉，家里的灯恐怕要开整天，灶火里的火燃起来，锅里的水沸腾，她取来暖壶往里面灌热水。水汽大罩的家里，门突然被推开，隐约有人进来，她心一紧，最担心是疯子憨憨，她眼疾手快抓起锅台上放着准备切菜的菜刀，握在手里，说，是谁？隐约的身影发出声音，说，这里是明忠家吗？她说，是啊，你们是？身影没有上前来，大概是听出了她警惕的语气，说，我们是县法院的，来给杨不立家送传票，通知水路的案子要重新审理。你四姨夫托付我们给你说一声，就不打电话来了，让你不要骑自行车胡乱往县城跑，有什么事他自会通知你。

她呆愣几秒，说，嗯，谢谢你们，谢谢。想起要送送来人，人家已经下了坡道。四姨夫是怎么知道她经常往县城跑的？难道有人看到给他说的，还是他自己看到碍于情面没好意思说穿？她隐蔽工作做得挺好的啊，没有哪里会暴露，难不成那几次跟在回家的四姨夫身后被发现了？不可能。唉！这事情弄的。

杨不立家这会儿应该处于不知所以的惊愕中，以为官司赢下事情就结束了。有了这步，一切又走上了正轨，这次她要全面考虑，见证人的签字和手印无论如何要拿到，最坏的打算就是薛应华不签字按手印，这下他婆姨没有招数了吧，有本事再去煽动其他人也不签字按手印。

开春，四姨夫打来电话，说，这次要把见证人的手印和签字弄好，这是至关重要的凭据，没有这个说一千道一万都没有用，说白了，这是最后一次机会，事情远没有想的顺利，杨不立家也是想尽办法到县城找关系寻机会，当时的见证人成了他们两家拉锯及最后的制胜法宝，她不住思量，怎么样才能让这些人死心塌地地在她这里签字按手印。她先不行动，看杨不立家有什么行动，以静制动。

明忠是七八天后回来的,看到明忠她就像是看到了希望,不再是孤军奋战。晌午,明忠坐在门道抽烟,看着两个孩子在院子里玩耍。她说,怎么才能拿到当时见证人的签字和手印啊?明忠说,要让这些人完全认清形势,还得攻心,直白说,这些人犹豫的是看谁家势力大,用四个字概括,欺软怕硬。她说,本来就是这样,你有什么办法?明忠说,我是前天夜里到的,这两天一直在家里,哪里也没去,所以村里没人知道我回来,你知道我这次是怎么回来的吗?她说,坐车么,还能怎么,飞回来?明忠说,是坐车,但不是别人的车,是我专门租赁的车。她捏着抹布从窑里出来,倚着门框站住,说,什么?你租赁车了?明忠说,本想着买,但经济上不宽裕,这次的事情紧急,先租赁辆车回来撑门面。她说,车和签字按手印有什么关系?难不成你要载着所有见证人兜风去?明忠说,你不管,这次肯定能成,你按我说的做就好,车在县城放着,我等会儿去开回来,从今天起,车得在前村小卖部的空地上摆放几天,等我去省城后,你拿着写好的证明书找那些人去签字按手印,他们肯定都签都按手印。她说,希望真如你说的这般。

事实证明,明忠说得没错。当天半晌午车开回来,停在前村小卖部前面的空地上,村里人当即围上来,明忠一个劲儿地散省城带回来的好烟。她从三大爷嘴里得知,明忠散的烟一根的价钱就抵得上村里人平时抽的一盒,甚至比一盒都贵。她自言自语地说,那确实贵,太贵了。明忠买了车、明忠在省城生意做大的消息在村里迅速传开。明忠走后,她拿着重新写好的证明书和买来的东西到当时见证人的家里签字按手印,路上心里直打鼓。去过第一家后她就有了底，明忠说得没错，大家这次热情至极，有说有笑地签了字按了手印。往后去第二家第三家，皆如此。后响，就剩下薛应华家，她拿着证明书大大方方地走进院子，说，薛应华大叔在吗？薛应华在窑里应答，在呢。另一孔窑里说，是谁啊？找薛应华什么事？她说，哦，在就好，是我，我来办个事情。之所以敢这样毫不遮掩地说，是因为证明书上即使没有薛应华的签字手印，证明书的效力照样。薛应华先出来，说，明忠家的啊，来签字按手印的吧，上次的事情真是不好意思，你多包涵。话音没落，婆姨从窑里边喊叫边跑出来，门闭合得太猛撞击震荡到窗台上，发出巨大的声响，说，薛应华，今天你要是敢在上面签字，老娘和你没完。

她不上前，站在院子中央静观其变。薛应华说，明忠家的，不要担心，我是肯定要签字按手印的。婆姨气呼呼地说，你试试，签了按了老娘今天就和你寻死拿命。薛应华严肃地说，你这算什么，不怕世人笑话，你家亲戚本来就没理，说好做水路，早就拿了人家的钱，说话不算数现在还来无赖那套，就是茂平么，遇上硬茬子早干上了，还能等到现在。头发长见识短，不要胡闹了，咱娃娃以后在村里还活不活人。婆姨说不过，就重复那句话，说，薛应华，你今天签字按手印老娘就跟你寻死拿命。薛应华生气地说，你爱怎么怎么，明忠家的，咱走，到其他地方签。她出了院子，薛应华跟在后面，婆姨在院子里破口大骂胡乱诅咒。没走多远，薛应华叫住她，找到平整的石头，把证明书放在上面签了字按了手印。

开庭的日子延至秋后。

法庭上，法官问杨不立和婆姨能否接受此判决，婆姨当即躺在地上装疯卖傻，说，我不知道什么判决，我们不知道什么判决，我急疯了，我疯了。法官让两边站着的人带走满地打滚的人，杨不立训斥婆姨，说，赶紧起来，现在做这些有什么用，人家把你带走我可不管你。婆姨迅疾站起身。法官说，两种选择，一种是你家负责做水路，在限定的时间内做好，我们派人验收；另一种按现在物价折算做水路的钱，钱给杨明忠家，杨明忠家在限定的时间内做好水路，我们派人验收。你选一种。杨不立说，我家不做，愿意出钱。折算下来是一千八百块钱，实际上这根本不够，只算了做水路的材料钱和一部分的工匠钱，其间的吃喝等其他花销全没算进去，这也就是杨不立不愿做而愿意折算钱的原因。她认了，吃些亏就吃些亏，难以置信的是杨不立竟然连这一千八百块钱也不出，说来说去，意思最多出一千六百块，爱怎么样怎么样。休庭中，四姨夫找到她说，好容易事情有了结果，那么多钱我们都花了，不在这二百块钱，一千六就一千六。她明白四姨夫的意思，说，好的，一千六就一千六，水路做到哪里不够我贴补。拿到判决书那刻她泪流满面，心上悬着的石头落下大半，离修建属于自己的窑洞院墙的目标也更近了一步。

她没敢多歇息，两三天后就请村上的匠人，为做起来快，精心计算思考后，决定雇用两个匠人一个小工。好小工一般都是伺候两个匠人，本来村上的匠人够，没想到有个不做，理由是不想惹杨不立家。另一个匠人爽快，说，我是干活挣钱，不管什么恩怨。村里雇不够匠人就去其他村里雇，有钱不怕雇不到匠人。雇好匠人小工，便紧锣密鼓地开工。匠人们干活紧凑，半个月就完工，法院派人来，顺利完成验收。以后下雨她再不用担心山水在自家的地盘上肆意横流，可以安心待在家里。

二二章　凤琴（二）

垒砌窑洞是大事情，她不敢再像为水路打官司那样冲动。

水路的事情花了太多钱，她积攒的花完不算，明忠陆续拿回来的两千多也搭了进去。去三大爷家串门，闲聊中问三大爷，垒砌三孔窑洞需要多久？三大爷说，匠工人手充足的情况下需要两个月，这说的光是窑洞筒筒。后面还要倒穴，倒完穴用水泥泥里墙，铺地面做门窗，引自来水进家进院，收拾院子，有条件的话，围院墙修建大门……要住进去，前前后后下来得小一年的时间，零碎活太多。这么一听，她长舒口气，说着都这么繁复，做起来更是琐碎磨人。万事开头难，主要是这件事情她没得选择，做也得做，不做也得做，主体工程不敢冒失开始，准备工作尽可能充足，说，三大爷，垒砌窑洞给工匠们通常吃什么？三大爷为确切，看着三大娘说，吃饭就是烩杂面叶馍馍，猪肉炒土豆炒粉条，米饭馍馍，稀饭就凉拌菜馍馍，基本上就这么些吃食，咱庄户人家这就很不错了，过一阵改善下伙食，比如炒两个三个菜。三大娘揩擦着桌子，说，嗯，就这么些。她琢磨下，说，哦，杂面需要豌豆，炒菜需要粉条，洋芋也需要，还有小米、玉米等豆豆颗颗，嗯，这些都需要，要提前准备。三大爷说，什么准备？她说，没什么，没什么。她自此心里有了计划。

春寒过去，天气就暖和了，大地解冻，万物复苏，村里的人各自忙活起来，出门揽工的揽工，种地的到地里翻地扬粪。明忠回来待阵子便又去了省城，听说书店遇到了危机，离不开人，她在家里管不上千里之外省城里的事情。她有个信念，照看好家，置办个能让他随时可回来的家，也是她生活的意义和价值。听公婆说，明忠在家时就不种地，只是拦羊，她现在倒是想种地，但家里地不多，当时明义娶媳妇家里把地就紧着给了明义，剩下零碎的公公种着，种些平时吃的蔬菜，山地不知还有没有，租地种划不来，如果要是有那种没人种荒着的地，她拾乱的种上。

　　村里这些事情还得问公婆，她引着孩子到公婆家。公公刚从坡底的地里回来，翻地打算再暖些栽种茄子、辣子、西红柿，她看着孩子玩耍，说，爸，你晓得咱村里谁家有荒着不种的地，我想拾乱的种了。公公拍打着身上的尘土，从水瓮里舀水倒在脸盆里，边洗手洗脸边说，不种荒着的地都在深山里，太远了，庄稼种进去秋里也难收割回来。她说，我少种些，种得够吃喝就行。婆婆说，吃喝就你们娘母子，到我们这里拿些就够了，不用跑那么远种。公公说，对着哩，太远了，划不来，你还两个孩子，腾不出手种。她说，能拾乱就拾乱几块，家里闲着也不是个事情，孩子们马上到了上学的年纪，到时到学校里跟着念书。公公说，后山有，路很远，那里荒地很多，基本都没人种。她说，不用给谁说？公公说，种你的，随便种，哪天谁问起我给说。有了这话她就像拿到了授权，可以安心去种自己想种的庄稼了，依着三大爷那天说的匠工们的吃食，要种些豌豆、小米、软糜子，洋芋要不要种？考虑到洋芋往回背太重，不值当，不种洋芋，黑豆可以种些，将来自己做或换豆腐吃，暂且就这些，后面想到了再补充。

　　天气好时，她起得早，引着孩子先到公婆家，杨梦放在公婆家。婆婆身体不好，照顾不过来两个孩子，杨照她背着，到后山去找心仪的地种。公公说得没错,路是真远,她走一个多小时才到,大片大片的山地荒芜着,野草丛生,要种就先得把地翻一遍。她选中要种的地,镢头先刨出个小坑洼,杨照抱在怀里乖哄睡着,放在刨好的坑洼里,她拿着镢头一镢头一镢头往过翻,翻几下转头看下坑洼里有没有动静,杨照最多睡两三个小时。她带着吃食,到吃饭时间给孩子吃喝,孩子在坑洼里玩耍,她就翻坑洼周围的地,孩子闹腾,她就停下手里的活,坐下乖哄。就这样停停歇歇,几块儿地翻了半个多月,人家都种进去了,她才张罗着播种。种地的事,一步慢步步慢,有节气卡着,晚慢了成熟上有风险,遇上个冷空气,庄稼就可能在地里冻坏。芽苗长起来,人家锄两遍三遍,她就潦草快速地过一遍。

响午,她在地里干活,不时听到有土疙瘩滚落,像是有谁站在山上往山下摔土疙瘩。她以为是拦羊的,扔土疙瘩蹾羊,环顾四周,热烘烘静悄悄,太阳耀得睁不开眼,杨照在她拿衣裳遮挡的凉棚下睡觉。回到公婆家接杨梦,说起白日里无故听到扔土疙瘩的事情,公公含糊地说,估计有人在拦羊。

赶巧的是那年节气不准,庄稼需要雨水的时候没有,很多绿汪汪喜人的庄稼被伏天毒辣的太阳晒得焦黄。她选择的地有些背阴,种得又迟,长到关键处需要雨水,入秋的雨水到来,一个需要一个到来,将将好,别家的庄稼花费正常时间长起的,她的庄稼在短时间长起,颗粒硕大饱满,等到能收割,她赶着时间往回背。那几天明月正好来公婆家串,两个孩子就全部放在公婆家。她争分夺秒拼命地往回收割,明月回时,她收割得只剩下小部分,再一两天就能完。山里就剩下最后一捆谷穗子,她白天没去,谋定半夜等孩子们睡定,锁上门,借着月光快步到地里背回来,心里是害怕，但人只要决定要做的事情就必须要去做，不做就浑身难受。成功在望啊，只要背回这一背，地里的庄稼就收割完了。

　　月光如水，清澈地映照着村庄大地山川，她由大路到逼仄的山路，上坡下洼。地里的谷穗子已经捆好，热得满头大汗的她，不往四周多看一眼，快速背起谷穗子就往回走，走过逼仄的山路，到大路上有了住户人家紧绷的心弦就舒展些。额头上的汗珠子大滴大滴滚落，到个转弯处，背着谷穗子弯腰低头走着的她忽然看到有人影闪现，腿脚上的沉重瞬间灌注满，倒吸一口气，心想，豁出去了，就算有什么鬼怪也要回家，站住等着缠磨肯定不行，硬着头皮前行。走过去发现，不过是自己的影子，自己吓唬了自己。

　　她回来睡不着就坐在小板凳上捶打豌豆荚。天亮明忠突然敲门，开了门，明忠气喘吁吁地进来，看到脚地上铺展的谷穗子和豌豆荚，说，你这是做什么？我挣的不够你们吃喝？她说，不是，我闲着无事，有个事情做人活泛，这些粮食为后面垒砌窑洞做准备，住人家的窑洞到底是不行的。明忠倒杯水喝，说，你怎么老是惦记着垒砌窑洞，这是大事，等我后面不忙了，找人很快就垒砌好，你一婆姨女子每天做一点点，什么时候是个头？把两个娃娃照看好就行。她说，你什么时候不忙？自结婚，这几年你哪天不忙？天天忙，等你闲下来做，算了，靠谁都不如靠自己。明忠说，你有本事就做，垒砌窑比水路更麻烦，水路的事情，两三年时间里你是亲力亲为，其中的冷暖苦楚没有人比你更懂。她说，正因为我懂，我才要做。你晓得每天住在不是自己的窑洞里的感觉吗？孩子们眼看着一天天长大，这种紧迫感不安全感，你肯定不晓得。你在省城的繁华世界里，我在山沟沟的村子里，没法比，不要多说了。明忠是去其他地方办事，路过就回家来看下她和孩子，放几百块钱平时开支的费用。看着眼前人的倔强执着，他劝说自己，不要过问干涉太多，尽力做好后盾支柱，需要的时候全力帮扶，多说无益。

一年种地，收割的粮食基本上够垒砌窑洞吃用，她为保险，打算再种一年，多打些粮食。人常说，手里有粮心里不慌，垒砌窑洞吃用不完留着以后吃，人活一辈子日子长着，这才到哪里。再者开辟荒地不容易，十几天累死累活拿着镬头刨挖，那段时间腰、胳膊、腿酸痛得没了知觉，后面七八天完全靠着毅力支撑挥动手臂握紧镬把。要是只耕种一年，着实可惜，对不起自己的辛勤劳动，一般地的肥力少说能种三五年，若是中间粪土上得足，土地会越养越肥，种的年数、长庄稼的茬数就更长更多。过完年，正月出去，盘算着什么时间去地里播种，今年不同于去年，不用翻地只需播种，可以踩着节气悠然自在地行事。娃娃们去上学的话，上午送学校，下去接回来，其间，她也能腾出手做些其他零碎活计。天渐渐暖和，孩子们二八月穿的单鞋破旧了，她就想着重新做两双，鸡叫头遍就起来，坐在炕上搓麻绳。到七点多，孩子们还没醒，她看搓好的麻绳够用了，起身下炕穿好鞋到外面劈柴捣炭生火。昨天晚上做的洋芋叉叉没吃完，今天一炒，再熬盆稀饭，蒸笼馍馍，中午饭就解决了。

两个娃娃安排到村上的学校跟着去念书，放学和明义家的孩子回到公婆家，她看天快黑去接。去早了没用，孩子们凑在一块儿玩耍，接不回来。明义和秀英管娃娃严格，成天听到在院子里凶着孩子写作业，她接到两孩子就问，人家有作业你们没有？杨梦是女娃，乖巧，说，有呢，还剩几行。杨照不管那些，大大咧咧地说，作业学校就写完了，我二妈二爸经常凶壮壮、楠楠他们写作业，玩耍的时间都不太给，成天拿棍子打，有什么用。杨梦听不惯，说，就你能，你在学校被老师罚站了，还笑话人家壮壮、楠楠，人家在学校经常得红蓝铅笔，你得过几根？杨照辩驳不过，就说，反正我就是觉得不好，红蓝铅笔我才不爱，我有铅笔，奖励那些我才不爱。明义、秀英对孩子的管理确实严格狠心，她下不了那个心，孩子们只要道德品质做人没问题就行。人家是经常教孩子学知识，她文化水平低下，只能给孩子们讲些做人的大道理，加之明忠不在，也顾不上管理，学习全靠孩子自觉。她在三大爷家的羊圈里挖了羊粪上在地里，入夏地的肥沃劲头就显露出，一干旱她就担水浇灌，样样数数的蔬菜长得绿油。西红柿孩子们爱吃，每天都有红透的，就想方设法地吃，生着吃、煮着吃、炒着吃、凉拌着吃。孩子们就是她的命，她就活两个孩子，只要孩子们过得好，她怎么都可以。

这天天刚黑，她去公婆家接孩子，杨梦吃罢饭累得不想走，想在奶奶家住，女孩子自如乖巧，她就同意了，接回杨照。天黑不久就阴云密布，像是要下大雨。好多天闷热浮躁，积攒下了雨水，她早早关了门，杨照在炕上玩玻璃球，她坐在炕上缝补被子，听到外面有衣裳摩擦门帘的声音，壮着胆子说，谁呢？门外答应，是我，二婶子，给你送些黄瓜、茄子，我家种得多。她下炕趿拉上鞋开门，二婶子进来，放下手里提着的蔬菜，说，我看你地里好像不种黄瓜、茄子，就拿些给你，给孩子们做着吃。她说，哎呀！吃了你的我也没个好给你的，快到炕上坐。二婶子拿个凳子坐在灶火边，说，女女呢？怎么就小小一个。她说，女子在奶奶家，临黑去接说想在奶奶家住。二婶子说，呃，你有本事的，什么都会做，缝缝补补可是能行。她说，我就是胆子大，什么都敢做，也是逼迫的，自己不做没有人做。说话中明亮的电灯忽然熄灭，家里笼罩上沉沉的黑色，二婶子说，没电了。

她下炕去找长久不用的煤油灯，经常说买蜡烛一直没买，找到煤油灯放在炕栏上，划根火柴点着，小簇光亮出现。二婶子说，你手牢，这东西现在还留着啊，我家的早不知让我扔哪里去了。她用剪子挑动耷拉过长的灯芯，说，我想着万一有个用处，就搁在水瓮拐角。火苗燃烧会儿开始跳跃，二婶子经验丰富，说，油瓶的油被喝完了，叫唤着添油呢。她说，油有了，那会儿没电时买的。二婶子说，年轻轻你这样手牢的没几个了。她提来油瓶子，到炕栏边，奄奄一息的火苗没灭，她揭起盖子放一边，看清油灯瓶口，端起油瓶子倒。多时不倒油似乎黏稠了，她使劲儿往高抬下，油哗啦啦流淌到炕上，蔓延到没有熄灭的火星。火苗顿时四起，燃烧到被褥。她傻眼了，杨照被火苗包围，哭喊着叫妈妈。二婶子推她一把，说，赶紧救火啊，救火啊。她慌了手脚，不知所措地在脚地上走来走去，着急得说不成话，说，怎么……怎么救？照照啊，别害怕别害怕，不敢胡乱动弹，妈妈就来……就来。二婶子看火势越来越大，一跳起来，到柜子跟前打开柜门，扯出块儿被子，火光中找到水瓮，被子塞进水瓮里，浸透后往出拉拽，二婶子上了年纪，力气不够，加之着急拉不出，她帮忙拉，两个人的力气像是在故意作对，绷卡在某个地方。二婶子急不过，嘴里念叨着，这可怎么办，火烧到孩子了，孩子看不到了，大概是晕倒了。

她急得大哥，想要舀盆水扑上去，被子塞进水瓮占据了所有水，再者水扑上去万一伤着孩子……顾不得那么多，拉扯不出被子就把水瓮推倒,让二婶子站开,她使出所有力气,水瓮被推倒砸烂,被子现出来,她和二婶子抬着被子到炕栏跟前,一块一块压灭燃烧的火焰。火扑灭,她抱起昏迷的孩子,就着黑跑出家门,先到公婆家,看他们有什么办法。她现在就是要跑动,不时呼唤怀里抱着的孩子,不要啊,千万不要,一定要平安,好好的。公婆家没有睡下,杨梦趴在炕上剪纸玩。她猛地推开门不管不顾地进去,公婆杨梦全部坐起,眼睛投向她,婆婆看她披头散发衣裳上污垢斑斑,说,这是怎么了？孩子怎么了？她说,家里被火烧了,孩子不晓得烧伤了还是熏迷糊了,现在神志不清。婆婆下炕跑到她跟前看孩子,摸下孩子的头,再用手摸摸自己的额头,说,孩子发烧了,额头滚烫得火鏊一样,老汉子,怎么办啊？怎么办？杨梦看到杨照一动不动躺她怀里,吓得哭起来,婆婆过去抚摸着说,不哭,好孩子,没事的。公公说,这会儿去县医院有些远,先到村上赤脚医生那里看看,如果没有办法,我去四户家,让四户开上三轮去县医院。她立即往门外跑,公公说,算了,不去赤脚医生那,我也是急糊涂了,直接去县医院,你在路畔上等着。公公下炕披上布衫子,拿了手电,闯进漆黑。

他们刚到医院,天上开始下起豆大的雨,很快下得稀里哗啦。医生看后说,孩子被烟熏晕厥了,生命没有大碍,就是担心烟气会伤害到孩子的神经。她说,能说具体点儿吗？医生说,比如智力,比如身体上的某些部位。孩子在里面救治,她坐在楼道的长椅上胡思乱想,明月、文东不知从哪里得知赶来,问她情况怎么样,她摇着头低迷地说,不知道,在救治。明月安慰她说,没事的,放心。文东去找认识的医生,安顿定要上心救治孩子。

天亮起来,孩子转移到病房,但依然昏迷着,医生说,醒来得有个过程，耐心等耐，也要有个心理准备，前面说的那个。她心咯噔一下，看着病床上静静躺着的孩子，眼泪压都压不住，汹涌流淌出。明月在边上坐着跟着低声抽泣，说，大嫂，不要哭，大哥和你都是好人善人，孩子不会有事，老天会保佑咱的。老天，对，她揩擦下眼泪，叫明月到楼道，说，我回家一趟，看看家里烧成什么样，再就是到庙上求求神，祈祷空中的神保佑娃娃。明月说，那你赶紧去，医院有我和文东，放心。她坐车回到村里，径直来到小卖部买了香纸，快步到庙上，庙门锁着，敲管庙人老仙的门，老仙在里面应承，说，稍等下，就来。厚重的门打开，老仙看到眼睛红肿的她，说，你是明忠妻子？她点点头，控制住悲伤，说，我想进庙里烧纸上香，求神保佑我家娃娃平安无事。老仙说，好，我去拿钥匙。

庙门锁子用方便面塑料袋包裹着，老仙颤抖的手拿着钥匙插进锁眼，尝试几次才打开。进到庙里，引她到正殿，说，就在这里烧纸上香。她烧纸上香，老仙出去，在院子里拿着扫帚这里扫扫那里扫扫。结束后，她找到老仙说声谢谢，转身要走，老仙说，等下，我回去取个东西你拿上。她站在庙门外等待，老仙进去好一会儿才出来，手里拿着个纸张包裹的东西，说，这个你拿着，回去再看，后面会用得着。我这些年，多亏明忠照顾帮忙，明忠是善人好人乖人，孩子不会有事，放心。明忠多次说起眼前的人，评价很高，她不敢不遵从，到家后打开纸张包裹的东西，吓一大跳，厚厚一摞百元大钞，后悔那会儿没当面问清楚，忙着回来看家里烧成什么样。二婶子把家里收拾过，炕上烧坏的被褥就那么铺着，柜子关闭着，水瓮的碎片清理在门拐角，地上有大片湿漉，浸湿的被子在锅台上搭着晾晒。想起水路官司的判决书和材料，打开柜子找寻，一切都在。锁上门急匆匆往医院赶，没到医院病房就听见明月和孩子说话，她欣喜地跑过去，推门看到孩子坐在病床上吃着明月买的香蕉，哎呀！上天保佑啊。孩子叫她妈妈，她悬着的心安然落下，激动得说不出话，就是笑，对着孩子笑，对着明月笑，对着文东笑。

医院住了一周，回到家，快速收拾开，还要继续住下去，夜里坐在炕上看烧过的墙壁和没来得及拆解的被褥，好恓惶好凄凉啊，什么时候才能有个自己的窝，安定的窝。

一个多月时间，烧过的家再次被她拾掇得有模有样，家的气息恢复了多半，住起来舒服许多。尽管如此，她心里谋划的大事没有动摇，等待着合适时机。说来也巧，她正犹豫不决时，窑洞主家有天找来，她以为是来看烧过的窑洞，热心招待，来人走来走去看窑洞看里外，说，听说着火了，太危险了，好在人没事。她说，对啊，人在一切就在。来人站在院子里，抽着烟，说，明忠什么时间再回来，你晓得不？她说，你有什么事还是？有什么事给我说也一样。来人胳膊抱在胸前，吞吐着烟雾，说，唉！本不该在这个时候说，也是没办法，这窑洞有人要住了，过来提前给你说说，你们也好有个准备。她说，什么时候要？我给往出腾。来人说，时间长着，大概明年开春。她说，算来有七八个月时间，我晓得了，放心，到时候把窑洞一定腾出来。来人不好意思地说，唉！你和明忠都是好人，主要是有人要住，不然你们就住着。她说，没什么，已经住这么久了，我们迟早也要搬离，找个自己的地方。前段时间村上组织拉电话线安装电话，一户下来一百多块钱，村里能拉的家户都拉了，当时间她拉不，她没拉，一个是在医院陪孩子没心思，再一个就是住人家的窑洞。夜里她到二婶子家串门，顺便给明忠打了电话，说了窑洞要收回的事情。

明忠意思不着急，暂且住着，时间还长着，等他秋后回来重新找个地方搬进去。她想说自己谋定的计划，明忠不耐烦。从二婶子家回来，孩子们做完作业睡着，她从柜子里拿出老仙给的钱，数了下，三千整，加上自己手里攒的八百，就是三千八百块。她内心生出大胆的想法，按理说不该用这笔无缘由的钱，那会儿打电话只顾说窑洞的事情，忘记说这个。老仙说的后面用得着，莫非就是这件事？

她不能优柔寡断，就这样决定，反正自己早就做了准备，吃食有，钱也有老仙给的，拿出先花销，至于花到哪里不够了再想办法。明天起，她要行动起来，看似七八个月时间不短，但按那次和三大爷计算的，时间根本就不够用。她可以先垒砌窑洞，争取在腾窑洞那天能搬进去，院墙大门等活计可以等住进去了再完善。

孩子们上学去，她到公婆家寒窑取出豌豆，拿到村里磨坊磨成粉末，顺便粉碎些玉米颗粒，熬玉米仁稀饭用。明天到镇上的米面粮油门市，买四袋面、两桶油、一捆干粉条，土豆看村里谁家卖就买两袋，调料到调料门市买好，大概的就这些，中间缺少什么随时再买。匠人的事打电话问了明月，明月说，可以做，文东所在的学校没学生了，学生不是去了县城镇上读，就是到其他村个人办的学校读。她说，文东能做最好，让文东再叫一个石匠。明月说，大嫂，你真的要垒砌窑洞？她说，决定好了，这几天就准备开工，我到时候提前给文东说。明月说，呃，也好，这样就有个自己的住处了。她同时找木匠做门窗，时间紧迫，许多事情必须得同时进行，手里钱不够可以先付定金，完成了付剩余的。等明忠知晓了，事情已经铺展开，覆水难收，她就要做先斩后奏的事情，只有这样才能改变明忠将就拖延的思想。

三天后，文东带着另一个石匠早早到来，小工叫了邻村的年轻后生。妈妈说家里有事得迟几天来，她先自己一个人做，每日做三个人的饭其实也可以。两个孩子放学想在奶奶家待就待到天快黑相跟着回来，不想去奶奶家就直接回来，自己找地方吃饭写作业，她一天忙碌完就很晚了。夜里得睡在外面搭建的简易棚子里，照看垒砌窑洞的石头、水泥、沙子等材料。从天热忙碌到天凉，窑洞大框架起来，合龙口那天，为庆贺，明忠从省城赶回来，爸妈公婆明月全部过来。这天是好日子，合龙口意味着窑洞基本修建成。照这个速度，没到时间就能搬到属于自己的新窑洞里，她已经想象过无数次睡在自家窑洞里的情景。她要把窑洞装修好，门窗用的是好木头，窗格子是大格子，不用窗纸糊用玻璃，透明不算还保暖，脚地上铺地板砖，墙上该贴瓷砖就贴瓷砖，还要垒砌院墙盖大门，院子地面用砖铺过去，门道拿水泥兑白石子打过去，出来素朴又不单调……这些她都早已了然于胸，会逐渐落到实处，只是时间问题。

二三章　人家

回看这些年，他在省城是打拼出了一番事业，但也忽略了家庭，凤琴在家里靠自己操持着日月。生孩子他没及时赶回去，因为书店起步张罗；水路打官司没帮得上忙，就是给放下几个钱，多数也是她自己积攒的；垒砌窑洞他基本上也没管，合龙口了他才回去，因为要还欠下的债和修建书店后面空地上的楼房，没有放下多少钱；孩子读到初中，不知在哪里读，他依然没帮得上，她又不知如何想的办法，安排两个孩子在县城中学读了书。

细想来，他总是开空头支票。他几次回去满口应承，高中直接到省城读，将来大学肯定要在省城读，就当提前来适应城市生活。然而三年很快，初中升高中，他哪里有本事把两个孩子接到省城读书，托人问了几个好些的学校，都不好进。她就故意怼他，说，明忠啊，你在省城闯荡没有十七八年也有十五六年，大小也是个老板，村里人见我就拍马屁，说，你家明忠在省城把事情做大了，看你家的窑洞院墙大门，里里外外收拾的，你说我能说什么，我只能说你是好男人，捧你啊，现在娃娃到省城念个书就难住了？不会吧，你那么大本事连自个儿娃娃念书的事都解决不了，说出去谁信啊。

他在院子门道的板凳上抽烟，说，你就不要说这些了，人家不知你还不知？能让娃娃去我肯定就让去了，有什么不能去的。她说，不，你还有其他可以寄托的孩子，我们娘三个算不上你最亲的人。你最亲的人是赵清丽，你们那孩子叫什么来着？新阳？他说，别冷嘲热讽了，给你说了，那是清丽和人家自己男人的孩子，和我没关系。城市把娃娃都待坏了，这也是我拿不准让杨梦、杨照去省城的原因之一，还有，现在考大学都是要回户籍所在地考，省城教授的课程好像和咱当地的也有出入。

她坐在门道缝制棉垫子，说，你不让两娃娃去省城念书，是担心三个娃娃碰上你那老脸没地方搁，是不是？两个娃娃自小到大你给了什么？都给了你那新阳、清丽，现在想来我当初真是傻透了。两个娃娃嘴上不说你这当老子的，心里不知怎么轻视看不起你呢，屁事办不成，就耍嘴子厉害。他焦急地说，我知道亏欠两个娃娃的，你不要说得这么难听，这些年我也很愧疚，亏欠你的亏欠娃娃的。到省城念书我真有难处，不是花钱多少也不是你想的那些原因。她不想再戏逗他，棉垫子缝制得差不多，铺展开四下打量，说，我晓得是什么原因，不要再说了，我的两个娃娃没有到省城念书的福气，那就让在县城念，谁让咱穷啊。她心里早有主意，缝制的棉垫子其实就是为两个孩子在县城念书租赁的房子炕上准备的。

考大学，杨梦、杨照两个考得好。杨梦自小学习好，考上了一本，杨照学习一般，爱看书爱胡思乱想，考了个较平常的二本。新阳差点儿连三本都没考上。考完大学，新阳和他谈过，说，叔，要不我上个职业技术学院，学门手艺也不错。他很是吃惊，没想到新阳能说出这样的话，说，你能有自己的想法，叔很高兴，你将来做什么，只要大方向没错，叔都支持你。新阳说，我再想想，可以肯定的是，我会认真思考。

孩子们上了大学，有了自己独立的思考，可以为自己的未来做选择，他只能做些辅助性的工作。近来他经常想到家乡，那个生活了将近三十年的地方。

老仙是在孩子们上高一时离去的，凤琴给他打来电话，他连夜赶回去，纵然如此也没有见到老仙最后一面，他后悔没有腾出时间多去看望。老仙的丧礼他一手张罗操办，爸妈也支持他给老仙儿子样养老送终。丧事办完，他在颓塌的庙峁子上坐了好久，看着老仙住过的地方，从此这里只会成为记忆。

后来他在老仙住的地方发现个锁眼样的开口，随即想起老仙给的那个铁棍棍，找来插进去，一个地窖出现。他拿着手电下去，不大的地方立着四个木制书架，书架上放着满满当当的古旧书籍。整理过程中，他在第三层的书籍下发现一封信，写给他的，拆开看：明忠娃，生命当如此。光景日月。虚虚空空。空空虚虚。他把这些书和架子搬运到省城，专门腾出一间房子，按着老仙地窖样式装修，一切都尽可能还原，包括每本书摆放的位置。

随着网络技术的兴起普及，来书店买书的人有所减少，大家来书店多是休闲放松。他跟随时代潮流，在书店里开起咖啡店、甜品店。他和清丽经营着市区里的三家书店，老规矩，他经营第一家，清丽经营后来发展起来的两家。他很清楚自己没有做生意的才能，只是幸运，赶上了时代发展的脚步。他现在的资产就是这些年挣的钱所买下的地皮和房子。他手里还有些人脉资源，也不想去运用，现在有时间了，就坐在房间里边喝茶边读老仙留下的那些书，琢磨老仙留下的那几句话。

杨照和他聊得来，所以他不是厚着脸皮开车去杨照学校附近接他一起吃饭，就是把他接到书店这边喝茶。他说，照娃，你毕业了想做什么？杨照接水泡茶，说，我现在还不敢确定，不过有一点是肯定的，不会找个工作混日子。他说，此话怎么说？多数人不就是毕业找工作，上班下班地生活，你就特殊？杨照过来坐下，笑着说，我说的是我个人的看法，仅适用于我自己、我的特殊性，当然也有你的经济因素，我也不是去创业，我没有那样的志向，笼统说，就是去做自己喜欢的事情。我自始至终都相信，做自己想做的事情肯定要比做一份机械且自己不喜欢的工作有意义，我有可能会回农村，农村需要一种新的发展。他说，去农村发展？你也对农村有想法？不说其他村子，就说咱家乡的村子，如果能合理细致规划，定能发展出独具特色的路子。杨照边泡茶边说，农村的问题很复杂，你还记得上次你回去修路的事情吗？从村子整体看，是不是件好事情？可你最后做成了吗？听我妈说你发了很大的火，自此好像也消退了你的热情，怀疑起自己的想法计划，对吗？

想起为村上修路的事情他就来气心寒，着实如杨照所说的，那次从村上回来，好长时间打不起精神，想着再也不管村上的发展了，随便吧，这些人就是扶不上墙的烂泥，可这几天心上又开始痒痒，觉得这般撂下也不对。

他没有办法忘记心中的规划，或者说是理想、梦想，农村现在有资源，但没有具体引导着做事的人，最重要的是没有摸索出适合当地发展的模式。要在农村实施自己的计划，就得有人一心一意地帮忙打理，明义、秀英合适，孩子们去念书，他们两个在家也闲不住，经常打问哪里有零碎活计。他观察过，村里空闲的劳动力很多，主要是五十岁左右的。对于受苦人来说，五十岁的年纪并不算大，普通的活计都能做得，可多数处于两难境地，去城市除了做些工地搬砖、饭店洗碗、酒店打扫卫生的营生，其他基本做不了。对此他就反复琢磨思虑，想出一套可行的方案。经过修路的事情，他明白，要想事情做得顺利，就先得把事情做成，然后往下推广。

杨照平时看得书多，思想眼界都不错，说，爸，你得给我好处，我每天也好忙，要看书，不能把时间全部都花费在你的梦想上啊。他说，好处有呢，要多少钱？只要用到正道上。杨照说，你看你，满脑子全是钱，我可不是那样的人，找时间多陪陪我妈就好。他说，你这话全是刺啊，就是说我庸俗，钻到了钱眼儿里，你文化人清高。杨照忽然探起身子，低声说，爸，你那个房间的古书，是不是要分享分享？我不贪婪，本来不能说，可是……他说，痴心妄想，你胃口是不是有些太大了，那是我全部家当，你要那个不可能，除了那个其他的都可以，还是给你钱吧，你拿着钱想买什么书自己去买，包括和那些一模一样的书。杨照哼了一声，说，你说得轻巧，有些东西钱能买，有些东西钱买不到，就你那些书……还是算了。

他说，除了这个都可以，你随便说，认真的。杨照说，要是没有这好处，我可不听你那些啰里啰唆的话。他说，那可不是啰里啰唆的话，是能让很多人过上好光景的方案。喝口茶，杨照说，好处还是要给的，不给好处一切免谈。他端起茶杯又放下，故作痛恨地说，你什么时候成了这个样子，儿子打劫老子，这算什么事情。我可以答应你的好处，不过只能给一本，而且这本还得你帮我把这个事情做得有成效才可以。杨照说，这样也可以，那这本书我得随意挑选，我看上哪本就拿哪本。他忍着痛，说，好，现在可以听听我的方案了吧？杨照说，说吧。

他端正下身子，说，我是这样想的，在咱们那儿的后山里，当然也不要太远，找座山，把山地利用成梯田，梯田地以十五亩为单位划分成多块，地里种玉米、小米、洋芋、绿豆。为解决水的问题，在不远处修建房屋的地方修建三到四个大的地下储水池，储存雨水，饮用水可以从山下拉运，储存的雨水浇灌土地和喂牲畜，主要是猪和牛、羊。杨照说，这个不稀奇啊，目前没有什么亮点。他说，别急，等我接着往下说，沟底我准备打几个坝，存储的水供山上使用，灌溉土地喂养牲畜都可以。翻地种地现在有适合各种地形的机器，人开着机器干，所以每个单位的地有可能要比十五亩更多。为防止水土流失，在地的周围种上树，发展耕种的同时也做好植树造林，治理水土流失。两三个人经营这么一组，一年土地上庄稼的收入，喂养牛羊的收入，以及往后发展起来生产加工方面的收入，加起来是可观的。家里有活做就不用去外面，照顾了家里钱也挣了，人活着劳动着才有意义，苦不会很重，前面说了，现在小型山地机械很普及。这是长久的事情，不是三五年就能有很大效益，一两家不行，要成规模。比如这几座山上划分为十五六个单位，也就是十五六家，好，这十五六家可以商量合作着种植、养殖，进而发展旅游观光业，农家乐、民宿、食品深加工都会随之而起。商机太多太多，恐怕到时候都忙不过来。

　　杨照说，爸，你描述得很好，我想说的是，我见过县上扶持的产业基地，规模比你说的大，但效果不是特别理想，凭什么你说的这些就能好就能胜出？他说，你说的这些我思考过，我能比他们做得好是因为我这有体系，我走的是绿色原生态，而且融入了当地风土人情。宣传现在更不是问题，这么多自媒体平台，争取成为网红打卡地。

　　杨照几次想插话没忍心，等激情退却，说，你说得很好也很对，但这个做起来很有难度，修路那么简单的事情都那么难，何况这个是一环套一环且环环相扣的事情。他叹气，说，每件事情都有难度，这件事要做就需要个贴心人，懂我、理解我，现在的人没有丁点儿耐心，一两年就觉得漫长，所以事情做不成。社会时代是在不断地发展，可人才培养、成长成熟的时间并没有变化啊，本来需要五年七年，你非要一两年、两三年就弄成，怎么可能啊。最可气的是，我把这个想法说给你二爸，你知道你二爸的反应吗？当时就急了，说种地没有前途，现在人家谁种地了，都恨不得往城里跑，谁还往农村跑。我说，你和秀英没活做经常出去揽工，不稳定，时有时无，现在做这个多好，地里收成全部归你们，每月我再支付你们工资，不好吗？你二爸说，不要费那些神，要是真想帮我帮你侄子侄女，就直接给些钱，让他们在城里买房，把生活过好，我们两个无所谓了。我苦口婆心说了好久，就是得不到回应。原先那么爱种地的人，对土地那么有信心的人，现在竟然变得冷漠。唉！你妈倒是愿意，但我不想你妈再劳累，一辈子没怎么舒坦过，现在可以享福了就多享福。你说气不气？亲兄弟都用不上，还能用谁？杨照说，你坚决要做，对不对？

他说，肯定么，一个大坝我都弄好了，就差往周围种植树，树苗已经订好，这段时间就运送到，雇人种植。杨照没想到眼前人行事这般果决，说，刚才的问题当我没问，我给你推荐个人选，你可以让我姑姑、姑父他们做，我感觉他们很不错。他拍下自己脑袋，说，哎呀！我怎么就没想到明月和文东啊，去年明月在我跟前几次说他们没个营生，家里待着也不是个事，想找个营生做，让我在省城给留心看看有没有合适的活计。杨照说，爸，老实说，你的想法真心不错，我毕业后说不准也去，这个是真真实实能让人们过上好日子的事情。等我有钱了，会在咱家里的三孔窑洞上再盖一层，装修得淡雅素朴，干活累了回来喝喝茶看看书，我没你那么大的出息，也不和你比。他说，好的，你若是能成为老仙那样有文化、有见识、有思想的人也蛮好的。出来站在硷畔上看到庙崾子，就会想起老仙，那个纯粹朴素的老人，感谢这位老人，要是没有这位老人，他不会有今天，更不会有现今的皮囊和灵魂。

后记

　　将近五个月的时间，我把自己完全放置在这部小说里，每日除了吃喝睡觉和去小区外面散步，其他时间不是在写，就是在思虑接下来要写的故事情节。因为很多故事情节在写作过程中会随着人物的命运有所变化，所以情节是有生命的，是活的。

　　长篇小说不同于中短篇小说，长篇小说的写作，前期需要花费很长时间去构思，而且要做好花费几个月或一两年甚至三四年来完成这一件事情的心理准备。

　　永远不会忘记那个炎热的夏季，我正在读研究生，因为是研二第二学期，学校几无课程，空闲时间就多起来。说实话，空闲时间越多我越心慌，因为我不同于其他学生。我是本科毕业工作三年之后考的研究生，读书的学费及日常花销，自然全得靠自己，一个是家里父母随着年纪增大，身体又不好，没什么经济来源；再一个是就算家里能给，自己也没有那个脸面去拿。本科毕业说是工作三年，实则不过是在社会上飘荡了三年，几乎没有怎么正经做过一份工作。这个时候，我把全部希望寄托在写作上。

我热爱并痴迷于长篇小说的写作，正好有此契机，便开始了已经构思了两年多的这部小说的写作。这也正好锻炼了自己讲故事和耐心叙述的能力，以及对小说结构、思想、想象、语言、美学等因素的把握能力。这部小说写的是一个农村孩子如何走出农村，到大城市奋斗打拼出一番天地的故事。说是故事，其实是人生，并且是普通人的人生。我要磨炼自己的性子，找寻一种不急不缓的叙述节奏，一个字一个字地去刻画书写小说中的人物。主人公是很重要的引子，他引出了与他有着交集的那些人。他们为了生活，每日做着不起眼的营生，可以说，终其一生，也不过是默默无闻，如若命运不济，还会遭受一些巨大的灾难创伤，到头来，也只能无奈地接受和带着无尽的遗憾悲伤离去。

我想，这些也只有长篇小说这种体裁能承载。我写的是自己身边的人，也是芸芸大众。长篇小说的写作和生活有类似的地方，都是迷人又磨人，迷人之处在于有很多未知，可以尝试着去做很多探索创造；磨人之处在于，漫长又繁琐的过程和一些难以言说的煎熬孤寂。老家人常说，过日月过光景，原来全是笼统一听，现在我似乎有些懂了。我们的生命不就是在时间的长河里起伏升落，那么，我们过的不就是日月，不就是光景吗？并且，期望能日久天长。